Es sollte eine Auszeit werden

Das Experiment

Das Buch

Einen sorglosen Urlaub in der Natur verleben, fernab von der Zivilisation, das war der Plan. Sechs Studenten campieren in einer romantischen Lichtung mitten im Wald. Doch das Paradies ist nicht so idyllisch, wie es den Anschein hat. Mückenschwärme tauchen plötzlich auf und hinterlassen Stiche mit sonderbaren Folgen. Ist es nur eine Laune der Natur oder steckt mehr dahinter? Der Mensch, der die Antwort kennt, schweigt beharrlich. Da gerät einer der Freunde in Lebensgefahr ...

Die Autorin

Jonale Nettam lebt mit ihrer Familie im Herzen des Ruhrgebiets. Nach dem Lehramt Studium unterrichtete sie zunächst einige Jahre als Sport- und Musiklehrerin. Um ihren Wissensdurst zu stillen, erlernte sie noch weitere fünf Berufe. Zu guter Letzt siegte die Freude am Schreiben.

Jonale Nettam

Es sollte eine Auszeit werden

Das Experiment

Roman

Bibliografische Information der Deutschen Nationalbibliothek: Die Deutsche Nationalbibliothek verzeichnet diese Publikation in der Deutschen Nationalbibliografie; detaillierte bibliografische Daten sind im Internet über http://dnb.dnb.de abrufbar.

Lektorat und Korrektorat: Lektorat Plus
Umschlaggestaltung: Magical Cover

Herstellung und Verlag: BoD – Books on Demand, Norderstedt

ISBN: 978-3-751-98024-1

Für Cindy

1

Julian las die E-Mail und konnte es kaum glauben. Drei Jahre hatte er nichts mehr von Oliver gehört. Das beigefügte Foto ließ ihn schmunzeln. Sie mussten damals ungefähr zehn Jahre alt gewesen sein. Sechs Kinder lagen auf der Wiese, für die das Leben ein einziges Abenteuer war. Mit dem Finger glitt er über ihre Gesichter. Oliver war ihr Anführer. Er hatte stets die verrücktesten Ideen. So manches Mal hatten sie ihn gebremst, damit kein Unglück geschah. Sebastian war das Sprachrohr der Gruppe, er hatte immer etwas zu sagen. Julian schmunzelte bei dem Gedanken, wie oft er die Lehrer mit seinen endlosen Diskussionen beinahe zur Verzweiflung gebracht hatte. Er sagte einfach, was er gerade dachte – und nicht immer war das in wohlklingende Worte gefasst. Die Mädchen waren cool. Lena liebte Fantasiegeschichten und erzählte gerne von Feen und Trollen. Ihre zarte Figur und die langen blonden Haare ließen sie aussehen, als gehörte sie dazu. Mit ihr versanken wir in einer anderen Welt und kämpften gegen Magier und Zauberer. Katrin war unser Energiebündel. Sie turnte und kletterte über alles, was sich ihr in den Weg stellte, und brachte uns damit häufig zum Staunen. Sie wurde in der Oberstufe seine erste Liebe. Dann war da noch Annabell. Annabell war ein besonderer Schatz. Sie kümmerte sich um jeden, der Hilfe benötigte, und hatte schon damals sein Herz berührt.

Olivers Einladung, mit der alten Clique zwei Wochen im Wald der Vulkaneifel mit Mountainbikes zu verbringen, hatte alle begeistert. Es waren schließlich Semesterferien und ein besonders warmer Sommer. Die Autos sollten auf dem Touristenparkplatz von Rieden stehen bleiben. Ein erwartungsvolles Kribbeln im

Magen verstärkte sich. Neben ihm lag der gepackte Rucksack. Nur noch eine halbe Stunde, dann musste er losfahren. Wie konnte es passieren, dass sie sich aus den Augen verloren hatten? Sie waren doch eine eingeschworene Clique seit der fünften Klasse. Plötzlich wurde ihm bewusst, wie sehr er seine Freunde vermisst hat, als er nach Heidelberg gezogen war. Kann man Kummer einfach ausblenden, fragte er sich. Es hatte ihn damals beinahe aus der Bahn geworfen, als jeder Einzelne von ihnen nach dem Abi in eine andere Stadt ging, um dort mit dem Studium zu beginnen. Julian atmete tief durch. In wenigen Stunden würde er sie also wiedersehen. Mit einer frischen Tasse Kaffee setzte er sich an den Tisch. Plötzlich klingelte sein Handy.

»Hallo, hier Sebastian, hast du schon gepackt?«, erklang es, bevor Julian sich melden konnte.

»Sebastian?« Ungläubig blickte er kurz auf sein Smartphone. »Woher hast du meine Nummer?«

»Von Oliver, dem Forscher nach Adressen und Telefonnummern«, lachte Sebastian. Seine Stimme klang immer noch so energiegeladen wie damals. Mit seiner Lebensfreude wusste er alle um sich herum anzustecken.

»Warum fragst du?«

»Ich kenn dich doch, immer auf letztem Drücker. Schmeiß die Badehose in den Rucksack. Das reicht. Gleich gehts los. Oder willst du mit deinem Outfit die Mädels beeindrucken? Bist du noch solo?«

»Ähm, ja, bin ich.« *Mist, jetzt wird er mich die ganze Zeit damit aufziehen.*

»Keine Sorge«, sagte er, als hätte er seine Gedanken gehört, »damit bist du nicht allein. Ich weiß, die Girls sind auch noch zu haben. Im Moment ist das Studium wohl wichtiger als die Liebe. Für mich auch.«

»Du hörst dich an wie ein Streber.«

»Man tut, was man kann. Auf der Uni herrschen eben neue Regeln.«

»Sag mal, hatten Olivers Eltern nicht eine Hütte im Wald bei Kempenich?« Vielleicht könnte man auch darin übernachten, hoffte Julian. Im Freien zu schlafen, war ihm nämlich schon als Kind unheimlich.

»Hatten sie: ein stattliches Ferienhäuschen aus Holz. Also ein Blockhaus meine ich. Ganz versteckt im Wald. Steht aber schon lange unbenutzt herum. Vielleicht ist mittlerweile ein Grizzly dort eingezogen. Ich weiß, dass Oliver seit der Party zu seinem achtzehnten Geburtstag nicht mehr da war, und seine Eltern fliegen ja beruflich in der ganzen Welt herum. Da reizt so ein Idyll wohl nicht besonders. – Oh, es läutet an der Tür. Mach's gut, wir sehen uns gleich.«

*

Die Sonne brannte heiß vom Himmel, als Julian am vereinbarten Parkplatz ankam. Durstig holte er eine Flasche Mineralwasser aus dem Kofferraum und trank gierig. Mit dem Rücken ans Auto gelehnt, beobachtete er die Zufahrt. Als ein buntes Schmetterlingspärchen an ihm vorbeiflog, lächelte er.

»Du bist ja gut drauf!«, ertönte eine Stimme hinter ihm. »Hast du dir gerade einen Witz erzählt?« Dabei klopfte Oliver ihm zur Begrüßung auf die Schulter.

Vor Schreck spuckte Julian das Wasser, das er gerade trinken wollte, im hohen Bogen aus. »Wo kommst du denn her?«, fragte er hustend.

»Ich bin schon eine Weile hier. Wie war deine Fahrt?«

»Entspannt, kein Stau«, antwortete Julian.

In dem Moment fuhren Katrin und Lena auf den Parkplatz. Sie sprangen jubelnd aus ihrem Auto und stürmten auf sie zu. Die Jungen bekam große Augen, denn sie sahen super aus, mit ihren modernen Kurzhaarfrisuren. Da beide Sport studierten, waren sie außerdem herrlich durchtrainiert. Begeistert umarmten sich alle zur Begrüßung.

»Sind die anderen noch nicht da?« Katrin schaute sich suchend um.

»Sebastian steht im Stau und Annabell kommt erst morgen. Ihre Oma ist krank geworden. Die wollte sie erst noch versorgen.

9

Eine Nachbarin wird sich dann um sie kümmern. Zum Glück hat sie nicht ganz abgesagt.« Natürlich hatten beide Oliver informiert. »Lasst uns zum Fahrradverleih gehen und die Räder holen! Sebastian bringt sein eigenes mit.«

Julian schluckte. *Hoffentlich kommt sie bald. Ich habe mich ganz besonders auf sie gefreut.* In dem Moment zog sich eine leichte Wolkendecke über den Himmel.

Als sie mit den Leihrädern wieder am Parkplatz ankamen, hob Sebastian gerade sein Mountainbike vom Dach des Autos. »Da bist du ja!«, begrüßte ihn Oliver. »Dann kann es losgehen. Sattelt die Hühner!«

Gut gelaunt luden sie ihr Gepäck auf die Räder und fuhren hinter Oliver her. Es dauerte nur einen Moment, bis sie ihre alte Verbindung spürten, als hätten sie sich erst gestern das letzte Mal gesehen.

Nach einer Weile erreichten sie eine kleine Lichtung mitten im Wald, versteckt hinter Sträuchern und Felsbrocken. Man musste sie kennen, um sie zu finden. Erst hier nahmen sie das Zwitschern der Vögel und das leise Rauschen des Windes wahr, der in den Blättern der Bäume die Melodie untermalte, so viel hatte sie sich zu erzählen. Als sie ihre Räder abstellten, fand ein Sonnenstrahl, wie ein Spot aus der Disco, den Weg durch die Wolken und erhellte ein kreisrundes Stückchen vom Rasen.

»Wow, ist das romantisch«, flüsterte Lena, stellte sich in den Lichtkegel und breitete ihre Arme aus. Dann hob sie das Gesicht mit geschlossenen Augen zur Sonne und begann, sich langsam zu drehen. Vom Sonnenschein umflutet, schienen die blonden Haare plötzlich aus purem Gold zu sein. Das leicht gebräunte Gesicht strahlte wie poliertes Kupfer. Man konnte meinen, eine Elfe würde auf der Wiese tanzen.

»Was ist das?«, flüsterte Julian, um die sonderbare Stimmung nicht zu zerstören.

»Magie!«, antwortete Oliver ebenso leise und verzog sein Gesicht zu einem schiefen Grinsen.

Die Wolkendecke schloss sich und Lena kehrte in die Wirklichkeit zurück. »Das ist der ideale Platz. Lasst uns das Lager aufschlagen! Ich habe Hunger.« Sie griff nach ihrem Rucksack und blickte fragend zu den anderen. Noch immer standen die vier regungslos da. Sie wagten kaum zu atmen. »Hej, was ist los? Was steht ihr hier rum wie die Ölgötzen?«, fragte Lena verwundert.

Langsam löste sich die Starre aus ihren Körpern. Niemand wusste, was er antworten sollte. Sie drehten sich einfach um und begannen, in ihren Rucksäcken nach Essbarem zu suchen. In kürzester Zeit veranstalten sie ein heilloses Durcheinander: Schlafsäcke, Vorratsdosen und Essgeschirr lagen wild durcheinander.

»Ich glaube, wir sollten die Lebensmittel in die Mitte legen. Das andere Gepäck hat Zeit. Ich habe Hunger.« Julian begann, seine Sachen zu sortieren. »Zeigt mal her, was habt ihr Gutes mitgebracht?«

Makrelen, Nudelsalat, Frikadellen, Garnelensalat, Laugenstangen, diverse Brotsorten und eine Menge Obst wurde aufgetischt. Auffallend war, dass alle ausschließlich Wasser als Getränk mitgebracht hatten.

Katrin starrte auf die Glasflaschen. »Hej, das ist ja prima. Unsere Vereinbarung von damals steht noch: Achte auf die Umwelt und vermeide Plastik! – Wer hätte das gedacht?«

»Frau Kronenberg hat uns zu umweltbewussten Menschen erzogen. Ihr Unterricht war eben nah am Geschehen und deshalb einprägsam.« Schmunzelnd biss Sebastian in sein Baguette. »Erinnert ihr euch, wie sie mit uns die Mülltonnen der Schule durchgewühlt hatte? Der arme Viktor saß im Container und musste uns den Dreck anreichen.«

Die Stimmung wurde immer besser. Erst spätabends, als es längst dunkel war, breiteten sie die Schlafsäcke aus. Julian legte sich ebenfalls auf den Waldboden, spürte aber sofort, dass er so auf keinen Fall schlafen konnte. Es war ihm immer noch zu unheimlich. Die Bäume sahen in der Dunkelheit bedrohlich aus und die Geräusche des Waldes ließen ihn ständig aufschrecken. Seine Muskeln spannten sich an und ein ungutes Gefühl im Magen machte sich bemerkbar. Als alle eingeschlafen waren, stellte er sein kleines Zelt, das er vorsichthalber mitgenommen hatte, am Rand der Lichtung neben den Felsen auf. Erleichtert, dass es niemand bemerkt hatte, kroch er hinein und schlief auch sofort ein.

Katrin dagegen war entspannt in ihren Schlafsack geschlüpft und hatte zufrieden die Augen geschlossen. Schon bald fiel sie in einen tiefen Schlaf. Doch plötzlich weckte sie ein lautes Knacken dicht hinter ihr. Erschrocken riss sie die Augen auf und versuchte, die Ursache dafür zu finden. Lief da etwa jemand? In der Dunkelheit konnte sie aber nichts erkennen. Angespannt suchte sie die Lichtung ab. Als sich ihre Augen an das fahle Mondlicht gewöhnt hatten, entdeckte sie das Zelt. Sie setzte sich auf und zählte die Schlafsäcke. *Julian fehlt!* Sie überlegte nicht lange, nahm ihren Schlafsack und schlich zu ihm ins Zelt. *Wer weiß, was das Knacken verursacht hatte. Bei ihm fühle ich mich sicher.* Julian schlief so fest, dass er nichts merkte. *Morgen wird er staunen, wenn er die Augen öffnet*, war ihr letzter Gedanke, bevor sie wieder einschlief.

Lena erwachte als Erste, als die Sonne aufging. Sie war immer schon eine Frühaufsteherin. Ein leises Lachen entglitt ihr, als sie das Zelt entdeckte. Mit einem Blick bemerkte sie, dass Julian und Katrin nicht zu sehen waren. »Holla, geht das jetzt schon los?« Leise ging sie hin und klatschte mit der flachen Hand auf das Zelt.

»Was …?«, brummelte Katrin.

»Aaahh …!«, kreischte Julian. »Katrin, was machst du hier?«

»Na pennen, genau wie du«, kicherte sie.

Er krabbelte aus seinem Schlafsack und öffnete den Reißverschluss des Zelts. Durch die Unruhe wurden auch die anderen wach. War das ein Fest! Alle machten sich über die beiden Angsthasen lustig. Doch in Windeseile, hatte Julian das Zelt zusammengeklappt und verpackt, als wäre es nie dagewesen.

»Sag doch, wenn du ein Dach über dem Kopf haben musst. Wir sind hier, um zu Genießen.« Sebastian hatte dafür Verständnis. »Ich will jetzt duschen. Kann es vielleicht kurz regnen?« Er streckte die Hände in die Luft und schaute in den wolkenlosen Himmel.

»Spinnst du? Wir brauchen keinen Regen. Ich kenne einen kleinen Bach in der Nähe. Der hat super klares Wasser. Kommt, legen wir uns rein und lassen den Dreck der Nacht einfach wegspülen!« Oliver lief voraus, nur mit einer Badehose bekleidet.

Nach dem Frühstück klingelte Olivers Handy. Annabell kündigte an, dass sie in einer Stunde am vereinbarten Parkplatz eintreffen würde.

»Ich hole sie ab. Ihr könnt in der Zwischenzeit die Umgebung erkunden. Vielleicht findet ihr ein paar Beeren oder sonst was Gutes, das wir zum Nachtisch essen können. Ich denke, in ungefähr zwei Stunden werden wir bei euch sein.« Oliver machte sich auf den Weg.

Julian, dem die Situation am Morgen noch immer peinlich war, wollte im Moment lieber nicht mit den Mädels zusammen sein. Daher schlug er vor, mit Sebastian Holz zu sammeln, um in der Nacht ein Lagerfeuer zu machen. »Ich halte die erste Nachtwache«, tönte er freudig. Lena und Katrin zogen grinsend los, um Kräuter und Beeren zu suchen.

*

Als Oliver und Annabell auf der Lichtung ankamen, saßen die anderen bereits mit Körbchen voller Leckereien um das gestapelte Holz und erzählten von ihren Erlebnissen an der Uni. Sebastian studierte Natur und Umwelt in Freiburg und wollte die Erlebnisse der Auszeit in seine nächste Ausarbeitung einfließen lassen. Julians Studium der angewandten Geografie an der Uni Aachen hatte seine Neugierde auf die hier immer noch aktiven Vulkane geweckt.

»Wer hätte damals gedacht, dass wir alle sofort einen Studienplatz bekommen und dann in ganz Deutschland verteilt sein würden.« Sebastian erinnerte sich an die entsetzten Blicke seiner Eltern, als er ihnen mitteilte, dass er nach Freiburg ziehen würde.»So weit willst du weg, Junge? Das kannst du uns nicht antun«, hatte sein Vater gejammert. Aber was sollte er machen? In Kreuztal bei Siegen, wo sie alle aufgewachsen waren, konnte er nicht bleiben.

Annabells Augen weiteten sich, als sie die romantische Lichtung sah. Der Duft des Waldes war hier besonders intensiv und die unterschiedlichen Grüntöne ringsherum erzeugten eine harmonische Stimmung. Ihre Freunde sprangen sofort auf, als sie sie sahen.

»Hi, schön dass du da bist!« Julians Herz begann schneller zu schlagen, als sie ihn anlächelte.»Wie geht es deiner Oma?« Er kannte die Ängste nur zu gut, die man um einen lieben Menschen haben konnte, denn erst vor einem halben Jahr war sein Bruder nach einem Verkehrsunfall gestorben.

»Ihr geht es schon wieder ganz gut. Sie litt plötzlich unter Atemnot. Das hatte mir einen riesigen Schreck eingejagt. Aber der Arzt verordnete ihr ein Spray, mit dem sie nun gut zurechtkommt. Sie ist jetzt bei ihrer Freundin, die zum Glück gleich nebenan wohnt.« Annabells Gesicht zeigte deutliche Spuren der Anspannung. Am liebsten wäre sie bei ihrer Oma geblieben, aber die hatte sie weggeschickt.»Verbringe gefälligst Zeit mit deinen Freunden und nicht an meinem Krankenbett!«, hatte sie gesagt.

»Sei willkommen in unserem Kreis!« Sebastian umarmte sie. Da gab es kein Halten mehr. Alle wollten Annabell begrüßen.

»Das Essen ist angerichtet«, ließ Lena ertönen,»mir hängt der Magen schon in den Kniekehlen.«

Es war eine köstliche Mahlzeit. Die Reste vom Vortag, die frisch gesammelten Früchte und Annabells Mitbringsel ließen alle herzlich zugreifen. Gut gesättigt, luden sie das Gepäck auf und machten sich mit den Mountainbikes auf den Weg. Oliver hatte eine supertolle Badestelle im kleinen See versprochen.

»Kommen wir am Abend wieder hierher zurück?« Katrin hätte gerne noch eine Nacht auf dieser wunderschönen Lichtung verbracht. Da hatte sie nämlich einen Traum, den sie unbedingt weiter träumen wollte. Manchmal gelang ihr das.

14

»Mal sehen, vielleicht – vielleicht auch nicht. Lass uns abwarten, was der Tag noch bringt.« Damit setzte sich Oliver an die Spitze und raste los. Sie mussten heftig in die Pedale treten, um mitzuhalten und kamen schnell ins Schwitzen, denn die Sonne schien ungewöhnlich heiß. Der See war eine Augenweide und gar nicht so klein. In der Mitte schwammen weiße Seerosen. Am nahen Ufer wuchs Riedgras doch an den meisten Stellen säumten Sträucher den See. Weiter hinten dümpelten an einem Steg kleine Ruderboote. Am Ende des lang gezogenen Sees erkannten sie einen abgetrennten Teil, der als Schwimmbad diente, weit genug von ihnen entfernt. Der kleine Sandstrand, an dem sie standen, war gut versteckt. Sie ließen das Gepäck fallen, zogen ihre Badekleidung an und liefen ins Wasser, um zu plantschen wie die Kinder. Ein Maler hätte seine Freude an diesem Anblick. Bis zum Abend genossen sie das herrliche Fleckchen Natur.

»Autsch«, schrie Katrin plötzlich, »mich hat was gestochen!«

»Das sind die blutsaugenden Mückenweibchen.« Oliver verstellte seine Stimme, als würde er eine Gruselgeschichte erzählen und sah sich dabei Katrins Bein an. »Die brauchen Proteine für ihre Eier und was sonst noch alles an guten Nährstoffen in deinem Blut ist.«

»Wird das jetzt eine Vorlesung?«, wollte Sebastian wissen. Er griff nach seinem Rad und Rucksack und radelte los. »Lasst uns fliehen, bevor noch mehr kommen!«

*

Zur Freude aller hatte sie Oliver wieder zur Lichtung geführt. »Lasst uns gleich das Lagerfeuer anzünden. Das schützt vor ungebetenen Gästen.« Oliver kramte in seinem Rucksack nach dem Feuerzeug. Da fühlt er plötzlich das kleine Döschen, das ihm Nicolas mitgegeben hatte. Ach, das hatte er ganz vergessen! Den Inhalt sollte er über die Eier der Mücken verteilen und außerdem seine Beobachtungen notieren und sie ihm später geben. *Es ist mein Anteil vom Experiment der Uni,* hatte Nicolas gesagt. Also mussten sie morgen noch einmal zum See. *Hoffentlich finde ich welche. Schließlich sind die so klein, dass man sie kaum sehen kann.*

Es wurde ein gemütlicher Abend. Irgendwann kroch einer nach dem anderen in seinen Schlafsack. Auch Julian blieb dieses Mal ohne Zelt. Oliver übernahm die erste Wache. Als alle schliefen, telefonierte er mit Nicolas, um das Experiment abzusagen, denn irgendwie hatte er plötzlich ein ungutes Gefühl dabei – woran das lag, wusste er nicht.

»Du hast es versprochen! Was ist los mit dir?«, Nicolas war enttäuscht.

»Ich mache mir so meine Gedanken und würde gerne wissen, warum du das nicht selbst machst? Mückeneier gibt es auch in Stuttgart.« Oliver lief unruhig hin und her. Hoffentlich war er weit genug von den anderen entfernt, damit er sie nicht aufweckte.

»Ach komm, du bist da dicht am Wasser. Hier ist nur der See im Park. Da laufen zu viele Leute herum. – Hej, bist du noch dran?«

Oliver wusste nicht, ob er antworten sollte. Wenn er einfach so täte, als wäre die Leitung unterbrochen, müsste er nicht weiter diskutieren.

»Ich höre dich atmen. Bitte bleib bei deiner Zusage. Ich melde mich in zwei Tagen bei dir.« Damit war die Leitung tot.

Leise schlich Oliver zurück zur Lichtung. Nicolas war viel mehr für ihn als nur ein Freund, dem er vertraute. Trotzdem wollte er Informationen zu dem Experiment.

»Warst du pinkeln? Ich habe dich schon vermisst. Mann, wie siehst du denn aus? Ist dir unterwegs ein Ungeheuer begegnet? Leg dich hin und schlaf 'ne Runde. Ich übernehme.« Sebastian grinste.

*

Am nächsten Morgen war die Stimmung etwas gedämpfter. Die Euphorie über das Wiedersehen war verflogen und alle hatten noch eine Menge Müdigkeit im Gesicht. »Ich werde noch verrückt, das juckt so! Die Mückenstiche machen mich fertig.« Katrin schüttelte ihr Bein in der Hoffnung, dass der Juckreiz dadurch etwas erträglicher würde. Außerdem war sie enttäusch, statt den schönen Traum weiter zu träumen, hatte sie einen Albtraum, an den sie sich aber nicht mehr richtig erinnerte, lediglich daran, dass alle plötzlich fliehen mussten. »Spitzwegerich bringt Linderung. Wer kommt mit suchen? Der wird helfen. Oder willst du lieber Salbe?« Annabell schaute sie von der Seite an. Als Medizinstudentin sollte sie zwar mit der Pharmaindustrie konform gehen, aber sie würde immer die Alternativmedizin bevorzugen.

»Ne, keine Chemie.«

»Gute Antwort.« Annabell stürmte los.

»He, wie sieht das Zeug aus und wo muss ich suchen?« Sebastian trottete hinter ihr her, war aber noch zu müde zum Denken.

»Wie der Name schon sagt: wächst am Wegesrand und hat lange, spitze Blätter«, amüsierte sich Annabell. Sie kannte sich aus, doch Sebastian half ihre Information nicht wirklich. Sein Gehirn schlief noch so früh am Morgen. Für ihn sahen die Pflanzen im Moment alle ähnlich aus. Wohin er auch schaute, es schien keine der Beschreibung zu gleichen. »Wozu gibt es Salben?« Warum war er überhaupt mitgegangen?

Zum Glück fand Annabell schnell, wonach sie suchte. Sie knetete kurz die Blätter, bis eine weiße Substanz sichtbar wurde. »Das binden wir für zwei Stunden auf dein Bein. Damit geht es dir besser.«

Nach dem Frühstück wollten alle gleich wieder zum See. Die Sonne schien bereits heiß vom Himmel, da würde ihnen die Erfrischung im Wasser guttun. Oliver war erleichtert. So konnte er doch Nicolas Wunsch erfüllen. Was sollte schon passieren? Beinahe ein wenig zu schnell schwang er sich auf sein Fahrrad.

*

»Kommst du nicht ins Wasser?«, rief Lena vergnügt.
»Doch, gleich«, brummelte Oliver, »ich will mir nur erst noch
einmal die Beine vertreten. Hatte gerade einen Krampf in der
Wade. Bin halt nicht so trainiert wie ihr.« Betont humpelnd, umkreiste er seinen Rucksack. Wie er das Lügen hasste! Erst als er
sicher war, dass keiner es sah, holte er das Döschen heraus und
verschwand hinter den Sträuchern am seitlichen Ufer. Ein gutes
Stück weiter entdeckte er endlich die Mückeneier im Schlamm.
Schnell verteilte er das weiße Pulver. Plötzlich tauchte vor seinen Augen für einen Moment ein Bild von hunderten Mücken
auf, die sich erhoben und auf ihn zuflogen. Erschrocken steckte
er das leere Döschen in seine Hosentasche.
Es gelang ihm bis zum Abend nicht, seine Leichtigkeit wieder-
zufinden. Immer wieder kamen ihm dunkle Gedanken. Wer
weiß, was Nicolas da zusammengemischt hatte? Warum vertraute er ihm plötzlich nicht mehr? Hatte es vielleicht gar nichts
mit der Forschungsarbeit der Uni zu tun und war nur sein eigenes Ding? Warum sonst machte er so ein Geheimnis darum?
Seine Fantasie ließ ihm keine Ruhe, denn jetzt war er auch daran
beteiligt.
»Hört ihr das?« Julian hielt inne und lauschte.
»Ne, was denn?« Lena schüttelte den Kopf. Aber dann blickte
sie auf. Das Summen war nicht mehr zu überhören. »Das kommt
aus dem Wald.«
Sechs Augenpaare weiteten sich erschrocken, als sie eine
graue Wolke sahen, die auf sie zukam.
»Was ist das?« Oliver hielt den Atem an. »Mücken!«, rief er,
als er sie beim Näherkommen erkannte. »Die greifen uns an!
Weg hier!«
Die ersten Mücken waren im Nu bei ihnen und setzten sich
auf ihre Haut. Schnell packten die Freunde ihre Sachen und radelten los. Ohne sich noch einmal umzudrehen, rasten sie durch
den Wald. Weil plötzlich das Summen verstummte, bremste Sebastian so abrupt, dass Julian nicht mehr ausweichen konnte

und stürzte. Entsetzt bemerkten sie, dass sein Vorderrad verbogen war.

»Wo sind sie geblieben? Haben wir sie etwa abgehängt?« Sebastian konnte das selbst nicht glauben. Suchend schauten sie sich um. Julian hatte keine Chance, weiterzufahren. Zum Glück war er nicht verletzt. Weil niemand auf den Weg geachtet hatte, wussten sie nicht, wo sie gelandet waren. Oliver versuchte, sich zu orientieren. Überrascht entdeckte er hinter den Büschen das alte Blockhaus seiner Eltern. Blitzschnell griff er ins Schlüsselversteck und öffnete die Tür, als erneut das Summen begann. Sie stürmten hinein und stolperten dabei beinahe über ihre eigenen Füße.

»Tür zu!«, schrie Julian und schon standen sie im Dunklen. Einen Moment lauschten sie. Von den Mücken war nichts mehr zu hören.

»Mann, haben wir ein Glück. Das ist unser Ferienhaus, unsere ‚Hütte‘«, erklärte Oliver erfreut und holte sein Handy aus der Hosentasche, um die Taschenlampe anzustellen. »Hier machen wir es uns gemütlich.« Er staunte, dass er den Weg unbewusst gefunden hatte. »Es ist Platz für alle da. Ich werde mit Sebastian und Julian in meinem Zimmer schlafen. Ihr Mädchen könnt das Schlafzimmer meiner Eltern nutzen. Es stehen in jedem Zimmer zwei Betten und eine Schlafcouch. Lasst uns sauber machen! Wir haben hier schon viel zu lange keinen Urlaub mehr gemacht. Wäre ein Wunder, wenn es noch Strom gibt.« Erwartungsvoll betätigte er den Lichtschalter. »Wow, sie zahlen weiterhin regelmäßig die Rechnung. Also funktionieren auch Herd und Kühlschrank. – Mama, Papa, habt Dank dafür.«

Beim Aufräumen fanden sie allerlei nützliche Dinge, vor allem Kerzen. Später würde Oliver nach den Campinglampen suchen. Davon mussten bestimmt einige im Schuppen sein. Die könnten sie auf die Terrasse stellen und gemütliche Abende dort genießen. Julian freute sich, weil damit das Schlafen im Freien überstanden war.

Nach einer Weile öffnete Katrin die Terrassentür einen Spalt und lauschte. »Die Luft ist rein.« Eilig holten sie das Gepäck, versteckten die Räder hinter dem Blockhaus und verschlossen sorgfältig die Tür. Bloß keine Mücken reinlassen!»Gelüftet wird morgen«, sagte sie noch schnell.»Ich mache eben die Fensterläden auf. Es ist noch hell genug. Dann brauchen wir keine Lampen.« Annabell fühlte sich bereits wohl in der unerwarteten Unterkunft.

»Haben wir ein Glück, ein festes Dach über dem Kopf und nicht zu vergessen – ein Bad.« Lena war begeistert.»Oliver, probiere mal, ob auch Wasser aus der Leitung kommt, dann können wir gleich duschen.«

Es quietschte und klopfte in der Leitung, als Oliver den Wasserhahn aufdrehte, dann blubberte eine dunkelbraune Flüssigkeit heraus.

2 Stuttgart

Nicolas überlegte, ob er noch zum Fitnessstudio gehen sollte, denn dort würde Jens ihn gleich mit zahlreichen Fragen bombardieren, worauf er aber keine Lust hatte. Oliver hatte sich noch nicht gemeldet, deshalb konnte er nichts Neues sagen. *Hoffentlich kneift Oli nicht.* Das Klingeln seines Handys riss ihn aus den Gedanken.»Yep, was geht?«, meldete er sich, ohne nachzusehen, wer dran war.

»Hej Alter, schwing die Hufe und komm zum Training! Ich warte schon seit einer Stunde.«

»Hallo Jens, bin schon unterwegs«, log er und legte schnell auf. *Hätte ich mich bloß nicht darauf eingelassen.* Jetzt war es nicht mehr zu ändern. Übellaunig machte er sich auf den Weg.

»Da bist du ja endlich!« Jens stand rauchend vor der Tür des Fitnessstudios.»Hat dein Lover das Zeugs verteilt?«

»Du mich auch.« Nicolas begrüßte ihn gereizt mit einer Ghettofaust. Jetzt nur nichts Falsches sagen.»Wird er schon. Wie oft soll ich dir noch sagen, der ist nicht mein Lover.« *Warum musste Jens letzte Woche ausgerechnet in die Umkleide kommen, als mich Oliver umarmt hatte? Wir wollten es doch für die Zeit des Studiums geheim halten.*

»Wer's glaubt, wird selig!« Jens klopfte ihm kräftig auf die Schulter und schmiss die Kippe auf die Erde.»Komm rein und berichte!«

»Ich zieh mich erst mal um. Wir treffen uns am Stepper beim Aufwärmen«, versuchte Nicolas Zeit zu gewinnen. Er hatte einfach keine Lust, mit Jens über das Experiment zu sprechen. *Warum habe ich mich nur dazu überreden lassen? Um Jens zu helfen, wieder auf die Beine zu kommen? Wahrscheinlich wird das gar nicht gelingen. Dafür habe ich jetzt Stress mit Oliver.* Schon

21

der Gedanke daran raubte ihm jegliche Kraft. Sämtliche Energie schien aus seinem Körper zu fließen. Lustlos ging er ins Studio. Ein widerlicher Schweißgeruch empfing ihn im Umkleideraum. Mechanisch öffnete er ein Fenster. Gedankenverloren setzte er sich auf die Bank und schreckte sofort wieder hoch, als Jens plötzlich die Tür aufriss.»Hej, pennst du? Ich bin so gespannt. Drehen die Viecher jetzt durch, oder werden sie groß wie dicke Fliegen? Der Chef will auch wissen, was los ist.«

Nicolas schüttelte verzweifelt den Kopf.»Wie soll das denn gehen? Oliver hat das Zeug doch erst gestern über die Mückeneier gestreut, jetzt müssen die zu Larven werden und dann schlüpfen sie. Ich habe keine Ahnung, was aus denen wird. Und ob es dann überhaupt wirkt? Hab Geduld!« Wie sollte er es ihm nur erklären. *Sein Kopf ist bestimmt schon wieder zugekifft. Dabei hatte er versprochen, aufzuhören, wenn ich ihm die Arbeit im Studio besorge.* Sorgenvoll blickte er ihn an.

Jens begann plötzlich sein sonderbares gackerndes Lachen.»Wie hat er denn die Eier bestreut? Hat er die Mücken aufs Kreuz gelegt und dann begattet?« Wie verrückt tanzte er durch den Raum. Sein Gesicht verzog er dabei maskenhaft.

Doch zugedröhnt.»Mann, die Eier liegen im Schlamm, du Blödmann! Du knallst dir noch dein letztes bisschen Hirn aus dem Schädel mit den Drogen!«

»Ja, ja, schon recht. Morgen höre ich auf, versprochen!« Dabei leckte er seine Handfläche und erwartete von Nicolas, dass er ihm Fünf gab, um sein Versprechen zu besiegeln. Aber das war zu viel verlangt.

»Ich geh jetzt trainieren und du solltest eine kalte Dusche nehmen!«

»Na klar, Mann, zu Befehl.« Jens nahm Haltung an, legte kurz die Handkante an seine Stirn und begann, sich auszuziehen.

Hat auch seinen Vorteil, wenn er so daneben ist, er gehorcht aufs Wort. Beruhigt, nichts weiter erklären zu müssen, ging Nicolas in den Fitnessraum und begann mit dem Training. Danach verschwand er, ohne zu duschen, und unbemerkt von Jens.

22

Abends fand Nicolas nicht in den Schlaf. Er musste Oliver rechtgeben. Woher hatte Jens das offizielle Döschen der Unistudie und welche Substanzen waren darin? Wieso interessiert sich Mühlenberg, der Chef des Fitnessstudios, überhaupt für die Mücken? Sie sollen vitaler und leistungsfähiger werden, meinte Jens. Und wenn sie dann die Kunden stechen, sollen sie die Kraft übertragen. So ein Unsinn! Aber als Jens völlig verzweifelt und gleichzeitig euphorisch vor ihm gestanden hatte, konnte er nicht anders. Es lag so viel Hoffnung in seinen Augen. Wenn alles erfolgreich ablaufen würde, bekäme er in Zukunft von Mühlenberg einen monatlichen Scheck. Mit dem Geld kann ich mir endlich eine neue Zukunft aufbauen, hatte er gesagt. Nur dabei wollte Nicolas ihm helfen. Wenn doch endlich Oliver anrufen würde. Außerdem fehlte er ihm. Doch sein Handy schwieg die ganze Nacht. Irgendwann schlief er endlich ein. Gegen Mittag wachte er auf. Der erste Blick galt dem Telefon: kein Anruf!»Oliver, lass mich nicht im Stich!«, murmelte er flehend.

3 Vulkaneifel

Oliver wälzte sich unruhig hin und her. Im Traum sah er Missbildungen von Mücken, die so groß waren wie die Hütte und sich in Scharen darum platzierten. Er hatte keine Möglichkeit, ihnen zu entkommen. Sie saßen unbeweglich dort, den Blick gespannt auf die Tür gerichtet, als warteten sie auf ihre Beute. Er schlich zum Fenster. Doch als er den Vorhang zur Seite schob, sah er direkt in Nicolas' Augen. Sein Gesicht war zu einer Grimasse verzogen und grinste ihn an. Laut schreiend sprang Oliver zurück. In diesem Moment fiel er polternd aus dem Bett. Kalter Schweiß überzog seinen Körper, als er aufwachte. Heftig atmend versuchte er, sich aufzurichten.

»Schaut euch unseren Oliver an, liegt auf dem Boden wie 'ne Schildkröte und hechelt, als hätte er einen Marathon hinter sich«, murmelte Sebastian schlaftrunken. »Was treibst du da?«

»Leise, du weckst die anderen.«, beschwerte sich Oliver.

»Schon passiert,« trällerte Lena, die gleich munter aus dem Bett gehüpft war und ins Zimmer der Jungen kam, um zu sehen, was passiert war.

»He, ich will noch schlafen«, stöhnte Julian aus dem anderen Bett und drehte sich zur Wand.

Doch daran war nicht mehr zu denken, denn auch Annabell und Katrin steckten ihre Nasen durch die Tür. Als sie Oliver mit sich selbst kämpfen sahen, brachen sie in herzhaftes Gelächter aus. »Brauchst du Hilfe?«, trällerten sie und zogen an seinen Armen.

»Lasst das, ich schaffe allein aufzustehen.« Oliver wehrte sich, als hätte er einen Kampf zu gewinnen.

*

Beim Frühstück schmiedeten sie Pläne für den Tag. Oliver wollte mit Julian zum Fahrradverleih gehen und das demolierte Rad eintauschen. Sie würden bis mittags brauchen, weil sie den gesamten Hinweg laufen mussten.

»Wir Mädels fahren zum See und Sebastian kommt mit«, erklärte Lena vergnügt.

»Besorgt doch gleich ein paar Vorräte, wenn ihr schon im Ort seid. Am besten für die ganze Woche.« Annabell hatte keine Lust mehr, Beeren zu sammeln und Salate zu suchen. »Nun sind wir im Blockhaus gestrandet und sollten es genießen. Wer ist dafür?«

Doch bevor auch nur einer antworten konnte, schrillte Oliver Handy.

»Mann, was für ein ätzender Klingelton.« Sebastian rannte zur Anrichte, holte das Smartphone und hielt es ihm hin. »Geh endlich dran!«

Oliver erkannte sofort die Nummer. Mit bleichem Gesicht verließ er die Hütte. *Der fehlt mir jetzt gerade noch. Ob er schon Bescheid weiß? - Es ist doch nur ein harmloses Experiment, hatte Nicolas gesagt.* »Guten Morgen, Herr Professor Jäger«, meldete er sich unsicher.

»Oh, habe ich Sie geweckt? Tut mir leid. Ich weiß von Ihrem Freund Nicolas, dass Sie gerade in der Nähe von Kempenich Urlaub machen. Deshalb rufe ich an. Können Sie mir bitte einen Gefallen tun? Ich hatte vor einer Woche mit meinem Kollegen Professor Hilpert gesprochen, der Tests mit Probanden macht, die bereit sind, sich von Mücken stechen zu lassen. Allerdings kann ich ihn telefonisch nicht erreichen und auf meine Mails antwortet er auch nicht. Können Sie bitte einmal zu ihm fahren und fragen, wo die Ergebnisse bleiben? Ich brauche sie dringend! Er schaltet manchmal alles aus, um seine Ruhe zu haben, und vergisst leider, Computer und Telefon wieder zu aktivieren. Werden Sie dafür Zeit erübrigen können? Es ist wirklich wichtig!«

Erleichtert atmet Oliver aus.»Natürlich, Herr Professor, dafür habe ich Zeit. Schicken Sie mir die Anschrift aufs Handy, dann fahre ich gleich hin.«
»Wunderbar, ich wünsche Ihnen noch einen schönen Urlaub.«
Oliver wartete einen Moment, bevor er wieder hineinging, und atmete tief durch. Erleichtert öffnete er die Tür.»Julian, lass uns gleich losgehen. Wir haben noch einen Auftrag zu erledigen. Und ihr anderen genießt das schöne Wetter.«

*

Sebastian fühlte sich pudelwohl allein mit den Mädels am See. Aus den Kindern waren fesche junge Frauen geworden. Wenn er sich für eine entscheiden sollte, wüsste er nicht, für welche. Jede hatte ihren besonderen Reiz. Annabell war schon in der Schule immer die mit dem Überblick gewesen. Sie strahlte Ruhe und Weisheit aus. Bei ihr konnte man sich geborgen fühlen. Katrin hingegen machte auf ihn den Eindruck, dass sie noch gerne experimentierte. In einem Moment war sie munter und aufgedreht und plötzlich wieder nachdenklich oder vollkommen abwesend. Sie würde vielleicht einen Mann brauchen, der ihr eine gewisse Sicherheit geben konnte. Lena war die Frohnatur in Person. Sie träumte von Feen und Gnomen genauso wie von der perfekten Welt. Nichts schien sie umzuhauen. Mit ihr wäre das Leben sicher ein reines Abenteuer.
Ein kühler Wasserschwall beendete abrupt seine Gedanken. Die Mädchen tanzten vor Begeisterung.»Spinnt ihr? Wie alt seid ihr eigentlich?« Blitzschnell sprang er auf, schnappte sich Annabell und zerrte sie zum See. Kreischend gingen beide in dem kühlen Wasser unter. Eine wilde Schlacht begann – wie in Kindertagen.

Die Zeit verging wie im Flug, ohne dass Oliver und Julian auftauchten.»Wo die wohl geblieben sind? Hoffentlich gab es keinen Stress wegen des kaputten Fahrrads.« Sebastian machte sich langsam Sorgen. »Soll ich ihnen hinterhertelefonieren?«

»Auf keinen Fall. Lasst uns zurückfahren, ich habe Hunger. Außerdem wird mir langsam kühl.« Katrin schaute zum Himmel, über den See und dann in den Wald. Hatte sie da was gehört? Sofort kam die Erinnerung an die Mücken. »Hört ihr das auch?« Annabell lauschte. »Meinst du die gackernden Enten da hinten?«

»Da summt doch was!« Katrin ließ sich nicht beirren.

»Stimmt«, sagte Sebastian und klatschte ihr mit der flachen Hand auf den Rücken. »Eine Mücke umschwärmte dich. Jetzt ist sie tot.«

»Autsch, spinnst du?«

»Ich glaube, die hat dich schon gestochen. Auf jeden Fall sieht die Stelle rot aus.« Sebastian tippte mit dem Finger auf die kleine Beule, die sich bereits auf ihrer Haut bildete.

»Lass das! Annabell, sieh du mal nach!«

Annabell machte große Augen. »Tatsache, sie hat dich gestochen. Ich sehe ein tiefes, schwarzes Loch an der Stelle«, unkte sie. »Lasst uns verschwinden, ehe noch mehr kommen!«

Unterwegs wurden Katrin und Lena noch einige Male gestochen. In der Hütte zählten sie die roten, juckenden Beulen. Katrin hatte sieben und Lena fünf.

»Und ihr habt keine?«, Katrin konnte es nicht fassen.

»Lass uns schnell etwas drauf tun, damit sie nicht schlimmer werden.« Annabell holte ihre Reiseapotheke, und bevor einer etwas dagegen sagen konnte, verteilte sie Salbe auf den Einstichstellen.

»Tut das gut!« Doch plötzlich setzte sich Katrin schwankend auf einen Stuhl und rieb ihre Augen.

»Was ist mit dir?«, besorgt sah Annabell sie an. »Hast du was ins Auge bekommen?«

»Es verschwimmt plötzlich alles und schwindelig ist mir auch. Was hast du mir da draufgeschmiert? Ich kann nicht mehr richtig sehen.«

»Komm, leg dich auf die Couch und ruh dich aus! Bist du vielleicht allergisch gegen Insektenstiche oder hast du zu viel Sonne getankt?« Geschickt packte sie Katrins Arm und führte sie zum Sofa. »Bring bitte ein Glas Wasser für Katrin!«

»Mach ich«, murmelte Lena. Doch bevor sie den Schrank mit den Gläsern erreichte, stieß sie mit dem Fuß ans Tischbein und fiel dann beinahe über Sebastians Füße.

»Halt, stehen geblieben!« Sebastian schnappte zu und fing sie auf. »Was ist los mit euch? Habt ihr etwa einen Sonnenstich? Am besten, du legst dich gleich neben Katrin.« Irritiert schaute er zu Annabell. »Fällst du auch gleich um?«

»Nein, ich fühle mich gut und du?«

»Bei mir ist alles prima.«

4

Nachdem Julian das verbeulte Fahrrad gegen ein neues getauscht hatte, machte sich Oliver mit ihm sofort auf den Weg zu Professor Hilpert. Die beiden staunten nicht schlecht, als sie bei ihm ankamen. Eigentlich hatten sie eine große Villa erwartet, die von einer hohen Mauer umgeben war, wie es sich für einen Professor im Ruhestand gebührt hätte. Stattdessen standen sie nun vor einem irischen Cottage mit duftenden Kletterrosen an den Wänden und einem verwunschenen Vorgarten. Kleine Feen lugten unter blühenden Sträuchern hervor und ein Glöckchen klang irgendwo leise im Wind. Über der grünen Tür hing ein grünes, dreiblättrigen Kleeblatt aus Holz. Weil Oliver keine Klingel fand, benutzte er den bronzenen Türklopfer und machte reichlich Lärm damit. »Haben wir irgendwann den Kontinent gewechselt?« Erneut klopfte er einige Male. Aber nichts rührte sich. »Sollen wir hinten nachsehen?«

Julian nickte. Sie stellten die Räder neben der Tür ab und schlichen ums Gebäude.

»Schau dir das an!« Julian war begeistert. Ein riesiger Garten mit wunderschönen, blühenden Rosensträuchern unterschiedlicher Farben tat sich vor ihnen auf, und weiter hinten entdeckten sie einen Teich mit weißen Seerosen. Der Rasen duftete, als wäre er gerade frisch gemäht worden. An der rechten Seite war ein kleiner Nutzgarten angepflanzt. Zahlreiche Scheinakazien und bunter Schmetterlingsflieder umsäumten das gesamte Grundstück. Emsig flogen Bienen und Schmetterlinge von Blüte zu Blüte. Eine knorrige Sitzgarnitur aus Holz machte die Terrasse aus Natursteinplatten gemütlich. Auf dem wettergegerbten Tisch standen eine Flasche Wasser, ein halbvolles Glas und ein Ständer mit einer Pfeife, die vor sich hin räucherte. Irische

Volksmusik klang aus dem Cottage. Sie gingen zur offenen Terassentür.

»Hallo? – Professor Hilpert?« Julian steckte seinen Kopf durch die Tür. »Professor Hilpert, sind Sie da? – Wir kommen im Auftrag von Professor Jäger.«

Oliver gesellte sich zu ihm. Neugierig schaute auch er ins Zimmer. »Wie kann man sich so ein Haus hier hinstellen, mitten in die Zivilisation? Das muss doch aus einer anderen Welt sein.«

»Mir gefällt es. Ist doch gemütlich.« Julians Augen begannen zu glänzen.

»Mir gefällt es auch«, ertönte plötzlich eine sonore Stimme dicht hinter ihnen.

Die beiden machten vor Schreck eine Kehrtwendung und standen beinahe Nase an Nase Professor Hilpert gegenüber. Als dieser die verdutzen Gesichter sah, begann er herzhaft zu lachen. Verlegen stimmten sie mit ein.

»Darf ich Ihnen ein Glas Wasser anbieten?«, fragte der Professor und machte mit der Hand eine einladende Geste zum Tisch.

»Gerne«, stammelten beide und setzten sich auf die rustikalen Korbsessel.

»Sie kommen im Auftrag meines jungen Kollegen Jäger aus Stuttgart, sagten Sie? Was kann ich für ihn tun?«

»Der Professor erwartet dringend die Ergebnisse der Studie von den Mücken und den Folgen bei den Menschen, die durch ihre Stiche verursacht wurden. Wir sollen Sie bitten, Kontakt zu ihm aufzunehmen. Er konnte Sie nicht erreichen.« Oliver hatte plötzlich einen trockenen Mund und nahm einen großen Schluck Wasser.

»Konnte er nicht?«, wunderte sich der Professor. »Sonderbar, trotz Telefon und Internet.« Er griff nach seiner Pfeife und lehnte sich gemütlich rauchend zurück. Dabei summte er das Lied mit, das gerade aus seinem Haus tönte. »Kennen Sie meine Heimat? Leider habe ich sie als junger Student verlassen.«

Was sollte Oliver nur darauf antworten? Hilflos rutschte er auf seinem Sitz hin und her. Anscheinend hatte der Professor

30

vergessen, worüber sie gerade gesprochen hatten.»Nein, ich war noch nie in Irland. Das ist doch Ihre Heimat, oder?«
»Oh, erkennt man das? – Ja, das erkennt man wohl.« – In seinem Gesicht konnten sie die grenzenlose Liebe zu diesem Land erkennen.

Oliver blickte hilfesuchend zu Julian.»Mensch, sag du doch auch mal was«, flüsterte er ihm zu.

Julian räusperte sich und versuchte, die richtigen Worte zu finden.»Professor Hilpert, …?«, setzte er zaghaft an. Doch dessen verträumter Blick ließ ihn sofort wieder verstummen. Er nahm sein Glas, nippte daran und beobachtete den Professor. Nach einer kurzen Weile schien dieser wieder im Hier angekommen zu sein.»Was hatten Sie gesagt? Entschuldigung, ich war wohl gerade etwas abwesend.«

Am liebsten hätte Julian *allerdings* gesagt, wenn es nicht so unhöflich gewesen wäre.»Wir sollten Sie nach den Ergebnissen der Studie fragen. Professor Jäger benötigt dringend die Statistiken und bittet Sie darum, diese möglichst noch heute per Internet zu senden.«

»Studieren Sie an seiner Uni?«

»Nein, ich nicht, aber Oliver. Ich studiere in Freiburg Natur und Umwelt«, sagte Julian mit Stolz in der Stimme.

»Sehr interessant. Und was machen Sie in Kempenich?« Dabei blickte er abwechselnd von Julian zu Oliver. Seine Augen leuchteten plötzlich, als wäre sein Interesse endlich geweckt.

»Wir machen eine kleine Auszeit mit ein paar Freunden aus der Schulzeit in unserem alten Ferienhaus in den Semesterferien.« Oliver hatte das Gefühl, in die Kindheit zurückversetzt worden zu sein, so verlegen war er plötzlich. Was strahlte der Professor eigentlich aus, das ihn so unsicher machte? Vorsichtig versuchte er, ihn zu taxieren.

»Die schönste Zeit des Studiums«, nickte der Professor. Schon wieder kehrte der abwesende Blick in seine Augen zurück.

Das konnte noch heiter werden. Dabei wollten sie so schnell wie möglich zu den anderen zurückkehren. Und einkaufen sollten sie auch noch! Außerdem wollte er unbedingt zum See und nach den Mückeneiern sehen. Vielleicht waren sie schon verschwunden, von den Fischen aufgefressen. Oliver wurde immer unruhiger.

»Oh, entschuldigen Sie, da will ich mal gleich nach den Ergebnissen sehen. Ihre Zeit möchten Sie sicher lieber mit Ihren Freunden verbringen, statt mit einem alten, verträumten Professor.« Sonderbar intensiv blickte er in Olivers Augen. Dann stand er abrupt auf und ging ins Cottage, um sein Laptop zu holen. »Hier, sehen Sie sich die Fotos an. Ist das nicht entsetzlich?«

»Sind das etwa Wunden durch Mückenstiche? Die sehen aber gefährlich aus.« Oliver war entsetzt. Mehrere kreisförmige Flächen, so groß wie Ein- und Zwei-Euro Münzen, überlappten sich, waren blutig oder nässten auf der Haut. Ein anderes Foto zeigt einen angeschwollenen Unterschenkel mit einer riesigen Eiterblase, die in einem feuerroten Hof lag. Im Gesicht wirkte das Ganze noch bedrohlicher, die Schwellung ließ das Auge beinahe verschwinden. Die Bilder aus der Uni hatten ihn schon erschrocken, aber diese jetzt …!

»Ja, sind es. Ein einziger Stich genügt, um solche Flächen zu kontaminieren und manchmal sogar einen Menschen zu töten. Der Speichel der Mücke bewirkt, dass sich die Blutgerinnung verringert und damit die Durchblutung verstärkt. Körpereigene Streptokokken gelangen von der Haut in den Einstichkanal und breiten sich in kürzester Zeit im Körper aus. Da hilft nur noch Antibiotikum oder Penizillin. Sie dürfen nicht vergessen, die Flächen jucken wie Hölle, und kratzen würde zu noch schlimmeren Entzündungen führen.« Der Professor war in seinem Element. »Das scheint Sie tatsächlich zu interessieren.« Prüfend sah er Oliver an.

Dieser nickte mit offenem Mund. Mit solchen Auswirkungen hatte er nicht gerechnet. Was wird das Pulver anrichten, das er verstreut hat, wenn aus den Eiern einmal Mücken geworden sind? Er musste unbedingt erfahren, welche Substanzen darin waren. »Ich arbeite mit in der Forschungsgruppe unserer Uni«, erklärte er verlegen.

»Oh, dann kann ich Ihnen sicher noch einiges zeigen. Kommen Sie mich doch in den nächsten Tagen wieder besuchen. Wie lange bleiben Sie hier?«

»Noch fast zwei Wochen. Mal sehen, wenn es uns gefällt, vielleicht auch länger.«

»Dann sind Sie also herzlich eingeladen. Bringen Sie Ihre Freunde mit. Ich kann Ihnen noch weitere Informationen zu den aktuellen Mückenpopulationen geben. Das wird sicher helfen bei Ihrer Forschungsarbeit. – Aber jetzt will ich Ihnen Ihre Zeit nicht weiterhin stehlen. Also, ich schicke das Ergebnis sofort los, muss nur eben meinen Computer wieder starten. Ich wollte eine Weile meine Ruhe haben. Am besten mache ich das sofort.« Mit einem Lächeln ergänzte er: »Dann können Sie beruhigt Ihre Semesterferien genießen.« Damit stand er auf, reichte seine Hand zum Abschied und verschwand im Cottage.

»Wow, der ist ja der Knaller!« Julian war begeistert von dem Professor. »Ich will ihn auf jeden Fall noch einmal besuchen. Es gefällt mir hier. Hoffentlich kommen die anderen auch mit.«

Oliver war sich nicht so sicher, ob er das noch ein weiteres Mal tun wollte. Irgendwie hatte er das Gefühl, dass der Professor ihn durchschaute. Aber wie sollte er?

*

»Da seid ihr ja endlich! Wir dachten schon, ihr übernachtet im Ort. Habt ihr alles bekommen?« Annabell machte ein verärgertes Gesicht.

Mit einem solchen Empfang hatten sie nicht gerechnet, denn so spät war es ja nun wirklich nicht, gerade einmal später Nachmittag. Julian schaute sie ungläubig an und stellte zwei Tüten mit Einkäufen auf den Tisch. Oliver legte den Rest dazu.

»Habt ihr unterwegs eure Stimmen verloren?«, auch Sebastian blökte sie an.

Oliver schaute von einem zum anderen. Die beiden schienen tatsächlich genervt zu sein. Als er die Mädels auf der Couch entdeckte, konterte er.»Habt ihr etwa die ganze Zeit verpennt?«

»Verpennt? – Verpennt also! Schaut mal genauer hin! Die zwei liegen da und haben ein Flimmern in den Augen, dass sie nicht mehr sicher stehen können. Sie reagieren seltsam und ich weiß nicht, woran das liegt. «Annabell war außer sich.

»Was?« Eigentlich wollte er sagen, dass sie doch Medizin studiert und am besten Bescheid wissen müsste. Doch dann erkannte er die Angst in ihrem Gesicht. »Was ist passiert?«

»Wenn ich das wüsste. Wir waren am See und haben einfach den Tag genossen. Dann wurde Katrin wieder von den Mücken gestochen. Auf dem Weg zur Hütte dann auch Lena. Ich habe ihnen Salbe draufgetan, damit das Jucken nachlässt.«

»Und wieso haben die beiden das Flimmern in den Augen?« Sofort tauchten die Bilder der Studie vor ihm auf. Oliver befürchtete, Schreckliches angerichtet zu haben. Aber das konnte nicht sein, denn die Eier entwickelten sich gerade erst zu Larven. Ihn traf also keine Schuld.

»Vielleicht kannst du mir das sagen, du Klugscheißer. Ich weiß es eben nicht.« Annabells Geduld verabschiedete sich. Wie ein Tiger im Käfig lief sie hin und her. Wenn sie doch nur ihr Lehrbuch mitgenommen hätte. »Morgen fahre ich zur Stadt, wo ich Internetempfang habe. Dann suche ich nach den möglichen Ursachen.« Damit ließ sie sich stöhnend auf einen Stuhl fallen.

»Soll ich dir einen Kaffee machen?« Julian holte eine Tafel Schokolade aus der Einkaufstüte und legte sie mit einem Augenzwinkern auf den Tisch. »Nervennahrung.«

»Wunderbar!« Annabell griff gierig zu. Das war genau das Richtige.

34

Professor Jäger blickte auf, als sein Computer eine ankommende Nachricht signalisierte. Er wusste, dass auf seinen ehemaligen Doktorvater Verlass war. »Die Testergebnisse sind da. Wurde aber auch Zeit. Morgen ist mein Vortrag bei der Ärztekammer. Wie soll ich das nur schaffen? Hoffentlich hat Hilpert gut vorgearbeitet.« Er redete und redete. Seit er allein war, sprach er häufig mit dem Foto seiner Frau. Früher hörte sie ihm zu, aber letztes Jahr musste sie gehen: Der Krebs hatte sie besiegt. Dabei war sie noch viel zu jung, gerade einmal vierzig, so wie er. Oh, sie fehlte ihm an jedem Tag. Tränen schimmerten in seinen Augen.

»Jetzt ist keine Zeit zum Traurig-Sein«, schien sie ihn zu ermahnen.

»Du hast recht, meine Liebe. Wirst du mich morgen begleiten?« Sie hatte ihm immer allein durch ihre Anwesenheit bei den Kongressen die nötige Kraft gegeben. Manchmal zwinkerte sie ihm dann ein Äuglein zu. Dadurch verlor er einmal sogar den Faden. Und als sie dann vor Schreck ihre Hand auf den Mund legte, musste er schmunzeln.

Die Fotos und die Statistiken von Professor Hilpert zeigten ihm, dass es höchste Zeit war, zu reagieren. Irgendetwas hatte das natürliche Gift im Speichel der Mücken verändert. Die Reaktionen der Probanden auf ihre Stiche verschlimmerten sich deutlich. Möglicherweise benötigten die Ärzte neue Medikamente. Nun war dringend die Pharmaindustrie gefragt. Wer wusste schon, ob Penizillin und Antibiotikum bald noch helfen würden?

»Was meinst du, meine Liebe, ob die übertriebene Düngerei daran schuld ist oder sind es die Pestizide, die sogar schon durch die Luft über den Feldern verstreut werden? Ich denke, es hat mit der Nahrungskette zu tun.« Liebevoll sah er ihr Foto an und nickte. »Schau dich doch um, was die Menschen mit der Natur treiben. Lieben sie ihre Erde eigentlich noch? Oder denken sie nicht daran, dass es keine andere für sie gibt? – Ich glaube, es wird eine lange Nacht für mich«, sagte er und holte sich eine Tasse Kaffee.

Leise stöhnend legte er die Statistiken auf den einen Monitor und die Fotos auf den anderen. So hatte er sie ständig im Blick. »Wunderbare Technik«, murmelte er und begann, seinen Vortrag zu vervollständigen. Die Ergebnisse flossen zügig in sein Konzept ein. Er wunderte sich, dass seine Gedanken zur Studie dem Bericht von Professor Hilpert dermaßen glichen.

»Was meinst du, ob ich ihn so spät noch anrufen kann?« Dabei lächelte er erneut ihr Foto an, griff zum Telefon und wählte die Nummer des Professors. Zu seinem Erstaunen meldete dieser sich sofort.

»Hallo Jäger, konnten Sie mit dem Ergebnis was anfangen?«

»Das fragen Sie nicht wirklich, Professor Hilpert?« Er genoss es, wenn der Professor ihn ansprach, wie zu Studienzeiten. Das gab ihm eine gewisse Geborgenheit in seiner ständigen Unsicherheit.

»Nein, natürlich nicht. Nehmen Sie sich ein Gläschen Wein, und wir reden darüber. Haben Sie nicht morgen Ihren Vortrag? Vielleicht kann ich Ihnen noch einige Erklärungen dazu geben.«

»Ja, vielen Dank, aber den Wein lasse ich besser weg. Ein Gläschen Wasser tut auch seine Dienste. Sonst kann ich nachher nicht schlafen. Ich glaube, dem Vortrag wäre das nicht zuträglich.«

»Übrigens, Jäger, dieser Oliver und sein Freund – wie heißt der noch? Ach ja, Julian – scheinen wirklich an der Studie interessiert zu sein. Sie hätten ihre Gesichter sehen müssen, als ich ihnen die Fotos zeigte. Ich habe sie eingeladen, mich in den nächsten Tagen noch einmal zu besuchen. Wir müssen uns doch um unsere Studenten kümmern«, fügte er schmunzelnd hinzu. Vor allem um diesen Oliver, dachte er.

Der Professor schien sich kein bisschen verändert zu haben. Die Abende. mit einer Handvoll ausgewählter Kommilitonen bei ihm, hatte Jäger stets genossen. Dort saßen sie auf dem Boden, aßen Chips and Fish, die seine Frau regelmäßig reichte, und diskutierten endlos über die letzten Vorträge oder Überlegungen zu neuen Studien. Er hatte das auch einmal mit seinen Studenten versucht, aber ihm gelang es nicht, diese Gemütlichkeit aufkommen zu lassen.

»Sind Sie noch da?«, vernahm er die Stimme aus dem Hörer, aber seine Gedanken waren so weit weg, dass er nicht sofort antwortete.

»Hallo, Jäger, sind Sie eingeschlafen?«

Den Satz kannte er nur zu gut. Ein wohliges Gefühl durchströmte ihn, so sehr hatte er damals die Vorlesungen bei ihm geliebt. »Äh, endschuldigen Sie, ich war etwas in Gedanken. Ja, dieser Oliver ist ein intelligentes Bürschchen.« Fast beneidete er Oliver, weil der Professor Hilpert besuchen durfte.

»Da kommt mir eine Idee, Jäger. Wollen Sie auch kommen? Sie können ein paar Tage bei mir Urlaub machen. Dann diskutieren wir wie früher mit den jungen Leuten. Würde Ihnen das gefallen? Zur Not gibt es auch Chips and Fish. Oder haben Sie was Besseres vor?«

Hatte er seine Gedanken etwa laut ausgesprochen? Fragend betrachtete er das Foto seiner Frau. »Oh, das ist aber ...« Ihm fehlten die Worte. Konnte man die Vergangenheit zurückholen?

»... eine gute Idee«, vervollständigte Professor Hilpert den Satz. »Also, kommen Sie? Wie wäre es gleich nächste Woche? Ich denke, so ab Montag, wenn es Ihnen passt?«

Seine Frau schien zu nicken: »*Tu es einfach!*«

»Ja«, stammelte er, »ja, das wäre eine gute Idee. Da haben Sie recht. Dann kann ich Ihnen vielleicht auch schon einen Bericht über meinen Vortrag geben, wenn Sie daran interessiert sind. Ja, danke für die Einladung. Ich werde kommen.« Er spürte die Freude im ganzen Körper.

»Dann schlafen Sie sich einmal gründlich aus, junger Kollege, damit Sie morgen mit Ihren Gedanken auch bei der Sache sind.

Und seien Sie nicht so ängstlich, Sie schaffen das schon. Gute Nacht.«

Noch bevor er den Gruß erwidern konnte, verstummte das Telefon. Aber die Freude auf das Wiedersehen mit seinem Professor und die Diskussionen mit den Studenten wuchs und wuchs.

*

Am nächsten Tag wachte er frisch und voller Tatendrang auf. Der Vortrag war perfekt ausgearbeitet und seine Stimmung überaus gut. Was sollte also schiefgehen? Er griff seine Tasche mit dem Laptop und den Unterlagen und stieg zufrieden ins Auto. Unterwegs hielt er an, um ein kleines Frühstück einzunehmen. Bei dem herrlichen Wetter setzte er sich ins Gartenrestaurant. Kaum hatte er Platz genommen, kamen plötzlich Zweifel auf, ob er wohl alle Informationen in seine PowerPoint-Präsentation eingebunden hatte. »Typisch, wie in der Uni vor den Prüfungen. Legt man das denn niemals ab?«, murmelte er. Doch seine Kaffeetasse in der Hand gab ihm keine Antwort darauf.

Nachdem er bezahlt hatte, setzte er sich ins Auto und fuhr los. »Es wird schon gut gehen«, machte er sich selbst Mut. »Auf jeden Fall habe ich mich gründlich vorbereitet.« Zum Glück sah er noch rechtzeitig im Rückspiegel, wie die Bedienung wild gestikulierend hinter ihm herlief. Mit der Hand schwenkte sie seine Aktentasche.

6   Vulkaneifel

Der Heilungsverlauf schien nicht voranzuschreiten. Nun litten Katrin und Lena schon den zweiten Tag an dem Augenflimmern, sodass sie ans Haus gebunden waren. Außer dem starken Juckreiz und einer kleinen Schwellung traten aber keine weiteren Symptome auf. Tagsüber lagen sie im Garten auf den Liegen. Im Wechsel versorgte sie einer von ihnen. Die anderen drei genossen den Wald oder den See, bis plötzlich auch bei Sebastian ein Flimmern in den Augen einsetzte. Er war mittlerweile ebenfalls mehrfach von Mücken gestochen worden.

»Das ist doch nicht normal«, wunderte sich Oliver, »wieso unterscheiden sich die Wirkungen der Mückenstiche bei euch so deutlich von denen aus der Studie des Professor Hilpert? Das waren doch auch Mücken von hier.«

»Telefonier mal mit dem Professor. Vielleicht hat er schon davon gehört. Dann nutzen wir seine Einladung. Und frag auch gleich, wann wir ihn besuchen können. Die drei nehmen wir auf jeden Fall mit.« Julian wusste keinen anderen Rat.

Im Prinzip fand Oliver die Idee gut, aber die Angst, dass das Pulver, das er verstreut hatte, später ähnliche Reaktionen auslösen könnte, verunsicherte ihn. Er wollte nicht Schuld haben am Leiden anderer Menschen. Bisher hatte er keine Beweise dafür, aber wenn der Professor mit seinen Informationen die negative Sicherheit dafür steigerte …? Trotzdem nickte er, um Julian zu beruhigen. *Mach ich irgendwann.*

*

Am Abend saßen sie gemütlich zusammen im Garten und grillten. Die Kranken wurden bedient und die Gesunden erzählten zur Aufheiterung Anekdoten aus der Schulzeit. Keiner bemerkte die Mücken, die sich nach und nach auf dem Dach des Blockhauses niederließen. Als es zu dämmern begann, gingen Sebastians Erzählungen in Gruselgeschichten über – genau wie früher bei den Klassenfahrten. In dem Moment, als sie vor Aufregung den Atem anhielten, starteten die Mücken vom Dach und umkreisten die Gruppe in einem geschlossenen Ring. Aufgrund des Zwielichts bemerkten sie die Mücken nicht sofort. Erst das immer lauter werdende Summen ließ die Freunde aufhören, als sich die Weibchen mit ihren dunklen Summtönen erhoben. – Zu spät sprangen alle auf, rannten ins Haus und verschlossen sämtliche Türen und Fenster. Die ersten Stiche hatten gesessen. Und wieder traf es hauptsächlich Lena und Katrin.

»Macht mal Licht, damit wir sehen, ob welche reingekommen sind!«, rief Julian atemlos. Sofort begann die Jagd. Mit feuchten Küchentüchern schleuderten sie um sich und töteten damit die Eindringlinge.

»Ich sehe keine mehr.« Annabell war völlig erschöpft. Bisher hatte sie das Jucken nicht wahrgenommen, aber nun hielt sie es kaum aus. Schnell griff sie nach der Salbe, musste aber feststellen, dass die Tube ziemlich leer war. »Wir müssen sparsam damit umgehen. Morgen fahre ich zur Apotheke und hole reichlich Nachschub. Spitzwegerich haben wir auch keinen mehr. Außerdem sollte der frisch sein.« Sie versorgte zunächst die anderen, bevor sie sich behandeln ließ. Dabei zählte sie die Stiche: Lena und Katrin hatten jeweils dreizehn, Sebastian neun und Julian und sie selbst nur zwei. »Das ist gemein«, sagte sie, und schaute Oliver verwundert an. »Wieso bist du nicht gestochen worden?«

»Bestimmt mögen die mein blaues Blut nicht«, versuchte er, witzig zu sein. Wunderte sich aber selbst genauso.

»Weißt du etwas darüber, wen die Viecher stechen und wen nicht?«, fragte Sebastian leise. Annabell schüttelte ihren Kopf. Sie war zu sehr damit beschäftigt, den Juckreiz zu unterdrücken. »Hast du den Professor angerufen? Wir brauchen unbedingt seinen Rat. Die Mücken haben uns förmlich überfallen.«

Oliver senkte schuldbewusst den Kopf. Heute war es zu spät, aber gleich morgen nach dem Frühstück wollte er das nachholen.

»Hast du etwa Schiss vor dem? Der scheint doch supernett zu sein.« Sebastian schaute auf. »Der hat mich so bei seiner Verabschiedung fixiert, dass mir ganz komisch geworden ist, als hätte er in mich hineingesehen.« Eine Gänsehaut überzog seine Arme bei dem Gedanken daran. »Du spinnst doch. Wir haben hier genug Probleme.« Sebastian verstand seinen Freund nicht mehr. Was war nur mit ihm los? Seine lockere Art vom ersten Tag schien vollkommen verloren gegangen zu sein. Hatte er sich da etwa nur verstellt?

*

Lena begann in der Nacht zu fantasieren. »Wir müssen die Natur retten. Merkt ihr nicht, was los ist?«, murmelte sie im Schlaf immer wieder und wieder. Es klang wie ein Mantra. Gegen Morgen stimmte dann auch noch Katrin mit ein. Dabei sprachen sie im Kanon. Wenn Lena sagte: »Wir müssen die Natur retten«, sagte Katrin: »Merkt ihr nicht, was los ist?« – und umgekehrt. Es entstand ein sonderbarer Singsang. Annabell saß schon eine Weile auf ihrem Bett und schaute grinsend die Freundinnen an, als Sebastian anklopfte und reinschaute.

»Was veranstaltet ihr hier? Übt ihr für einen Auftritt in der Schule?«, versuchte er zu scherzen. Seine Augen konnten nicht richtig erkennen, was wirklich geschah. Alles verschwamm immer wieder. Er machte taumelnd einen Schritt zurück und trat dabei Julian auf den Fuß, der mittlerweile hinter ihm stand. Dieser schrie auf und versetzte ihm einen Schubs. Sebastian verlor das Gleichgewicht und landete mit lautem Gepolter auf dem Boden. Von dem Lärm wurde Oliver geweckt und wollte sich gleich beschweren. Doch als er zu den anderen kam und das Chaos sah, hätte er sich am liebsten wieder unter der Bettdecke versteckt. Das war zu viel. *Was passiert hier eigentlich?*

»Weck die beiden, das ist ja gruselig. Wie können zwei den gleichen Traum haben? Die simulieren doch nur.« Julian hielt sich die Ohren zu. In seinem Schlafanzug und mit den strubbeligen Haaren wirkte er wie ein großer Junge.

Als sie ihn so sah, kamen in Annabell alte Gefühle hoch. Eine warme Welle durchflutete sie und ließ ihre Wangen brennen. Sie hatte ihn schon als Teenie sehr gemocht. Damals glaubte sie, dass es Liebe war. Schnell drehte sie sich um und begann Lena leicht zu schütteln. »Wach auf, du träumst nur!« Staunend sah Annabell, dass Katrin sich zur gleichen Zeit wie Lena aufsetzte, als wäre sie mit ihr verbunden. Beide rieben sich die Augen.

Kaum saßen alle am Frühstückstisch im Garten, da setzte sich ein Schmetterling auf Lenas Schulter. Keiner bewegte sich, um ihn nicht zu vertreiben. Verzückt schauten sie ihn an.

»Prinzessin mit goldenen Haaren und ihr heimlicher Verehrer, der blaue Schmetterling«, flüsterte Julian. Er wunderte sich selbst über seine Fantasie. »Küss ihn endlich! Ich will den Prinzen sehen.« Als hätte er die Aufforderung zum Küssen gerne selbst angenommen, formte er die Lippen spitz. »Hat einer sein Handy griffbereit, um ein Foto zu machen?«

Annabell war begeistert: »Du kannst ja richtig romantisch sein.« Mit glänzenden Augen sah sie ihn an.

»Kann ich«, gab er zur Antwort, wurde aber vor Verlegenheit rot, als sich ihre Blicke trafen. Hilfesuchend drehte er sich zu Oliver. Doch der schien gar nichts davon wahrzunehmen, sondern blickte gedankenversunken in die Ferne.

Katrin starrte Lena an. *Träume ich? Spricht Lena etwa mit dem Schmetterling? Sie bewegt doch ihren Mund gar nicht. Und warum ist der noch nicht weggeflogen?* Vorsichtig schaute Katrin von einem zum anderen. Keiner schien es bemerkt zu haben. Aber sie hörte deutlich, wie der Schmetterling Lena bat, ihm zu helfen.

»Ihr müsst das natürliche Gleichgewicht der Natur wiederherstellen, sonst sind wir alle verloren!«

»Wieso höre ich dich?«

»Du hast genug Mückenspeichel in dir. Der hilft dir, uns zu verstehen.«

»Hören dich die anderen auch?«

»Nur Katrin, ihr braucht zehn Stiche, um diese neue Wahrnehmung auszubilden.«

Lena sah zu Katrin rüber und musste lächeln. Die saß da, als hätte sie einen Geist gesehen, Mund und Augen weit aufgerissen. Der Schmetterling hatte die Wahrheit gesagt. Beinahe wäre Katrin aufgesprungen, aber da bat er sie, nicht fortzugehen. »Bitte bleib, wenn du gehst, verlierst du bald das Hören und wenn es einmal weg ist, kommt es nicht wieder. Egal wie oft du noch gestochen wirst, das Serum wirkt dann nicht mehr. Wir brauchen aber eure Hilfe. Ich komme später wieder. Gewöhnt euch zunächst daran.« Er sah Katrin dabei in die Augen, breitete seine Flügel aus und flog davon.

Lena konnte kaum essen. Zu viele Gedanken kreisten in ihrem Kopf. Jetzt erst bemerkte sie, dass das Augenflimmern aufgehört hat. Dafür aber mit einem Schmetterling reden zu können …? Was war wohl angenehmer? Nach einer Weile spürte sie eine starke Vitalität in sich aufkommen. *Bin ich eigentlich noch Herr meiner Sinne,* fragte sie sich.

Das frage ich mich auch, hörte sie plötzlich Katrins Gedanken. *Was passiert mit uns?*

Erschrocken sprang Lena auf. »Das kann doch nicht sein, dass meine Gedanken nicht mehr frei sind. Wenn hier jeder hören kann, was ich denke …, das will ich nicht!«

»Wovon redest du?« Sebastian schaute sie verwundert an. »Wer kann hier hören, was du denkst? Ich jedenfalls nicht, obwohl manche Frauen meinen, alle Männer müssten das können.« Genüsslich schob er sich den Rest seines Brötchens in den Mund.

»Ach, lass mich in Ruhe!« Mit diesen Worten lief sie ins Haus.

»Ich bin auch schon fertig«, sagte Katrin leise und schlich hinterher.

»Was haben die beiden?«, wollte Oliver wissen, der endlich wieder gedanklich anwesend war. »Ist ihnen der Kaffee nicht bekommen?«

»Keine Ahnung, redeten was von Gedanken hören.« Sebastian klimperte mit den Augen. Das Flimmern verstärkte sich extrem. »Ich habe selbst genug eigene Problem, wie du siehst.« »Geht es dir wieder schlechter?« *Was ist hier eigentlich los,* fragte sich Oliver.

»Allerdings, alles flackert vor meinen Augen. Hoffentlich hört das bald auf, sonst drehe ich noch durch.«

Julian kratzte an seinen Mückenstichen. »Die bringen mich noch um. Annabell …«, rief er.

»Annabell ist schon weg. Sie wollte Salbe im Ort besorgen. Ich werde jetzt den Professor Hilpert anrufen und du, mein Freund, kannst hier mal klar Schiff machen.« Damit stand Oliver auf und holte sein Handy. Er machte einen kleinen Spaziergang durch den Garten. So konnten alle sehen, dass er telefonierte. Doch die Absprache mit dem Professor dauerte nur einige Minuten. Schon am Dienstag sollten sie zu ihm kommen. Professor Jäger würde auch da sein! Bei der Information fiel ihm fast das Handy aus der Hand. Was sollte sein Professor dort? Wusste der doch von dem Pulver? Sofort wählte er Nicolas Nummer.

»Mann, Oliver, wieso meldest du dich nicht? Was meinst du, was hier los ist? Ich brauche deinen Bericht.« Nicolas war am Ende mit seiner Geduld.

»Sag mir erst, welche Substanzen du in das Pulver gemischt hast. Vorher sage ich dir gar nichts.«

»Wieso? Es spielt doch keine Rolle. Mach schon, was ist aus den Eiern geworden ist?«

»Ich will wissen, was da drin war! Außerdem sollte dir klar sein, dass ich das nicht sehen kann, so winzig wie die sind.« Als wollte er die Erde mit seinen Füßen durchlöchern, stampfte Oliver durch den Garten.

»Du fehlst mir«, versuchte Nicolas die Spannung zu lösen, »vermisst du mich denn gar nicht?«

»Fang jetzt nicht so an. Was war drin, etwa Halluzinogene?«
War seine Stimme zu laut? Erschrocken sah er zu den Freunden.
Aber die schienen ihn nicht gehört zu haben.

»Spinnst du, nur ein bisschen Anabolika, glaube ich«, begann
er, als er endlich Olivers Sorgen erkannte, »soll die Muskelbil-
dung beschleunigen.« Insgeheim musste er lachen.

»So ein Unsinn, warum sollen Tiere mehr Muskeln bekommen?« Oliver war fassungslos.

»Die nur bedingt, aber wenn sie später die Menschen stechen, sollen sie das übertragen, ebenso wie sie es mit Krank-
heitserregern tun und keiner merkt, dass er gedopt wurde.« Ihm
wurde plötzlich klar, dass das unmöglich funktionieren konnte.
Also warum regte sich Oliver so auf?

»Du bist ja krank. Ich habe das Gefühl, dass du zu viel Zeit mit
Jens verbringst. Der hätte diesen Schwachsinn wenigstens im
Rausch von sich gegeben. Als wenn so kleine Stiche eine Wir-
kung auf den Menschen hätten. Was ist mit den Tieren, die ge-
stochen werden? Laufen demnächst auch noch muskelbepackte
Hunde und Katzen durch die Gegend? Was soll das für einen
Sinn haben?« Wäre Nicolas jetzt in seiner Nähe gewesen, hätte
er ihn geschüttelt, bis der wieder klar denken könnte.

»Reg dich nicht auf, du sagst ja selbst, dass die Wirkung nicht
stark sein kann. – Kommst du bald zurück?« Nicolas wusste
nicht, wie er sich da herauswinden konnte.

»Lenk nicht ab! – Ich komme erst, wenn alles geklärt ist. Also,
wer steckt dahinter? Bestimmt nicht die Uni.«

Wenn Nicolas jetzt nicht mit der Wahrheit herausrückte,
würde Oliver ihm nie mehr vertrauen. »Jens, der steckt dahinter
oder sogar sein Chef.« Unruhig lief er hin und her.

»Wer jetzt, Jens oder der Mühlenberg?«

»Na ja, eigentlich beide. Jens hatte mich gebeten, ihm zu helfen, damit er ein neues Leben beginnen kann.«

»So ein Nonsens, schick ihn zum Entzug und anschließend zur
Therapie. Als wenn du ihm helfen könntest.« Oliver verstand
Nicolas nicht mehr. Hundertmal hatten sie darüber gesprochen.
Jens brauchte einen Therapeuten. Anders ging das nicht. »Und

was haben das Pulver und der Mühlenberg nun wirklich damit zu tun?«

»Jens hat gesagt, wenn es funktioniert, wird der Chef ihn am Gewinn beteiligen. Er will eine eigene Züchtung aufbauen. Seine Kunden sollen dann von den Mücken gestochen werden. Bekloppte Idee, als wenn die genau seine Kunden kennen würden? Aber Jens hofft eben auf genügend Geld, um sich ein neues Leben aufzubauen.« Nicolas geriet ins Stottern. Jetzt, wo er es aussprach, offenbarte sich ihm der Nonsens deutlich.

»An welchem Gewinn?«

»Na dem, weil seine Kunden mehr von dem Zeug brauchen – macht ja süchtig. Die wollen doch alle dicke Arme haben, und deshalb wird Mühlenberg es ihnen später unter der Theke verkaufen.« Nicolas schämte sich über seine eigenen Worte. Wie hatte er so einem Schwachsinn zustimmen können. Oliver hatte recht, wenn er sauer war.

»Und darauf lässt du dich ein? Hast du den Verstand verloren? Dahinter steckt doch was anderes. Du lässt dich ausnutzen und ziehst mich mit rein. Ich sage dir eins: Damit stellst du unsere Freundschaft auf eine harte Probe.« Oliver war entsetzt und zu allem bereit. »Finde heraus, worum es wirklich geht!« Wütend beendete er das Gespräch.

Freundschaft, hatte er wirklich Freundschaft gesagt? Mehr war das nicht für ihn? Nicolas war vollkommen verzweifelt. Er empfand so viel mehr für Oliver und der redete nur von Freundschaft? Wie konnte er so ungerecht sein? Stellte er nun alles infrage? Würde er ihn am Ende wegen dieser Aktion verlassen? Die Gedanken wirbelten durch seinen Kopf. Für ihn war es Liebe und nicht Freundschaft. Wut, gepaart mit Trauer, stieg in ihm auf. »Das habe ich nun davon. Jens soll mir zwischen die Finger kommen. Dann kann er sich seine neue Zukunft woanders hinschieben«, murmelte er.

Am liebsten hätte er ihn sofort angerufen. Aber er war viel zu aufgebracht, um sein Handy zu finden. *Wenn man doch die Zeit zurückdrehen könnte, dann hätte ich Oliver nicht gefragt. Wo ist nur dieses blöde Telefon?* Alles Suchen half nicht. Dabei hatte er doch gerade noch damit telefoniert! Es blieb ihm nichts anderes übrig, als zum Fitnessstudio zu gehen, um mit Jens zu reden. Dort würde er bestimmt zu finden sein.

Er griff seine Sporttasche, knallte die Tür hinter sich zu und marschierte mit ausladenden Schritten los. Die Sonne schien so heiß, dass er schnell ins Schwitzen kam. Die Angst, dass Oliver ihn verlassen könnte, ließ ihn den Blick für den Weg verlieren. Er rempelte entgegenkommende Menschen an und stolperte beinahe über eine Hundeleine. Alle Sinne schienen abgeschaltet. Fluchend stürmte er weiter, bis plötzlich sein Handy in der Gesäßtasche zu bimmeln begann. Abrupt blieb er stehen, zu verwirrt, um den Ort des Geräusches zuordnen zu können. Nur das Vibrieren irritierte ihn, als er weitergehen wollte. Mechanisch griff er danach.

»Nicolas, du musst sofort kommen!« Die werden mich umbringen.« Damit war das Gespräch beendet. Jens panische Stimme klang nicht, als hätte er Drogen genommen.

»Was ist los? Ich bin schon auf dem Weg,« wollte er eigentlich noch sagen. Nicolas brauchte einen Moment, um seine Gedanken zu ordnen. Zum Glück musste er nur noch zwei Straßen weiterlaufen, dann war er am Studio. Was hatte Jens so aufgebracht?

Als er die Einfahrt zu den Parkplätzen des Fitnessstudios erreicht hatte, hörte er ein lautes Wortgefecht. Abrupt blieb er stehen und lugte um die Ecke. Mit Entsetzen sah er, wie Jens vom Türsteher Klupe zusammengeschlagen wurde. Wie gelähmt stand Nicolas da, nicht in der Lage, Hilfe zu leisten. Erst als Klupe zu Mühlenberg ins Auto stieg und sie weggefahren waren, lief er zu ihm.

»Jens! Was wollten die von dir? Kannst du aufstehen?«

Jens hob seinen Arm und versuchte, mit Nicolas Hilfe auf die Beine zu kommen.»Geht schon. Haben sie dich gesehen?« Stöhnend klammerte er sich an Nicolas' Arm.

»Ich hoffe nicht. Aber sag endlich, warum haben die dich verprügelt?«

Ängstlich senkte Jens seinen Blick, sagte aber nichts.

»Du musst schon reden, sonst kann ich dir nicht helfen.«

»Sie haben gar keine Anabolika in das Döschen getan, wie sie mir gesagt hatten.« Ein Schluchzer löste sich aus seiner Kehle.

»Was denn?«

»Es war Heroin.«

Ich muss Oliver informieren. Allein der Gedanke schnürte Nicolas den Hals zu. Damit hatte er ihn bestimmt endgültig verloren. Konnte er vielleicht so tun, als ob nichts gewesen wäre und einfach das Ergebnis abwarten? Und überhaupt: welches Ergebnis? Sobald die Mücken geschlüpft sind, werden sie sich in alle Richtungen verteilen. Keiner weiß dann, wen sie gestochen haben.»Ich Idiot!«, schimpfte er sich selbst.

Als er Jens bei ihm zu Hause versorgt hatte, von seinen Eltern war keiner zu sehen, wollte er sich gleich wieder auf den Weg machen.

»Was wirst du machen?«, fragte Jens stöhnend.

»Das überlege ich noch. Zuerst muss ich Oliver da rausholen, bevor der Ärger kriegt. Ich weiß nur nicht, wie.« Nach einer Weile sagte er:»Schlaf du ein wenig. Ich gehe. Mir wird schon was einfallen und halt dich vom Fitnessstudio fern!«Damit war er zur Tür raus.

»Was ist bloß mit Oliver los, der tigert nur noch herum?« Annabell schaute ihm nach. »Weiß einer von euch, welche Laus ihm über die Leber gelaufen ist?«

»Keine Ahnung«, murmelte Sebastian, »aber wenn das so weitergeht, überlege ich mir, ob ich noch bleibe. Der bringt richtig schlechte Laune in den Tag.«

»Tu uns das nicht an!«, riefen Katrin und Lena gleichzeitig. Auch Julian schaute entsetzt. »Lasst uns lieber herausfinden, was ihn so bedrückt. – Wie geht es euch eigentlich? Was machen die Mückenstiche?«

Katrin sah Lena kurz an. »Och, geht schon wieder.« Mehr wollte sie nicht sagen. Sie konnte selbst nicht verstehen, wieso sie plötzlich so andere Wahrnehmungen hatte.

»Ja, bei mir auch«, ergänzte Lena, »aber ich glaube manchmal, ich drehe durch.«

»Wieso?«, fragte Julian erstaunt.

»Naja, wie Katrin schon sagte: – Wir haben echt sonderbare Wahrnehmungen.«

Katrin sah Lena mit einem bösen Blick an, und in Gedanken sagte sie zu ihr: *Spinnst du? Das habe ich doch nicht gesagt, nur gedacht. Die erklären uns noch für irre.*

»Welche Wahrnehmungen?«, wollte Sebastian auch schon wissen. »Seht ihr jetzt böse Geister, etwa die aus der Gruselgeschichte?« Kichernd setzte er sich auf den Baumstumpf vor der Terrasse.

Die beiden gaben keine Antwort, sondern schnappten sich einen Korb. »Wir suchen ein paar Beeren für den Nachtisch«, riefen sie noch schnell, bevor sie im Wald verschwanden.

»Weißt du, wovon die Mädels sprechen?« Sebastian wollte nicht aufgeben.

»Keine Ahnung, sicher so ein Frauending. Das kann man sowieso nicht verstehen.« Mit dem Fuß stieß Julian ein Stöckchen zur Seite. »Was für eine ätzende Stimmung. Es muss sich was ändern, und zwar bald.«

»Komm, lass uns auch was tun, vielleicht Holz sammeln. Wir können wieder mal ein Lagerfeuer machen. Das hat doch immer Spaß gemacht.« Sebastian zog sich seine Sneakers an. »Okay, machen wir. – Annabell, kümmerst du dich um Oliver?«

»Kann ich versuchen. Bleibt bitte nicht zu lange weg, sonst kriege ich noch Depressionen.« Sie schaute in den Garten, wo Oliver am hintersten Ende auf und ab lief. *Sieht nicht gut aus.* Langsam ging sie auf ihn zu. »Ist was passiert? Hast du schlechte Nachrichten? Oder flimmern deine Augen auch schon?«, fragte sie leise.

Oliver blieb erschrocken stehen. Er hatte ihr Kommen nicht bemerkt. »Kein Problem, das euch interessieren könnte.« Sein Ton war abweisender, als beabsichtigt. Aber er hatte sich einfach nicht im Griff.

»Sorry, ich wollte dir nicht zu nahetreten.« Annabell schaute ihn verwirrt an. »Sag Bescheid, wenn ich was für dich tun kann.«

»Geht einfach und lasst mich in Ruhe! Ich muss nachdenken.«

Sie drehte sich um und schlich zurück zur Hütte. Was für ein Tag, eben war doch noch alles in Ordnung und jetzt …? Zum Glück stand der ganze Abwasch da. Sie drehte das Radio laut auf und machte sich an die Arbeit. Plötzlich stand Oliver hinter ihr.

»Tschuldigung, ich wollte dich nicht anmachen. Ich habe ein Problem, über das ich aber nicht sprechen möchte. Ich brauche mal 'ne Stunde für mich.«

Er setzte sich auf sein Fahrrad und fuhr zum See. Sofort ging er zu der Stelle, wo er die Mückeneier bestreut hatte. Diese mussten sich schon zu Larven entwickelt haben und nun unter der Wasseroberfläche am Rand des Sees dümpelten. *Wie war das noch,* überlegte er. *Drei Tage Eier, dann vier Tage Larven, am fünften Tag Verpuppung und bei warmem Wetter schlüpfen nach zehn Tagen die erwachsenen Mücken. Ich muss sofort was tun.* »Wo sind eigentlich die Frösche und Vögel, die so gerne Larven fressen?«, rief er in seiner Not lauthals über den See. Er griff zum Handy und wählte Nicolas' Nummer. Weil sich nur der Anrufbeantworter meldete, hätte er am liebsten das Telefon ins Wasser geworfen, so wütend war er.

Nach einigen Minuten versuchte er es noch einmal. Wieder nur der Anrufbeantworter. »Mann, Nicolas, wo bist du?« Er sah das Handy an, als könnte es ihm eine Antworte geben. *Wenn ich dich nicht bald erreiche, vernichte ich einfach die ganze Brut!* Er stieg auf sein Rad und raste durch den Wald, bis er völlig erschöpft war. Als er endlich am Blockhaus ankam, saßen alle um den Tisch herum im Garten, tranken Kaffee und aßen Törtchen. *Ein schönes Bild,* dachte er, *so hatte ich es mir vorgestellt. Alle sollten Spaß haben. Und jetzt bin ich der Störenfried!*

»Komm her und setz dich zu uns. Süßes ist gut für die Seele.« Lena macht eine einladende Geste mit der Hand. Die anderen schauten ihn kurz an, wendeten sich aber sofort wieder ihren Tellern zu. *Nur keine schlafenden Hunde wecken.*

Schlurfend ging er zum Tisch, stützt sich auf die Stuhllehne und ließ den Kopf hängen. »Tut mir leid, dass ich euch die Laune verderbe.« Dann hob er den Kopf, atmete einmal tief durch und setzte sich endlich. »Aber ihr habt recht, Zucker braucht der Junge. Her mit dem Törtchen!«, sagte er mit einem Lächeln, das allerdings eher wie eine Grimasse wirkte.

Sie saßen noch bei Einbruch der Dämmerung zusammen und sprachen über belanglose Dinge, um die Stimmung nicht wieder kippen zu lassen. Plötzlich hoben Lena und Katrin gleichzeitig ihre Köpfe und lauschten in den Wald.

»Ist was?«, fragte Sebastian. »Hört ihr wieder Geister kommen?« Dabei grinste er übers ganze Gesicht.

Auch Julian begann zu Lachen.»Was, Geister? Erzählt schon, was seht ihr Seltsames? Steht da ein Waldschrat oder sogar ein Bär?«

Katrin stand auf, sprang mit lautem Gebrüll auf ihn zu und packte ihn am Hals, als würde sie ihn würgen wollen.»Ich hole dich und werde eine leckere Suppe aus dir machen«, sang sie mit tiefer Stimme.

»Hör auf! Spinnst du?« Erschrocken schüttelte er sie so heftig ab, dass er dabei mit seinem Stuhl umkippte. Die anderen sprangen auf und tanzten einen geisterhaften Tanz. Die Stimmung wurde überschwänglich, als wollte sich alle Anspannung endlich lösen. Zum Schluss saßen oder lagen sie auf der Erde und hielten sich die Bäuche vor Lachen, bis Lena plötzlich wieder den Kopf hob und lauschte.

»Langsam wird es unheimlich mit dir. Was ist los?« Julian ließ nicht locker.»Hörst du was?«

»Ja, sie kommen«, flüsterte sie.

Sebastian schlug sich auf die Schenkel.»Na klar und holen Oliver«, witzelte er.

»Pst, ich höre auch was!« Annabell suchte mit den Augen die Baumwipfel ab.»Da ...!« Sie zeigte mit dem Finger auf einen dunklen Punkt zwischen den Ästen, der näher kam und dabei immer größer wurde.

Entsetzt sprangen sie auf. Das Summen war nun deutlich zu hören. Ein riesiger Mückenschwarm kam wie ein flatterndes Band auf sie zugeflogen.

»Schnell ins Haus und alles dichtmachen! Die können am Kuchen naschen, wenn sie wollen.« Oliver war der Erste, der die Tür erreichte. Mücken machten ihm bereits solche Angst, dass er beinahe das Atmen vergaß. Natürlich fanden einige einen Durchschlupf nach innen und setzten sich dieses Mal ganz gezielt auf Julian und Annabell. Bevor sie reagieren konnten, wurden sie auch schon gestochen.

»Zwiebeln her«, schrie Katrin,»dann jucken sie nicht so. Das hilft fürs Erste.«

Sebastian holte welche, zerteilte sie und reichte sie den beiden. »Helft mal!«, rief er den anderen zu und nässte ein Küchentuch. »Es sind zu viele Mücken. Die schaffe ich nicht allein. Wo kommen die nur her?« Erst als sie glaubten, alle getötet zu haben, setzten sie sich erschöpft an den Tisch. Oliver vergrub sein Gesicht in den Händen.

»Was ist mit dir, Oliver?« Katrin glaubte, einen Gedanken von ihm aufgeschnappt zu haben. »Hat deine Stimmung was mit den Mücken zu tun? Haben sie dich gestochen?«

Er sah sie erschrocken an und überlegte kurz. »Kann sein, weiß selbst nicht so genau.« Er schaute auf seine Arme und schüttelte dann den Kopf. »Ich sehe keinen Einstich, aber ich bekomme Panik, weil die uns immer wieder angreifen.« Mit einem tiefen Seufzer schaute er frustriert in die Runde.

»Ist ja auch komisch, dass die Angriffe fliegen, als wären sie ferngesteuert. Man könnte glauben, die haben es tatsächlich auf uns abgesehen.« Sebastian verstand es mal wieder, die Stimmung gruselig aufzuheizen. »Wir sollten uns eine Abwehrstrategie ausdenken. Später drehen wir einen Film darüber oder schreiben ein Buch: Die Vernichtung der Menschheit durch Mücken.«

»Hör auf, sonst träume ich heute Nacht davon. Dann kannst du was erleben!«

»Ach Lena, dann komme ich in dein Bettchen und tröste dich.«

»Idiot, ich kann mir nichts Schöneres vorstellen, als dich neben mir liegen zu haben.« Die Ironie war deutlich zu hören. Gut, dass es solche Ventile gab.

Wieder brach übertriebene Heiterkeit aus. »Heute gehe ich nicht mehr raus. Lasst uns einfach ein paar Spiele machen oder wir kochen was Leckeres. Was gibt der Kühlschrank her?« Katrin stand auf und sah nach. »Junge, Junge, da hätten wir auch mal früher drauf achten müssen«, stöhnte sie theatralisch und schüttelte ihren Kopf.

»Wie, der kann noch nicht leer sein?! Wir hatten doch so viel eingekauft.« Julian sprang auf, um sich zu vergewissern. Aber Katrin schmiss die Tür zu und lehnte sich daran. »Mach Platz!«, drohte Julian, zerrte sie zur Seite und öffnete den Kühlschrank. »Mann, der ist ja noch halb voll.« Erleichtert sah er sich die Vorräte an. »Jetzt knurrt mir auch der Magen. – Wer hilft?«

Lena stellte sich zu ihm. Gemeinsam beratschlagten sie, was sie Gutes zubereiten könnten. Es wurde ein köstliches Mahl, das alle genossen. Doch keiner wollte schlafen gehen. Die Angst schien geblieben zu sein.

»Lasst uns doch einfach mal wieder eine Nacht durchfeiern, so wie früher. Holt schon den Wein raus, den meine Eltern liebenswürdiger Weise hiergelassen haben.« Oliver glaubte, sich damit ablenken zu können. Und tatsächlich, sie feierten eine ausgelassene Party, bis sie vor Müdigkeit einfach auf der Couch oder in den Sesseln einschliefen.

Am Morgen wunderten sie sich über die Schmerzen im Nacken und am Rücken. So war es damals in der Schulzeit nicht. Konnte man mit dreiundzwanzig schon zum alten Eisen gehören? Lena und Katrin begannen sich zu dehnen und zu strecken. »Das hilft, macht mit oder wollt ihr gleich Rente beantragen?« Langsam erhoben sie sich aus ihren unbequemen Schlafpositionen und begannen, sich zu bewegen. Erst als Sebastian das Radio anstellte, kam mehr Leben in die Glieder.

»Lüften, hier stinkt es wie im Schweinestall!«, scherzte Oliver und öffnete das Fenster. Julian sprang gleich zur Tür, um Durchzug zu machen. »War das 'ne geile Party«, trällerte er dabei. Doch dann verschlug es ihm die Sprache. Vor der Tür lagen lauter tote Mücke. »Schaut euch das an. Die sind wohl vor Zorn gestorben, weil wir sie nicht mitfeiern gelassen haben.« Neugierig stürmten alle zu ihm.

»Sind die etwa alle vor die Tür geflogen?«, fragte Lena.

Oliver nahm einige in seine Hand und betrachtete sie. »Alles Männchen, das sehe ich an den buschigen Fühlern. Die wollten nichts von uns. Die hatten die Weibchen anvisiert. Aber anscheinend hatten die kein Interesse an ihnen. Und aus Verzweiflung haben sie sich umgebracht.« Zum ersten Mal lachte er wieder herzhaft.

»Und das direkt vor unserer Tür. Verstehe die Botschaft!« Sebastian hatte große Lust, wieder eine Gruselgeschichte daraus zu machen.

Nicolas nahm sich vor, noch mehr auf Jens zu achten, wusste aber nicht, wie. Kurz vor Mitternacht klingelte plötzlich das Telefon. »Was willst du so spät?«, fragte er genervt. »Oh Mann, es ist doch noch fast Tag. Wollen wir durch die Straßen ziehen?« *Bitte, bitte,* flehte Jens in Gedanken. Er konnte doch nicht gleich losjammern. Die Schmerzen im Rücken wurden immer heftiger. Das Atmen fiel ihm mittlerweile schwer. Er lehnte sich an die Tür des Fitnessstudios. »Ich habe jetzt keinen Bock auf dich. Lass mich einfach in Ruhe!« Woher kam plötzlich diese Wut? »Was ist dir denn über die Leber gelaufen? Habe ich dir was getan?« Wieso war er so gemein? Entnervt schmiss er das Handy in hohem Bogen weg. Allerdings verschwand es dabei unter einem der Abfallcontainer. »Jens, Jens? Ich habe das nicht so gemeint!« Nicolas war zu weit gegangen. Sollte er sich auf den Weg machen und nach ihm schauen oder war das jetzt eine heilsame Lektion für Jens? *Wenn ich doch nur Oliver fragen könnte.* Aber der war bei seinen ehemaligen Schulfreunden, und dazu gehörte er eben nicht. »Jens, bist du noch dran?« Doch von Jens hörte er nichts mehr. Also legte er auf.

*

Die ganze Nacht wälzte sich Nicolas intensiv träumend im Bett herum und wachte morgens schweißnass auf. *So geht das nicht weiter. Ich mache mich selbst noch fix und alle.* Seinen Vorsatz, zum Studio zu gehen, schmiss er schnell über den Haufen. *Ich muss jetzt an mich denken.* Damit setzte er sich an den

Frühstückstisch. Der Kaffee schmeckte scheußlich und das Brötchen war von gestern. Warum sorgte er nur so schlecht für sich? *Wenn ich eines Tages mit Oliver zusammenlebe, gibt es morgens Rührei mit Speck und abends können wir ins Restaurant gehen.* Der Gedanke gefiel ihm, doch sofort tauchten wieder die Bilder von Jens vor seinem inneren Auge auf. Mit Oliver wollte er jetzt nicht über ihn sprechen, aber den Professor Jäger konnte er vielleicht um Rat fragen. Schließlich hatte er groß verkündet, dass sie ihn ruhig in den Semesterferien kontaktieren dürfen, egal um welches Problem es sich handelt. *Ich brauche noch etwas Zeit zum Runterkommen. Ein Lächeln erkennt man am Telefon*, dachte er. Er machte sich im Bad frisch und stellte sich anschließend mit dem Handy ans offene Fenster. Vögel zwitscherten ein Duett mit dem Wind und der ließ die Blätter der Bäume dazu tanzen. Warme Sonnenstrahlen legten sich auf sein Gesicht, sodass Nicolas die Augen schloss und einen Moment die sommerliche Stimmung genoss. Die Luft roch zwar nach heißem Staub, aber irgendwoher mischte sich ein leichter Duft von frisch gemähtem Rasen ein. Am liebsten hätte er den ganzen Morgen ohne Sorgen am Fenster verbracht, nur Frieden und Glücksgefühle. Ein Leben wie im Paradies. Er seufzte leise.

Endlich suchte er die Nummer des Professors in seinem Kontaktverzeichnis und wählte sie. Er wartete kurz, bis das erste Klingelzeichen zu hören war. Dann legte er schnell wieder auf. Seine Atmung wurde oberflächlich und die Augen verloren das schöne Bild der Natur. Hilflos setzte er sich wieder an den Tisch und griff zur Kaffeetasse. Genau in dem Moment klingelte sein Handy, das er immer noch in der Hand hielt. Vor Schreck schüttete Nicolas den Kaffee über seine Hose und sprang so abrupt auf, dass auch noch der Stuhl polternd umkippte. Sein Herz raste, als wollte es einen Marathon gewinnen. Wer konnte das sein? Das Klingeln wollte nicht aufhören. Endlich sah Nicolas auf sein Display. Professor Jäger war da zu lesen. Völlig außer Atem meldete er sich.»Guten Tag, Herr Professor Jäger.«

»Guten Tag. Sie hatten versucht, mich anzurufen. Aber ich war wohl nicht schnell genug am Apparat. Was kann ich für Sie tun? – Oh, habe ich Sie irgendwo weggeholt?« Deutlich hörte er Nicolas nach Luft ringen.

»Nein, nein, ich hatte mich nur etwas erschreckt, weil ich abgelenkt war.« Nicolas bemühte sich, ruhiger zu atmen.

»Passt es Ihnen jetzt vielleicht nicht? Wollen Sie später noch einmal zurückrufen?«

»Doch, es geht jetzt.« *Auf keinen Fall später, wer weiß, ob ich dann noch den Mut dazu finde.* »Bitte entschuldigen Sie, ich habe da ein ziemlich großes Problem, das aber eher privater Natur ist.

Sie hatten nach Ihrer letzten Vorlesung gesagt, dass wir Sie anrufen dürfen, wenn wir Ihre Hilfe brauchen – und die wäre jetzt sicher sinnvoll. Ich weiß nicht, an wen ich mich sonst wenden könnte.« In seinem Kopf herrschte ein großes Durcheinander. Was sollte er nur fragen? Die Sache mit Jens hatte nichts mit der Uni zu tun, aber mit ihm selbst, und somit vielleicht doch mit dem Studium. Wenn er so mies drauf blieb, wie er im Moment war, konnte er das nächste Semester knicken.

»Nur Mut, ich tue, was ich kann«, versuchte der Professor, ihn zum Reden zu animieren.

»Also, – ich habe da einen Freund. Dem geht es sehr schlecht und ich weiß nicht mehr, wie ich ihm helfen kann. Meine Gedanken kreisen den ganzen Tag beinahe ausschließlich um ihn. An entspannte Semesterferien ist da nicht zu denken.« Die Bilder in seinem Kopf schienen einem Wirbelsturm zum Opfer gefallen zu sein. So konnte er keinen klaren Gedanken fassen.

»Dann erzählen Sie doch einmal der Reihe nach. Ich habe Zeit und höre Ihnen zu. Wer ist Ihr Freund und was fehlt ihm?« Professor Jäger war bemüht, Nicolas etwas zu beruhigen.

Tja, wie kann ich das in wenige Sätze fassen? Womit beginne ich? Fällt man gleich mit der Tür ins Haus oder versucht man, sich von hinten anzuschleichen? Nicolas fand nicht die rechten Worte und schwieg.

»Ich mache Ihnen einen Vorschlag: Sammeln Sie sich zunächst und wir treffen uns in einer Stunde im Park auf der Bank neben der Bibliothek. In der Natur kann man seine Gedanken besser sortieren und zum Ausdruck bringen.« Der Professor hatte sofort begriffen, dass er sich um seinen Schützling kümmern musste.

»Das ist eine gute Idee, aber ich will Ihnen nicht Ihre Zeit stehlen.« Sein Magen zog sich zusammen und die Hände zitterten so stark, dass er befürchtete, jeden Moment das Handy fallen zu lassen.

»Ist schon in Ordnung, also in einer Stunde im Park.« Damit beendete der Professor das Gespräch.

Nicolas wusste nicht, ob er sich freuen oder besser schreien sollte. Was hatte er da nur eingefädelt? Hoffentlich rutschte ihm nicht versehentlich die Sache mit dem heimlichen Experiment heraus. Riskierte er damit vielleicht seine Exmatrikulation?

10

Das Gespräch mit Professor Jäger hatte Nicolas gutgetan. Nun glaubte er, dass er einen Weg für sich und Jens finden würde. Er hatte einen Plan, den er unbedingt mit ihm besprechen wollte. Gut gelaunt machte er sich auf den Weg, um ihn noch vor dem Fitnessstudio abzufangen. Das Beste würde sein, wenn Jens noch heute kündigte. So käme dieser von der Drogenquelle weg und er selbst würde Oliver bitten, das Experiment abzubrechen, von dem er dem Professor natürlich nichts gesagt hatte. Nach der nächsten Ecke erreichte er das Studio. Jens war nirgendwo zu sehen, aber er müsste jeden Moment kommen, um seine Arbeit aufzunehmen. Also konnte er sich noch kurz entspannt an die Hauswand vor der Einfahrt zum Studio lehnen und die warme Sonne genießen. Später könnten sie vielleicht ins Schwimmbad gehen. *Warum zögert man immer so lange, wenn man Hilfe braucht,* fragte er sich. Vielleicht würde er doch eines Tages mit dem Professor über das heimliche Experiment mit den Mückeneiern sprechen.

Mann, wo bleibt Jens? Ich stehe mir die Beine in den Bauch und bekomme einen Sonnenbrand vom Feinsten. Er zog sein Handy aus der Jeanstasche und wählte die Nummer. Es klingelte eine Weile, aber Jens meldete sich nicht. Gerade wollte er das Telefon wieder in die Tasche schieben, als ihm auffiel, dass nicht nur sein Handy geklingelt hatte. Ein Zweites verstummte im selben Moment. Neugierig betätigte er die Wahlwiederholung. – Richtig, da klingelte noch ein Telefon. Das musste Jens´ Handy sein. *Wo steckt der Kerl?* Nicolas lauschte. Es kam vom Hof, ungefähr dort, wo die Müllcontainer standen. Hatte Jens es beim Entsorgen des Mülls verloren? War der wieder so von der Rolle, dass er das nicht einmal bemerkte hatte? *Ich bin gespannt auf seine Erklärung, wenn er es nachher findet.*

Nicolas blieb nichts weiter übrig, als zu warten. Spätestens in zehn Minuten musste Jens kommen, denn dann begann sein Dienst. Die Zeit nutzte er, um seinen Plan noch einmal zu überdenken. Hoffentlich ließ Jens sich darauf ein. Sollte er ihm entgegengehen? Er konnte ja verschlafen haben. Dann musste er allerdings erst das Handy holen, bevor es noch ein anderer fand. Vorsichtig lugte er um die Ecke. Niemand war zu sehen. Mit langen Schritten lief er auf die Container zu. Er öffnete einen nach dem anderen mit zugehaltener Nase, fand es aber nicht. Erneut wählte er die Nummer und ließ es klingeln. Es bimmelte unter dem Müllcontainer.

Nicolas bückte sich. Beinahe hätte er aufgeschrien. Jens lag an der Mauer und schien dort zu schlafen. Die Container standen eng zusammen zwischen zwei Gebäuden. Also musste er hinübergeklettert sein. Der Schlitz unter den Containern war zu schmal, als dass er mehr erkennen konnte als seine Kleidung und Haare. *Warum ist er dahinter geklettert? Vielleicht kam er sonst nicht an sein Handy?* Er konnte sich nicht vorstellen, dass Jens ausgerechnet diesen Ort als Schlafplatz auserkoren hatte. Sein schlechtes Gewissen meldete sich. *Hätte ich mich bloß noch gestern Nacht mit ihm getroffen.*

»Hej, Alter, wach auf«, versuchte er, ihn so unauffällig zu wecken wie möglich. Doch Jens rührte sich nicht. »Mann, wie bist du nur dort hingekommen? Wach endlich auf! Der Mühlenberg wird bald da sein. – Bist du wieder bekifft? Komm raus, ich habe einen guten Plan!«

Nicolas sah sich suchend um und fand einige leere Bierkisten, die er als Treppe nutzte und kletterte auf einen Container. Da traf ihn fast der Schlag. Jens lag mit weißen Lippen und geschlossenen Augen da. Er bewegte sich nicht. Seine Haut wirkte wächsern. Panisch sprang er auf die Erde und rannte zur Straße. Nach Luft ringend presste er sich gegen die Hauswand. Schweißperlen traten auf seine Stirn. Sein Blick verschwamm und er konnte für einen Moment nicht richtig sehen.

»Ist Ihnen nicht gut?«, fragte eine ältere Dame, die plötzlich vor ihm stand. »Brauchen Sie Hilfe? Soll ich einen Krankenwagen rufen?« Mitleidig schaute sie ihn an.

»Eh, nein, danke«, murmelte er, »ist wohl die Hitze. Geht schon wieder.« Mühsam versuchte er, sich aufzurichten, aber sein Gleichgewichtssystem zwang ihn wieder zurück an die Wand.

»Hier, bitte trinken Sie etwas«, sagte die Unbekannte und hielt ihm eine kleine Flasche Wasser hin. »Sie haben bestimmt nicht genug getrunken, bei diesen Temperaturen.«

»Danke, aber das ist nicht nötig«, versuchte er, stark zu sein, sank aber in sich zusammen und landete sitzend auf dem Boden.

Ohne auf weitere Abwehr zu warten, zog die Frau ihr Handy aus der Tasche und wählte den Notruf. Es dauerte nur wenige Minuten, bis der Krankenwagen kam. Sie erklärte, wie sie Nicolas vorgefunden hatte, gab ihre Daten an und musste dann aber schnell zur Arbeit gehen.

»Hallo, können Sie mich verstehen? Was ist passiert?« Der Sanitäter kniete vor Nicolas. »Ist Ihnen schlecht geworden oder sind Sie gestürzt? Haben Sie Alkohol getrunken?«

Nicolas schüttelte den Kopf. Sein Gehirn und sein Mund standen nicht miteinander in Verbindung. Die Bilder von Jens blockierten ihn völlig.

»Können Sie aufstehen? – Wir nehmen Sie mit ins Krankenhaus. Da können Sie uns alles erzählen.« Damit ging der Sanitäter zum Auto, um einen Rollstuhl zu holen.

»Nein,« flüsterte Nicolas und versuchte, mit dem Arm auf die Einfahrt zum Fitnessstudio zu zeigen, was ihm aber vollkommen misslang.

Doch der zweite Sanitäter hatte es bemerkt. »Wollen Sie uns etwas sagen?«, fragte er, beugte sich zu Nicolas hinunter und sah ihm in die Augen.

»Ja, da hinten …«, mehr brachte er nicht heraus.

»Wo? In der Einfahrt? Sind Sie angefahren worden?«

Nicolas schüttelte den Kopf.»Da – liegt mein Freund.« Tränen schossen in seine Augen. Der Hals schnürte ihm zu. Sprechen war unmöglich.

»Hans«, rief der Sanitäter seinen Kollegen, der gerade den Transportstuhl aus dem Krankenwagen holte,»schau mal dahinten nach! Da soll jemand liegen.«

Eilig rannte Hans durch die Einfahrt, sah sich auf dem Hof um, entdeckte aber niemanden.»Da ist keiner«, rief er sofort.

»Doch, hinter dem Müll ...«, wieder versagte Nicolas die Stimme. Tränen übermannten ihn und schluchzend verbarg er sein Gesicht in den Händen.

»Schau mal hinter den Müll!«, meinte der Sanitär, versorgte dabei Nicolas und hob ihn auf den Krankenstuhl.

»Da ist nichts, kann nicht sein, ist gar kein Platz!« Hans war davon überzeugt, dass dort keiner liegen konnte.

»Doch«, brüllte Nicolas plötzlich und benötigte dazu seine ganze Kraft,»er liegt dort an der Mauer!«

»Guck noch mal genau nach! Der springt mir sonst noch vom Stuhl.« Mit beiden Händen versuchte er, Nicolas zu halten.

Hans bückte sich, um unter die Müllcontainer zu schauen.»Tatsache, da liegt einer. Wie ist der denn da hingekommen? Muss wohl draufgeklettert und dann abgerutscht sein.«

Plötzlich ging alles schnell. Die Container wurden vorgezogen und gaben den Blick auf Jens frei.

»Hier liegt ein Handy. Der wollte es sicher nur aufheben und war dann eingeklemmt«, sagte Hans.

Als Mühlenberg sich dem Studio näherte und die Blaulichter sah, wendete er sofort seinen Wagen und suchte das Weite.

»Was sollen wir heute unternehmen?« Annabell blickte von einem zum anderen. »Ich hätte mal wieder Lust, durch den Wald zu streifen und nach Leckereien zu suchen. Das hatten wir doch eigentlich so geplant, oder?« Julian wollte gerne eine Weile mit Annabell allein verbringen. Er hatte gestern kurz das Gefühl, dass sie versuchet hatte, ihn anzuflirten. Das wäre wunderbar, stellte er fest. »Wir teilen uns in Zweiergruppen auf und sehen, wer die leckersten Beeren oder Kräuter mitbringt. Und dann zaubern wir was daraus.«

»Eine schöne Idee! Ich zieh mit Oliver los.« Sebastian war begeistert. Er könnte endlich mal mit ihm allein sprechen. Vielleicht würde er ihm erzählen, was ihn bedrückte.

»Mir egal«, war alles, was Oliver dazu meinte.

»Katrin, lass uns zusammenbleiben. Wir können dann erst ein Stück joggen,« meinte Lena und zwinkerte ihr zu, worauf Katrin begeistert nickte. *Da haben die zwei ein bisschen Zeit, sich näherzukommen,* dachte sie erfreut. Schon lange war ihnen aufgefallen, wie die beiden sich mit heimlichen Blicken anschmachteten.

»Jetzt bleiben nur noch wir übrig.« Etwas verlegen schaute Annabell mit roten Wangen und glänzenden Augen Julian an. *Hoffentlich sagt er ja.*

»Kein Problem, in einer halben Stunde können wir losziehen.« Er jubelte innerlich. So hatte er es sich gewünscht.

Das Frühstück verlief ziemlich chaotisch. Alle schmiedeten Pläne, wonach sie suchen wollten. Als Erste machten sich Lena und Katrin auf den Weg. Sie joggten eine Weile wortlos nebeneinander her, aber dann hielt Lena das Schweigen nicht mehr aus.

»Ich bin gespannt, was wir noch so alles erleben. Manchmal glaube ich, dass ich nicht nur Gedanken lesen kann, sondern auch die Vogelsprache verstehe. Sag mal, spinne ich jetzt vollkommen?« Insgeheim hoffte sie, dass Katrin das Gleiche von sich behaupten würde. Sie stützte sich an einen Baumstamm, streckte die Beine und begann mit leichten Dehnübungen. Der würzige Geruch der Rinde gefiel ihr. »Außerdem scheint sich mein Geruchssinn enorm verbessert zu haben.«

»Und ich dachte, ich höre die Bäume reden. Das ist doch alles bekloppt. Hat uns jemand Drogen ins Essen getan oder haben wir bei den Kräutern nicht aufgepasst?« Mit rechten Dingen konnte das nicht zugehen. Auch Katrin dehnte sich und setzte sich anschließend ins weiche Moos. Ein feiner erdiger Geruch stieg ihr in die Nase. Aber da war noch etwas anderes, das sie roch. »Oh, schau mal, hier wachsen Blaubeeren. Die können wir gleich sammeln. Das gibt nachher ein leckeres Abendessen, Blaubeerpfannkuchen. Hoffentlich sind noch Eier da.«

»Später, ich will jetzt nicht an die anderen denken und was wir noch tun werden. Mir geht zu viel im Kopf herum. Warum greifen die Mücken uns an und sehen dabei wie eine Armee aus? Oder sind es einfach so viele in diesem Sommer und wir bilden uns nur ein, dass sie es auf uns abgesehen haben? Warum hatten wir das Flimmern in den Augen, und wieso ist es verschwunden, seit wir Gedanken lesen können? Das ist doch alles verrückt!«

Mit den gleichen Fragen hatte sich Katrin heute auch schon beschäftigt. Doch als sie zu Lena sah, erschrak sie plötzlich. »Sind wir zu schnell gelaufen? Du bist auf einmal schneeweiß im Gesicht. Sogar deine Lippen haben kaum Farbe. Kipp mir jetzt bloß nicht um!« Stützend legte sie ihren Arm an Lenas Schulter. Gleichzeitig griff sie nach ihrer Wasserflasche und drückte sie der Freundin in die Hand. »Hier, trink was. Wir ruhen uns ein wenig aus.«

Lena trank einen kleinen Schluck und legte sich ins weiche Moos. Den Blick zum tiefblauen Himmel gerichtet, sah sie nicht den bunten Schmetterling, der sich auf Katrins Hand setzte. »Gut, dass ihr da seid. Wir brauchen eure Hilfe«, schien er zu sagen. »Was? Hast du was gesagt?«, flüsterte Lena. Ohne den Kopf zu drehen, tastete sie nach Katrins Arm. «Deine Stimme kommt so zart bei mir an, dass ich dich nicht verstanden habe. Habe ich jetzt auch noch was an den Ohren?« Obwohl sie keine Antwort bekam, schloss sie die Augen. Ein Tagtraum fesselte ihre ganze Aufmerksamkeit: Wohl hundert Schmetterlinge flatterten im Kreis um sie herum. Alle sahen sie an und flüsterten ihr etwas zu. Aber sie hörte nur ihre wunderschöne Melodie. Die Worte verstand sie nicht.

»Schau mal, ich glaube, das ist ein Admiral – oder ein kleiner Fuchs? Ich kenne mich nicht gut genug damit aus. Die sehen sich so ähnlich.« Katrin versuchte leise, Lena auf den Schmetterling aufmerksam zu machen. Fasziniert schaute sie ihn dabei an. Langsam führte sie ihre Hand näher ans Gesicht. »Hast du mit mir gesprochen?« Kaum hörbar flüsterte sie ihm die Worte zu, bedacht, ihn nicht mit ihrem Atem wegzupusten.

»Wir brauchen eure Hilfe.«

»Wobei?«

»Die Natur zu retten.«

»Wovor und wie soll das gehen?« *Spinn ich jetzt vollkommen? Ich rede mit einem Schmetterling!*

»Das Gleichgewicht stimmt nicht mehr. Ihr entzieht der Natur zu viele Ressourcen. Wir werden alle sterben, wenn die Menschen so weitermachen.« Dann breitete er seine Flügel aus und flog weg.

»Hej, bleib hier!«, rief sie und sprang abrupt auf.

»Mann, jetzt ist mein schöner Traum verschwunden. Warum schreist du so?« Lena war verärgert, sah aber wieder vollkommen frisch aus, als hätte sie Stunden geschlafen.

Enttäuscht blickte Katrin hinter dem Schmetterling her und setzte sie sich wieder.

Lena folgte ihrem Blick. »Oh, ich hatte gerade ganz viele davon im Traum gesehen«, begann sie zu erzählen. Doch bevor sie richtig loslegen konnte, standen plötzlich Julian und Annabell vor ihnen.

»Schaut mal, was wir für herrliche Kräuter gefunden haben. Wonach sucht ihr?« Julian zeigte ihnen einen duftenden Strauß. »Wir machen uns gleich über die Blaubeeren her. Aber vorher wollten wir ein wenig die Wärme und den blauen Himmel genießen.« Lena blinzelte gegen die Sonne.

Mit einem Blick entdeckte Julian die herrlichen Früchte. »Oh ja, Blaubeeren. Das ist super, dann gibt es heute bestimmt was Gutes zu essen. Bin gespannt, was Sebastian und Oliver mitbringen werden.« Annabell hob die Hand zum Gruß und beide wanderten weiter.

»Die geben ein schönes Paar ab. Warum sind die noch nicht zusammen? Naja, der Anfang ist gemacht.« Lena schaute ihnen nach, bis sie nicht mehr zu sehen waren.

»Ich kenne Julian, der ist ziemlich schüchtern. Annabell muss wohl den ersten Schritt machen.«

»Ich weiß, du bist ja eine Weile mit ihm gegangen. Warum hat das bei euch eigentlich nicht gehalten?«

»Ach, Schülerliebe, die hält nie«, lachte Katrin. »Außerdem ist er gleich nach dem Abi nach Aachen gezogen, zu seinem Vater.«

»Stimmt. Lass uns jetzt die Blaubeeren pflücken!«

*

Als sie mit prall gefüllten Beuteln zurückkamen, sahen sie schon von Weitem Sebastian und Oliver auf der Terrasse sitzen, ein Korb voller Brombeeren stand vor ihnen auf dem Tisch. Die beiden hatten die Köpfe zusammengesteckt und waren so sehr in ein Gespräch vertieft, dass sie Lena und Katrin nicht bemerkten.

»Hej, ihr Turteltauben, schaut her, was wir mitbringen!«, rief Lena lachend und hielt ihnen den Beutel voller Blaubeeren entgegen.

Erschrocken rutschte Oliver zur Seite.»Wir sind keine Turtel-tauben, was soll der Unsinn?« Dabei konnte er nicht verhindern, dass sich seine Wangen röteten. Schnell stützte er die Ellenbo-gen auf den Tisch und legte sein Gesicht schützend in die Hände.»Reg dich nicht auf! Habt ihr Geheimnisse oder warum tu-schelt ihr?« Auch Katrin wunderte sich über die beiden.»Professor Hilpert hat uns für übermorgen zum Frühstück eingeladen. Mein Prof aus Stuttgart kommt auch. Der reist aber schon morgen an.« Oliver nahm die Hände wieder runter und runzelte die Stirn.»Kann man nicht einmal in den Ferien seine Ruhe haben?«

»Glaubst du, der will von dir was wissen und du hast keine Ahnung? Warum macht es dir Kopfschmerzen? Sicher wird er einfach seinen Kollegen besuchen.«

»Es macht mir keine Kopfschmerzen, aber ist schon ein ko-misches Gefühl, wenn der Jäger plötzlich mit am Tisch sitzen wird.«

»Wird bestimmt nicht so schlimm werden«, mischte sich Ju-lian ein, der auf einmal mit Annabell hinter Katrin stand.

»Hallo, wo kommt ihr so plötzlich her?« Sebastian versuchte, das Thema zu wechseln.

»Von draus´ vom Walde kommen wir her. Wir müssen euch sagen: Es hungert uns sehr.« Kichernd setzte sich Annabell auf die Bank.

*

Am Abend versuchte Oliver einige Male, Nicolas zu erreichen, immer vergebens. Vielleicht wusste der, wieso Jäger hierher-kommen sollte. *Was ist los mit ihm? Sonst kann er doch kaum erwarten, dass ich ihn anrufe, und jetzt ist er nicht erreichbar.* Wie ein Tiger im Käfig lief er auf der Wiese hin und her. Sein Kopf glühte und seine Augen erkannten nichts um ihn herum. Seine Gedanken malten wieder Bilder von den Mückeneiern, die so groß wie Hagelkörner wurden. Irgendwann kam er zu dem Ent-schluss, alle zu vernichten.»Ich fahre noch mal zum See. Wartet nicht auf mich!«, rief er zur Terrasse rüber, schnappte sein Rad und raste los.

»Mann, so kann das nicht weitergehen. Oliver hat doch ein Problem, und zwar ein gewaltiges. Weißt du, was mit ihm los ist? Hat er was erzählt?« Julian sah Sebastian fragend an.

»Keinen blassen Schimmer. Ich habe nichts aus ihm herausbekommen. Aber mir geht er auch auf den Senkel. Wenn er sich nicht helfen lassen will, soll er einfach abreisen. Wir genießen die Zeit hier weiterhin und geben ihm später einen Bericht darüber, was er alles versäumt hat. Ich will auf jeden Fall den Professor noch einmal besuchen und außerdem wissen, was es mit den neuen Mückengenerationen auf sich hat.« Sebastian hob die Schultern und zog die Augenbrauen zusammen.

*

Wie ein Wilder raste Oliver mit dem Mountainbike durch den Wald. Er sprang über Wurzeln und riss sich die Haut an den Zweigen auf. Erst als das Wasser durch die Bäume blinkte, verlangsamte er die Fahrt. Atemlos schmiss er das Rad ins Moos und rannte die letzten Meter zum Ufer. Sein Blick verschleierte sich, als er die Larven suchte. »Nein, das darf nicht sein. Ihr dürft nicht leben!«, schrie er, suchte nach einem Stock und schlug auf die Stelle ein, wo er das Pulver verstreut hatte. Wasser spritzte in sein Gesicht. Plötzlich rutschte er von der schlammigen Böschung. Mit einem Klatsch landete er bäuchlings in der knietiefen Brühe. Wie irre schlug er um sich, verlor aber immer wieder den Halt auf dem glitschigen Boden. Obwohl das Wasser flach war, schien er darin zu ertrinken.

Sebastian hielt es nicht länger aus. Er hatte ein ungutes Gefühl. Deshalb schnappte er sein Fahrrad und machte sich auch auf den Weg zum See. »Ich schau mal, ob ich ihm doch irgendwie helfen kann«, rief er den anderen zu.

Kurz vor dem See fand er Olivers Rad. Er hielt an und schaute sich um. Das Wasser glitzerte hinter den Bäumen, doch von ihm war keine Spur zu sehen. Da hörte er plötzlich ein Planschen, als würden Enten im Wasser toben. Er lief zum Ufer und ließ den Blick über den See schweifen, fand aber keine. Das Geräusch hatte aufgehört. *Was kann das nur gewesen sein? Vielleicht waren es auch Karpfen, die durchs Wasser tobten, aber dafür war es eigentlich zu laut.* Plötzlich erschien ihm die Stille unheimlich.

»Oliver! – Oliver, wo steckst du?«

12 Stuttgart

Nicolas wurde von dem Polizisten nach Hause geschickt. Er sollte sich am nächsten Tag zur Protokollaufnahme im Präsidium einfinden. Sein Handy klingelte, aber er ließ es einfach in der Tasche. Jetzt wollte er mit niemandem sprechen. Er war sich nicht sicher, welchen Weg er genommen hatte. Alles schien ohne sein Zutun abzulaufen. Wie in Trance ging er in seine Wohnung und verschloss die Tür. *Was mache ich nur? Kann ich überhaupt was tun? Ich habe keine Ahnung, was mit ihm passiert ist.* Sein Kopf fing an zu pochen, die Augen brannten. Er schmiss sich auf sein Bett und dem Himmel sei Dank, schlief er sofort ein.

Um sieben Uhr erwachte er mit Kopfschmerzen auf seiner völlig zerwühlten Bettdecke. Es fiel ihm schwer, die Augen zu öffnen, so geschwollen waren die Lider. Anscheinend hatte er im Schlaf geweint, da sein Kopfkissen feuchte Spuren aufwies. Wann sollte er eigentlich zur Wache kommen? Das Denken fiel ihm schwer.

Lethargisch griff er sein Handy. Mit Irgendjemandem musste er sprechen, sonst würde er noch verrückt werden. Aber mit wem? Oliver war nicht da und Jens lebte nicht mehr. So sehr er auch überlegte, es blieb schon wieder nur Professor Jäger übrig. Ob er ihn damit belästigen durfte? Sein Blick aufs Display zeigte, dass Oliver versucht hatte, ihn zu erreichen. Sicher wollte er von dem Fortschritt des Experiments erzählen. Was sollte er ihm sagen? *Hat sich erledigt? Jens braucht das Geld nicht mehr? Niemals mehr!* Zaghaft wählte er die Nummer des Professors.

»Jäger«, meldete sich der viel zu schnell.

»Nicolas, Nicolas Bachmann …« Doch schon versagte seine Stimme.

»Guten Tag, Herr Bachmann.« Er wartete einen Moment. Da aber keine Reaktion von Nicolas kam, fragte er:»Hallo, sind Sie noch dran?«

»Ja«, flüsterte Nicolas.

»Oh, Herr Bachmann, geht es Ihnen gut? Ich kann Sie kaum verstehen.« Nicolas atmete schwer, brachte aber kein Wort heraus.

»Kann ich Ihnen irgendwie behilflich sein? – Hallo? – Herr Bachmann?«

Nicolas drückt die Taste mit dem roten Hörer und setzte sich erschöpft auf den Stuhl. Es war einfach zu schwer. Was sollte er sagen? Dass er Jens tot aufgefunden hat? Das war eine blöde Idee, Jäger anzurufen. Er schmiss das Handy aufs Bett, griff seinen Schlüssel und wollte gerade zur Tür hinaus, als das Handy schrecklich laut zu klingeln begann. Es klingelte und klingelte. In seinem Kopf kreischte es, als würde jemand mit einer Kreissäge arbeiten. Da half auch nicht, sich die Ohren zuzuhalten. Mit hängendem Kopf schlich er zurück und nahm es in die Hand. Er musste drangehen.

»Hallo«, meldete er sich müde.

»Hier Jäger, Sie hatten versucht, mich anzurufen. Aber ich denke, die Leitung wurde unterbrochen.«

»Ja, ähm …, ich weiß nicht …«, stotterte er und versuchte dabei, seine Kopfschmerzen zu ignorieren.

»Erzählen Sie einfach, dann werden wir sehen, ob ich etwas für Sie tun kann.« Professor Jäger bemühte sich, optimistisch zu klingen. Noch nie hatte er so einen Schmerz in der Stimme seines Studenten gehört.

Vielleicht konnte er ihm wirklich helfen. Nicolas liefen unaufhörlich die Tränen übers Gesicht. Er brauchte noch etwas Zeit, um sich zu sammeln.»Können wir uns irgendwo treffen? So in einer halben Stunde? Haben Sie Zeit?«

»Ja, habe ich. Am besten, Sie kommen zu mir. Dann sind wir ungestört.«

Nicolas legte auf und atmete tief ein. Plötzlich musste er nicht mehr weinen. Er ging ins Bad und warf sich mit den Händen kalten Wasser ins Gesicht.

*

»Gut, dass Sie mich angerufen haben. Nach so einem Erlebnis sollte niemand allein sein.« Professor Jäger sah ihn mitleidig an. »Haben Sie jemanden, zu dem Sie gehen können?«

»Nein, Oliver ist noch mit Freunden aus der Penne im Wald bei Kempenich. Das ist in der Vulkaneifel, und meine Eltern bleiben noch eine Weile im Ausland.«

»Haben Sie schon mit Oliver gesprochen, ich meine telefonisch?«

»Ich will ihm doch nicht den Urlaub verderben. Es reicht, wenn er zurück ist.« Zudem wusste er gar nicht, wie er es Oliver sagen sollte.

»Das verstehe ich. Ich werde mir etwas einfallen lassen. Ich würde jetzt gerne einen Spaziergang mit Ihnen machen, wenn Sie Lust haben.«

Erstaunt hob Nicolas den Kopf. Damit hatte er nicht gerechnet. »Lieber nicht, aber danke schön.« Plötzlich war Jäger nicht mehr der sonderbare Professor aus der Uni, der von den Kommilitonen so gerne verlacht wurde, sondern ein warmherziger Mann, den er gerne bei sich hätte. Trotzdem schüttelte er den Kopf.

Den Professor ließen seine Gedanken nicht zur Ruhe kommen. *Ich sollte die Fahrt zum Professor Hilpert absagen. Herr Bachmann braucht mich hier. Es ist niemals leicht für einen jungen Menschen, seinen Freund zu verlieren.* Darum rief er seinen pensionierten Kollegen an und erklärte ihm, dass er nicht kommen konnte. »Ich muss mich um einen Studenten kümmern. Der braucht jetzt unbedingt jemanden, der ihm beisteht. Es ist der Freund von Oliver, der vor ein paar Tagen bei Ihnen war.«

Doch Professor Hilpert zögerte nicht lange und schlug vor, den jungen Mann einfach mitzubringen. Er hätte ein weiteres Gästezimmer und Oliver würde ihm bestimmt guttun, wobei auch immer. *Hoffentlich lässt sich Nicolas darauf ein.* Professor Jäger saß da und wartete auf den Anruf von ihm. Ungeduldig lief er auf und ab. Sein Koffer lag gepackt auf dem Bett. Nur das Rasierzeug und die Zahnbürste fehlten noch. Erst am Abend meldete sich Nicolas. Zum Glück war er bereit, mitzufahren. »Ich hole Sie morgen um acht Uhr ab. Schaffen Sie es, so früh fertig zu sein?« Jäger klatschte in die Hände, als er den Hörer aufgelegt hatte. Er wurde gebraucht. Nun konnte er sich intensiv um einen seiner Studenten kümmern. So lange hatte er sich schon gewünscht, nicht nur zu lehren.

Voller Freude nahm er das Foto seiner Frau vom Schreibtisch. »Jetzt habe ich es geschafft, meine Liebe. Ich werde für meinen Studenten da sein.« Zärtlich gab er ihr einen Kuss. »Du fehlst mir so sehr.« Er wunderte sich nicht, dass sie ihn heute besonders anzulächeln schien.

»Hoffentlich kommen die beiden bald zurück. Ich habe Hunger.« Annabell verteilte die Himbeermarmelade auf dem Teig. Brombeeren, Heidelbeeren, Sahne und Vanillepuddingpulver standen schon bereit, zur weiteren Verarbeitung. Sogar ein paar letzte Walderdbeeren lagen dabei.

»Das sieht aber lecker aus. Wir sollten ein Kochbuch rausgeben. Den Titel weiß ich schon: Schmackhafte Waldküche.« Julian streckte seine Hand aus, um eine Walderdbeere zu stibitzen.

»Finger weg!« Mit einem Klapps auf die Hand hinderte Katrin ihn daran.

»Autsch, das ist doch Annabells Kuchen. Was mischt du dich ein?«, jammerte er und versuchte es erneut.

»Du kannst schon mal den Tisch decken. Der Kuchen muss eh noch in den Ofen. Wir werden also zuerst unseren Nudelauflauf essen.« Katrin schnitt das Baguette auf und legte die Stücke dekorativ in ein Körbchen.

Es roch so gut, dass Julian das Wasser im Mund zusammenlief. »Wann habt ihr eigentlich gelernt, so hervorragend zu kochen und zu backen?«

»Naturtalente«, flüsterten Katrin und Lena wie aus einem Mund. Schmunzelnd sahen sie sich an. *Hat auch Vorteile, wenn man Gedanken lesen kann. Wir sollten uns ein paar Späßchen einfallen lassen,* meinte Lena. Katrin kicherte leise.

Julian schaute von Lena zu Katrin. »Mit euch stimmt was nicht. Ich finde noch heraus, was es ist.« Er drehte sich um, nahm einen Stapel Teller aus dem Schrank und lief damit nach draußen. Nachdem er alle Teller auf dem Tisch platziert hatte, hob er den Kopf und atmete die frische Waldluft tief ein. Der blaue Himmel und das Vogelgezwitscher verliehen ihm ein

Gefühl von Frieden und Vollkommenheit. *Warum genieße ich das nicht viel öfter?* Verträumt setzte er sich auf die Holzbank und lehnte sich entspannt an die warme Hauswand. *Wenn ich so ein schönes Ferienhaus mitten im Wald hätte, würde ich es auch nutzen. Das Holz müsste mal überarbeitet werden, bevor es verrottet.* Er schloss die Augen und träumte plötzlich, dass er mit seiner Frau auf dieser Bank saß und ihre beiden kleinen Mädchen beobachtete, die auf der Wiese saßen und aus Blumen Kränzchen flochten. Neben ihnen lag ein Welpe, der mit einigen dieser Kränzchen geschmückt war. Doch dann hörte er ein leises Räuspern und die Bilder waren verschwunden. Blinzelnd öffnete er die Augen.

»Das ist ein schönes Foto. Julian im siebten Himmel vor der Hütte, werde ich es nennen.« Annabell schaute auf ihr Handy. *Ja, endlich habe ich ein Bild von ihm, das ich niemals löschen werde.* Blitzschnell ließ sie das Handy in ihrer Jeanstasche verschwinden. »Mach weiter, wir brauchen noch Besteck und Gläser«, forderte sie ihn auf.

Langsam stand er auf. *Wer war meine Frau?* In seinen Gedanken gefangen, schlenderte er in die Küche. Als er mit dem vollen Tablett wieder zurückkam, war der Tisch bereits mit vielen Leckereien beladen. In der Mitte stand eine Vase mit kleinen Wiesenblumen.

»Kommt essen! Sebastian und Oliver müssen Aufgewärmtes essen. Wer weiß, wann die beiden zurückkommen. Die haben wohl die Zeit vergessen.« Lena setzte sich an den Tisch. »Greift zu und lasst es euch schmecken.«

*

Sebastian lief hin und her und rief nach Oliver, doch er bekam keine Antwort. *Wo ist der bloß? Er muss hier sein. Sein Fahrrad liegt doch da.* Der See machte ihm plötzlich Angst. Er war irgendwie anders. Eine Gänsehaut überlief seinen Körper. »Oliver, Oliver …!«, schrie er so laut er konnte.

77

Einige aufgeschreckte Enten schwammen laut quakend weg. »Oliver!« Er rannte am Ufer entlang, ohne auf die kleinen Äste der Sträucher zu achten, die ihn immer wieder stolpern ließen. Endlich sah er ihn. Oliver versuchte vergebens, im knietiefen Wasser aufzustehen. Aber seine Füße rutschten aus und fanden keinen Halt, sodass er schließlich völlig untertauchte. Mit langen Schritten rannte Sebastian zu ihm und zog ihn heraus. Er kniete sich hin und legte Olivers Kopf auf seine Beine. »Oliver, wach auf! Ich habe dich gefunden. Wach auf!« Er tätschelte seine Wangen und strich ihm die nassen Haare aus dem Gesicht. »Oliver!« *Was soll ich nur machen?* »Oliver, mach endlich die Augen auf!« *Wollte er sich etwa das Leben nehmen? Warum hat er nichts erzählt? Wieso hatte er trotzdem alle eingeladen?* Die Gedanken veranstalteten ein Wettrennen in seinem Kopf.

Oliver zitterte plötzlich am ganzen Körper. Hustend drehte er sich zur Seite. Wasser rann aus seinem Mund. Als er Sebastian erkannte, huschte ein Lächeln über sein Gesicht. Dann quälte ihn erneut ein Hustenanfall.

Sebastian zog ihn nah an sich heran und schlang seine Arme wärmend um ihn. »Ich halte dich. Ruh dich aus!« So saßen sie eine Weile und sprachen kein Wort. Er blickte auf den See, der seine Bedrohlichkeit verloren hatte und kleine Wellen wieder friedlich das Ufer leckten. Nur die Spuren am rutschigen Hang erinnerten an den Vorfall. Enten schwammen auf dem Wasser und tauchten mit ihren Köpfen nach Algen. Am Himmel kreisten kleine Vögel. Er konnte nicht erkennen, welche es waren.

Als Oliver sich zu bewegen begann, stieg ein modriger Geruch in Sebastians Nase. »Hej, du müffelst und siehst auch nicht gerade verführerisch aus. Was sollen die Mädels von dir denken?«

»Wer hat dich hergebeten? Lass mich los!« Oliver versuchte, sich aus der schützenden Umarmung zu befreien.

»Spinnst du? Ich habe dich halb ertrunken gefunden.« Mit einer solchen Reaktion hatte er nicht gerechnet. »Was hast du hier getrieben?«

»Nichts, was dich angeht. Lass mich endlich allein!« Oliver setzte sich auf und rieb angeekelt den Schlamm von seinen Beinen. Dabei erinnerte er sich, wie er krampfhaft versucht hatte, den Kopf über Wasser zu halten, aber immer wieder abrutschte. »Nie im Leben, ich nehme dich mit und vorher erzählst du mir, was mit dir los ist.«

Oliver versuchte, aufzustehen, was ihm aber misslang. Stöhnend ließ er sich fallen.

»Bleib liegen. Es ist warm genug. Wir werden warten, bis du wieder zu Kräften gekommen bist.« Keinen Widerspruch duldend setzte Sebastian sich neben ihn. Er wusste nicht, was er machen sollte. Nur eines war klar: Er würde Oliver nicht allein lassen.

Nach einer Weile machte sich der Hunger bemerkbar. So sehr er auch Ausschau hielt, er entdeckte nicht eine Beere, die er sich in den Mund schieben konnte. Oliver war eingeschlafen. Ob er ein Stück laufen könnte, um sich die Beine zu vertreten? Wenn, dann höchstens ein paar Meter, denn er befürchtete, Oliver wieder zu verlieren. Trotzdem musste er endlich aufstehen. Warum hatte er sein Handy nicht mitgenommen? Dann könnte er wenigstens die anderen informieren, dass er ihn gefunden hatte. Die machten sich bestimmt schon Sorgen. Er rappelte sich auf und ging ein paar Schritte hin und her. Nach einer Weile wurde es ihm zu viel. Er weckte Oliver. »Wir müssen gehen. Bald wird es kälter und die anderen warten auf uns. Kannst du aufstehen?«

Oliver hob den Oberkörper und stützte sich auf seine Unterarme. Die Gelegenheit ergriff Sebastian, fasste ihn von hinten unter den Achseln und zog ihn einfach hoch. Zuerst hatte Oliver sich gewehrt, war aber dann doch froh, endlich wieder auf seinen Beinen zu stehen.

»Was machen wir jetzt?«, fragte er und schwankte dabei ein wenig.

»Zuerst sehen wir zu, dass du wieder sicher stehst. Dann machen wir uns schleunigst auf den Weg zum Fressnapf. Ich verhungere schon.« Mit festem Griff hielt er seinen Freund aufrecht.

Nach einigen Schritten wurde Oliver sicherer. Als sie bei den Fahrrädern ankamen, fragte er:»Was sag ich nur den anderen? Die wollen doch sicher wissen, warum ich mit den Klamotten ins Wasser gegangen bin.«

Na, am besten die Wahrheit, daran bin ich auch interessiert.

»Lass dir was einfallen. Es bleibt dir noch ein bisschen Zeit, bis wir angekommen sind.«

Als sie endlich das Blockhaus erreicht hatten, sah Oliver nicht mehr so schlimm aus. Die leichte Kleidung hatte die Sonne beinahe getrocknet und der Schmutz war durch die Bewegung größtenteils abgefallen. Nur unter seinen Augen zeigten sich dunkle Schatten und die Haare sahen verklebt aus.

»Da seid ihr ja endlich. Wir hatten heute nicht mehr mit euch gerechnet. Darum müsst ihr jetzt zusehen, was ihr zu essen bekommt.« Das war Lenas Art, sich ihre Ängste nicht anmerken zu lassen. Der Blick auf Oliver hatte ihr einen riesigen Schreck eingejagt.

»Das glaub ich jetzt nicht«, protestierte Sebastian,»mir hängt der Magen auf den Schuhsohlen.« Verzweifelt schaute er auf den leeren Tisch. Nur die Vase mit den Blümchen stand noch dort.

»Ist schon gut, ich habe keinen Hunger«, murmelte Oliver. »Ich gehe mal unter die Dusche.« Schlurfend ging er ins Blockhaus.

Annabell, Lena, Julian und Katrin sahen ihm sprachlos nach. Als er verschwunden war, drehten sie wie Marionetten gleichzeitig ihren Kopf zu Sebastian.

»Was ist hier los?«, wollte Katrin als Erste wissen.

Sebastian setzte sich auf einen Stuhl und suchte krampfhaft nach Worten. Was sollte er erzählen?»Ich habe ihn am See gefunden. Er lag in der Sonne. Wollte wohl ein bisschen Zeit für sich haben.« Als niemand weitere Fragen stellte, ging er in die Küche, um sich nach etwas Essbarem umzusehen.

14

Am nächsten Morgen joggten Katrin und Lena schon sehr früh los. Es war noch frisch und sie genossen einfach den Buchenwald mit seiner Einsamkeit und dem Gesang der Vögel. Kleine Häschen hoppelten übers Moos. Die Luft war so klar, dass alles besonders deutlich zu erkennen war. Käfer krabbelten an den Stängeln der Blumen empor. Als sie ein Eichhörnchen entdeckten, blieben sie stehen und beobachteten, wie es von Ast zu Ast sprang.

»Oh, sieht das niedlich aus mit seinem buschigen, roten Schwanz. Und sie mal, wie es die Ohren spitzt. Riechen Eichhörnchen es oder sehen sie, wenn Gefahr kommt?« Lena war ganz verzückt von dem kleinen Gesellen.

»Weißt du, dass das Fleisch von Eichhörnchen eine Delikatesse sein soll? Ich könnte keinen Bissen davon runterkriegen.« Katrin schüttelte sich so sehr, dass das Eichhörnchen seinen Kopf erschrocken zu ihnen drehte und dann mit schnellen Sprüngen hinter dem nächsten Baum verschwand.

Lena holte geräuschvoll Luft. »Mann, jetzt hast du es verscheucht. Sicher hatte es Angst, im Kochtopf zu landen.«

Lachend trotteten sie weiter. Dabei hingen sie ihren Gedanken nach, ohne daran zu denken, dass die jeweils andere sie hören konnte. Erst als beide gleichzeitig ein herzhaftes Stöhnen von sich gaben, sahen sie sich irritiert an.

»Habe ich das jetzt gedacht oder waren es deine Gedanken? Ich werde noch verrückt.« Lena blieb stehen und musterte ihre Freundin mit einem verzweifelten Blick.

»Ist ja auch egal«, meinte Katrin, »wir haben schon immer an ähnliche Sachen gedacht. Ich will endlich wissen, was mit Oliver los ist. Erst lädt er uns ein, dann zieht er sich zurück. Und was sollte das gestern mit Sebastian? Die beiden verheimlichen doch was.«

»Das glaube ich auch, aber ich will es gar nicht mehr wissen. Ich lass mir doch meine gute Laune nicht vermiesen. Hier ist so ein wunderschönes Fleckchen Erde und wir haben Ferien.« Sie breitete ihre Arme aus und hob sie wie ein Trichter zum Himmel. »Hast du eigentlich neue Mückenstiche bekommen?«, fragte sie leise.

»Nein, und du?«

»Ich auch nicht. Komisch, gestern haben die uns gar nicht angegriffen.« Als sich ein Sonnenstrahl durch die Wolken schob, sahen sie winzige Staubkörnchen in der Luft tanzen. »Oh, der Himmel reißt auf. Ich freu mich schon auf den Besuch bei Professor Hilpert.«

»Lass uns zurücklaufen! Jetzt habe ich Hunger. Die anderen werden hoffentlich endlich wach sein.« Katrin fiel in einen langsamen Trab.

*

Annabell war dabei, das Frühstück vorzubereiten, als Julian in die Küche trat. Er lehnte sich leise an den Türrahmen und beobachtete sie. Ihren geschmeidigen Bewegungen hätte er noch stundenlang zuschauen können, so wohl fühlte er sich in ihrer Nähe. Als sie begann, ein Lied zu summen, brachte ihn das völlig durcheinander. Am liebsten hätte er sie in den Arm genommen und mit ihr dazu getanzt. *Was ist mit mir los,* fragte er sich. Doch bevor er sich eine Antwort geben konnte, drehte sie sich um.

»Guten Morgen, hast du gut geschlafen?« Sie ließ das duftende Rührei in eine Schüssel gleiten und streute etwas zerhackte Petersilie darüber. »Willst du mir helfen? Du könntest schon mal den Tisch draußen decken.«

Wow, dieses Lächeln. »Ja, ja …«, stotterte er, »mach ich doch glatt, wenn du mich so schön darum bittest.« *Hej Alter, fällt dir nichts Besseres ein als diese alberne Phrase?* Er nahm einen Stapel Teller aus dem Schrank und zog die Besteckschublade auf.

Darin kramte er herum, als wäre jedes einzelne Teil in den Tiefen des Schranks verborgen. Annabell beobachtete ihn aus dem Augenwinkel. *Wie süß er aussieht, als wäre er total verlegen.* »Wird das noch was oder brauchst du einen Kompass?«

»Was?« Verwirrt schaute er sie mit großen Augen an. »Ne, habe jetzt alles gefunden.« Schnell drehte er sich um und marschierte zur Tür hinaus.

Ein Schmunzeln glitt über ihr Gesicht. *Vielleicht wird es doch noch was mit uns. Lang genug habe ich gewartet.* Während sie die Schüssel mit dem Rührei hinaustrug, malte sie sich aus, wie er den Tisch ihres eigenen Gartens deckte, die Kinder auf der Wiese spielten und sie ihm einen Kuss gab. Das gefüllte Tablett stellte sie hocherhobenen Hauptes auf den Tisch und streckte den Rücken.

»Königlich.«

»Was?«

»Königlich, habe ich gesagt, wie du hier erscheinst. Fehlt nur noch eine Krone auf deinem Kopf.« Julian grinste innerlich. Jetzt hatte er wieder die Kontrolle.

»Gut, dann setze ich mich jetzt auf meinen Thron. Willst du mein Lakai sein?« Würdevoll schaute sie ihn an. Doch dann musste sie lachen, als sie seinen verdutzten Blick sah.

»Dein Lakai? Niemals, wenn überhaupt, dann dein Gemahl, der König. Sollen die anderen uns bedienen. Wo bleiben die nur? Ich verhungere schon.« Als ihm auffiel, was er da gesagt hatte, wurden seine Wangen rot.

»Ich auch«, tönte es plötzlich zweistimmig hinter ihm. Katrin und Lena kicherten. Sie waren gerade rechtzeitig angekommen, um das Spielchen zu beobachten.

»Dann lasst uns das Fest feiern. Die Krönung findet in fünfzehn Minuten statt. Wir müssen vorher nur noch duschen. Ihr könnt euch um die Kronen kümmern.« Katrin zwinkerte Annabell zu. Dann verschwand sie im Haus.

Annabell und Julian sahen sich schweigend an. Jeder hätte gerne gewusst, was dem anderen jetzt durch den Kopf ging.

Ohne den Blick von ihr zu nehmen, goss er Kaffee ein. Dabei spürte er eine wunderbare Wärme in sich aufsteigen, die er bisher noch nicht kannte.

Eigentlich wollte sie durch das majestätische Auftreten nur ablenken. Nun saß sie da, gefangen in der Rolle und wusste nicht, was sie als Nächstes tun sollte. Seinen Blick hielt sie kaum noch aus, ohne ihn an sich ziehen zu wollen und ihm einen Kuss zu geben. *Hoffentlich kommen die anderen endlich, damit diese Spannung verschwindet.* Halb blind tastete sie nach der Tasse.

»Vorsicht, heiß!«, raunte er.

*

Alle sechs machten sich am Nachmittag auf den Weg zu Professor Hilpert. Sie fuhren mit den Mountainbikes gemütlich querfeldein durch den Wald und genossen den Blick auf die herrlichen Buchen. Ihre Stämme leuchteten im Sonnenlicht fast weiß. Die Bäume wuchsen besonders hoch, weil sie viel zu dicht standen. Ihre Kronen breiteten sich erst weit oben aus, wo sie genügend Licht erhielten. Dafür gab es nur wenig Unterholz, weshalb das Fahren mit dem Rad auch querfeldein möglich war. Ab und zu kreuzten Eichhörnchen ihren Weg.

»Oliver, pass auf!«, rief Annabell, die hinter ihm herfuhr und merkte, dass er direkt auf die Schlehensträucher zurollte. »Die haben spitze Dornen! Wo hast du nur deine Augen?«

Erschrocken blieb Oliver stehen. »Wow, die sehen ja echt gefährlich aus. Wie lang mögen die sein?« Er nahm einen Zweig in die Hand und tippte mit der Fingerspitze auf einen Dorn. »Verdammt hart«, stellte er fest, »und spitz. Ich wette, die schaffen es sogar, die Reifen zu zerstechen.«

»Schau bitte, wo du hinfährst oder lass Julian vor. Der kennt doch auch den Weg zum Professor.«

»Weißt du, ob man die Beeren essen kann?«, versuchte er, abzulenken.

»Kann man. Allerdings sind sie sehr sauer und die Kerne sollte man besser nicht verzehren, weil sie Blausäure in sich

84

tragen. Bei sorgfältiger Arbeit kann man trotzdem leckere Gerichte, Säfte und Tees oder Liköre daraus herstellen. Gesund sind sie auch noch.« Damit beendete Annabell ihren Vortrag, stieg aufs Rad und fuhr den Weg entlang, auf dem sie gerade gelandet waren.

Oliver schaute ihr nach. *Was die alles weiß.* Mittlerweile hatten ihn alle überholt. Er überlegte kurz, ob er einfach zurückbleiben sollte. Doch was würde der Professor dann von ihm denken? Und vielleicht würde Sebastian als Entschuldigung von seinem Ungeschick am Morgen erzählen. Das konnte er nicht riskieren. Also strampelte er hinterher.

Zielsicher fand Julian das irische Cottage, als hätte er ein Navi in seinem Kopf. Den Weg zu so einem Paradies würde er niemals mehr vergessen. Da war er sich sicher. Er stieg vom Sattel und schob sein Rad den einladenden Weg zur Haustür. Lena gab Laute der Verzückung von sich, als sie den Vorgarten sah.»Märchenhaft mystisch«, schwärmte sie.

Als sich alle hinter Julian versammelt hatten, klopfte er kräftig mit dem Türklopfer. – Nichts geschah. Er versuchte es noch einmal und noch einmal, aber die Tür wurde nicht geöffnet.»Sind wir zu früh dran?«, fragte er Sebastian, der neben ihm stand.

»Nein, eher etwas zu spät. Was machen wir jetzt?«

»Ich gehe hinten nachsehen, ob er vielleicht im Garten ist.« Als Julian um die Ecke bog, rief er mit gedämpfter Stimme:»Professor Hilpert!«

»Ah, da sind Sie ja. Wo bleiben die anderen?« Der Professor saß mit zwei weiteren Personen auf der Terrasse, die ihn neugierig ansahen.»Kommen Sie. Stellen Sie das Rad ruhig hier ab.« Damit stand er auf und reichte ihm die Hand.

»Die warten noch auf dem Weg. Ich sage ihnen Bescheid.« Er begrüßte den Professor, stellte sein Mountainbike ab und lief zu den Freunden.»Wir sind nicht die einzigen Gäste. Der eine Mann wird wohl der Professor aus Stuttgart sein. Aber da ist noch einer, der ist etwa so alt wie wir. Die sahen allerdings nicht gerade fröhlich aus. Unsere Räder können wir im Garten abstellen.«

Im Gänsemarsch schoben sie die Räder ums Cottage herum. Als sie die Terrasse erreichten, war lediglich Professor Hilpert zu sehen, von den anderen beiden keine Spur. Er begrüßte sie herzlich und zeigte auch ihnen, wo sie die Fahrräder abstellen konnten. Katrin nahm den Korb mit den frischen Waffeln und dem Mus aus Waldbeeren vom Gepäckträger und überreichte ihn im Namen aller.

»Das ist ja eine Überraschung. Da müssen wir gleich den Tisch decken.« Er hob neugierig den Deckel der Dose. »Oh ..., das riecht so gut, dass ich nicht lange warten will.« Er drehte sich zur offenen Terrassentür und rief: »Jäger, bringen Sie mal bitte für alle Teller raus und setzen Sie am besten noch eine Kanne Kaffee auf.« Dann wandte er sich wieder den Neuankömmlingen zu. »Haben Sie den Weg gut gefunden? Mein Heim liegt ja, wie Sie wissen, etwas außer Sichtweite.«

»Es war nicht so schwer«, antwortete Julian. »Ich merke mir immer, wo ich noch einmal hinmöchte.« Strahlend sah er den Professor an, als hätte er gerade eine Prüfungsaufgabe hervorragend gelöst.

»Setzen wir uns an den Tisch.« Damit machte Professor Hilpert eine einladende Handbewegung. Lena und Katrin ließen unisono ein begeistertes »Oh« ertönen, als sie den knorrigen Tisch mit seinen rustikalen Stühlen entdeckten. Bevor sie sich niederließen, strichen sie mit ihren Händen über die außergewöhnliche Tischplatte. Der Professor sah amüsiert zu. »Gefällt er Ihnen?« Aber bevor sie etwas erwidern konnten, nickte er und schmunzelte. »Ja, gefällt ihnen«, gab er sich selbst die Antwort.

Auch Annabell wirkte begeistert und nahm Platz zwischen Julian und Lena. Oliver trödelte etwas, weil er noch nicht wusste, wie er Professor Jäger begrüßen sollte. Aber dieser nahm ihm die Sorge rasch ab, indem er die Teller auf den Tisch stellte und mit ausgestreckter Hand auf ihn zuging. »Da sind Sie ja, guten Tag, Oliver. Sie staunen sicher, mich hier zu treffen.«

Oliver straffte die Schultern und begrüßte ihn mit großem Respekt. »Guten Tag, Herr Professor. Ich hatte schon gehört, dass Sie kommen würden. Hatten Sie eine gute Fahrt?«

»Danke ja, die hatte ich.« Damit ging er zu den anderen und begrüßte sie.

Als sie alle am Tisch saßen, fiel plötzlich das Gedeck am freien Platz auf. »Wo bleiben Sie denn?«, rief Professor Hilpert mit Blick zur Terrassentür.

»Ich warte auf den Kaffee«, ertönte eine Stimme aus der Küche.

Oliver lauschte. Im ersten Moment glaubte er, die Stimme zu kennen. Aber durch das Geplauder der anderen und das Klappern mit den Tellern konnte er sie nicht richtig hören.

Professor Hilpert hatte seine Reaktion deutlich wahrgenommen, gab aber keine Erklärung dazu, sondern begann, sich redselig mit allen zu unterhalten. Teller und Besteck wurden verteilt und die Waffeln mit dem Mus angereicht. Als Nicolas mit dem Kaffee kam und diesen nach und nach einschenkte, war Oliver mit Professor Jäger im Gespräch vertieft.

»Darf ich deine Tasse haben?«, fragte Nicolas zaghaft.

Als hätte ihn ein Geist angesprochen, drehte Oliver sich blitzschnell um und sah Nicolas vor sich stehen, mit der Kanne in der Hand. Erschrocken sprang er auf. Sein Gesicht verzerrte sich zu einer Maske, die alle aufmerken ließ. Nicolas hatte intuitiv einen Schritt zur Seite gemacht. »Was machst du hier? Wieso bist du nicht in Stuttgart?« Oliver schrie es mehr, als dass er es sagte. In seinem Kopf begannen tausend Bienen zu summen, sodass er keinen klaren Gedanken mehr fassen konnte.

Nicolas wusste nicht, wie er reagieren sollte. Damit hatte er nicht gerechnet. Vielleicht hätte er Oliver vorher eine Nachricht schicken sollen, aber im Moment ging bei ihm ja alles drunter und drüber, sodass er daran nicht gedacht hatte. »Hallo Oliver, ich wollte dich nicht erschrecken.« Bemüht, ein Lächeln aufzusetzen, reichte er ihm seine Hand.

Oliver überlegte, was er machen sollte. Jetzt war für ihn klar, dass Jäger Bescheid wusste. Sie sind gekommen, um ihn zur

Rede zu stellen wegen des Pulvers. Sein ganzer Körper begann, vor Anspannung zu zittern. Seine Augen verloren anscheinend ihre Sehkraft, denn er konnte kein klares Bild mehr erkennen.

»Die Überraschung war wohl etwas zu groß«, vernahm er plötzlich die sonore Stimme von Professor Hilpert. »Setzen Sie sich und erholen Sie sich von dem Schreck. Nicolas, nehmen Sie doch bitte auch Platz und essen Sie mit uns!« Der Professor zog die Stirn kraus, als würde er so die Situation besser begreifen können. *Was hatte Oliver nur so aufgebracht?*

Lena und Katrin sahen sich an. *Was war das denn,* dachten beide. *Keine Ahnung,* antworteten sie sich stumm.

Auch das bemerkte der Professor. *Na, das scheint ja eine interessante Gesellschaft zu sein.*

Oliver und Nicolas setzten sich wortlos und starrten auf ihre Teller. Keiner wollte den anderen jetzt ansehen. Professor Jäger wusste zum Glück schnell wieder, die Unterhaltungen in Gang zu setzen. Er war ebenso begeistert von dem Cottage wie Julian. Die Mädchen beobachteten fasziniert die Schmetterlinge hinten im Garten, die sich in den herrlich blühenden Sträuchern tummelten. So verging eine Weile, die Oliver und Nicolas nutzten, um sich wieder zu fassen.

Irgendwann standen sie in kleinen Gruppen auf und bewunderten den Garten oder das Cottage. Oliver und Nicolas blieben am Tisch.

»Was machst du hier? Hast du dem Jäger alles gebeichtet? Fliege ich nun von der Uni?«

»Nein, der weiß nichts.« Nicolas senkte den Kopf. Tränen schossen ihm in die Augen.

»Nun heul nicht gleich!«

»Jäger hat gefragt, ob ich ihn begleiten möchte. Professor Hilpert hatte es ihm vorgeschlagen.«

»Hä? Wieso das denn?«

»Ohne mich wäre der Professor nicht gefahren und der sollte doch für ein paar Tage hier Urlaub machen.«

»Warum nicht ohne dich? Was hat der mit dir zu tun? Hatte er etwa Angst vor der langen Fahrt oder sogar vor dem Treffen mit dem Professor?« Oliver musste schmunzeln. Vielleicht war das für ihn eine ähnliche Situation wie die, der er jetzt ausgesetzt war. Professor Hilpert war eben eine Autoritätsperson und Professor Jäger, sein ehemaliger Student, war eher unsicher.

»Was? Ne, ... der wollte mich nicht allein lassen.«

»Spinn ich jetzt? Was hat der mit dir zu tun?«

»Er hat sich um mich gekümmert nach – Jens´ Tod.«

Oliver traute seinen Ohren nicht. »Nach Jens´ Tod? Was erzählst du da?«

Auf einmal liefen Nicolas die Tränen einfach so über die Wangen. Er war machtlos dagegen. »Jens ist tot.«

Oliver konnte es kaum glauben, aber wenn er seinen Freund so vor sich sah, musste das wohl stimmen. Er sah sich um, wo die anderen waren. Professor Hilpert hatte die beiden beobachtet und gab ihnen mit einer Kopfbewegung das Zeichen, ins Haus zu gehen. Dort konnten sie sich in Ruhe aussprechen.

*

»Sie leben hier in einem Paradies«, schwärmte Lena, als sich Professor Hilpert zu ihnen gesellte. »Wie haben Sie das alles geschafft?« Sie standen im hinteren Bereich des Gartens, wo sich ein Meer von Blüten auftat.

»Oh, das Lob muss ich an meine liebe Frau weitergeben, wenn sie wieder da ist. Sie genießt für ein paar Wochen die Heimat.« Er formte die Hände zu einem Megafon und rief: »Hast du das gehört, Trisha? Wir haben unser eigenes Paradies.« *Hoffentlich kommt sie bald wieder. Warum war ich nur so unvorsichtig?* Dann sah er Lena an und nahm dabei einen Zweig des Schmetterlingsbaum zärtlich in die Hand. Nur wenige Tiere flogen weg. Die anderen blieben einfach sitzen, als wüssten sie, dass sie nichts zu befürchten hatten.

»Sie lieben die Natur.« Katrin sagte es so, dass man nicht erkennen konnte, ob es eine Frage oder einfach eine Feststellung war.

»Das ist unser aller Lebensraum. Wenn wir nicht achtsam sind, würden wir über kurz oder lang unser Leben auf der Erde verlieren.« Er wendete seinen Blick nach innen. Sofort erkannte sie seine Sorgenfalten auf der Stirn. Was meinte er damit? Das war höchst drastisch formuliert. Hatte er schlimme Informationen zur Umweltverschmutzung oder zum Klimawandel, etwa durch die Studien, die die Unis mittlerweile vermehrt durchführten?

»Oh, machen Sie sich nicht solche Sorgen. Wir sind noch nicht verloren.«

Hoppla, wunderte sich Katrin, *woher weiß er, was ich denke?*

»Glauben Sie, dass unsere Zukunft gefährdet ist?«

»Naja, das könnte man behaupten. Aber es gibt zum Glück junge Studenten, und sicher auch noch andere Menschen, die sich darüber Gedanken machen.« Dabei lächelte er kurz und ging dann auf Professor Jäger zu, der soeben aus der Küche kam.

Lena drehte sich zu Katrin und schaute sie verwirrt an. »Mir kam es gerade vor, als würde er deine Gedanken lesen. Oder höre ich mittlerweile die Flöhe husten? Trotzdem ist er mir nicht unheimlich, sondern sehr sympathisch.«

»Geht mir genauso. – Hast du den Namen Trisha schon mal gehört? Klingt sehr irisch.«

»Ja, hatte ich in einem Roman einer irischen Schriftstellerin gelesen.«

*

»Habe ich das richtig verstanden, Nicolas´ Freund ist gestorben und deshalb haben Sie ihn mitgebracht?« Sebastian stand bei Professor Jäger und schaute ihn fragend an. Annabell und Julian gesellten sich dazu.

»Ja, das stimmt. Das ist eine tragische Sache. Seine Eltern sind zurzeit noch in Japan. Darum wäre er völlig allein in seiner Trauer. Das konnte ich ihm nicht zumuten.«

»War er krank, ich meine der Freund?« Annabell fühlte großes Mitleid.

»Nein, das ist ja das Drama. Nicolas hat ihn tot in der Nähe seines Arbeitsplatzes gefunden.«

»Nicolas hat ihn gefunden? Oh je. – War es ein Unfall?«, wollte Sebastian wissen.

»Das wird sich noch herausstellen. Die Polizei überprüft gerade alles.«

»Die Polizei? War es am Ende sogar Mord?« Julian durchfuhr ein Schauer. Das wünschte man niemandem.

»Warten Sie, bis Nicolas bereit ist, Ihnen alles zu erzählen. Sie verstehen sicher, dass er mir die Informationen im Vertrauen gab.«

Alle drei nickten bestürzt. Bisher hatten sie solche Szenen nur in Filmen gesehen. Dass es plötzlich einen Freund betraf, gab dem Ganzen eine neue Bedeutung. Sie wussten, dass Oliver mit Nicolas befreundet war. Ob er auch Jens kannte? Hatte Olivers Aktion gestern etwa mit der Nachricht zu tun? Das wäre auf jeden Fall eine plausible Erklärung für sein Verhalten.

»Wann ist Jens gestorben? Können Sie uns das sagen?« Sebastian wollte Klarheit.

»Gestern, sehr früh am Morgen, also eigentlich in der Nacht.«

Das könnte zeitlich gesehen mit Olivers Verhalten übereinstimmen. »Wissen Sie vielleicht auch, ob Nicolas den Oliver darüber informiert hatte?« Er hoffte, wenigstens darauf eine Antwort zu bekommen. Aber woher sollte der Professor das wissen?

»Das kann ich nicht bestimmt sagen, aber ich glaube nicht. Als er mich anrief, war er kaum in der Lage, darüber zu sprechen. Außerdem war er sehr lange bei der Polizei. Aber wie gesagt, ich weiß es nicht wirklich. Vielleicht am Abend, nachdem wir uns für die Reise verabredet hatten. Doch dann wäre Oliver nicht so überrascht gewesen, denke ich.«

Die Freude auf den Tag mit Professor Hilpert war gänzlich verschwunden. Jeder hing seinen Gedanken nach. Dabei wollten sie so viel erfragen: Wie kommt man auf die Idee, hier ein so traumhaftes Cottage zu bauen? Woher stammen die schönen

Pflanzen und was bedeuten die Feen und Gnome im Vorgarten? Allerdings auch, welche Resultate hat die Studie der Uni Stuttgart gebracht? Hat die Mückenplage eine von Menschen gemachte Ursache ...? Doch nun mussten sie erst einmal Oliver Zeit geben.

Professor Hilpert bat seinen Kollegen, zu Oliver und Nicolas ins Haus zu gehen und sich um sie zu kümmern. Die anderen holte er zu sich an den Tisch. Er wollte unbedingt das Gespräch wieder in Gang bringen.

»Lassen Sie uns noch eine Tasse Kaffee trinken, oder möchte jemand lieber etwas anderes: Tee, Wasser, Saft oder Milch vielleicht?« Er blickte in die Runde. »Ich besorge eben auch etwas zum Knabbern.« Er ging ins Cottage und lauschte kurz an der Wohnzimmertür. Jäger schien die beiden etwas beruhigt zu haben. Sie sprachen leise, daher konnte er nichts verstehen. »Ich glaube, ein Choco Drink wäre jetzt gut.« Damit stellte er sein Tablett mit den Getränken, Gläsern und Leckereien auf den Tisch.

Erstaunlich, dass er in seinem Alter noch so eine ruhige und kräftige Hand hat, um das schwere Tablett hierherzubringen, dachte Lena und sah dabei Katrin an. Ob sie ihre Gedanken gelesen hatte? Diese Frage wurde deutlich durch ein Nicken bestätigt.

»Niemals aufhören, sich zu bewegen. Das ist das Geheimnis«, sagte der Professor, als würde er mit selbst reden.

Erschrocken drehten Lena und Katrin ihre Köpfe zu ihm. Verstand er ihre Gedanken wirklich? Sie sahen seinen entspannten Gesichtsausdruck und dass er seelenruhig die Gläser auf dem Tisch verteilte. Keine Regung, die ihnen eine Antwort auf ihre Befürchtungen gab. Oder hätte er gerne Hilfe gehabt und meinte das etwa ironisch? Sollten sie ihm helfen?

*

Oliver hätte Nicolas gerne gesagt, dass er versucht hatte, die kontaminierten Larven zu töten. Trotz allem spürte er einen unbändigen Zorn auf ihn, denn *er* hatte ihn in diese Situation gebracht. Aber Professor Jäger sollte natürlich nichts von seiner Aktion erfahren. Vielleicht würde der es bei der Uni melden und dann könnte es sein, dass beide ihr Studium abbrechen müssten. Dabei war es bis zum Master nicht mehr weit.

Professor Jäger fühlte sich ein wenig überfordert mit der Situation. Er spürte, dass Oliver anderen Gedanken folgte als erwartet. War die Freundschaft zwischen den beiden doch nicht so intensiv, wie er glaubte? Bisher hatte Oliver noch keine tröstenden Worte zu Nicolas gesagt, jedenfalls nicht, seit er dazugekommen war. Auch die Körperhaltung zeugte eher von Ablehnung als von Zuneigung. Nicolas dagegen saß da wie ein Häufchen Elend und versuchte, Oliver durch zaghafte Blicke zu erreichen.»Darf ich Ihnen etwas zu trinken holen?«, fragte der Professor und hoffte, für einen Moment in der Küche durchatmen zu können.

Nicolas sah ihn traurig an und nickte.»Wasser wäre gut.«

Als Professor Jäger den Raum verlassen hatte, zischte Oliver mit leiser Stimme:»Das Ganze war eine blöde Aktion, ist dir das bewusst?«

Nicolas zog den Kopf noch mehr zwischen die Schultern. Natürlich hatte Oliver recht. Aber jetzt konnte man daran nichts mehr ändern. Jens war tot. Interessierte ihn das gar nicht?

»Hast du jemanden von dem Zeugs erzählt?«

Nicolas sah zur Tür, in der Hoffnung, dass Professor Jäger zurückkommen würde.

»Etwa dem Prof? – Das kann doch nicht wahr sein.«

»Es ging nicht anders. Er will uns helfen, das weiß ich genau.«

»Ja, sicher mit einem Tritt in den Hintern, der uns von der Uni katapultiert.«

»Das glaube ich nicht. Er wollte mit mir darüber reden, doch dann kam Jens Tod dazwischen.«

»Na super, wie stehe ich jetzt da? Was denkt der nun über mich?«

Nicolas konnte nicht begreifen, warum Oliver sich so verhielt. Sah er denn gar nicht, wie schlecht es ihm ging? Hatte er schon mit ihm abgeschlossen? Wieder traten Tränen in seine Augen. Der Hals schnürte sich zu und sein Brustkorb begann zu schmerzen.

Als Professor Jäger zurückkam, erkannte er sofort, dass es Nicolas ziemlich schlecht ging. »Legen Sie sich bitte hin. Soll ich einen Arzt rufen?« Er stellte die Getränke ab und half Nicolas. »Professor Hilpert«, rief er panisch nach draußen, »kommen Sie bitte!«

Dieser sprang sofort auf und stürmte ins Wohnzimmer. »Was ist passiert?« Mit einem Blick sah er, dass alle Farbe aus Nicolas Gesicht gewichen war. Wie er da auf seiner Couch lag, mit geschlossenen Augen, wusste er, dass er handeln musste. »Ich rufe einen Arzt.«

Annabell, die ebenfalls aufgesprungen war, eilte dazu. »Darf ich mal, ich studiere Medizin. Vielleicht kann ich Erste Hilfe leisten.« Sie nahm seinen Arm und fühlte den Puls. Dann öffnete sie ein Auge und sah es sich intensiv an. »Ich glaube, er braucht nur ganz viel Ruhe. Sie sollten ihn einfach schlafen lassen. Er ist vollkommen erschöpft. Nur trinken sollte er noch vorher.« Sie tätschelte seine Wange. »Nicolas, kannst du mich hören? – Du musst etwas trinken. Sonst müssen wir dich ins Krankenhaus bringen. Danach kannst du schlafen.«

Nicolas versuchte, die Augen zu öffnen. Es gelang ihm nach einigen Versuchen. »Nicht ins Krankenhaus, bitte«, flehte er.

»Ist schon gut, aber trink etwas Wasser!« Annabell stütze seinen Kopf und setzt das Glas an seine Lippen. Mühsam folgte er ihrer Anweisung. Dann legte sie seinen Kopf behutsam wieder aufs Kissen. »Sie sollten jetzt lieber alle wieder in den Garten gehen. Ich bleibe, bis er eingeschlafen ist.«

*

Oliver und die beiden Professoren schlichen hinaus. Dort wurden sie von den anderen ängstlich erwartet. »Was ist passiert?«, wollten sie wissen.

»Nicolas ist wohl mit seinen Kräften am Ende, aber Annabell scheint sich gut um ihn zu kümmern. Wir warten, ob es ihm bald besser geht. Sonst rufen wir den Krankenwagen?« Professor Hilpert deutete allen, dass sie sich wieder setzen sollten. Nun drehten die Freunde den Kopf fragend zu Oliver. Doch der saß da, als ginge ihn das alles nichts an. Seine Gedanken drehten sich immer noch um das mögliche Ende seines Studiums. Wie sollte er das seinen Eltern erklären und wie würde seine Zukunft jetzt aussehen? Das Studium war bisher so wichtig für ihn. Er hatte immer davon geträumt, eines Tages bei seinen Schülern das Interesse an dem Fach Naturwissenschaft zu wecken und ihnen eine gute technische Bildung zu vermitteln. Und jetzt sollte alles vorbei sein? Abrupt stand er auf und lief in den Garten. Zu gerne hätte er sein Mountainbike genommen, um damit durch den Wald zu rasen. Irgendwie musste er den Zorn und die schlechte Energie abbauen. Aber wie?

»Was hat er? Ist das seine Art, um einen Freund zu trauern?« Julian konnte Oliver nicht verstehen. Als er die anderen ansah, erkannte er, dass es ihnen genauso ging. Anscheinend haben die Jahre, die sie sich nicht gesehen hatten, andere Menschen aus ihnen gemacht. Dabei hatte er sich so sehr auf die Auszeit gefreut. Beinahe sehnte er sich nach seinem Zuhause. Nur Annabell würde ihm fehlen, bemerkte er plötzlich.

Professor Jäger überlegte, ob er Oliver folgen sollte. Irgendetwas beunruhigte ihn immens. So kannte er seinen Studenten nicht. Er war stets sehr besonnen und sogar lustig. Manches Mal hatte er die Kommilitonen während der Vorlesung zum Lachen gebracht. Es brachte immer eine willkommene Unterbrechung mit sich. Dadurch waren nämlich auch die wieder bei der Sache, die seinen Ausführungen nicht mehr gefolgt waren.

»Gehen Sie ruhig, er kann jetzt Unterstützung gebrauchen.« Professor Hilpert hatte die Unentschlossenheit seines jungen Kollegen bemerkte.

Mit zögernden Schritten ging Professor Jäger auf Oliver zu. Warum hatte er den Eindruck, dass Wut und nicht Trauer ihn quälte? Was konnte er tun, damit es ihm besser ging? Welche

Fragen sollte er ihm stellen, ohne ihn zu sehr zu bedrängen? *Claudia, wenn ich dich fragen könnte, du hättest sicher einen Rat für mich.* Ein leises Stöhnen entglitt ihm bei dem Gedanken an seine geliebte Frau. Plötzlich hatte er das Gefühl zu wissen, wie er ihn ansprechen konnte. »Kannten Sie Jens gut?«, fragte er einfach.

Oliver sah ihn an und schien kurz zu überlegen. »Nein, eigentlich gar nicht so richtig. Er war selten dabei, wenn ich mich mit Nicolas getroffen habe.«

»Also war es eher Nicolas` Freund«, stellte er fest, »das erklärt so einiges.«

Oliver horchte auf. Was meinte der Professor damit? Geht es schon um das Experiment?

»Ich meine, dass Sie nicht so betroffen sind von dem Ereignis. – Aber Sie und Nicolas sind doch befreundet, oder?«

»Ja, das stimmt.«

»Wissen Sie, warum ich Nicolas mitgebracht habe?«

»Ja, damit er nicht allein ist nach diesem schrecklichen Erlebnis.«

»Das stimmt nur zum Teil. Ich hatte gehofft, dass Sie ihm ein wenig Unterstützung und Kraft geben könnten. Er braucht jetzt Freunde, die ihm helfen, das Ganze zu überstehen.« Prüfend sah er in sein Gesicht, konnte aber keine Regung erkennen.

Oliver wurde die Situation unangenehm. »Ich bin im Moment nicht der Richtige. Habe meine eigenen Sorgen.«

»Das sehe ich. Kann ich Ihnen vielleicht helfen? Wollen Sie mir sagen, was Sie so sehr belastet?«

Oliver sah den Professor an, als würde er den Sinn seiner Fragen nicht verstehen. Er schüttelte den Kopf. »Ich glaube nicht. Da muss ich allein durch.« Unsicher machte er einen Schritt zurück.

»Tut mir leid. Sollten Sie es sich anders überlegen, ich bleibe noch ein paar Tage im Cottage. Sie können mich jederzeit hier erreichen.« Er sah ihm in die Augen und nickte leicht zur Bekräftigung. Dann drehte er sich um und ging zurück zur Terrasse.

Professor Hilpert sah ihn fragend an. Doch er konnte nur mit den Schultern zucken.

*

Julian und Annabell saßen am nächsten Morgen schon wieder früh auf der Terrasse des Cottage. Sie wollten nicht auf die anderen warten, die sich noch im Blockhaus aufhielten. Sie tranken frischen Orangensaft, den sie sich mitgebracht hatten, und steckten ihre Köpfe in die Tageszeitung, die sie auf einem der Stühle gefunden hatten. Schon das Titelbild ließ sie aufmerken. Menschen schienen wild um sich zu schlagen, um eine Wolke von Mücken zu vertreiben. Der Bericht über die verheerenden Folgen der Betroffenen nach einem Mückenstich ließ sie schaudern. Zum Glück hatte keiner von ihnen solche Symptome gezeigt. Ob es etwas mit der gesunden Ernährung zu tun hatte, dass sie verschont blieben? Plötzlich bogen die anderen um die Ecke, setzten sich zu ihnen an den Tisch und begannen eine angeregte Diskussion über den Zeitungsbericht.

»Was macht die Neuzeit nur mit den Menschen?« Annabell sah Julian fragend an. »Ist es besser, einfach alle Umweltgifte anzunehmen und den Körper den Strapazen auszusetzen, um sich den Gegebenheiten anzupassen? Ist das ein Teil der Evolution?« Bisher hatten sie gedacht, dass es besser war, auf die Gesundheit zu achten. Aber verliert man dann vielleicht, weil die Abwehrkräfte sich nicht auf die Gifte einstellen können?

Julian zuckte nur kurz mit den Schultern. »Du willst doch Ärztin werden. Vielleicht regst du das Thema mal in der Uni an. – Wer hat eigentlich die Zeitung besorgt? Ich dachte, die schlafen hier noch alle.« Sie rückten näher zusammen und lasen gemeinsam.

Professor Hilpert öffnete die Terrassentür und trat erfreut aus dem Cottage. Nachdem er alle begrüßt hatte, begann er eine Unterhaltung mit Lena und Katrin. Da Professor Jäger und Nicolas noch schliefen, konnten sie sich auf ihr eigenes Thema

97

einlassen, denn sie waren neugierig, ob ihre Beobachtungen zutrafen. Wenn sie recht hatten, würde es eine völlig neue Welt für sie werden.

»Herr Professor Hilpert«, begann Katrin zaghaft, »glauben Sie daran, dass man Gedanken von anderen hören kann?« Lena war völlig überrumpelt von dieser Frage und hüstelte übertrieben laut.

Der Professor schmunzelte kaum merklich. »Ja, davon bin ich überzeugt.« Mehr sagte er nicht dazu.

Genau das verwirrte Katrin, die gehofft hatte, endlich einige Informationen zu bekommen. Hilfesuchend blickte sie zu Lena und versuchte, sie mit ihren Gedanken zur nächsten Frage zu beeinflussen. Aber die drehte ihren Kopf zur Seite und sah sich den Garten an, als hätte sie nichts gemerkt.

»Kennen Sie vielleicht jemanden, der das beherrscht, oder wissen Sie es aus Forschungsergebnissen?« Katrin sucht nach möglichst intelligenten Fragen, um nicht sonderbar zu erscheinen und auch, um sich nicht zu verraten.

»Ja, ich kenne jemanden.« Kurz und knapp war die Antwort. *Oje, bloß keine Suggestivfragen mehr stellen. So komme ich nicht weiter.* Ihr Mund wurde vor Aufregung trocken. Sie griff zu dem Glas und trank einen Schluck des köstlichen Orangensafts.

»Was möchten Sie wissen?«, half ihr plötzlich der Professor.

»Ja …«, begann sie stockend und sah Lena an, die ebenso erstaunt über die Frage war wie sie. Dann fasste sie allen Mut zusammen. »Lena und ich haben manchmal das Gefühl, wir müssen nicht miteinander sprechen, weil wir schon wissen, was der andere denkt.« *Puh, jetzt ist es raus.* Geräuschvoll ließ sie die Luft aus der Lunge gleiten und schien beinahe dabei etwas in sich zusammenzusacken. So viel Kraft hatte es sie gekostet. Dabei beobachtete sie den Professor. Doch der ließ sich nichts anmerken.

»Geht es Ihnen schon lange so? Sie kennen sich schließlich seit Kindertagen. Da kann es vorkommen, dass man weiß, wie der andere reagiert.«

»So war es bisher, aber seit wir hier sind, ist es anders. Früher habe ich nur geahnt, was Lena als Nächstes tun würde. Aber jetzt meine ich, ihre Gedanken zu hören.«

»Und was glauben Sie, hat diese Veränderung erzeugt?«

»Tja, vielleicht hat es was mit der Gegend hier zu tun? Kann es sein, weil wir auf einem Vulkan sind? Bringt der eventuell diese neuen Fähigkeiten in uns hervor?«

»Dann müssten hier ja alle Menschen Gedanken lesen können. Glauben Sie, dass das so ist?«

Katrin überlegte kurz. »Sicher hätte man schon davon gehört. Darum glaube ich es nicht.«

»Geht mir genauso. Was hat sich hier denn für Sie verändert? Ich meine, was ist anders als bei Ihnen zu Hause?«

»Hier ist viel mehr Natur. Wir ernähren uns gesünder, naja überwiegend. Wir sind aus dem täglichen Trott raus und viel an der frischen Luft.« Katrin überlegte, ob er damit zufrieden wäre.

»Nein, das meine ich nicht. Das passiert häufig im Urlaub.«

Oh Mann, was will er denn hören?

»Hatten Sie nicht vor, mit mir über die Mücken zu sprechen, die hier so vermehrt vorkommen?« *Ein kleiner Tipp kann nicht schaden.*

Da ist es wieder, hat er meine eigentliche Frage mitbekommen? Kann er doch Gedanken lesen? Von nun an wollte sie genau überlegen, was sie dachte. Ging das überhaupt? Sie hatte einmal während der Psychologievorlesung etwas von Gedankenhygiene gehört. Das wollte sie zu Hause unbedingt genauer studieren.

Nun mischte sich Lena ein, auch in der Hoffnung, das Thema zu wechseln. »Ja, Sie haben recht. Kennt man den Grund, warum die Mücken hier so vermehrt auftreten? Liegt das einfach an der feuchten Luft, dem Wald, den Seen?«

»Natürlich werden das alles Gründe dafür sein. Hinzu kommt die Reisefreudigkeit der Menschen, die aus fremden Ländern unbewusst in ihren Koffern oder an der Kleidung für uns fremde Exemplare mitbringen. Und denken Sie außerdem an die vielen Lebensmittelimporte, die wir erhalten. Darin verstecken sich so manche Schwarzfahrer in Form von Pflanzensporen oder Insekten, die uns mit unbekannten Vieren kontaminieren können.«

»Ja, man hat ja schon festgestellt, dass Mücken hier gefunden wurden, die Krankheiten aus fernen Ländern eingeschleppt haben.« Katrin war froh, dass das Gesprächsthema endlich gewechselt hatte. »Haben Sie vielleicht Berichte darüber gesammelt? Wir interessieren uns sehr dafür.«

»Kommen Sie doch einfach morgen wieder, dann stelle ich einiges für Sie zusammen.«

Katrin sah Lena an und dachte so intensiv, wie es ihr möglich war: *Hat er uns jetzt aufgefordert zu gehen?*

Lena hob ein wenig die Schultern. »Das machen wir gerne. Vielleicht sollten wir uns jetzt verabschieden. Sie wollen sich sicher um Nicolas kümmern.«

»Das sollte ich auf jeden Fall.«

15

Der Weg zurück verlief schweigsam. Jeder hatte reichlich Eindrücke gesammelt, die er verarbeiten musste. Deshalb bemerkten sie nicht, wie sich in geringem Abstand hinter ihnen eine große Anzahl Mücken ansammelte. Viel zu spät nahmen sie das unheimliche Summen wahr. Sie hatten keine Chance mehr zu reagieren. Blitzschnell hüllten die Mücken sie ein. Wer einmal in dieser Wolke gefangen war, sollte nicht mehr herausfinden. Die Mücken saßen überall und versuchten sogar, in Mund, Nase und Ohren einzudringen.

Schnell verstummten die Schreie der Studenten, nachdem sie die ersten Mücken verschluckt hatten. Panisch sprangen sie von den Mountainbikes und zerrten ihre T-Shirts über den Kopf, sodass nur noch die schmalen Schlitze der Augen zu sehen waren. Sie schmissen sich auf den Boden, schlugen und traten wild um sich. Sie wälzten sich hin und her und zerquetschten zahlreiche Mücken mit ihren Körpern. Dann sprangen sie wieder auf und schlugen mit den Händen auf die Insekten ein, die an ihnen herumkrabbelten. Es schienen immer mehr zu werden. Mit dem Rücken einander zugewendet kämpften sie, bis sie unbewusst Schulter an Schulter einen Kreis bildeten. Als sich die letzte Lücke schloss, ließen die Mücken plötzlich von ihnen ab und verschwanden im Wald. Verwirrt schauten die sechs ihnen nach.

»Was war das?« Julian löste sich aus dem Kreis und lief mit hektischen Schritten hin und her, als wüsste er nicht, wohin er sich wenden sollte.

Aufgepeitscht vom Adrenalin, begannen die anderen ebenso zu tänzeln. Angeekelt wischten sie sich die toten Insekten von Armen und Beinen, strichen sich wild durch die Haare und schüttelten die T-Shirts aus. Oliver begann plötzlich wie irre zu lachen.

Annabell erkannte sofort den unnatürlichen Klang, ging auf ihn zu, packte seine Oberarme und schüttelte ihn. »Hör auf!«, schrie sie. »Hör endlich auf damit!« Aber Oliver sah sie nur mit verzerrtem Gesicht an und lachte weiter. Da holte sie aus und gab ihm eine schallende Ohrfeige. Sofort wurde es still.

Oliver sah sie verdutzt an. »Spinnst du? Wieso schmierst du mir eine?« Er rieb sich die schmerzende Wange.

»Das musste sein. Sonst wärst du noch durchgedreht. War wohl alles zu viel für dich.« Annabell griff nach ihrem Rad. »Lasst uns endlich weiterfahren! Ich will hier weg.«

*

Nach dem Duschen wunderten sie sich, dass sie nur wenige Mückenstiche fanden. Sie hatten damit gerechnet, vollkommen zerstochen zu sein. Oliver war sogar komplett verschont geblieben. Nicht einen Stich fanden sie auf seiner Haut. Annabell holte schnell ihre Salbe. Keiner dachte mehr an Zwiebeln oder Spitzwegerich.

»Ist schon komisch, dass Oliver nicht gestochen wurde«, wunderte sich Lena.

»Dafür hat er einen ganz besonderen Stich«, konterte Katrin. »Ich verstehe nicht, warum er sich so aufführt. Früher hatten wir immer Spaß mit ihm, aber seit Tagen hat er nichts zu unserer Stimmung beigetragen.«

»Doch«, mischte sich Sebastian ein, »als Miesepeter. So hatte ich ihn auch nicht in Erinnerung. Mir scheint, der hat die Auszeit hier nicht richtig geplant. Und jetzt entgleitet ihm alles.«

»Vielleicht hat er mehr Probleme, als es ihm lieb ist, und kann deshalb nicht aus sich raus.« Lena wollte ihn nicht so schlecht dastehen lassen. Ihre Gedanken kreisten um die letzten Tage. »Am Anfang war er doch noch gut drauf. Wann ist seine Stimmung umgeschlagen und warum?« Sie grübelte, konnte aber keinen Grund erkennen. Ob sie ihn einmal fragen sollte? Aber gerade jetzt, wo Jens gestorben und sein Freund Nicolas hier aufgetaucht war?

»Heute lassen wir ihn besser in Ruhe. Morgen frage ich, ob er mit mir noch einmal zum Professor Hilpert fahren will. Ich denke, dieser oder der Jäger sind jetzt die besseren Gesprächspartner für ihn.« Julian ging zur Kaffeemaschine. »Wer möchte noch einen Kaffee? Oder soll ich lieber Tee kochen?«

»Ja, Tee ist besser nach den Aufregungen. Da brauchen wir nicht noch zusätzlich eine Koffeindröhnung, aber ein Frühstück wäre gut.« Annabell sah einmal in die Runde. Alle nickten zustimmend.

»Gut, dann Tee und Frühstück. – Wo steckt eigentlich Oliver?«

»Ich suche ihn.« Sebastian öffnete die Tür des Schlafraums. »Oliver, bist du da?« Er fand ihn auf seinem Bett kauernd. »Hej, was ist los mit dir?«

»Lass mich, ich will allein sein!«

»Ich bin dein Freund, immer noch. Sag mir doch, was du hast. Ist es wegen der Mücken oder wegen Nicolas? Stört dich, dass Professor Jäger ihn mitgebracht hat?«

»Mann, du hast ja keine Ahnung!« Verzweifelt drehte er den Kopf zur Wand.

»Ne, habe ich nicht. Aber du kannst es mir erklären.« Sebastian setzte sich zu ihm auf Bett und legte eine Hand auf seine Schulter.

Oliver blickte auf. Sollte er endlich darüber sprechen? »Das ist eine längere Geschichte. Nicht heute, vielleicht morgen.« Sonderbarer Weise fühlte er sich sofort etwas besser. »Warte, ich komme mit! Gibt es schon was zu essen?«

»Keine Ahnung, aber der Tee wird mittlerweile fertig sein.«

16

Am nächsten Morgen machten sich Katrin, Lena und Oliver erneut auf den Weg zum Cottage. Lena hatte telefonisch um einen Termin gebeten und Professor Hilpert lud die drei daraufhin zum Frühstück ein. Oliver wollte sich endlich mit Nicolas aussprechen. Die Nacht hatte ihm etwas Zeit gegeben, das Geschehene zu überdenken. Trotzdem fuhr er nur zögerlich hinter den beiden her. »Komm schon, sonst geht es dir doch auch nie schnell genug. Interessiert dich gar nicht, wie es Nicolas geht? Ich dachte, er ist dein bester Freund?« Katrin versuchte, das Tempo zu steigern. Sie wollte so schnell wie möglich mit dem Professor über den Angriff der Mücken sprechen. Er hatte sicher schon von anderen gehört, was es damit auf sich hat. Aber Oliver war der reinste Bremsklotz. Entnervt blieb sie stehen und schaute ihn fragend an. »Kannst du uns bitte einmal sagen, wovor du solche Angst hast, dass wir hier wie die Schnecken kriechen müssen?«

Oliver stieg vom Rad und schubste mit dem Fuß kleine Steinchen auf dem sandigen Boden zur Seite. Wie sollte er von seinen Sorgen erzählen? Er wusste doch selbst nicht, was ihn am meisten bedrückte. War es das bescheuerte Experiment, der Tod von Jens oder die Tatsache, dass Nicolas und Professor Jäger plötzlich hier aufgetaucht waren? Vielleicht auch alles zusammen? In so einer Situation war er seit Jahren nicht mehr gewesen. Alles schien ihm zu entgleiten. Dabei sollte es eine großartige Zeit mit den alten Freunden werden. Die müssen ihn schon für bekloppt halten. Seine Hände wurden eiskalt und in seinem Kopf zogen Gewitterwolken auf.

Katrin bemerkte die Not in seinen Augen. »Komm, wird sich schon alles wieder einrenken, egal, was es ist.« Freundschaftlich legte sie ihren Arm um seine Schulter. So schoben sie die Räder ein Stück weiter.

»Wo bleibt ihr denn?«, wollte Lena wissen, als sie endlich bei ihr ankamen. Im ersten Moment bekam sie einen Schreck. »Ist einer gestürzt?«, fragte sie besorgt. Doch dann lenkte sich ihr Augenmerk auf die körperliche Nähe der beiden. »Werdet ihr jetzt etwa ein Paar?« Sie rollte ihre Augen und verzog den Mund zu einem Lächeln, als hätte sie ein Geheimnis gelüftet. Oliver befreite sich sofort aus Katrins Umarmung.

»Keine Sorge, ich verrate nichts. Mein Mund ist versiegelt.« Lena kreuzt vorsichtshalber hinterm Rücken zwei Finger. Man konnte nie wissen.

Sie stiegen wieder auf die Mountainbikes und radelten los. Keiner sprach ein Wort. Jeder folgte seinen Gedanken. Als sie plötzlich vor dem Cottage standen, wunderten sie sich, dass sie den Rest des Weges gar nicht bewusst wahrgenommen hatten.

»Hoppla, das ging jetzt aber schnell. Seid ihr bereit?« Katrin wollte die Stimmung ein wenig heben. Schließlich konnten sie dort nicht wie Miesepeter erscheinen. Sie schoben die Räder ums Haus auf die Terrasse und klopften an der offenen Tür.

»Kommen Sie herein«, rief Professor Hilpert freudig, »wir warten schon mit dem Frühstück. Draußen war es uns noch zu frisch.« Er kam mit ausgestreckter Hand auf sie zu und begrüßte jeden mit einem freundlichen Lächeln und festen Händedruck.

Lena und Katrin reichten auch Nicolas und Professor Jäger die Hand und nahmen gleich am Tisch Platz. Oliver schlich auffallend langsam den beiden hinterher, sodass Professor Jäger sich erhob und ihm entgegenging. »Kommen Sie, Oliver, setzen Sie sich neben Nicolas. Er wartet schon ungeduldig.« Sachte schob er ihn zu dem freien Platz. Anscheinend hatte Nicolas sich etwas erholt. Seine Augen waren wieder klarer. Zaghaft hielt er Oliver seine Hand zur Begrüßung hin.

»Geht es dir besser?«, fragte Oliver zögernd und ergriff die Hand ziemlich schroff. In dem Moment, als er sie berührte, fühlte er Wärme in sich aufsteigen. Ohne dass er es wollte, entspannte sich sein Gesicht und das Herz schlug einen schnelleren

Rhythmus. *Nicht jetzt,* dachte er und riss seine Hand zurück. Ängstlich schaute er sich um. *Hat das einer gemerkt?* Mit gesenktem Blick wartete er, ob jemand etwas dazu sagen würde. Zum Glück nicht. Es begann gleich eine lebhafte Unterhaltung, als Professor Hilpert den Kaffee einschenkte. Lediglich Nicolas beteiligte sich nicht daran. Er hatte plötzlich keinen Hunger mehr und schluckte schwer an seinem Brötchen. Am liebsten wäre er aufgestanden und nach draußen gelaufen. Oliver hatte ihm nicht in die Augen geschaut.

»Schaffen Sie schon einen kleinen Spaziergang durch den Garten?«, fragte Professor Jäger nach einer Weile. »Ich würde gerne ein paar Schritte mit Ihnen machen.« Er stand auf und ging auf Nicolas zu. »Oliver könnte uns begleiten. Dann nehmen wir Sie zwischen uns und helfen Ihnen ein wenig. Sie müssen langsam wieder zu Kräften kommen.«

Oliver verschluckte sich an seinem letzten Schluck Kaffee, stand aber doch schnell auf und reichte seine Hand zur Hilfe. Nicolas wusste nicht, ob er sie nehmen sollte. Seine Gefühle irrten hin und her. Würde er dadurch Oliver zwingen, mit ihm zu laufen? Wäre das vielleicht eine Überforderung? Anderseits ist das eine gute Gelegenheit, seine Nähe zu genießen. Ohne die Hand zu ergreifen, stand er mühsam auf und hielt seine Arme hin, sodass beide ihn stützen konnten. Schweigend verließen sie das Cottage.

Bunte Schmetterling flogen durch den Garten, begleitet vom fröhlichen Zwitschern der Vögel. Es roch herrlich nach Sommer, als sie die Terrasse betraten. Ein warmer Windzug streichelte ihnen die Haut, als wollte die Natur sie trösten.

»Das geht ja schon recht gut«, stellte Professor Jäger fest, nachdem sie die Hälfte der Wiese überquert hatten. »Ich hole mal eben einen Stuhl, damit Sie eine Pause machen können. Wir müssen es nicht gleich übertreiben.« Er löste sich aus der Gruppe und ging zurück zur Terrasse. »Sollen die beiden mal einen Moment für sich haben«, meinte er augenzwinkernd zu seinem Kollegen, der mit Lena noch immer an dem rustikalen Tisch saß, und verschwand in der Küche. Katrin hatte er nicht gesehen.

*

»Hast du vor, für immer zu schweigen?«, fragte Nicolas zaghaft. Oliver überlegte, was er antworten sollte. Er war sich nicht sicher, auf wen er mehr wütend war, auf sich oder auf Nicolas. Doch dann besann er sich auf seine Gefühle von vorhin. »Ich habe keine Ahnung, was du hören willst. Wartest du auf eine Beileidserklärung, weil Jens gestorben ist?« Es schmerzte ihn selbst, dass er so stur reagierte.

»Ja, möglich, aber du kanntest ihn kaum. Ich verstehe schon, dass es dich nicht sonderlich berührt. Aber er war mein Freund. Er brauchte unbedingt einen.«

»Trotzdem hat er mir letztendlich viel Ärger gemacht.«

»Wieso dir?« Nicolas fragte sich, welchen Ärger er meinte.

»Dieses blöde Experiment, darauf hättest du dich niemals einlassen dürfen, und dann mich auch noch reinzuziehen.« Er schoss mit dem Fuß einen imaginären Ball über die Wiese.

»Stimmt, aber was sollte ich machen? Er war so in Not und gleichzeitig in großer Hoffnung, da musste ich einfach helfen.«

»Der war nicht mehr in Not als jeder andere Junkie. Wie wolltest *du* ihm helfen können?«

Nicolas sackte ein wenig in sich zusammen. »Ich weiß, aber einen Therapeuten wollte er nicht kontaktieren. Er glaubte, es allein zu schaffen.«

»Und du? Hast du das auch geglaubt?«

Bevor er antworten konnte, stand plötzlich Professor Jäger mit einem Stuhl neben ihnen. »Hier, bitte setzen Sie sich! Ich bin ein wenig aufgehalten worden. Entschuldigung!« Besorgt griff er Nicolas unter den Arm und half ihm, sich hinzusetzen. »Ich muss aber eben noch einmal zurück. Sie kommen doch sicher eine Weile allein zurecht.« Jäger drehte sich um und ging, ohne auf eine Antwort zu warten. »Ach, soll ich Ihnen auch einen Stuhl bringen?«, rief er nach ein paar Schritten.

»Nein danke, ich hole mir selbst einen.« Oliver setzt sich sofort in Gang, froh darüber, einen Moment weglaufen zu können. Ja, es war ein Weglaufen. Was sollte er nur tun? Die anderen saßen in Sichtweite. Darum konnte er sich nicht einfach in den Wald zurückziehen. Das würde keiner verstehen. Er war sowieso schon der Böse, der die gesamte Auszeit ruinierte. Da konnte er sich keinen Alleingang leisten. Also nahm er einen Stuhl mit den Worten: »Ich setze mich mal zu Nicolas«, und schlich wieder zurück.

»Nein«, flüsterte Nicolas.

»Was, nein?« Oliver verstand das *Nein* nicht.

»Ich habe das nicht geglaubt, aber ich konnte ihn auch nicht allein lassen. Er hatte doch niemanden. Seine Eltern waren nie für ihn da.«

Schweigend saßen sie nebeneinander und starrten vor sich hin, ohne wirklich etwas zu sehen. Oliver musste überlegen. Hätte er nur nicht dem Experiment zugestimmt, dann könnte er Nicolas einfach trösten. Vielleicht würde er ihn sogar in die Arme nehmen. Wäre doch egal, was die anderen von ihm dachten. Irgendwann käme es sowieso raus. Aber jetzt darf es nicht passieren. Warum war nur alles so kompliziert? Eigentlich müsste man als Erwachsener doch für jedes Problem eine Lösung wissen.

»Hast du eigentlich das Zeug wirklich über die Mückeneier gestreut?«

»Ja, aber später habe ich versucht, die Larven zu töten.« Er musste kurz auflachen. »Dabei bin ich beinahe ertrunken. Strafe muss sein.«

»Oh nein, und ich wäre schuld gewesen.«

Oliver sah Nicolas verwundert an. »Du, wieso du?«

»Weil du das für mich getan hattest.«

Oliver hob den Kopf. Ja, das stimmte. Er hatte es *nur* für Nicolas getan, und nun stellte er sich an, als wäre der sein größter Feind. Plötzlich strömten alle Gefühle gleichzeitig durch seinen Körper, die er die ganze Zeit nicht zugelassen hatte. Er sah Nicolas von der Seite an und fühlte die Zuneigung, die er in sich trug. Sein Körper richtete sich unter der aufkommenden Wärme

automatisch auf, als könnte er wieder frei atmen. Das Gehirn schien endlich zu funktionieren. Wie borniert ist er nur gewesen?»Nein, bist du nicht. Ich bin so wütend gewesen, dass ich fast die Kontrolle über mich verloren hatte. Wie ein Irrer bin ich zum See gefahren und habe mit einem Knüppel auf die Stelle eingeschlagen, wo ich die Laven vermutete. Dabei bin ich im Schlamm ausgerutscht und fand keinen Halt. Mein Kopf geriet immer wieder unter Wasser. Dabei war der See an der Stelle höchstens einen halben Meter tief. Wenn Sebastian nicht gekommen wäre, würde ich jetzt als Wasserleiche dahindümpeln.« Bei der Erinnerung musste er über sich selbst lachen.
»Stell dir das Bild mal vor.«
»Welches, wie du abtauchst oder wie du dahindümpelst?«
Verwundert und gleichzeitig erleichtert machte Nicolas einen tiefen Atemzug.
»Egal welches. Erzähle bloß den anderen nichts davon! Sie wissen es nicht.« Völlig in der Erinnerung versunken, legte er seine Hand auf Nicolas Arm.

*

Unbemerkt von den beiden waren Annabell, Sebastian und Julian aufgetaucht. Der Professor hatte sie angerufen und gebeten, doch noch am Frühstück teilzunehmen, wenn auch ein bisschen verspätet. Sie unterhielten sich angeregt, als sich Sebastian plötzlich zurücklehnte und stöhnte.
»Was ist mit dir?«, wollte Katrin wissen.»Hast du zu viel gegessen?«
»Meine Augen, ich kann nicht mehr richtig sehen. Alles verschwimmt und schaukelt hin und her«, jammerte er.
Lena und Katrin sahen sich vielsagend an. *Das kennen wir doch?*
Annabell sagte verwundert:»Ich habe das auch. Ich dachte schon, ich bekäme Fieber oder so. War in den Brötchen etwa Hasch?«

Professor Hilpert sah die kleine Gesellschaft an. »Was denken Sie?«, versuchte er, entrüstet zu antworten. Doch das gelang ihm nicht wirklich. Er erinnerte sich nur zu gut daran, wie es damals bei ihm begann. Trisha fand das nicht lustig und hatte ihm sofort von weiteren Experimenten abgeraten. Er räusperte sich und fragte, wie der Tag verlief, nachdem sie gestern von ihm weggefahren waren. Er schaute von einem zum anderen. Keiner wollte darauf antworten. Die Erinnerung an den Kampf mit den Mücken ließ sie verstummen.

Professor Hilpert nickte still, als sein Blick Lena erreichte. Für einen Moment schien er in ihren Augen zu versinken. Langsam drehte er den Kopf zu Katrin und verharrte bei ihr ebenfalls einen Augenblick. Er musste die beiden unbedingt informieren. Sie waren schon viel weiter als die anderen. *Hoffentlich erschreckt es sie nicht zu sehr.*

»Bleiben Sie einfach noch eine Weile sitzen! Vielleicht sind Sie zu schnell gefahren und haben sich dabei etwas überanstrengt, so mit leerem Magen«, versuchte er, sie zu beruhigen. Bewusst auffällig richtete er seine Aufmerksamkeit wieder auf Julian.

»Das kann sein, wir hatten ein kleines Rennen veranstaltet.« Sebastian war froh, so eine einfache Lösung dafür zu finden. Aber Annabell erinnerte sich, dass sie nicht die Ersten waren, die diese Beschwerden erleiden mussten.

»Und wer hat gewonnen?« Professor Hilpert freute sich über den Wechsel des Themas.

Lena wurde der Besuch beim Professor Hilpert mit einem Mal unangenehm. Dabei hatte sie sich so viel davon erhofft. Er war der Experte und hatte wichtige Erkenntnisse gesammelt zur Mückenplage, die sich mittlerweile besonders stark in der Eifel und im Westerwald ausbreitete. Sie wollte ihn vorsichtig fragen, ob das Augenflimmern schon öfter aufgetreten wäre und vielleicht sogar, ob telepathische Fähigkeiten daraus entstehen könnten. Warum nur hatte er die anderen nachkommen lassen? Sie schaute Katrin an, die auf ihrem Stuhl herumrutschte, als säße sie auf einem Wackelkissen.

»Hast du das auch gemerkt?« Katrin flüsterte nur.

»Was meinst du?«

»Der Professor …, ich hatte gerade das Gefühl, als wäre er in meinem Kopf.«

Lena nickte. »Und ich dachte mal wieder, dass ich spinne. Was machen wir jetzt?«

»Keine Ahnung, ich werde ihn einfach fragen, wenn er in die Küche geht. Dann springe ich schnell hinterher.« Katrin nahm ihre Tasse und trank einen großen Schluck Kaffee.

Lena schmunzelte. »Da bin ich aber gespannt, was er dazu sagt.«

»Kannst ja dabei sein, wenn du magst.«

»Das überlege ich mir noch.« Sie griff nach einem duftenden Brötchen und setzte das Frühstück fort.

Nach einer Weile fragte Professor Hilpert, ob Lena und Katrin ihm helfen würden, in der Küche wieder Ordnung zu schaffen. Professor Jäger sollte sicherheitshalber bei den beiden Schwächelnden bleiben. So hoffte er, in Ruhe mit den jungen Frauen reden zu können. Sie lehnten seine Bitte nicht ab. Rasch sammelten sie das überflüssige Geschirr ein und stellten es auf die Spüle.

»Geht es Ihnen noch gut?«, fragte er zunächst ganz beiläufig.

»Ja, uns geht's gut«, antwortete Katrin schnell, bevor Lena etwas anderes sagen konnte. Warum nur fiel es ihr so schwer, dem Professor dabei in die Augen zu sehen? Sie hatte doch die Wahrheit gesagt, oder? Nur weil sie Lenas Gedanken manchmal lesen konnte, hieß das nicht, dass es ihr schlecht ging.

»Kam das verzerrte Sehen in den letzten Tagen auch schon bei anderen Ihrer Gruppe vor?«

Der weiß was, dachte Lena und schaute Katrin ängstlich an. Sie drehte demonstrativ den Wasserhahn auf, um das Geschirr zu spülen.

»Oh, das ist nicht nötig, ich habe eine Spülmaschine.« *Es fällt ihnen schwer, darüber zu reden. Ich muss ihnen die Angst nehmen.* »Wissen Sie, das verzerrte Sehen kann vielleicht von den

Mückenstichen kommen. Sie haben doch welche? Hier laufen schon einige Studien darüber.«

Erstaunt blickte sie auf.»Ja, die haben wir alle, nur Oliver nicht. Der hat offensichtlich kein süßes Blut, so wie wir.« Lena war froh, so allgemein antworten zu können. Dabei waren sie doch gerade deshalb hergekommen, um ihn nach den Ursachen zu fragen. Sie sah kurz zu Katrin rüber, atmete tief durch und drehte sich dann zum Professor.»Also, ich wollte Sie auch schon darauf ansprechen«, stotterte sie noch unsicher,»wie kann es sein, dass er verschont bleibt, obwohl er doch fast immer bei uns ist?«

»Das hat nichts damit zu tun, sondern mit seinem Geruch. Die Ausdünstungen des Körpers und der Atmung locken die Mücken an.« *Seltsam, ich habe doch die meiste Zeit meines Lebens jungen Menschen Vorträge gehalten. Warum finde ich jetzt nicht die richtigen Worte?*

»Stimmt ja, davon hatte ich schon einmal gehört und dass man den Geruch einer anderen Person kurzfristig übernehmen kann, zum Beispiel, wenn man miteinander kuschelt.« Sie war überrascht über ihre eigenen Gedanken. Wo kamen die jetzt her?

»Ganz genau, Lena, für einen kurzen Moment. Aber Sie haben meine Frage noch nicht beantwortet.«

»Es fällt uns auch nicht leicht, darüber zu sprechen.« Sie schaute kurz zum Fenster, um zu sehen, ob die anderen noch draußen saßen. Es war ihr wichtig, dass sie das Gespräch nicht mithören konnten.»Ja, haben wir.« Endlich war es gesagt. Sie atmete erleichtert aus.»Aber bei Katrin und mir hat es nach zwei Tagen wieder aufgehört und …« Sie stockte.

»Und …?«, fragte der Professor mit einem auffordernden Ton.

»… und seitdem glauben wir, unsere Gedanken gegenseitig zu hören. Es ist anders, als wir es von den Telepathie-Spielchen kennen. Die machen einfach nur Spaß. Aber jetzt können wir es nicht mehr kontrollieren.«

»Gut, dass Sie es mir sagen. Wir sollten uns einmal zusammensetzten und darüber mit allen sprechen, bevor sie auch noch an sich zweifeln. Sind Sie damit einverstanden?« Katrin und Lena sahen sich an. Wollten sie das wirklich tun? Aber wenn es alle betreffen wird, mussten sie zustimmen.

»Ich mache Ihnen einen Vorschlag: Ich werde Oliver bitten, bis morgen Abend hier bei Nicolas zu bleiben. Wenn Sie einverstanden sind, komme ich morgen früh zu Ihnen ins Blockhaus und wir reden ganz in Ruhe darüber. Ich denke, Oliver sollte sich zunächst nicht noch zusätzlich damit belasten. Er kann anschließend darüber aufgeklärt werden. Natürlich müssen wir die drei von der Terrasse fragen, ob es ihnen recht ist.«

»Ich bin einverstanden. Dann kann ich vielleicht wieder besser schlafen. Und was sagst du dazu, Katrin?«

»Ja, ich auch.«

»Schön, dann werde ich noch kurz Annabell, Sebastian und Julian fragen. Machen Sie sich keine Sorgen. Für jedes Problem gibt es eine Lösung.«

*

Begeisterung sah anders aus. Oliver wollte lieber bei seinen Freunden bleiben. Doch Professor Jäger konnte ihn überzeugen, dass es wichtig war, Nicolas Beistand zu leisten. Als die anderen sich verabschiedet hatten, konzentrierte er sich auf seine Gefühle, wie ihm der Professor geraten hatte. War es Mitleid oder Zuneigung? Was brachte ihm den Mut für die bevorstehende Nacht? Er konnte mit Nicolas in einem Zimmer schlafen oder ein kleines Gästezimmer nutzen, das war ihm freigestellt.

Professor Jäger bot sich an, die restlichen Arbeiten in der Küche zu erledigen. Er wusste nicht, wie er den beiden Gästen wirklich helfen konnte. Zum Glück war sein Kollege ebenfalls da. So schlenderte er zurück ins Wohnzimmer und bot Oliver und Nicolas etwas zu trinken an. Obwohl sie nur Wasser verlangten, stellte er vorsichtshalber noch eine Flasche Cola und einige kleine Naschereien dazu.

Nicolas hatte sich in eine Ecke der Couch gesetzt und schaute traurig zu Oliver hinüber, der es sich im Sessel auf der anderen Seite des Tisches bequem gemacht hatte. Auch er wirkte nicht gerade glücklich, obwohl sie doch endlich einmal für sich allein waren. Professor Hilpert wollte in seinem Büro noch die neusten E-Mails lesen.

»Bist du sauer auf mich?«, fragte Nicolas nach einer Weile. Das Schweigen war schlimmer als jede mögliche Antwort.

»Allerdings,« schoss es aus Oliver heraus, »du hast meine ganze Reise zerstört«, begann er wieder dieselbe Leier. »Ich wollte Spaß mit meinen Schulfreunden haben. Aber was machst du? Du überredest mich, so ein blödes Experiment für dich zu machen, das dann auch noch eigentlich nur für Jens war. Ich bin für meine Freunde nur noch der Freak, der die schöne Stimmung kaputtmacht. Alle sind genervt von mir. Und jetzt tauchst du auch noch hier auf. Wie würdest du dich fühlen?«

Nicolas schwieg. Tränen traten in seine Augen, aber er wollte nicht weinen. Doch die Angst, Oliver vielleicht verloren zu haben, zerfraß ihn beinahe. Er war doch seine große Liebe. Plötzlich wurde er weiß im Gesicht und sackte in sich zusammen.

»Nicolas!« Oliver sprang erschrocken von seinem Sessel. »Ich habe es doch nicht so gemeint. Was ist mit dir?« Dabei stieß er mit dem Knie unter die Tischplatte. Die Flaschen kamen ins Wanken und kippten mit lautem Gepolter um. Zum Glück zerbrachen sie nicht.

Durch die Geräusche aufmerksam geworden, eilte Professor Jäger mit einem Geschirrtuch in der Hand ins Wohnzimmer. »Was ist passiert?« Sofort erkannte er die Situation. »Geht es Ihnen schlechter? Legen Sie sich hin. Sie müssen die Beine hoch lagern. Bitte, nehmen Sie das Kissen.« Besorgt half er Nicolas und suchte auch gleich nach einer Decke, um ihn zuzudecken. Dann strich er ihm mit der Hand über die Haare. Zu Oliver gewandt sagte er: »Sie dürfen ihn nicht zu sehr aufregen. Er hat einiges mitgemacht, seit Sie verreist sind.«

»Ich weiß nicht, was Sie von mir wollen. Am besten, ich verziehe mich in mein Zimmer. Wäre ich nur nicht hiergeblieben.« Sichtlich genervt, machte er Anstalten zu gehen.

»Nein, Entschuldigung. Ich wollte Sie nicht angreifen. Es ist wichtig, dass Sie bei ihm bleiben. Nur aufregen sollten Sie ihn nicht. Wenn Sie wollen, bleibe ich bei Ihnen. Die Küche ist sowieso gleich aufgeräumt.«

Nicht wissend, was er wirklich wollte, ließ Oliver sich wieder in den Sessel fallen. »Nein, gehen Sie ruhig. Vielleicht brauchen wir etwas Zeit. Ist für uns beide nicht so einfach.«

»Gut, ich mache weiter und würde auch noch gerne einen kleinen Spaziergang machen, wenn Sie mich doch nicht brauchen.«

»Ja, gehen Sie ruhig und passen Sie auf die Mücken auf.«

Professor Jäger konnte sich nicht erklären, was er mit den Mücken zu tun hatte, nickte aber und ging zurück in die Küche.

Oliver seufzte laut und schaute wieder zu Nicolas. Wie er ihn da liegen sah, spürte er plötzlich einen Schmerz in der Brust. Wie konnte er sich ihm gegenüber so feindlich verhalten? Er war doch viel mehr als nur sein Freund. Hatte sich etwas verändert zwischen ihnen? Konnte es stimmen, dass er ihn am liebsten nicht mehr sehen wollte? – Er schüttelte den Kopf. Sie liebten sich und hatten eine zwar heimliche, aber bereits schöne Zeit miteinander verbracht. Niemand wusste davon. Das Studium machte viel mehr Spaß, seit sie zusammen waren, und Stuttgart hatte auf einmal einen besonderen Reiz für ihn. Die alten Häuser dort lösten endlich ein Heimatgefühl in ihm aus. Vorher waren sie nur einfach da, wie in jeder anderen Stadt auch. Sein Blick schien viel mehr wahrzunehmen, wenn er mit Nicolas durch die Straßen zog. Auf den Spaziergängen in den Weinbergen hatten sie sich zum ersten Mal getraut, an den Händen zu halten. Wärme strömte bei der Erinnerung durch seinen Körper.

Mit diesen Gedanken verschwand der Schleier vor seinen Augen und er sah seinen Freund voller Mitleid an. *Was hast du alles mitgemacht? Ich bin ein Esel, der nur an sich denkt.* Leise stand er auf und setzte sich zu Nicolas auf die Couch. »Nicolas«, flüsterte er, »schläfst du?« Zärtlich legte er eine Hand auf seinen Rücken. »Entschuldige, ich wollte dir nicht noch mehr wehtun.« »Ich schlafe nicht.«

»Lass uns reden, damit ich verstehe, was geschehen ist. Wieso ist Jens gestorben? Der war doch nicht krank. Hatte er eine Überdosis genommen?«

»Nein.« Nicolas richtete sich etwas auf. Die Tränen in seinen Augen schimmerten, aber er begann tapfer zu erzählen. »Er ist von dem Mühlenberg zusammengeschlagen worden. Ach nein, von dem Gorilla, dem Klupe. Ich hatte gesehen, wie er auf ihn eingeprügelt hatte, bis er auf dem Boden lag. Und dann hat er noch einmal nachgetreten.«

»Du hast es gesehen? Konntest du nicht helfen oder die Polizei rufen?«

»Ich stand wie gelähmt an der Ecke und hatte selbst so viel Angst, dass ich mich versteckt habe.«

»Haben die ihn totgeprügelt?«

»Nein, als die endlich wegfuhren, bin ich sofort zu ihm hin. Er wollte nicht ins Krankenhaus. Darum habe ich ihn nach Hause gebracht und erst einmal versorgt. Er sagte, dass es nicht so schlimm wäre. Er wollte nur schlafen. Darum bin ich auch gegangen.«

»Aber wann ist er denn gestorben und warum? Haben die ihn noch einmal erwischt?«

»Das weiß ich nicht so genau. Am nächsten Tag habe ich gesehen, wie er mit dem Mühlenberg zusammen eine Kippe geraucht hatte, als wäre nichts passiert. Das machte mich richtig wütend. Und als er mich in der Nacht anrief und fragte, ob ich mit ihm durch die Straßen ziehen wollte, hatte ich keine Lust. Eigentlich war ich sauer auf mich, weil ich mir die ganze Zeit wegen ihm Sorgen gemacht hatte und nicht richtig schlafen konnte, und er steht in aller Freundschaft mit dem Mühlenberg zusammen und raucht.« Er holte geräuschvoll Luft, als wäre alle Energie verbraucht.

»Wann hast du erfahren, dass er gestorben ist?«

»Am nächsten Morgen, es tat mir wirklich leid, dass ich ihn so abserviert hatte. Außerdem hatte ich mit Professor Jäger über ihn gesprochen. Darum wollte ich ihn gleich am Fitnessstudio abfangen. Ich hielt es für das Beste, wenn er dort nicht mehr arbeiten würde. Ich wartete auf ihn, aber er kam nicht. Darum versuchte ich, ihn anzurufen, und hörte dabei sein Telefon, das unter dem Müllcontainer lag. Ich dachte, er hätte es da verloren, und wollte es aufheben, bevor der Mühlenberg kam. Dabei habe ich ihn gefunden. Da war er schon tot.« Tränen schossen aus seinen Augen und der ganze Körper wurde von seinem Schluchzen geschüttelt.

Als Professor Hilpert herbeilief, um zu helfen, sah er, wie rührend sich Oliver um seinen Freund kümmerte. Er hielt ihn im Arm und streichelte mit einer Hand über seinen Rücken. Deshalb drehte er sich um und nahm seinen Kollegen, der gerade vom Spaziergang zurückkam, mit in sein Büro. »Wir lassen die beiden allein. Die schaffen das schon.«

17

Professor Hilpert liebte es, morgens durch den Wald zu streifen. Er genoss den intensiven Duft der feuchten Erde und der blühenden Pflanzen. Später in der Hitze würde sich der Geruch stark verändern, dann konnte man nur noch den trockenen Staub wahrnehmen. Aber nun zwitscherten die Vögel um die Wette, und hier und da raschelte es unter den Sträuchern. »Ich sollte mal wieder ein paar Früchte sammeln«, sagte er sich und machte vor Freude einen kleinen Hüpfer. Den Weg zum Blockhaus der Studenten kannte er wie seine eigene Westentasche. Früher, als die Familie mit Oliver dort noch Urlaub machte, hatte er ihnen so manches Mal Kräuter und Pilze gebracht. Warum erinnerte der Junge sich nicht daran?

Katrin und Lena erwarteten ihn aufgeregt. *Hoffentlich schaffen wir es heute, mit ihm vernünftig über das Gedankenlesen zu sprechen,* dachten beide und grinsten sich dabei an. »Guten Morgen Herr Professor, das Frühstück steht bereit«, klang es ihm unisono entgegen.

»Oh, guten Morgen, haben Sie das etwa einstudiert?«, fragte er lachend.

Sie sahen sich an. »Nein, das passiert uns häufig, seit wir hier sind.« Jetzt war es ihnen beinahe unangenehm, dass sie dieselben Worte zur selben Zeit sagten.

Schmunzelnd betrat er den Wohnraum und begrüßte Annabell, Sebastian und Julian. »Das duftet aber herrlich nach Kaffee und frischen Brötchen. Heben Sie etwa heute Morgen schon gebacken?«

»Ja, das ist eines meiner leichtesten Übungen. Bitte setzen Sie sich doch und greifen Sie zu!« Annabells Augen glänzten vor

Freude. Sie nahm die Kaffeekanne und verteilte eifrig den Inhalt. »Lassen Sie es sich schmecken, Herr Professor Hilpert!« »Vielen Dank.« Er griff nach einem warmen Brötchen und sah sich die verschiedenen Brotaufstriche an. »Sagen Sie jetzt nicht, dass Sie die Brombeermarmelade auch selbst gemacht haben.« Sein Blick streifte von einem zum anderen. Bei Julian stoppte er. »Sie etwa?«

»Das war ein Gemeinschaftsprojekt.« Julian lächelte. »Die Natur bietet hier doch alles, was das Herz begehrt, oder der Magen. Und weil wir keinen Fernseher und kein Internet haben, ist genug Zeit für solche Aktionen.«

»Da gebe ich Ihnen recht. So schnell verhungert es sich hier nicht, sagt meine liebe Trisha immer.«

Julian überlegte, ob er etwas dazu sagen sollte, hielt dann aber doch lieber den Mund und griff stattdessen nach einem Brötchen. Dabei hatte er nicht bemerkt, dass Annabell im selben Moment ihre Hand danach ausstreckte. Als sie sich berührten, spürten beide eine wohlige Welle durch ihren Körper strömen. Erschrocken sahen sie sich an und zogen gleich die Hände zurück.

»Bitte, ist dein Brötchen«, stotterte Julian verlegen.

Annabell spürte die Röte in ihr aufsteigen. Sie sah ihm in die Augen und wusste nicht, was sie tun sollte.

»Nimm nur«, munterte Julian sie auf und lächelte.

»Danke.« Bevor es noch peinlicher werden konnte, griff sie zum Brötchen, nahm das Messer, schnitt es auf und begann, es mit Butter und Käse zu belegen. Herzhaft biss sie hinein, damit der Mund nichts mehr sagen konnte.

Natürlich war es allen aufgefallen. Katrin und Lena schmunzelten über das ganze Gesicht. Sogar Sebastian hatte einen Spruch auf den Lippen, der ihm aber im Halse stecken blieb, weil Lena ihm heftig vors Schienbein trat. Professor Hilpert freute sich über die reizenden Gedanken der anderen, die er zur Kenntnis nahm. Das Frühstück verlief fröhlich und schmeckte allen erstaunlich lange. Erst nach einer Stunde begannen sie, den Tisch abzudecken.

»Ich glaube, es ist warm genug für die Terrasse. Wollen Sie dort schon Platz nehmen, Professor Hilpert? Sebastian und Julian können Ihnen Gesellschaft leisten. Wir kommen gleich dazu.« Lena wollte noch ein paar Minuten für sich haben, bevor es endlich zur Sache gehen sollte. Annabell verschwand im Bad. Sie musste sich erst einmal beruhigen. Ihre Gedanken kreisten intensiv um Julian. Nachher würde sie gerne neben ihm sitzen, wenn dort zufällig noch ein Platz frei wäre.

»Warum drucksen wir eigentlich so herum?« Katrin sagte es, als wäre es für sie selbst bestimmt. »Haben wir tatsächlich ein Problem damit, uns zu erklären?«

Als die beiden mit frischem Kaffee und sauberen Tassen endlich nach draußen kamen, unterhielten sich die anderen bereits über Mückenstiche und die daraus folgenden krankhaften Erscheinungen bei den Menschen. Natürlich wollten sie auch darüber etwas erfahren, aber wichtiger war ihnen, über ihre eigenen neuen Wahrnehmungen, wie das Hören der Tierstimmen, zu sprechen.

»Wie geht es Ihren Augen?« wollte der Professor wissen. »Haben Sie immer noch damit Probleme oder geht es mittlerweile allen besser?«

»Seit gestern Abend haben wir uns erholt. Das Radfahren nach Hause hatte gutgetan. Bewegung an der frischen Luft hat für mich etwas Heilsames«, sagte Sebastian.

Oder die nächsten Mückenstiche, dachte der Professor.

Prima, wir sind beim Thema. Katrin zwinkerte Lena zu. Die nickte erfreut.

»Ah, habe ich da ein spezielles Thema angesprochen?« Professor Hilpert schaute sie an.

»Ja, das haben Sie«, preschte es aus Lena heraus. »Warum werden wir von so vielen Mücken plötzlich angegriffen?« Erschrocken über ihre eigenen Worte, lehnte sie sich zurück, und versteckte sich so gut es ging hinter Sebastians Rücken, um aus seinem Blickfeld zu kommen.

Suchend schaute der Professor in die Runde, als hätte er ihre Frage nicht gehört.»Wo bleibt denn Annabell? Es wäre doch schön, wenn sie auch am Gespräch teilnehmen würde.«

»Oh, die war gerade noch im Bad. Ich kann mal nach ihr sehen.« Katrin sprang auf und lief ins Haus.»Annabell«, rief sie,»Annabell, wo steckst du? Wir wollen beginnen!«

»Ich komme schon«, kam plötzlich von der Seite die Antwort.»Was machst du hier? Hast du gelauscht oder warum stehst du neben der Tür?«

Annabell wurde schon wieder rot.

»Ach das. Mach dir keinen Kopf! Wir würden uns alle freuen, wenn ihr endlich zusammenkommt«, tröstete Katrin.

»Was?« Entsetzt machte Annabell eine Kehrtwende und wollte in ihrem Zimmer verschwinden.

»Hiergeblieben.« Katrin schnappte Annabells Arm und hielt sie fest.»Das ist doch gut. Warum versteckst du dich? Komm jetzt, wir reden später darüber. Der Professor wartet auf dich.«

»Da sind Sie ja. Dann können wir beginnen.« Professor Hilpert fühlte sich wie damals, als er mit seinen Studenten zusammensaß. Sie erfüllten seine Seele immer mit Freude, weil sie ihm ihr Interesse an dem Studium mit ihrer Aufmerksamkeit deutlich zeigten.»Sie fragen sich, warum die Mücken Sie angreifen. Weil sich die Anzahl der natürlichen Feinde sehr stark reduziert hat, sind einfach Unmengen von ihnen da. Sie sorgen für sich, indem sie zusammen losziehen, um Nahrung aus dem Blut der Säugetiere, also auch der Menschen, zu ziehen. Die Männchen helfen dabei den Weibchen. Sie umschwirren ihre Opfer und lenken deren Abwehr auf sich. Denn wie Sie sicher wissen, stechen nur die Weibchen, damit sie ihre Eier versorgen können. Wenn sie die erst einmal abgelegt haben, kümmern sie sich allerdings nicht mehr um sie.«

»Das erklärt, warum wir nur so wenige Stiche haben. Die meisten Mücken sind also die helfenden Männchen gewesen.« Sebastian begann seine Mückenstiche zu zählen.»Neun habe ich mittlerweile.« Er deutete mit dem Finger auf einen rötlichen Fleck auf seinem Arm.

»Eine beachtliche Zahl. Haben sie dadurch Beschwerden?«, wollte der Professor wissen.

»Nein, wenn man das Jucken behandelt, ist es nicht so schlimm.«

»Wie sieht es bei den anderen aus? Haben Sie auch Mückenstiche?« Jetzt wurde es für ihn richtig interessant. Alle begannen, eifrig zu zählen. Bei so viel Aufmerksamkeit setzte das Jucken wieder ein.

»Oh Mann, jetzt geht das wieder los. Hol doch bitte deine Salbe, Annabell, sonst werde ich noch verrückt«, jammerte Sebastian und bemühte sich standhaft, nicht zu kratzen.

»Bei mir sind es sieben«, teilte Julian mit.

»Oh, bei mir auch.« Annabell erschrak über ihren plötzlichen Mitteilungsdrang und sprang auf, um die Salbe aus ihrem Zimmer zu holen.

»Ich habe vierzehn Mückenstiche«, staunte Lena.

»Da mache ich wohl den zweiten Platz mit zwölf Stichen«, stellte Katrin fest. »Oliver hatte bisher noch keinen gehabt, aber vielleicht hat sich das mittlerweile verändert.«

»Na, das ist schon eine Menge Nahrung für die Mücken.« Dem Professor fiel es gar nicht so leicht, das Thema zu vertiefen. Wie sollte er diese jungen Menschen aufklären, ohne zu viel zu verraten?

»Warum fragen Sie danach? Haben Sie Erfahrungen gesammelt, dass zu viele Mückenstiche schlimmere Wirkungen auf die Menschen haben? Bekommen wir dann eventuell auch diese entsetzlichen Wunden?« Sebastian sah plötzlich selbst wie ein Fragezeichen aus.

»Ach nein, machen Sie sich deswegen keine Sorgen! Wenn Sie bisher nicht solche Krankheitsbilder aufweisen, werden auch keine nachkommen.« *Ich sollte jetzt wirklich sagen, worum es geht. Sonst verläuft das Gespräch im Sand.* »Was allerdings mit den Mückenstichen zusammenhängt, sind die Beschwerden Ihrer Augen. Das Flimmern und der damit verbundene Schwindel wurden von den Säften der Mücken ausgelöst, als diese Sie gestochen haben.«

»Was, die haben uns also quasi ausgeknockt?« Julian fand das sehr seltsam.

»So könnte man es nennen.« *Na endlich, der Anfang ist gemacht. Nun sollen sie erst einmal darüber diskutieren.* Genüsslich lehnte sich der Professor in seinem Gartenstuhl zurück. Er musste tief durchatmen. *Warum ist es so schwer, die richtigen Worte zu finden? Ich will doch nur Gutes bewirken. Werde ich tatsächlich alt?* »Ist noch Kaffee da?« Er griff zur Kaffeekanne und schenkte sich selbst ein.

»Aber was passiert jetzt, wo das Flimmern aufgehört hat?« Lena wurde hellhörig. Hatte das Gedankenlesen und das Hören des Schmetterlings auch etwas damit zu tun? Vor Aufregung rutschte sie auf ihrem Stuhl hin und her.

Meinst du, wir können ihn einfach fragen? Katrin dachte so deutlich, wie es ihr möglich war, damit Lena sie auch verstand.

Doch plötzlich kam ihr der Gedanke, dass der Professor vielleicht auch ihre Gedanken lesen würde, und sie versuchte, ihn heimlich anzusehen. Der schmunzelte, nickte fast unmerklich seiner Tasse zu und trank dann einen Schluck des dampfenden Kaffees. Wie auf Kommando zogen Katrin und Lena geräuschvoll Luft ein. Das erzeugte die Aufmerksamkeit der anderen.

»Was ist los? Geht es euch wieder schlechter?« Annabell erschien gerade mit der Salbe in der Hand und schraubte sofort den Deckel ab. Hier bitte, bedient euch.« Damit reichte sie Lena die Tube.

»Nein, es geht uns nicht schlechter. Aber der Professor hatte gerade erklärt, dass das Flimmern der Augen und der Schwindel von den Mückenstichen kommen«, teilte Katrin ihr mit.

»Davon hatte ich bisher noch nichts gehört«, wunderte sie sich. »Haben Sie diese Erkenntnis aus Ihren Studien?«

»Ja, das kann man so sagen«, erwähnte er wie nebenbei. Irgendwie schien er im Moment gedanklich abwesend zu sein. »Entschuldigen Sie bitte, ich muss mich ein wenig bewegen. Die alten Knochen, verstehen Sie?« Er stand auf und lief in den Garten. *Es ist an der Zeit, darüber zu sprechen. Doch wie viel kann ich ihnen verraten?* In seinem Kopf herrschte für einen Moment ein entsetzliches Chaos. *Ich weiß genau: Sie sind die Richtigen!* Langsam drehte er sich um und beobachtete die jungen Leute aus der Distanz. *Jetzt oder nie.* Mit einem tiefen Atemzug machte er sich auf den Weg zurück und setzte sich auf seinen Platz. Zum Glück war noch etwas Kaffee in seiner Tasse. Er nahm sie in die Hand, setzte sie zum letzten Schluck an und verschluckte sich dabei dermaßen, dass er einen entsetzlichen Hustenanfall bekam. Sein Körper schüttelte sich heftig und das Gesicht wurde blutrot.

Annabell sprang auf, reichte ihm eine Serviette und klopfte auf seinen Rücken. Es dauerte einen Moment, bis er sich etwas beruhigt hatte. »Entschuldigung«, krächzte er und hob die Hand zum Zeichen, dass es genug war mit dem Klopfen. Er lehnte sich zurück, um wieder vernünftig atmen zu können. »Tut mir leid, aber ich muss eben kurz ins Bad.« Mühsam erhob er sich und ging ins Haus.

»So kanns einem gehen, wenn man zu gierig trinkt«, witzelte Sebastian und erntete dafür nur böse Blicke. »Was? Ich habe doch nichts gemacht!«

»Ne, nur 'nen blöden Spruch abgelassen.« Katrin schaute ihm direkt in die Augen. »Das war sicher kein Vergnügen für den Professor. Hast du nicht gesehen, wie er um Luft gerungen hat?«

»Ist ja schon gut. Aber ist *dir* nicht aufgefallen, wie gierig er trinken wollte?« Er schob seine Unterlippe vor, als wollte er schmollen.

»Mann, er hat sich einfach verschluckt. Das kann jedem mal passieren.«

In dem Moment erschien Professor Hilpert wieder auf der Terrasse. »Oh, bitte, keine Aufregung wegen mir. Es ist alles wieder in Ordnung.« Er setzte sich und hob dabei seinen rechten Zeigefinger, wie er es früher in der Uni gemacht hatte, um die Aufmerksamkeit der Studenten zu erlangen. »Ich habe Ihnen etwas zu sagen«, begann er sofort, um nicht wieder zu zögern. »Sie wundern sich über die Wirkungen der Mückenstiche. Ich habe Ihnen schon gesagt, dass das Augenflimmern und der

Schwindel daraus rühren. Zwei von Ihnen haben mehr Stiche als die anderen. Dadurch sind sie bereits ein Stadium weiter.«
»Ein Stadium«, unterbrach ihn Lena sofort, »was bedeutet das?«
Er sah sie an und drang in ihre Gedanken ein. *Das wissen Sie schon.*
Lena zuckte zusammen. Hatte sie ihn gerade reden gehört, obwohl er nichts gesagt hatte?
Ja, so ist es, hörte sie deutlich seine Stimme.
»Wieso schaut er ihr so in die Augen? Sie hat ihm doch nur eine einfache Frage gestellt«, flüsterte Julian in Sebastians Ohr. Dieser zuckte nur mit den Schultern.
»Es gibt verschiedene Stadien, die durch das Sekret dieser Mücken in uns Menschen ausgelöst werden. Das Erste dient zum Testen und zur Vorbereitung. Reagiert der Gestochene nicht, kommt er für die Aufgabe nicht infrage. Hat er aber die besonderen Symptome, werden sie ihn weiterhin mit dem Serum versorgen, was bedeutet, dass sie ihn noch einige Male stechen werden.«
Nun saßen sie da, mit weit geöffneten Augen und wussten nicht, ob er ihnen Tatsachen mitteilte oder vielleicht verwirrt war. Sie hielten beinahe den Atem an, so aufmerksam wurden sie.
»Die Mücken testen uns? Davon habe ich noch nie gehört. Und was ist das zweite Stadium?« Julian traute sich als Erster, etwas zu fragen.
»Gedankenlesen!«, rief Lena in die Runde.
»Wieso Gedankenlesen?«, fragte Sebastian aufgewühlt. Alle Blicke flogen zu ihr.
»Das kann ich, seit das Flimmern aufgehört hat.«
»Was …?« Das Trio Sebastian, Julian und Annabell sprang beinahe gleichzeitig von den Stühlen, als wäre es eine ansteckende Krankheit, vor der sie sich schützen wollten.
»Keine Angst, es funktioniert nur mit Katrin. Von euch habe ich noch nichts gehört«, versuchte sie zu erklären. Sie sah den Professor an. »Aber von Ihnen glaube ich, schon mal etwas

mitbekommen zu haben.« Sie fügte zaghaft ein »Entschuldigung« an.

Nun schnellten die Blicke zum Professor. Der nickte und hob beide Hände, um die kleine Gesellschaft zu beruhigen. »Machen Sie sich keine Sorgen und setzen Sie sich wieder. Sie werden weiterhin denken können, ohne dass alle mitbekommen, über was Sie gerade nachsinnen.«

»Und wie soll das gehen?« Sebastian wurde immer unruhiger. »Das ist nicht in Ordnung, meine Gedanken sind geheim!«

»Oh …«, versuchte der Professor den Aufruhr erneut zu beschwichtigen, »das funktioniert, wie beim Telefonieren, wenn man es erst einmal verstanden hat. Sorgen Sie sich nicht.«

»Aha, verstanden hat. Und wie bitte soll das geschehen? Ich möchte nicht behaupten, dass ich Ihnen das hier einfach so abnehme.« Sebastian verschränkte demonstrativ seine Arme vor der Brust.

Der Professor nickte. »Gut, dann lassen Sie mich das bitte einmal in aller Ruhe erklären.« Er merkte, dass er nicht die richtigen Worte fand. Doch bevor es aus dem Ruder lief, musste er weitersprechen, sonst war alles umsonst. »Bitte, geben Sie mir die Chance, Ihnen den Sinn des Ganzen zu erklären.«

Die jungen Leute lehnten sich zurück und musterten ihn misstrauisch. Keiner sprach ein Wort, nur ihre Gesichter verrieten, dass sie nicht zufrieden waren mit seinen bisherigen Äußerungen. Sie erkannten nicht den Sinn des Ganzen.

»Ich werde versuchen, es Ihnen der Reihe nach zu erklären. Sie werden es hoffentlich verstehen, denn ich brauche unbedingt Ihre Hilfe.«

»Sie …, wobei?«, unterbrach ihn Sebastian, sichtlich auf Widerstand eingestellt.

»Das versuche ich, Ihnen gleich deutlich zu machen. Zuerst möchte ich Ihnen aber die Angst nehmen. Niemand wird gezwungen, weiterhin mitzumachen. Wer sich entziehen will, wird keine neuen Stiche dieser Mücken bekommen. Ich …«

»Ha, sind Sie der Gebieter der Mücken? Hören die etwa auf Ihren Befehl? – Ich glaube, ich spinne …, oder sind Sie es, der hier spinnt?«Sebastian konnte nicht glauben, was er da hörte. Der Professor schluckte schwer.»Es tut mir leid, dass Sie so denken. Aber auf eine Art haben Sie recht. Die Mücken folgen meinen Anweisungen. Allerdings …«»Das wird ja immer besser. Hören Sie sich eigentlich selbst zu? Wir sind keine kleinen Kinder, denen man Gruselgeschichten erzählen kann«, unterbrach ihn Sebastian. In ihm baute sich eine enorme Wut auf.»Bitte hören Sie mir doch zu! Am Ende können Sie immer noch entscheiden, ob es nur eine Gruselgeschichte ist, ob ich möglicherweise verrückt bin und Sie lieber aussteigen möchten.« Er machte eine kurze Pause und beobachtete die Gesichter. Dabei verbot er sich, ihre Gedanken zu lesen.»Es ist an der Zeit, dass wir Menschen daran arbeiten, uns selbst wieder unter Kontrolle zu bringen. Wie Sie sicher bemerkt haben, läuft auf der Erde einiges schief. Und wenn wir nicht endlich vernünftig werden, zerstören wir unseren eigenen Lebensraum.« Er suchte nach seiner Tasse, die aber leer war.»Sie sind alle Studenten, die sich für die Natur interessieren. Das hat sicher seinen Grund. Wir brauchen Menschen wie Sie, die helfen können, das Gleichgewicht wiederherzustellen. Die Gier nach Profit hat viele für die Folgen der Umwelt blind gemacht. Leider helfen die Regierungen der ganzen Welt nicht sonderlich, dem Einhalt zu gebieten. Darum müssen wir die Initiative ergreifen. Das kann man nicht jedem zumuten. Viele würden es nicht verstehen oder sich nicht trauen, gegen die Machthaber vorzugehen.« Er legte erneut eine kurze Pause ein.

»Aha, und wir können das?«Julian begann sich für die Erklärungen zu interessieren. Er hatte sich schon oft gefragt, wo das noch alles hinführen soll.

»Ja, das denke ich. Als ich Sie vor Tagen auf der Lichtung sah, hatte ich den Eindruck, dass ich mit Ihnen die Menschen gefunden habe, die dabei helfen könnten. Genauso, wie Sie begeistert waren über Lenas Tanz im Sonnenlicht, ging es auch mir. Sofort dachte ich, dass es ein Zeichen des Himmels war. Und als ich Sie in der Nacht dort draußen schlafend fand, so im Einklang mit der Natur, da war ich mir sicher, dass Sie die Richtigen sind.«

»Sie haben uns beobachtet?« Annabell bekam schon wieder rote Wangen. Dieses Mal vor Empörung, denn das ging eindeutig zu weit.

»Nun ja, beobachtet würde ich nicht sagen. Ich hatte Sie auf meinem Spaziergang nämlich zufällig entdeckt. Diese wunderbare Lichtung ist häufig mein Ziel. Ich setze mich gerne dort hin, um zu meditieren. Aber ich wollte nicht stören und bin deshalb weitergegangen.«

»Um dann abends wiederzukommen? Wollten Sie sehen, ob wir noch da sind?« Auch Lena fühlte sich nicht wohl bei dem Gedanken.

»Nein, um später zu meditieren. Doch Sie hatten es sich dort gemütlich gemacht. Deshalb bin ich wieder nach Hause gegangen.«

»Ach, haben Sie etwa das Knacken verursacht, von dem ich aufgewacht bin?« Katrin wurde es sonderbar bei dem Gedanken.

»Ja, leider, dabei versuchte ich, leise zu verschwinden. Ich war froh, dass Sie mich nicht entdeckt hatten.«

»Spielt Professor Jäger auch mit bei Ihrem Stück? Oder warum hatte er Oliver angerufen? Deshalb sind wir doch erst zu Ihnen gekommen.« Julian geriet ins Grübeln.

»Nein, nein, glauben Sie das bitte nicht. Er brauchte dringend die Ergebnisse einer Studie für seinen Vortrag. – Ich hatte zu dem Zeitpunkt noch überlegt, wie ich Sie erreichen könnte. Aber da spielte mir der Zufall die Lösung zu. Wie ich so grübelte, und darüber hinaus vergessen hatte, mein Telefon und Internet wieder einzuschalten, standen Oliver und Sebastian plötzlich in meiner Terrassentür. Das war das zweite Zeichen. Ich glaubte wirklich, der Himmel hätte sie geschickt.«

»Aber wie kommt es, dass Professor Jäger und Nicolas jetzt hier sind?«

»Das hat einen anderen Grund. Jäger wollte meine Einladung ablehnen, als er mich anrief. Aber ich hörte die Not in seiner Stimme. Die Sorge um seinen Studenten Nicolas machte ihm ziemlich zu schaffen. Da wollte ich einfach helfen. Deshalb ist auch der Junge mitgekommen. Ich hatte nämlich von ihm erfahren, dass Oliver sein bester Freund ist. Und den braucht man in so einer schrecklichen Situation.«

Annabell konnte das gut verstehen. Jeder, der so etwas erleben muss, braucht eine Schulter, an die er sich anlehnen kann, um Trost zu finden. Ein Freund war da sicher hilfreich.

»Und wie funktioniert das jetzt mit dem Telefonieren über die Gedanken?« Julian hatte genug allgemeine Infos. Er wollte endlich wissen, was mit ihnen geschah.

»Haben Sie vielleicht ein Glas Wasser für mich? Mein Mund ist schon vollkommen trocken.« Professor Hilpert blickte fragend in die Runde.

»Oh, natürlich.« Lena sprang auf, denn sie war gespannt, was er dazu sagen würde. Mit einem Krug Wasser und sechs Gläsern kam sie eilig aus der Küche zurück.

Gerade in dem Moment klingelte das Handy des Professors. Er sah kurz aufs Display und meldete sich dann. »Was gibt es? – Oh, ich werde natürlich sofort kommen. – Ja.« Sein Blick hatte sich vollkommen verändert, als er das Telefon einsteckte. Sorgenfalten breiteten sich auf seiner Stirn aus. »Entschuldigen Sie, aber ich muss jetzt zurück zum Cottage gehen. Mein Kollege braucht mich dringend. Können wir morgen weiterreden?« Er schaute jeden einmal kurz an. »Vielleicht haben Sie sich bis dahin schon ein wenig an den Gedanken gewöhnt. Sagen wir, direkt nach dem Mittagessen bei mir?« Er nickte noch einmal allen zu und lief davon, ohne auf eine Antwort zu warten.

»Wow, was war das denn? War das ein Vortrag, dem ich nicht ganz folgen konnte, oder erzählte er uns Fantasiegeschichten?« Sebastian konnte das Gehörte nicht einordnen. »Stimmt das mit dem Gedankenlesen?« Fragend blickte er zu Katrin und Lena.

»Das ist cool und erschreckend zugleich. Erst hatte ich gedacht, dass ich spinne und mir das nur einbilde. Dann überlegte ich, es könnte ja auch sein, weil ich Lena schon so lange kenne, dass ich einfach nur weiß, wie sie reagiert oder was sie sagen würde. Doch als wir gemerkt hatten, dass wir beide die Gedanken der anderen wirklich hörten, hatten wir einfach Spaß daran, uns unbemerkt zu unterhalten.« Katrin war froh, dass sie endlich darüber reden konnte. Die Wörter flossen ihr nur so aus dem Mund.

Lena war sich nicht sicher, ob sie auch etwas dazu sagen sollte. Die Erinnerung an die Gespräche mit dem Schmetterling war doch noch etwas völlig anderes. Davon wollte sie auf keinen Fall erzählen.

Deshalb sagte sie nur: »Ja, er sagt die Wahrheit.«

Annabell schüttelte den Kopf. »Gelesen hatte ich ja schon öfter davon, aber nur in Science-Fiction-Büchern. Würde mich jetzt interessieren, wie das funktioniert. Außerdem frage ich mich, wie man damit umgehen soll und was das mit den Mückenstichen zu tun hat?«

»Das wüsste ich auch gerne und wieso ab zehn Stichen und nicht nach fünfzehn oder schon nach vier? Wer hat die Viecher den daraufhin gedrillt?« Julian zog die Stirn kraus. Da hatte ihnen der Professor eine unheimliche Denkaufgabe bis morgen aufgegeben. »Sind das etwa besondere Züchtungen, die mit Drogen kontaminiert sind und die sie an uns weiterreichen?«

»Genau, und wer steckt noch dahinter? Das kann doch nicht allein die Idee des Professors gewesen sein. Welche bewusstseinsändernde Substanz injizieren uns die Mücken in welcher Dosis und woher hat er die?« Katrin sah einen nach dem anderen an, aber keiner wagte eine Prognose.

»Jetzt dürfen wir uns nicht gegenseitig verrückt machen! Ich denke, dafür gibt es eine ganz logische Erklärung. Es finden doch massenhaft Experimente statt, von denen die Bevölkerung keine Ahnung hat. Wer weiß schon, was alles in unsere Nahrung oder vielleicht auch Kleidung und sogar Möbel gemischt ist? Aber so eindeutig als Versuchskaninchen missbraucht zu werden …? Vielleicht hat er durch seine Tätigkeit als Professor davon erfahren und sich da reingehängt. Morgen werden wir ihn mit unseren Fragen löchern.« Julian versucht, alle etwas zu beruhigen, obwohl er auch ein sonderbares Gefühl in der Magengegend verspürte. »Im Grunde ist es ehrlich von ihm, uns darüber aufzuklären. Ich erinnere mich an einen Bericht, der über die geheimen Datenerhebungen durch die Autoindustrie informiert hatte. Wer weiß schon, was da alles gemessen wird?« Lena wollte damit verdeutlichen, dass ständig Menschen unbemerkt beobachtet werden, um den Konsum zu verstärken. »Er hat wenigstens ein gutes Ziel.«

18

Oliver und Nicolas saßen mit beiden Professoren am Tisch und frühstückten. Was konnte die Polizei nur von Nicolas wollen? Er hatte doch schon seine Aussage gemacht. Ob sie neue Erkenntnisse hatten? Die Zeit schlich und rannte zugleich. Einerseits war Nicolas froh, dass er hier sitzen konnte und nicht allein war, andererseits hätte er es am liebsten schon hinter sich gebracht. Es war viel zu still am Tisch, als wollte niemand etwas Falsches sagen. Jeder hing seinen Gedanken nach und kaute auf seinem Brötchen herum.

»Soll ich Sie begleiten?«, unterbrach Professor Jäger plötzlich die Stille.

Nicolas hob den Kopf, sagte aber nichts. Zu sehr war er mit seinen Gedanken beschäftigt, um die Frage verstanden zu haben. *Glaubt die Polizei wirklich, dass ich Jens umgebracht habe? Warum lag Jens hinter den Containern? …*

»Bleiben Sie mal mit Oliver hier! Ich werde Nicolas begleiten. Die Beamten unseres Präsidiums kenne ich. Ich denke, das ist von Vorteil. – Machen Sie lieber einen Spaziergang mit Oliver. Wir werden bald zurück sein.« Professor Hilpert trank den letzten Schluck Kaffee und schickte sich an, aufzustehen. »Kommen Sie, Nicolas, wir werden das schon schaffen.« Aufmunternd sah er ihn an und zwinkerte mit den Augen.

Mühsam schob Nicolas seinen Stuhl zurück, als wäre der plötzlich einen Zentner schwer.

»Machen Sie sich keine Sorgen. Es kann nichts Schlimmes sein. Also, frischen Mut. Vielleicht kann der Polizist uns mehr zum Vorgang sagen.«

*

Oliver schritt mit Professor Jäger durch den Garten von einem Strauch zum nächsten. Es gefiel ihm, was er alles über die Pflanzen erfuhr. Es gab keine, zu der der Professor nichts sagen konnte, obwohl es doch nicht sein Garten war. Bei den Schmetterlingssträuchern blieben sie stehen. »So viele Schmetterlinge flattern hier herum und sie scheinen sich nicht durch uns gestört zu fühlen«, wunderte er sich.

»Mag sein, dass sie noch keine Bedrohung durch die Menschen kennengelernt haben. Der Professor scheucht sie sicher nicht auf.« Langsam streckte Professor Jäger seinen Arm den Tieren entgegen, und wie er vermutet hatte, setzten sich gleich einige darauf. Oliver staunte nicht schlecht, als er das sah, und streckte seinen Arm ebenfalls aus. Aber es tat sich nichts. Enttäuscht zog er ihn zurück. »Sie müssen etwas geduldiger sein.« Professor Jäger griff Olivers Arm und hielt ihn gestreckt den Schmetterlingen entgegen. Tatsächlich flatterten einige sofort um ihn herum. Es dauerte aber, bis sich der Erste darauf niederließ.

»Was für ein seltsames Gefühl ist das denn?« Ein Lächeln breitete sich auf Olivers Gesicht aus.

Der Professor überlegte, ob Oliver die Berührung durch den Schmetterling meinte oder das Lächeln selbst. Er beschloss, dass es beides war. Langsam nahm er seine Hand von Olivers Arm und ließ ihn allein die Schmetterlinge locken. Es setzten sich aber keine weiteren darauf. Enttäuscht blickte Oliver zum Professor. »Wissen Sie, woran das liegt? Gehen die auch vom Geruch aus?« Doch bevor er eine Antwort bekam, klingelte sein Handy. Ohne zu überlegen, zog er den Arm mit dem Schmetterling zurück und griff in seine Hosentasche, was zur Folge hatte, dass sich Hunderte von ihnen aus den Sträuchern in die Lüfte erhoben und davon flatterten. Erschrocken sahen beide ihnen nach.

»Oh, das tut mir leid.« Oliver vergaß für einen Moment das Handy.

133

»Die kommen sicher bald zurück. Nun gehen Sie schon dran. Vielleicht ist es wichtig.« Die Stimme des Professors klang ein wenig gereizt. »Sie können ja nichts dazu«, versuchte er, seine Freundlichkeit zurückzugewinnen. Dann drehte er sich um und ging zur Terrasse zurück.

Oliver stand wie gelähmt und blickte ihm nach. Genau in dem Moment, als er sich endlich melden wollte, verstummte das Telefon. Auf dem Display stand *Anruf in Abwesenheit*. Oliver atmete tief ein und aus. Sollte er es wieder einstecken? Doch dann kontrollierte er, wer der Anrufer gewesen ist. Es war Nicolas, den konnte er zurückrufen. »Hi, seid ihr fertig bei der Polizei? Wie ist es gelaufen?«

»Ja, soweit alles gut. Die brauchten nur noch eine Aussage von mir. Vielleicht konnte ich sogar helfen, die Verantwortlichen zu finden.« Nicolas spürte Freude aufkommen. Endlich konnte er etwas für Jens tun, auch wenn es ihn nicht mehr lebendig machen würde. »Wir sitzen gerade in einer Eisdiele und schlecken wunderbares Eis. Wir sollten alle mal hierherkommen.« Damit griff er zum Löffel und schob sich eine große Portion in den Mund.

»Du hörst dich schon wieder besser an.«

»Ja, ich bin auch so froh, dass es nicht meine Schuld war.«

»Das habe ich nie geglaubt. Waren sicher die Drogen, oder?«

»Das weiß ich nicht. Mir ist noch unklar, wann die Rippe gebrochen ist und wodurch. Letztlich hat sie ihm aber den Garaus gegeben. – Aber jetzt leg ich wieder auf. Wir reden nachher weiter. Bis gleich.«

»Tschüss.« Oliver fiel ein Stein vom Herzen. Nicolas ging es wieder besser. Dann konnte er endlich zurück zu den Freunden. – Sollte er Nicolas wieder nach Hause schicken? Doch bei dem Gedanken kam ein ungutes Gefühl auf.

»Wer hat Lust, zum See zu fahren?« Julian schaute sie nachei-
nander an. Aber keiner wollte den Frühstückstisch verlassen.
»Wir fahren doch schon bald zum Cottage.« Sebastian lehnte
sich zurück und schlürfte genüsslich seinen Kaffee.
»Bis dahin sind noch mindestens vier Stunden. Wir sollen
doch erst nach dem Mittagessen dort hin.«
»Genau, nach dem Mittagessen. Das müssen wir zubereiten
und dann auch noch essen. Sonst knurrt uns später der Magen.«
Er legte demonstrativ seine Hände auf den Bauch.
Julian wollte nicht aufgeben. Er hatte so gehofft, dass Annabell auf jeden Fall mitkommen würde. »Schade, fahre ich eben
allein dort hin. Ich brauche die Bewegung und Schwimmen gehört dazu. Nachher sitzen wir womöglich wieder stundenlang
und diskutieren.« Er nahm sein Geschirr und brachte es in die
Küche. Dann machte er sich sofort auf den Weg zum See.
Annabell sah ihm hinterher, bis er im Wald verschwunden
war. Sie wäre gerne mitgefahren.
»Ich backe jetzt noch ein paar Muffins. Die können wir nachher mitnehmen«, sagte Katrin und schaute Lena dabei sonderbar an.
»Soll ich dir helfen?« Lena verstand im Moment nicht ganz,
was Katrin von ihr wollte. Doch wie sie plötzlich deren Gedanken
wahrnahm, lächelte sie Annabell an. »Wie wäre es, wenn du Julian Gesellschaft leisten würdest. Ich finde es nicht fair, ihn allein
fahren zu lassen.«
Annabell wechselte ihre Gesichtsfarbe. Hatten die beiden
etwa ihre Gedanken gelesen? Wenn das stimmte, was der Professor gestern erzählt hatte, musste sie unbedingt noch einige
Male von den Mücken gestochen werden. Sie wollte auch

Gedanken lesen können.»Hast du wirklich keine Lust, mitzu-kommen?«, fragte sie Sebastian.

»Nein, ich will noch ein wenig für mich sein. Es gibt so viel nachzudenken. Darum mache ich mir eine Liste, was ich den Professor fragen will.«

»Okay, dann fahre ich doch zum See. Ihr habt recht, ist bestimmt langweilig für ihn, so allein.« Sie stand auf und musste vor Freude tief durchatmen. Für ein paar Stunden sollte sie Julian für sich haben. Ihr Herz begann wie wild zu klopfen. Sie zog sich Shorts und T-Shirt über den Bikini und griff nach einem Handtuch. Dann sauste sie mit dem Rad durch den Wald. Ganz außer Atem erreichte sie den See. Doch Julian war nirgends zu sehen. Nur sein Rad und die Kleidung lagen im Gras. Sie ließ den Blick übers Wasser schweifen. *Was für eine Idylle,* dachte sie, *die weißen Seerosen dort hinten leuchten richtig in der Sonne.* In der Ferne schnatterten Enten, die anders aussahen als die zu Hause. Ein warmer Windhauch streifte ihre Haut. Für einen Moment schlich eine feine Gänsehaut über ihren ganzen Körper. Fast am anderen Ende des Sees trieb ein kleines Boot. *Hat er sich etwa eines geliehen und rudert dort hinten?*

Enttäuscht wollte sie sich gerade hinsetzen, als Julian sie von hinten schnappte. Mit einem Aufschrei sackte sie in die Knie.

»Halt, stehen geblieben!«, flüsterte er ihr ins Ohr und hielt sie fest in seinen Armen.

»Spinnst du? Ich habe beinahe einen Herzschlag bekommen.« Schnell befreite sie sich.

»Oh, ich wollte dich nicht so sehr erschrecken, nur ein bisschen.« Julian macht ein zerknirschtes Gesicht.»Bist du allein gekommen?«, fragte er schnell und sah sich sicherheitshalber noch einmal um.

»Ja, bin ich. Die anderen haben alle was zu tun.«

»Das freut mich«, schmunzelte er,»da haben wir etwas Zeit für uns ohne die ganze Horde.«

Annabell nickte. Am liebsten hätte sie gesagt: *mich auch,* aber dazu fehlte ihr der Mut. Wortlos breiteten sie ihre Handtücher aus, legten sich hin und schauten in den Himmel.

»Was hältst du von den Erzählungen des Professors?«, fragte Julian nach einer Weile.

»Ganz schön seltsam alles.«

»Finde ich auch. Aber ich habe überlegt, dass er irgendwie die Mücken dressiert haben muss. Wenn er uns ausgesucht hat, wie hat er sie dann gezielt auf uns gelenkt?«

»Weiß ich nicht und deshalb glaube ich ihm nicht so ganz. Wie sollte man Mücken dressieren können? Obwohl, es gibt ja auch den Flohzirkus«, sagte sie schmunzelnd und drehte sich auf die Seite. Plötzlich schaute sie ihm direkt in die Augen. Er hatte sich unbemerkt zu ihr hinbewegt. Erschrocken und gleichzeitig begeistert hielt sie den Moment der Spannung aus. Eine Weile lagen beide so da und genossen den tiefen Blick des anderen. Der Wind blies Annabell eine Haarsträhne übers Gesicht. Langsam hob Julian seine Hand und strich sie zärtlich wieder zurück. Dafür schenkte sie ihm ein kurzes Lächeln. Dann drehte sie sich verlegen auf den Rücken.

Ich komme mir vor wie ein Teenager. Annabell wagte kaum zu atmen, so sehr genoss sie das Kribbeln im Bauch. Auch Julian drehte sich wieder um und schaute zum Himmel. »Sie mal, die Wolke sieht aus wie ein Bär.« Er deutete mit dem Zeigefinger direkt über sich.

»Eher eine Katze, finde ich.« Annabell schaute ihn an und musste lachen. Er lag da und sah aus wie ein kleiner Junge, dem man gerade die Wolkenbilder erklärte. Oh, wie sehr liebte sie ihn immer noch. War das der Grund, warum sie keinen Mann an ihrer Seite hatte? Alle Beziehungen scheiterten bisher, weil jedes Mal irgendetwas fehlte.

»Stimmt, hat sich schon verändert. Gleich ist die Wolke ganz aufgelöst.« Er bemerkte Annabells Blick, wusste aber nicht, wie er darauf reagieren sollte. Am liebsten hätte er sie in den Arm genommen und geküsst.

»Lass uns schwimmen gehen. Wir haben nicht mehr viel Zeit. Wer als Erster im Wasser ist!«, rief sie und rannte geschmeidig in den See.

So schnell war er lange nicht mehr gelaufen, aber er wollte sie unbedingt einholen. Zuerst tobten sie einfach, spritzten und tauchten umeinander herum. Dabei kam es zu kurzen Berührungen, die beide wie kleine Stromstöße trafen. Ein kurzes Wettschwimmen gab ihnen genug Zeit, bis sie endlich bereit waren, sich bewusst zu berühren. Er hielt sie mit beiden Armen und schaute ihr tief in die Augen. *Ich glaube, ich träume.* Er hatte das Gefühl, mit ihr zu verschmelzen. Glückshormone ließen ihn mutig seine Lippen auf ihre senken. Seine Ohren rauschten und sein Herz raste vor Aufregung. *Bitte, lieber Gott, lass das niemals enden!*

Glücklich ließ sie es geschehen. Seine Lippen waren wunderbar fest und warm. Als sie den zärtlichen Druck immer deutlicher spürte, legte sie ihre Arme um seinen Hals und erwiderte den Kuss. Er schmeckte himmlisch süß und sein Körper berührte den ihren so zart und trotzdem fest, dass sie ihre Beine vom Boden löste und sich von seinen Armen tragen ließ. Die Sonne gab ihnen ein Zelt, das sie warm einschloss. Annabell schwebte im siebten Himmel. Wie lange hatte sie darauf gewartet? Als sie sich endlich voneinander lösten, schauten sie sich glücklich an. Das Gefühl der Verbundenheit blieb. Am liebsten hätten sie den restlichen Tag zu zweit am See verbracht. Aber es wurde Zeit, zurückzufahren.

Die anderen hatten inzwischen ein schmackhaftes Mittagessen zubereitet. Katrin deckte auf der Terrasse den Tisch. »Wow, ihr habt aber ordentlich Sonne abbekommen. Hoffentlich gibt das keinen Sonnenbrand, so rot wie ihr im Gesicht seid.« Und in die Küche hinein rief sie: »Kinder, sie sind da, wir können jetzt essen!«

Es dauerte nur einen Moment, da standen Sebastian und Lena jeweils mit einer dampfenden Schüssel in der Hand vor ihnen. »Hej, ihr seht ja gut aus. Ist euch wohl bekommen da draußen so ganz allein.« Sebastian pfiff anerkennend durch die Zähne.

Lena brauchte nur in Annabells Augen zu sehen. Sie erkannte sofort, dass zwischen den beiden etwas passiert war. »Nachher will ich alles genau erzählt bekommen«, flüsterte sie Annabell beim Vorbeigehen ins Ohr.

Ich auch, dachte Katrin. »Setzt euch, es gibt die leckersten Spaghetti, die ihr je gegessen habt. – Wo bleibt der Käse?«

*

Gleich nach dem Essen setzten sie sich auf die Mountainbikes und radelten zum Cottage des Professors.

»Ich bin gespannt, was der uns heute erzählen wird. Sebastian, hast du den Zettel mit deinen Fragen dabei?« Julian trat in die Pedale, um ihn zu erreichen.

»Na klar, was meinst du, warum ich mir die Mühe gemacht habe, alles zu notieren?« Er klatschte mit der rechten Hand auf die Gesäßtasche seiner Jeans. In dem Moment fuhr er über eine Baumwurzel und geriet ziemlich heftig ins Taumeln. »Hoppla, habe ich tatsächlich übersehen.« Schnell griff er nach dem Lenker und fand sein Gleichgewicht wieder. »Glaubst du daran, dass wir alle bald die Gedanken der anderen lesen können?«

»Nur wenn wir es zulassen, hatte der Professor gesagt.« Julian wurde unruhig, trotzt seiner Antwort. Was, wenn die anderen erfuhren, dass er Annabell geküsst hatte? Das ging ihm doch zu weit. »Ich werde es zu verhindern wissen.«

Sebastian nickte, aber ihn lockte das Neue. »Vielleicht ist es ja super interessant. Man kann sich besser auf die anderen einstellen, wenn man ihre Gedanken kennt.«

»Tja, sie kennen aber auch deine.« Genau das war der Haken an der Geschichte.

»Ach, da sind Sie ja.« Professor Hilpert stand auf, als sie die Terrasse seines Cottage betraten. »Die anderen kommen auch gleich. Wir hatten uns ein wenig ausgeruht. Nehmen Sie Platz. Ich hole ein paar Getränke.«

»Wir haben wieder etwas Gebäck mitgebracht.« Lena zeigte lächelnd die gefüllte Dose. »Wenn es Ihnen nichts ausmacht, Kaffee wäre gut.«

»Aber natürlich, das hatte ich schon insgeheim gehofft. Oder haben Sie etwa meine Gedanken gelesen?«
»Ich glaube, das gelingt mir noch nicht. Bei Katrin wäre es mir vielleicht geglückt. Aber bei Ihnen ...?«
Schmunzelnd drehte er sich um und verschwand in der Küche. *Ich liebe es, mit so verständigen jungen Menschen zu arbeiten.* Mit dem Kaffee war er schnell zurück.
»Greifen Sie zu und lassen Sie es sich schmecken.« Der Professor schien voller Elan zu sein und steckte damit insbesondere Julian an.
»Es ist ein Vergnügen, hier zu sein. Ihr Garten strahlt so viel Ruhe und Geborgenheit aus. Wie haben Sie das nur geschafft? Mir gefallen besonders die vielen Schmetterlinge da hinten in den Sträuchern.« Julians Augen strahlten vor Begeisterung oder hatte das einen anderen Grund?
»In meinem Garten herrscht ein ökologisches Gleichgewicht, daher ist hier Frieden«, antwortete der Professor. »Trisha ist mir eine große Hilfe dabei. In Irland lebte sie schon als Kind im Einklang mit der Natur. Es war damals ihre Forderung an mich, so etwas hier auch zu errichten. Sonst wäre sie nicht nach Deutschland gezogen.« Einen kurzen Moment versank er in seinen Erinnerungen, dann seufzte er kurz. »Andernfalls hätte ich zu ihr ziehen müssen.« Leichte Sorgenfalten breiteten sich über seine Stirn.
Wie gebannt hingen alle an seinen Lippen. Wenn er doch mehr darüber erzählen würde. Doch da erschienen Professor Jäger, Oliver und Nicolas. Sie setzten sich zwar dazu, bildeten aber ein Grüppchen für sich. Es war ein seltsames Gefühl, das sich plötzlich ausbreitete. Ein bisschen Neid machte sich breit, weil sie dazuzugehören schienen. Professor Hilpert erfasste sofort die Situation und überlegte, wie er die Einheit wiederherstellen könnte. Diese war unbedingt notwendig für sein Projekt, das er nun offiziell mit ihnen beginnen wollte.
»Hmm ..., das riecht aber wieder gut.« Professor Jäger griff sich ein Muffin und biss hinein.

»Dann lassen Sie uns starten.« Aus alter Gewohnheit hob Professor Hilpert seinen Zeigefinger und schaute in die Runde. »Sie erwarten jetzt eine Erklärung zu den untypischen Folgen Ihrer Mückenstiche. Aber da muss ich etwas ausholen, damit Sie es auch wirklich verstehen.« Er machte eine kleine Pause. »Viele Menschen unserer Zeit leben so, als würde die Welt nur ihnen gehören, zu viele. Wenn man sich aber einmal klarmacht, dass schon ungefähr zehntausend Tierarten allein im Laub leben, das Sie auf der Erde finden, brauche ich Ihnen nicht erklären, wie viele Mitbewohner wir tatsächlich in unserer Umgebung haben. Hinzu kommen die Pflanzen, die ebenfalls ein Recht auf Leben haben. Ist Ihnen bewusst, dass sogar die Erde atmet?« Erwartungsvoll blickte er von einem zum anderen. Doch die Reaktionen waren für ihn eher enttäuschend als zustimmend.

»Gut, überlegen Sie einmal, welche Katastrophen wir Menschen aktuell heraufbeschwören: Wälder werden gerodet oder verbrennen durch die Hitze, die sich eingestellt hat. Tiere verlieren ihren Lebensraum, ganze Tierarten sterben dadurch aus. Die Umwelt wird zerstört durch den Braunkohleabbau und was das Fracking anrichten wird, wissen wir noch nicht. Wir arbeiten viel zu wenig mit erneuerbaren Energien, halten an alten Methoden fest, nur um keine Arbeitsplätze zu verlieren. Dabei würden doch gleichzeitig neue durch den Fortschritt geschaffen, wie es immer schon gewesen ist. Denken Sie mal an den Aufstand der Weber, als die elektrischen Webstühle deren Arbeitsplatz wegrationalisierten.« Wieder machte er eine kleine Pause, um ihnen Zeit zu lassen für das Kopfkino, das er unbedingt in Gang setzen wollte. »Außerdem kommt unsere Wegwerfgesellschaft hinzu. Müll türmt sich zu enormen Bergen und wird verschifft in andere Länder. Denken Sie an die zunehmende Verschmutzung der Meere, besonders mit Plastik. Dabei gibt es schon lange Alternativen, die aber nicht angewandt werden, weil die Umstellung der Maschinen kostenintensiv ist und somit die Gewinne schmälern würde. Autos verunreinigen die Luft, natürlich nicht nur die, denken Sie an Flugzeuge und Schiffe. Alternativ könnten Transporte mit der Bahn vielleicht einiges reduzieren. – Solange es um wirtschaftlichen Erfolg geht, wird der Mensch alles nutzen, was ihm geboten wird. Selbst gegenüber der eigenen Spezies verhält er sich rücksichtslos. Da ist die Pharmazie, für wen produzieren sie Unmengen an Medikamenten, die sicher nicht in dem Umfang erforderlich sind und teilweise sogar eine Abhängigkeit über die Krankheit hinaus erzeugen. Ein Beispiel dafür ist das Nasenspray. Und wo landen die ungebrauchten Reste? Im Müll oder im Abwasser.« Er hatte sich so in Rage geredet, dass er nach Luft schnappen musste.

Niemand sagte ein Wort. Sie wussten ja, wovon er redete. Schließlich studierten sie überwiegend Fachbereiche der Natur und waren über diese Tatsachen bestens informiert. Auch Lena und Katrin besuchten immer wieder Vorlesungen zusätzlich zu ihrem Studium, in dem Sport in der Natur bereits als sehr positiv für die Gesundheit anerkannt wurde.

»Dann erinnere ich Sie an unsere ungesunde Ernährung, hervorgerufen durch die hochtoxischen Pestizide, die in der EU immer wieder eingesetzt werden, obwohl sie nachweislich sogar humantoxisch sind. Tiere werden mit Antibiotikum vollgestopft und wir essen ihr Fleisch. Fische haben kleinste Plastikteilchen in ihrem Gewebe. Es gibt Stoffe, die das Nervensystem der Menschen angreifen und andere erzeugen Krebs. Woher kommt die extreme Verrohung der Menschen? Sie verlieren den Respekt und die Achtung vor anderen Menschen und deren Besitz.« Er griff zur Kaffeetasse und lehnte sich zurück. *Ich denke, das reicht.*

»Dazu gehört die Frage: Wollen die Menschen etwas ändern?« Julian konnte nicht mehr an sich halten. »Wenn ich den Debatten zum Klimawandel zuhöre, zweifle ich daran. Die einfachste Erklärung ist: Das Klima hat sich schon des Öfteren verändert, siehe Eiszeiten.«

»Na klar wollen sie, allgemein gesagt«, warf Sebastian ein, »allerdings sollen es die anderen machen, nicht sie selbst.«

Annabell reichte diese Art von Vortrag. »Und was hat das nun mit den Mückenstichen zu tun?«

»Geben Sie mir noch einen Augenblick Zeit. Überlegen Sie einmal, welche Umweltsünden von Ihnen selbst ausgehen, ohne dass Sie ihr wirklich schaden wollen.« Professor Hilpert merkte, dass er die jungen Leute nicht so erreicht hatte, wie er es sich gewünscht hat.

Alle schauten sich an. Oliver schüttelte seinen Kopf. »Es kann sich niemand davon freisprechen, sogar Sie nicht, Herr Professor.«

»Leider muss ich Ihnen recht geben. Aber ich bemühe mich, so umweltfreundlich zu leben, wie es mir möglich ist.«

»Behauptet das nicht jeder von sich?« So leicht sollte er nicht davonkommen. »Wieso hören die Mücken auf Sie? Das ist nicht artgerecht.« Annabell wollte sich nicht vom Thema ablenken lassen.

Der Professor ließ ein paar Sekunden verstreichen, ehe er antwortete. »Jetzt werden Sie sicher sagen, ich rede es mir schön, weil ich damit natürlich das Wohl der Natur im Auge habe. Ich möchte aber erreichen, dass Menschen, und vor allem junge Menschen, den erforderlichen Gedankenwandel bewusst vollziehen.«

»Aha, wenn Sie uns manipulieren, nennen Sie das: bewusst vollziehen. Bisher hat mich noch kein Stich zum besseren Umgang mit der Natur motiviert. Das sehe ich also nicht so.« Oliver war außer sich. Endlich hatte er etwas vom Stress mit Nicolas hinter sich lassen können und dafür begann der Professor nun zu nerven.

»Das ist Ihr gutes Recht. Sie dürfen sich auch gerne raushalten. So wie ich erfahren habe, wurden Sie bisher noch nicht gestochen?« Er bemerkte, dass sich eine gewisse Gereiztheit bei ihm einschlich.

»Das liegt vielleicht daran, dass ich kaum noch mit den anderen zusammen bin. Genau das will ich aber ändern. Schließlich war es meine Einladung, der alle gefolgt sind.« Oliver wäre am liebsten aufgestanden und mit dem Mountainbike durch den Wald gesaust, bevor die aufkommende Aggression überhand gewann.

Professor Hilpert rieb sich mit der Hand über die Stirn. Hier lief alles vollkommen schief. Wo war der Fehler? Er hatte keine Ahnung. »Entschuldigen Sie, ich glaube, wir sollten eine Pause machen. Wenn ich Sie aber bitten dürfte, lassen Sie uns später weitermachen. So möchte ich Sie im Moment nur ungern gehen lassen.« Bittend schaute er von einem zum anderen. »Wie wäre es, wenn Sie eine halbe Stunde in der Natur verbringen, jeder für sich? In der Zwischenzeit bereite ich eine warme Mahlzeit vor. Mit der Stärkung kommen vielleicht auch neue Gedanken auf«, war Professor Jägers Vorschlag.

Oliver war der Erste, der von seinem Platz aufsprang und das Rad griff. »Kommt einer mit?«, wollte er wissen. »Ich muss unbedingt hier weg.«

Julian wäre zwar liebend gerne bei Annabell geblieben, aber weil er Olivers Wut bemerkt hatte, verabschiedete er sich und fuhr ihm hinterher. Sebastian streckte die Beine aus und griff nach einem Glas Wasser, das er in einem Zug leerte. Er lehnte sich zurück und betrachtete den Garten, ließ aber kein Wort verlautbaren. Katrin und Lena sahen sich an und kommunizierten mit ihren Gedanken, bis Annabell sich bemerkbar machte. Mit einer Kopfbewegung deutete sie auf den Garten. Zu dritt überquerten sie die große Wiese, als sich plötzlich ein blauer Schmetterling auf Lenas Schultern setzte.

»Gebt nicht auf, wir brauchen eure Hilfe!«, flüsterte er ihr ins Ohr. »Haltet zusammen, sonst sind wir alle verloren.«

»Wieso sollten wir?«, fragte sie, ohne daran zu denken, dass die anderen ihn ja gar nicht gehört hatten.

»Na ja, wir wollten doch etwas von ihm wissen. Bisher haben wir keine Antwort darauf. Also finde ich, dass wir bleiben sollten.« Annabell hatte die Frage an sich gestellt verstanden.

Lena musste schmunzeln. Dann vertrieb sie den kleinen Falter mit einem Finger. »Du hast recht, lasst uns noch einen Versuch machen. Wenn wir dann keine plausible Antwort bekommen, war das mein letzter Besuch bei ihm. Dabei hatte ich gedacht, dass er ein netter älterer Herr wäre. Aber nun überlege ich, ob er vielleicht verwirrt ist und dadurch sogar zur Gefahr werden könnte.«

»Der Gedanke kam mir auch schon, und genau deshalb möchte ich wissen, wie er die Mücken manipuliert und welches Gift sie in sich tragen.« Annabell befürchtete insgeheim den Ausbruch einer unbekannten Krankheit.

Katrin hatte sehr wohl mitbekommen, dass Lena eigentlich den Schmetterling gemeint hatte. Warum konnte sie ihn noch nicht verstehen. In ihr breitete sich die Neugier aus. Sie wollte unbedingt auch mit den Tieren sprechen können. »Also, ich bin dafür, dass wir bleiben«, sagte sie deshalb mit Nachdruck. »Es ist etwas Besonderes, so außergewöhnliche Fähigkeiten zu haben.«

»Macht es dir keine Angst, dass vielleicht Nebenwirkungen auf uns zukommen könnten, die er gar nicht berücksichtigt hat – oder schlimmer noch, nicht weiß?« Annabell sah ihr direkt in die Augen und erkannte darin Katrins Abenteuerlust.

»Ihr könnt ja machen, was ihr wollt, ich bleibe. Das steht so fest wie das Amen in der Kirche.« Ihr Blick ließ keine Zweifel aufkommen.

»Okay, ich auch. Schließlich sind wir schon weiter als die anderen. Und ehrlich gesagt, würde ich gerne wissen, wie sich das Sehen bemerkbar macht, das er angekündigt hat.« Lena hakte sich bei Katrin ein und wartete auf Annabells Reaktion.

»Na gut, ich bleibe auch. Nun bin ich gespannt, wie sich die Jungen entschieden haben. Oliver war bisher nicht kooperativ gewesen. Lasst uns zurückgehen! Vielleicht hat sich Sebastian schon entschieden.«

Sie schlenderten zur Terrasse und setzten sich wieder an den Tisch. Sebastian schien sich keinen Zentimeter bewegt zu haben. Hoffentlich hatte er sich Gedanken darüber gemacht.

»Hi, wir werden bleiben. Wie sieht es mit dir aus?« Katrin wollte ihm keine Zeit mehr geben.

Erstaunt sah er sie an, kratzte sich einmal am Kopf und sagte dann: »Eigentlich wollte ich verschwinden. Das ist doch alles ziemlich verwirrend. Ist euch nicht aufgefallen, dass er immer um den heißen Brei herumredet?«

»Schon«, gab Lena zu, »aber er will es uns doch erklären. Vielleicht ist das so heikel, dass er nicht weiß, wie er es machen soll. Wir tragen bereits dieses Gift in uns. Da will ich auch wissen, wie es weitergeht und ob es sich später auch wieder abbaut.«

»Ja, das ist ein wichtiger Punkt. Also werden wir zusammen darauf bestehen, dass er dazu eine verständige Antwort gibt. Ich bleibe ebenfalls.« Er richtete sich in seinem Stuhl auf zum Zeichen, dass er der Sache wieder seine volle Aufmerksamkeit spenden wollte.

Professor Jäger war froh, dass er sich nun ums Essen kümmern konnte. Er wollte nichts zu der ganzen Sache sagen. Es hatte nicht im Geringsten mit seinen Experimenten von der Uni zu tun, im Gegenteil. Mit so einer Entwicklung hatte er niemals gerechnet. Wie ist sein Kollege nur auf diese Idee gekommen? Sollte er die ganze Sache vielleicht sogar stoppen oder – schlimmer noch – melden? Da hatte er sich in etwas reinziehen lassen, mit dem er lieber nicht in Verbindung gebracht werden wollte. *Oh Claudia, du wüsstest jetzt sicher, was zu tun ist.*

»Wollen Sie ein Loch in den Topfboden rühren?« Sebastian stand plötzlich neben ihm. »Haben Sie vor, weiter hier zu bleiben, Herr Professor?«

Genau diese Frage hatte er sich auch gestellt. Aber so richtig wusste er darauf keine Antwort. Als Nicolas die Treppe runterkam, erinnerte er sich erfreut, dass er ja nur für drei Tage eingeladen war. »Nein, ich werde heute noch abreisen. Das Beste wird sein, wenn ich Nicolas wieder mitnehme. Der Junge hat schon genug durchgemacht. Da soll er sich nicht auch noch mit neuen Problemen beschäftigen müssen. Oliver kann ihm später davon berichten. Oder vielleicht kommt er ja auch schon mit.« Ein Stein fiel ihm vom Herzen. Er hatte eine Lösung gefunden.

»Das kann ich verstehen. Dann sind Sie fein raus.« Damit machte Sebastian eine halbe Drehung und ging zurück auf die Terrasse.

146

»Nicolas!«, rief Professor Jäger, weil der gerade an ihm vorbei geschlichen war. »Warten Sie bitte einen Moment! Ich würde Sie gerne etwas fragen!«

Nicolas blieb im Türrahmen stehen und sah nach draußen. Er hatte keine Lust mehr auf Befragungen, auch nicht, wenn sie von seinem Professor kamen. Es war ihm alles zu kompliziert geworden. Oliver war abgelenkt und kümmerte sich nur im Notfall um ihn. Dazu kam das ganze Durcheinander mit den Mücken von Professor Hilpert. Außerdem tauchten immer wieder die Bilder in seinem Kopf auf, wie er Jens gefunden hatte. Am liebsten wollte er nach Hause und sich ganz zurückziehen, bis das neue Semester beginnen würde.

»Nicolas, ich wollte Ihnen nur sagen, dass ich heute noch abreisen werde.« Er machte eine kleine Pause, weil die Soße in dem Topf plötzlich zu blubbern begann. Kleine Blasen platzten und verteilten dabei rote Spritzer auf seinem Hemd. Schnell deckte er den Topf ab und drosselte die Temperatur. »Darum wollte ich Sie fragen, ob Sie vielleicht mitfahren wollen?«

Erstaunt drehte Nicolas sich um und nickte. »Ja, gerne. Ich weiß sowieso nicht, was ich hier tun soll. Oliver ist beschäftigt und die anderen kenne ich nicht gut genug, als dass sie mir im Moment guttun würden. Wann wollen Sie denn losfahren?«

»Gleich nach dem Essen. Allerdings muss ich meinem Kollegen erst noch Bescheid geben und packen.«

»Dann gehe ich jetzt schon meine Sachen verstauen. Von Oliver werde ich mich verabschieden, wenn Sie packen. Informieren Sie bitte Professor Hilpert, dass ich mit Ihnen abreisen werde! Von allen anderen können wir uns gemeinsam nach dem Essen verabschieden, wenn es Ihnen recht ist.« *Manchmal erfüllen sich Wünsche tatsächlich im selben Moment, in dem sie aufkommen,* dachte er und schmunzelte. Leichtfüßig sprang er die Treppe rauf und ging zurück in sein Zimmer. Die Reisetasche war schnell gefüllt. Er blickte kurz aus dem Fenster und bewunderte die schöne Vegetation. *Ein Paradies mit Hindernissen.* Er öffnete das Fenster, um frische Luft hereinzulassen. Das Gezwitscher der Vögel und die Geräusche von der Terrasse bildeten einen harmonischen Klang. Plötzlich setzte sich ein Schmetterling auf den Fensterrahmen, genau vor ihm. »Hallo, kommst du, um dich von mir zu verabschieden?« Wie sich doch seine Stimmung verändert hatte, als wäre er befreit von den Lasten, die sich gerade für Oliver und seine Freunde auftaten. So richtig hatte er auch gar nicht verstanden, worum es geht. Naja, irgendwie um Mückenstiche und ihre Wirkung speziell bei ihnen. *Oje, ich muss Oliver bitten, die Larven endgültig zu vernichten, die er mit dem Pulver bestreut hatte.* Er machte sich auf den Weg nach draußen. *Vielleicht wurden sie schon von den natürlichen Feinden aufgefressen. Bloß nicht weiterdenken, sonst entwickelt sich daraus noch ein neues Problem.*

»Das Essen ist fertig!«, rief Professor Jäger und eilte mit zwei Schüsseln zum Tisch. Annabell war fleißig dabei, die Teller und das Besteck zu verteilen, und Oliver stellte Gläser und eine Flasche Wasser dazu. Von allen Seiten kamen die anderen zurück und setzten sich hungrig auf ihre Plätze.

»Hmm, das duftet gut. Sie scheinen ein Genie im Kochen zu sein.« Sebastian gab sich eilig etwas auf den Teller und hätte am liebsten sofort davon gegessen, wenn nicht die Anstandsregeln gewesen wären. Er wartete also ungeduldig, bis alle sich bedient hatten und schob dann aber doch als Erster die Gabel in den Mund.

Lena schien kaum Hunger zu haben, so stocherte sie in dem Essen herum. *Wenn ich doch endlich wüsste, wie es weitergeht,* dachte sie und erhielt gleich von Katrin die Antwort: »Ich auch.«

»Was, du bist auch ein Kochgenie?«, fragte Sebastian überrascht. Davon habe ich die letzten Tage noch nichts gemerkt. Aber wenn das stimmt, kannst du ja die Küche für den Rest unserer Auszeit übernehmen.«

Erstaunt sah Katrin ihn an. Da merkte sie erst, dass sie auf Lenas Gedanken laut geantwortet hatte. Zu allem Überfluss fing die auch noch an zu kichern. *Na warte,* dachte sie und sah Lena angriffslustig an, *dir wird noch das Lachen vergehen. Warte ab, was wir demnächst noch alles können, wenn wir weiterhin gestochen werden.*

Ja, wenn! Mehr wollte sie nicht dazu denken.

Als die Teller geleert waren, räusperte sich Professor Jäger. »Entschuldigen Sie bitte einen Moment, bevor Sie weitermachen. Ich wollte Ihnen nur mitteilen, dass ich heute abreisen werde und Nicolas mitnehme. Deshalb möchten wir uns nun verabschieden. Wir wünschen Ihnen noch eine angenehme Zeit und hoffen, dass Sie alles Erforderliche klären können.« Es war für alle eine Überraschung, außer für Oliver. Nicolas hatte es ihm bereits gesagt, als er zurückgekommen war. Das Verabschieden wurde ein etwas lautes Durcheinander, denn jeder hatte noch liebe Wünsche für Nicolas und ein paar nette Worte für den Professor.

Oliver begleitete Nicolas in sein Zimmer, als er das Gepäck holen ging. »Ich kümmere mich darum, das habe ich dir doch versprochen. Mach dir also keine Sorgen. Niemand muss von dem Experiment erfahren. Selbst wenn schon einige Fische oder Vögel von den Larven gefressen haben, glaube ich nicht, dass das eine Auswirkung auf deren Entwicklung hat. Der Wind hatte sowieso das Meiste von dem Zeug weggeblasen.« Mit einer Hand warf er die Tür ins Schloss, als sie im Zimmer waren. »Komm her, Nicolas, erhole dich gut.« Damit umarmte er ihn. Er genoss es, dass sie dabei nicht beobachtet wurden. »Ich komme bald zurück, dann klären wir alles.«

Nicolas nahm die Umarmung wie ein Geschenk des Himmels entgegen. Und als sich Olivers Lippen plötzlich auf seine legten, hoffte er, dass dieses Gefühl niemals aufhören würde. Er liebte ihn so sehr, dass er nun am liebsten wieder ausgepackt hätte, um ihn nicht verlassen zu müssen. Leider rief in dem Moment Professor Hilpert nach ihm. Er löste sich aus der Umarmung und griff nach seiner Reisetasche. »Mach's gut, Oliver und komm bald heim!« Dann öffnete er die Tür und beide schlenderten die Treppe hinab.

»Da sind Sie ja«, lächelte der Professor. »Ich habe eine kleine Wegzehrung für Sie beide eingepackt. Ich wünsche Ihnen eine Zeit, in der Sie sich von den vergangenen Erlebnissen erholen und wieder festen Boden unter den Füßen bekommen.« Dann überreichte er ihm einen kleinen Karton, der mit den letzten Muffins vom Vortag gefüllt war.

Zum Abschied stellten sich alle ans Auto des Professor Jägers und winkten, bis es nicht mehr zu sehen war.

»Möchte jemand einen frischen Kaffee haben?«, fragte Professor Hilpert. »Es sind auch noch Kekse aus meiner Schatzkammer da.«

»Ja gerne«, antwortete Annabell. Dann marschierte der ganze Trupp ums Cottage herum und hin zum Tisch auf der Terrasse. »Ich glaube, es ist gut für Nicolas, dass er abreisen konnte. Er kann doch sicher in Stuttgart besser über das ganze Drama hinwegkommen als hier bei uns, wo wir gerade dabei sind, ein neues zu produzieren.«

»Da stimme ich zu«, sagte Julian und setzte sich auf den Platz neben sie. Wenigstens ihre Nähe wollte er spüren. Seit dem Kuss hatten sie keine Möglichkeit gefunden, darüber zu reden. Dabei wollte er unbedingt wissen, ob sie an weiteren interessiert war.

»Oliver, sind die Eltern von Nicolas in seiner Nähe?« Lena war etwas besorgt, weil er die ganze Zeit so niedergeschlagen war. »Hätten wir uns mehr um ihn kümmern müssen?«

»Wir hätten nichts tun können. Jetzt fährt er nach Hause. Er wohnt noch bei seinen Eltern. Die kümmern sich bestimmt gut um ihn, sollten sie schon aus Japan zurückgekehrt sein.« Oliver war so froh, dass er ihm doch noch seine Liebe zeigen konnte. Jetzt war das wieder klar für ihn. *Warum hatte ich nur so ablehnend reagiert? Das musste ihn doch noch zusätzlich zermürben.* Am Abend wollte er ihn anrufen, damit er wieder seiner Liebe sicher sein konnte. Zuvor wollte er aber noch einmal zum See fahren und nach den Larven sehen. Wenn es nötig war, würde er alle töten. Dann hätte er auch wieder Ruhe.

»Jetzt, wo wir unter uns sind, möchte ich nicht lange zögern und Ihnen erklären, was ich mit den Mückenstichen erreichen will.« Der Professor hatte eine vollkommen andere Körperhaltung eingenommen als bei seinem letzten Vortrag. Er saß aufrecht und strahlte eine Sicherheit aus, die Vertrauen und Wissen vermittelte. Keine Zweifel oder Unsicherheiten störten das Bild.

»Mir geht es um Sie und die Möglichkeiten, mit Ihnen die Umwelt in bessere Bahnen zu lenken. Nein –, glauben Sie nicht, dass Sie das nicht schaffen können.« Er sah Sebastian an, der versucht hatte, etwas dazu zu sagen. »Sie sind genau die Richtigen, das habe ich sofort erkannt, als ich Sie auf der Lichtung sah. Und bevor Sie mich unterbrechen, möchte ich erklären, was passieren soll.« Er setzte sich etwas gemütlicher hin und hob den Zeigefinger. »Jede kleine Veränderung ist eine Hilfe auf dem Weg zum Gleichgewicht zwischen der Natur und den Menschen. Als Sie den Wert meines Heimes mit dem Garten erkannt hatten, wunderten Sie sich, wie man so etwas heute noch zustande bringen kann. Ich meine, eine Oase in der heutigen Zeit ist der Start in die Zukunft. Wenn Sie Ihre Kenntnisse in Ihr Zuhause weitertragen, entstehen schon sechs ebenso gesunde Gebiete. Sie haben sicher Freunde und Bekannte, die das auch gut finden, denen Sie helfen können, weitere kleine Paradiese entstehen zu lassen. Verstehen Sie? Sie werden Multiplikatoren sein, für das, worauf es ankommt.« Er schaute im Kreis herum und freute sich, dass sie ihm so gebannt zuhörten. Trotzdem wusste er, dass der schwierigste Teil noch vor ihm lag.

»Tja, Herr Professor, das ist nicht von der Hand zu weisen. Tatsächlich könnte man auch im Internet darüber berichten und Helfer auf der ganzen Welt gewinnen.« Julian stellte sich bereits vor, dass sich das Ganze wie ein Virus rasend schnell ausbreiten ließ. Es musste nur richtig angegangen werden. »Aber was hat das mit den Mückenstichen zu tun?«

»Jetzt kommen wir zu dem Punkt, der nur Sie alle betrifft. Die Mückenstiche haben eine Wirkung auf Ihre Sinne. Leider beginnt das Ganze mit dem Augenflimmern und dem Schwindel, was ich noch nicht abschalten konnte.«

»Heißt das etwa, dass Sie schon Experimente mit anderen Menschen gemacht haben? Wer waren sie und was ist aus ihnen geworden? Sind sie noch immer aktiv?« Annabell machte sich Sorgen, dass seine ersten Versuche vielleicht bereits Schaden angerichtet hatten und er deshalb noch nichts von ihnen erzählt hatte.

»Ja, habe ich. Diese Menschen hatten sich freiwillig dazu bereit erklärt. Sie sind wieder entlastet, denn wenn die Stiche nicht wiederholt werden, verliert man die Fähigkeiten sehr schnell. Einige haben begonnen, das Erlernte umzusetzen.«

»Wir werden also wieder ganz normal reagieren, wenn wir nach Hause fahren? – Das beruhigt mich ein wenig.« Sebastian atmete geräuschvoll aus.

»Doch zuerst würde ich gerne Ihre Fähigkeiten weiter steigern, damit Ihnen das gesamte Ausmaß der aktuellen Umweltkatastrophe deutlich wird und Sie erkennen, wie wichtig diese Aktion ist.« Er griff zur Tasse und nahm einen kleinen Schluck Kaffee. Dann schüttelte er sich. »Oh, der ist ja kalt geworden.«

»Welche Fähigkeiten sollen das sein?« Jetzt wurde Katrin munter. »Sie sagten, wir lernen noch besser Gedanken zu lesen und uns gleichzeitig zu schützen, damit wir selbstbestimmt bleiben.«

»Richtig, dafür müssen Sie aber zunächst weiterhin tägliche Stiche ertragen. Sie werden merken, Ihr Körper wird sogar fähig sein, den Juckreiz abzustellen.«

»Was für ein Glück, denn das hätte ich nicht mehr lange ertragen.« Julian schien tatsächlich erleichtert zu sein. »Also, wie geht es weiter? Jagen Sie wieder die ganze Horde Mücken auf uns oder können Sie die Weibchen auch allein schicken? Warum brauchen Sie die Mücken überhaupt dazu? Verabreichen Sie uns die Substanz doch direkt.«

»Die Dosis wäre zu groß. Es ist der sicherere Weg«, war seine knappe Antwort. »Lassen Sie uns also weitermachen.«

»Stopp, bevor wir hier weiterreden, will ich wissen, was Sie mit den Mücken gemacht haben? Wie können Sie die darauf trimmen, dass Sie nur uns angreifen und nicht andere Menschen, denen Sie keine Informationen dazu gegeben haben?«

Oliver hatte bisher nur zugehört. In seinem Kopf kreisten immer noch die Gedanken um sein heimliches Experiment.

»Das war natürlich eine große Herausforderung für mich. Die vielen Studien, die im Internet zu finden sind, haben mir dabei geholfen. Nur ein kleiner Hinweis: Wenn ich verhindern will, dass die Mücken stechen, setzte ich einen Rüttelmechanismus ein, den sie sich merken. Diese kleinen Tierchen können genauso trainieren wie fast alle anderen Gattungen auch. Man nennt das in der Psychologie Konditionierung. Für ihren positiven Einsatz gebrauchen die Mücken ihren Geruchssinn. Das bedeutet, dass ich sie darin trainiere, den Geruch einer Person aufzunehmen, um dann eine Belohnung nach dem passenden Stich zu erhalten.« Er schmunzelte.

»Erinnert mich etwas an einen Flohzirkus.« Katrin fand die Erklärung plausibel.

»Sagen Sie damit, dass Sie die Mücken unseren Geruch aufnehmen gelassen haben, damit sie uns ganz gezielt stechen? Wie haben Sie das gemacht? Dafür mussten Sie uns doch sehr nah gekommen sein, als wir Sie noch nicht kannten? Etwa auf der Lichtung, als wir schliefen? Was verabreichen Sie den Mücken und wie schädlich sind die Nebenwirkungen?« Annabells Gehirn funktionierte sofort wie das einer zukünftigen Ärztin.

»Keine Sorge, es hat keine Nebenwirkungen. Außerdem ist es vollkommen natürlich, nur etwas konzentrierter. Aber Sie müssen verstehen, dass ich Ihnen keine weiteren Informationen dazu geben kann.« Sein Gesichtsausdruck gestattete keinen Widerspruch. »Möchten Sie eine kleine Pause machen und sich etwas bewegen?«

»Ja, das wäre gut.« Oliver stand auf, schlenderten ums Cottage herum und ging in den Wald. Die anderen erhoben sich ebenfalls und überquerten die Wiese bis hin zu den Schmetterlingsbäumen, so dass der Professor allein sitzen blieb und seine Auserwählten beobachten konnte. Ob sie verstanden, worum es ihm ging?

»Warum injiziert er uns das Präparat nicht einfach in verträglichen Mengen? Dann könnten wir diesen ganzen Spuk hinter uns lassen und endlich erkennen, was er uns sehen lassen will.« Lena schaute ihre Freunde an.

»Das darf er auf keinen Fall. Er hat keine Berechtigung dafür und nutzt einfach den Umweg über die Mücken, denke ich.« Annabell schüttelte ihren Kopf.

20 Stuttgart

Als Nicolas zu Hause ankam, fand er auf dem Esstisch eine Nachricht seiner Eltern: *Lieber Schatz, wir sind zwar zurück aus Japan, mussten aber noch einmal kurzfristig verreisen. Du hast jetzt wieder zwei Wochen das Haus für dich. Bitte keine ausschweifenden Partys feiern! Wir lieben dich. Mama und Papa* War das nun gut oder schlecht? Er wusste es nicht. Die Zeit im Cottage hatte ihm gutgetan. Dort konnte er allein sein, wenn er wollte, hatte aber Gesellschaft, wenn er die Einsamkeit nicht mehr ertrug. Nun saß er da und alles kam wieder hoch, was er für eine kurze Weile ausgeblendet hatte. Die Bilder tauchten unvermittelt vor seinen Augen auf. Er sah wieder, wie Jens verprügelt wurde und wie er ihn später tot hinter dem Müllcontainer gefunden hatte. Die Angst schnürte ihm beinahe den Hals zu. Er musste sich zusammennehmen, um nicht zu hyperventilieren. Ein lauter, anhaltender Schrei löste sich plötzlich aus seinem tiefsten Innersten, als würde er zerspringen wollen. Dann flossen die Tränen. Kraftlos ließ er sich auf sein Bett fallen und fiel in einen tiefen Schlaf.

Ein Sonnenstrahl weckte ihn am nächsten Morgen. Sein Bett war vollkommen zerwühlt. Er setzte sich auf die Bettkannte und wartete, bis der Schwindel sich gelegt hatte, der plötzlich in seinem Kopf war. Dann erhob er sich langsam und schlich die Treppen hinunter zur Küche. Niemand war da, um ihn in die Arme zu nehmen. Auch ein dreiundzwanzigjähriger Mann konnte sich danach sehen. Im Moment hätte ihm die Umarmung seiner Mutter sehr geholfen. Eine große Sehnsucht nach Oliver breitete sich in ihm aus. Er holte sein Handy und prüfte, ob möglicherweise eine Nachricht von ihm gekommen war. Oliver wollte sich doch am

Abend gemeldet haben. Leider nicht! Sollte er ihm schreiben oder brauchte Oliver auch Zeit für sich? Nicolas hätte sich über den uss freuen können, aber seine Unsicherheit war zu dominant. Er wollte nicht riskieren, seine Liebe zu verlieren. Verzweifelt zog er sich an und lief durch die Straßen, bis ihn der Hunger quälte. *Das ist gut,* dachte er, *auf jeden Fall besser, als die Angst zu spüren.* Er lief weiter durch die Weinberge, wieder zurück in die Stadt.

Nachdem er wieder zu Hause angekommen war, ging er in die Küche, holte sich eine Flasche Wasser aus dem Kühlschrank und trank gierig. Danach stellte er sich unter die Dusche. Seine Gedanken drehten sich im Kreis, ohne wirklich einen Sinn zu finden. Hunger nagte an seinem Verstand. Erneut ging er zum Kühlschrank und griff nach einer Möhre, aber so richtig wollte sie ihm nicht schmecken. *Ich brauche etwas Herzhaftes, damit ich wieder zu Kräften komme,* dachte er.

Gerade, als er sich die Schuhe anzog, klingelte sein Handy. Schnell lief er zum Tisch und sah aufs Display. Professor Jäger, las er erfreut.»Guten Tag, Herr Professor.«

»Guten Tag, Nicolas, mir ist nach der Zeit mit den vielen Menschen im Cottage ein wenig einsam zumute. Haben Sie Lust, mit mir essen zu gehen?«

»Gerne«, rutschte es ihm unvermittelt heraus,»ich habe einen Bärenhunger.«

»Gut, dann hole ich Sie in fünfzehn Minuten ab. Ist Ihnen das recht?«

»Ja, ich warte auf der Straße, danke.« *Gerettet,* dachte er und kämmte sich die Haare. Als er das Haus verließ, hielt er Ausschau nach dem Professor. *Das kann doch jetzt nicht so weitergehen,* tadelte er sich selbst, *du wirst gefälligst stark sein.* Das hatte sein Vater früher ständig zu ihm gesagt, wenn er ihm sein Herz ausschütten wollte.

»Ich weiß nicht, wer sich um die Beerdigung kümmern wird. Was meinen Sie, soll ich mal bei der Polizei nachfragen?« Nicolas rutschte auf seinem Stuhl hin und her. Sie saßen in der

Lieblingspizzeria des Professors hinten in der Ecke, weit weg vom Fenster. So gelang es Nicolas, sich gleichzeitig in Ruhe auf das Essen und den Professor zu konzentrieren.

»Ich denke, die haben seine Eltern schon lange benachrichtigt. Machen Sie sich darüber keine Sorgen!«

»Das bestimmt, aber ich glaube nicht, dass die beiden das wirklich schaffen.«

»Nicolas, das ist nicht Ihre Aufgabe. Aber wenn Sie wollen, fragen wir bei der Polizei, ob der Leichnam schon freigegeben wurde.«

»Das wäre gut.« Erleichtert aß er seine Pizza weiter. Der Professor hatte *wir* gesagt. »Haben Sie gleich noch Zeit dafür?«

»Ja, Nicolas, wenn Sie wollen können wir auch den restlichen Tag zusammen verbringen.«

Nicolas blickte erstaunt ins Gesicht des Professors. Doch dieser aß weiter, als wäre nichts Besonderes gewesen.

Von der Polizei erfuhren sie, dass die Beerdigung bereits am nächsten Tag stattfinden sollte. Jens Eltern hatten es also doch geschafft, alles zu organisieren. »Wie gut, dass wir gefragt haben.«

»Wollen Sie allein dort hingehen oder soll ich Sie begleiten?«

»Danke, das schaffe ich schon.« Doch in seinem Bauch fühlte er etwas anderes.

Zum Abschluss des Tages gingen sie durch den nahegelegenen Park und beobachteten eine Weile die Enten auf dem See. Dann begleitete der Professor ihn nach Hause. »Wenn Sie Hilfe brauchen, scheuen Sie sich nicht, mich anzurufen.« Damit verabschiedete er sich.

Nicolas spürte sofort wieder die Einsamkeit und die Sehnsucht nach Oliver.

»Da habe ich gedacht, der Professor Hilpert wäre ein netter, kauziger, alter Mann und nun stellt sich heraus, dass er ein Manipulator vom Feinsten ist.« Julian schüttelte seinen Kopf. »Ich glaube es einfach nicht.« Sie liefen den Weg zu Cottage zurück. »So kann man sich täuschen«, bestätigt Sebastian, »aber was machen wir jetzt?«

»Ich habe keine Ahnung. Ist auch ein bisschen spannend, was da so auf uns zukommen soll. Ich stelle mir gerade vor, wie ich deine Gedanken lesen kann. Was mir da wohl zuteilwird?« Er schmunzelte übertrieben. *Oder Annabells?*

Sebastian ahnte, was Julian eigentlich meinte. »Sie schwirrt dir wohl sehr im Kopf herum, unsere schöne Annabell. Kein Wunder, sie ist einfach eine klasse Frau.« Er dachte an die Schulzeit zurück. »Schon damals war sie in dich verliebt. Aber du hast es natürlich nicht gemerkt.«

»Was sagst du da? Sie war in mich verliebt, wieso ist mir das nicht aufgefallen?«

»Naja, damals flogen deine Augen noch von einem Bienchen zum anderen.«

Da hat er recht. Aber zum Glück weiß er nicht, wie es jetzt in mir aussieht. Verlegen räusperte Julian sich und ging ein Stück weiter. Dann blieb er abrupt stehen. »Was machen wir jetzt. Lassen wir uns als Versuchskaninchen misshandeln oder sagen wir ab?« Er war hin und her gerissen. Vielleicht machte es Sinn, was der Professor da plante. Sein Garten war auf jeden Fall ein wunderschönes, natürliches Paradies.

Sebastian konnte nicht sofort antworten. Zu viel ging in seinem Kopf vor. *Was, wenn der Professor die Kontrolle verlieren würde und seine Mücken so mutierten, dass sie auch andere*

Menschen angriffen und plötzlich alle die Gedanken der anderen lesen könnten? Was daraus erwachsen könnte, will ich mir gar nicht vorstellen. Dann hätten wir eine Mitschuld. »Ich will noch einmal mit den anderen darüber sprechen, ohne den Professor. Vielleicht kommen wir gemeinsam zu einer vernünftigen Entscheidung.«

»Andererseits haben wir die Möglichkeit, alles zu stoppen.« Julian schien ihn gar nicht gehört zu haben. »Stell dir mal vor, wir vernichten seine Mücken. Dann ist alles vorbei!«

»Dafür müssen wir erst mal wissen, wo er sie versteckt hat. Ich kann mir nicht vorstellen, dass sie einfach so herumfliegen. Er muss sie irgendwo eingesperrt haben. Sie sind schließlich keine dressierten Zirkustiere.«

»Nein, vom Zirkus bestimmt nicht, aber dressiert sind sie schon. Vielleicht ist es doch wichtig, ihm zuzusagen. Dann können wir immer noch überlegen, was wir am Ende tun.« Julian sah erwartungsvoll in Sebastians Augen.

Der nickte nur. Langsam gingen sie zurück zum Tisch und bedienten sich mit Kaffee. Vom Professor war nichts zu sehen. Doch sie hatten ein seltsames Gefühl im Bauch, als wären sie nicht allein.

Katrin, Lena und Annabell waren derweil zu den Schmetterlingen gegangen und versuchten, sich zu konzentrieren. Sie sollten endlich eine Entscheidung treffen. Lena war wieder einmal Landestation für die prachtvollen Tiere. Das sah wunderschön aus. Plötzlich begann sie, wie in Trance zu sprechen: »Wir sollen die Natur retten. Ohne unsere Hilfe wird alles zerbrechen. Das natürliche Gleichgewicht muss hergestellt werden, sonst zerstören Naturkatastrophen unsere Welt.« Ihr Blick schien sich bei den Schmetterlingen zu verlieren.

»Was?« Katrin schaute sie entgeistert an. »Wie kommst du darauf?«

Lena schüttelte leicht ihren Kopf, als wollte sie aus einem Traum fliehen. Die Schmetterlinge erhoben sich gleichzeitig von ihren Schultern und Armen, flogen einmal im Kreis um sie herum und setzten sich dann auf die Sträucher. Als Lena wieder klar denken konnte, schaute sie die Freundinnen an.»Habt ihr das auch gehört?«

»Dass wir die Natur retten sollen, weil sie sonst zerbricht? – Ja, du hast es zwar leise gesagt, aber ich habe es gehört.« Katrin verzog die Miene, als würde sie nicht verstehen, was da gerade vor sich ging.

»Ihr glaubt, ich habe das gesagt? – Nein, ich meine, dass die Schmetterlinge gesprochen haben.« Sie war selbst über ihre Worte verwirrt.

»Wusste ich's doch. Du bist eine Schmetterlingsflüsterin.« Katrin fand das lustig.

»Warte mal«, mischte sich Annabell ein, »du hast gehört, dass die Schmetterlinge sprechen?«

Lena wusste nicht, was sie sagen sollte. Am Ende würde Annabell sie für geistesgestört halten.

»Das hat sie schon öfter gemacht.« Katrin war jetzt ganz aufgeregt.»Sag mal, welche Stimmen haben sie, weibliche oder männliche. Oder sprechen sie wie kleine Feen?«

Lena schaute Katrin an, als hätte sie chinesisch gesprochen. Irgendwie verstand sie die ganze Sache nicht mehr.»Mich bringen die Mückenstiche vollkommen durcheinander. Glaubt ihr, es ist schön, wenn man plötzlich so seltsame Fähigkeiten hat? Stellt euch das bloß nicht so einfach vor.« Damit hatte sie etwas gesagt, was den anderen zu denken gab.

Annabell sah auf ihre Uhr.»Es ist Zeit, wir sollten zurück zum Professor gehen. Aber was sagen wir ihm jetzt? Ich bin mir nicht sicher, ob ich da mitmachen will. Andererseits ist es auch ein Experiment, dessen Ergebnis mir vielleicht später in meinem Beruf hilfreich werden kann.«

»Ich bin der Meinung, dass wir das nicht in wenigen Minuten entscheiden können. Lasst uns um eine Nacht Bedenkzeit bitten! Dann können wir in aller Ruhe zusammen überlegen, ob wir ja oder nein sagen«, schlug Lena vor.

»Abgemacht«, ertönte die Antwort der beiden anderen.

So schlenderten sie zurück zur Terrasse und teilten ihre Entscheidung Sebastian und Julian mit. Die beiden nickten zustimmend, als gerade Professor Hilpert aus dem Cottage trat. »Kann ich Ihr Nicken als Zusage deuten?«, fragte er mit einem Strahlen im Gesicht. »Oh, Oliver fehlt noch. Wissen Sie, wo er ist?«

Doch bevor einer antworten konnte, kam dieser um die Ecke und setzte sich zu ihnen. Schweigend sah er die anderen an. Dann ergriff er das Wort. »Also, Herr Professor, ich möchte mich zurückziehen. Mir ist nicht wohl bei der Sache. Mein Studienplatz könnte dadurch gefährdet werden. Außerdem habe ich schon genug Probleme im Moment.« Er sah in die Runde und ergänzte: »Unabhängig davon, wie ihr euch entschieden habt.«

»Das ist Ihr gutes Recht, Oliver und glauben Sie mir, ich verstehe Sie.« Der Professor schenkte ihm ein kurzes Lächeln. Dann sah er erwartungsvoll die anderen an.

»Ich spreche jetzt mal für uns alle«, begann Sebastian, »wir hätten gerne eine längere Bedenkzeit, mindestens eine Nacht. So etwas kann man nicht auf die Schnelle entscheiden. Wir sind uns noch nicht im Klaren, welche Auswirkungen die ganze Sache auf uns hat. Außerdem hätten wir gerne mehr Informationen zu dem Experiment und was wir tatsächlich damit bewirken können. Welche Erwartungen haben Sie an uns? Haben wir strikt zu gehorchen, wenn wir zusagen? Können wir aussteigen, wenn wir erkennen, dass es nicht der richtige Weg für uns ist, und dürfen wir eigene Ideen mit reinbringen?«

»Genau, sind wir nur Marionetten für Sie oder bleiben wir selbstbestimmt?« Annabell war nicht von der ganzen Aktion überzeugt, denn bisher hatte der Professor sie einfach benutzt, ohne sie zu fragen.

Bevor Professor Hilpert antwortete, lehnte er sich zurück und schien in sich zu gehen. Als würde er in eine andere Sphäre blicken, saß er auf seinem hölzernen Sessel, weit aus der Wirklichkeit entrückt. Ungeduldig warteten sie auf seine Rückkehr.

Ob er jetzt unsere Gedanken liest? Katrin schaute Lena an. Die zuckte nur mit den Schultern.

Plötzlich kam wieder Leben in seinen Körper.»Sie haben recht. Ich habe Sie tatsächlich mit meiner Frage überfallen. Lassen Sie sich Zeit und überdenken Sie alles in Ruhe. Natürlich bleiben Sie freie Persönlichkeiten und können aussteigen, wann immer Sie wollen. Ich würde mich aber sehr freuen, wenn wir das Experiment gemeinsam durchführen könnten. Mehr kann ich Ihnen im Moment noch nicht dazu sagen. Das müssen Sie verstehen.« Er nahm seine Tasse und trank einen Schluck Kaffee.»Aber bitte, angesichts der Tatsache, dass Sie nur für kurze Zeit hier sind, würde ich vorschlagen, dass wir uns morgen Nachmittag wieder treffen. Es wäre schön, wenn Sie auch dabei wären.« Er schaute herausfordernd zu Oliver.

Die sechs sahen sich an und einer nach dem anderen begann zu nicken.

»Also gut«, sagte der Professor,»dann sehen wir uns morgen wieder bei mir. Konzentrieren Sie sich bitte auf das Wesentliche und schlafen Sie genug, damit Sie sich weise entscheiden können.« Er stand auf, reichte jedem seine Hand zum Abschied und ging wortlos ins Cottage.

»Was war das jetzt? So einen Rauswurf habe ich noch nie erlebt.« Julian stand auf und wollte direkt zu seinem Mountainbike gehen.

»Sollen wir das Geschirr einfach stehen lassen?« Katrin war sich nicht sicher, ob das vielleicht unhöflich wäre.

»Er hat sich doch verabschiedet. Also will er, dass wir verschwinden. Ich mache mich auf jeden Fall direkt auf den Weg.« Oliver stand ebenfalls auf und wartete dann doch bei den Rädern auf die anderen.

Keiner bemerkte, dass der Professor sie aus dem Fenster beobachtete.

*

Die Rückfahrt verlief schweigend. Jeder hing seinen Gedanken nach, bis plötzlich eine kleine Wolke von Mücken ihnen entgegenkam. Bevor ihnen klar wurde, was das zu bedeuten hatte, waren sie bereits mittendrin. Er hatte ihnen keine Wahl gelassen! Schon wieder manipulierte er sie! Sie traten in die Pedale und versuchten gleichzeitig, sich zu schützen. Als sie endlich ihre Hütte erreicht hatten, stürmten sie schimpfend und fluchend durch die Tür.

»Das kann doch nicht wahr sein. Spinnt der Professor jetzt vollkommen?« Oliver war wütend. So hatte er sich eine Bedenkzeit nicht vorgestellt. »Wir können ihn verklagen. Er missbraucht uns als Versuchskaninchen.«

Allgemeines Raunen und Schimpfen erfüllte die Hütte. Annabell lief gleich in ihr Zimmer und holte ‚after-bite‘, mit dem sie sich alle versorgten. An Zwiebeln und Kräuter hatte keiner einen Gedanken verschwendet. Alle zählten nun deutlich über zehn Stiche, Katrin und Lena sogar schon über zwanzig. Nur Oliver wurde immer noch nicht gestochen. Sie setzten sich in den Wohnbereich und warteten darauf, was jetzt mit ihnen geschehen würde.

»Hatte er nicht gesagt, dass man ab zehn Stichen die Gedanken der anderen lesen kann? Vielleicht wollte er uns das ermöglichen, damit wir uns gegenseitig nichts vormachen können«, stellte Katrin in den Raum.

»Oder vielleicht will er uns zeigen, wie sich das anfühlt, damit wir überhaupt wissen, was uns erwartet?« Annabell glaubte, darin eine gewisse Logik zu erkennen.

»Ja, ja, oder unsere Neugierde wecken.« Julian hatte sicher nicht unrecht damit.

»Schon möglich, aber er könnte damit auch bewirken, dass wir grundsätzlich ehrlich sind, weil wir ja wissen, welche Überlegungen jeder von uns macht.« Diese Möglichkeit ließ Sebastian keine Ruhe. »Wir müssen also nicht mehr diskutieren, sondern nur zuhören, was gedacht wird.«

Entsetzen breitete sich aus. Jeder grübelte vor sich hin.

»Lena und ich haben schon über zwanzig. Hatte das auch eine besondere Wirkung?« Katrin schaute in die Runde.

»Ja, da war was. Wenn ich nur wüsste was.« Lena überlegte, konnte sich aber nicht erinnern.

So saß jeder für sich und überlegte, wie es nun weitergehen sollte, bis sich Oliver plötzlich meldete. »Ist es nicht komisch, dass mich die Mücken nicht stechen? Ich bin völlig ausgeschlossen. – Merkt ihr schon was? Könnt ihr meine Gedanken lesen?« Julian sah auf. »Ich nicht. Bei mir kommen keine Gedanken von euch an. Vielleicht stimmt das alles gar nicht und er kann die Mücken überhaupt nicht steuern. Vielleicht ist es doch nur ein besonderes Aufkommen in diesem Jahr und er will uns nur verunsichern.«

»Kann sein, aber warum höre ich manchmal die Gedanken von Lena?«, fragte Katrin.

»Ich finde, das ist nichts Besonderes. In einer Psychologievorlesung habe ich gehört, dass lange Freundschaften so eine intensive Kenntnis untereinander hervorrufen können, dass man die Reaktion der anderen Person in- und auswendig kennt. Dann glaubt man möglicherweise, die Gedanken des anderen zu hören.« Sebastian hätte gerne recht gehabt. Dann könnten sie sich von dem Professor verabschieden und die restlichen Tage ihrer Auszeit genießen.

Annabell stand auf und stellte Wasser auf, damit sie Tee trinken konnten. »Wer hat Hunger? Lasst uns einfach das Abendessen zubereiten. Hat jemand irgendwelche Beschwerden?«

Alle schüttelten den Kopf und einer nach dem anderen stand auf, um ihr zu helfen. Die Stimmung blieb den ganzen Abend im Keller. Keiner hatte Lust auf gemeinsame Spiele. Über das eigentliche Thema sprachen sie allerdings nicht. Zu viel kreiste ihnen in den Köpfen herum. Zwischendurch sahen sie sich von der Seite an, um zu lauschen, ob sie Gedanken ihrer Freunde hören konnten. Aber es schien nicht so zu sein. Erst gegen Mitternacht gingen sie schlafen.

In der Nacht träumte Lena von dem Schmetterling, der schon einmal mit ihr gesprochen hatte. »Hilf uns bitte, sonst werden wir bald verloren sein«, sagte er und sah sie dabei traurig an.

»Wie soll ich helfen?«, fragte sie lautlos.

»Indem du zuhörst und dir ansiehst, was in der Natur geschieht. Wir werden es euch zeigen.«

»Heißt das, wir sollen tun, was der Professor von uns erwartet?«

»Das wäre schön. Er ist ein guter Mensch. Zweifelt nicht an ihm. Doch ihr entscheidet euch freiwillig.« Damit breitete er seine Flügel aus und flog davon.

Lena erwachte und wusste nicht, ob sie das Ganze nur geträumt hatte oder ob der Schmetterling tatsächlich bei ihr gewesen war, so real kam es ihr vor. Es war schon hell. Sie schaute sich im Zimmer um, konnte ihn aber nirgends entdecken. Als ihr Blick die schlafende Katrin traf, glaubte sie zu erkennen, dass sie gerade den gleichen Traum träumte. Oder hörte sie es sogar? Sie schlich zu ihr hin und merkte, dass die Worte immer klarer wurden. Ja, es waren exakt die Wörter, die sie selbst gehört hatte. Entsetzt und gleichzeitig belustigt kletterte sie zurück in ihr Bett. Dort verschränkte sie die Arme hinter dem Kopf und wartete geduldig, bis Katrin erwachte.

»Guten Morgen.« Katrin reckte sich und schaute zu Lena rüber. »Du glaubst nicht, was ich gerade geträumt habe«, sagte sie mit einem Lächeln im Gesicht. »Da habe ich mich doch tatsächlich mit einem Schmetterling unterhalten …«

»… und der hat dich gebeten, an dem Experiment des Professors teilzunehmen, natürlich ganz freiwillig«, fiel Lena ihr ins Wort. Vorsichtig schaute sie zu Annabell rüber. Zum Glück schlief die noch.

»Ja, und ich sollte zuhören und hinsehen.« Plötzlich stutze sie. »Woher weißt du das? Habe ich im Traum gesprochen? Belauschst du mich etwa heimlich?« Sie nahm ihr Kopfkissen und warf es der Freundin an den Kopf.

Lena lachte und warf das Kissen zurück. »Nein, ich hatte denselben Traum.«

»Das glaube ich jetzt nicht!«, sagte Katrin verwundert. »Wie kann das sein?«

»Naja, vielleicht ist doch was dran an den Worten des Professors. Vielleicht mussten wir nur eine Nacht schlafen, damit das Serum von den Stichen wirken konnte. Und vielleicht können wir jetzt nicht nur Gedanken lesen, sondern auch sehen und hören, was die Natur uns sagen will, wenn auch nur im Traum«, überlegte Lena. »Ob er das mit dem Sehen meinte?«

Annabell traute ihren Ohren nicht. Sie war inzwischen auch aufgewacht, tat aber so, als würde sie noch schlafen. Dabei fühlte sie sich sehr unwohl. Einerseits wollte sie die beiden nicht stören, anderseits fand sie es nicht richtig, die Freundinnen zu belauschen. Aber es war viel zu interessant, worüber sie sich unterhielten. Langsam bewegte sie sich und streckte dann ihre Glieder. »Guten Morgen, ihr seid ja schon wach. – Mann, fühle ich mich wohl, so richtig gut ausgeschlafen und voller Energie.« Sie setzte sich auf die Bettkannte und schaute aufmunternd zu den Freundinnen.

»Stimmt, mir geht es heute Morgen auch besonders gut. Lasst uns rausgehen an die frische Luft. Die Sonne scheint schon so schön. Ich hätte Lust, wieder zum See zu fahren.« Katrin schwang ihre Beine aus dem Bett und lief zum Fenster. Als sie es öffnete, hörten sie fröhliches Vogelgezwitscher. Sie atmete tief ein. »Oh …, riecht die Luft gut. Seht euch mal die Schmetterlinge an. Wo kommen die auf einmal alle her?«

Annabell und Lena stürmten zum Fenster.

»Sieht aus, als würden die einen Tanz aufführen.« Lena begann sofort, sich graziös zu bewegen, als tanzte sie mit den Schmetterlingen. »Oh, welch ein schöner Morgen«, flossen die Wörter aus ihr heraus.

Annabell staunte nur. Ihre Freundin hatte eine herrliche Fantasie. Es war nie langweilig mit ihr. Jeden Moment konnte etwas Außergewöhnliches passieren. Wenn sie selbst doch auch ein wenig interessanter wäre. Sie kam sich plötzlich richtig langweilig vor.

»Das bist du nicht. Komm und tanze mit mir!« Lena nahm Annabells Hände und zog sie mit sich im Kreis herum.

»Was bin ich nicht?«, fragte Annabell.

»Na langweilig«, antwortete Katrin.

Erschrocken blieb Annabell stehen.»Ich habe doch gar nichts gesagt.«

»Nicht? Ich habe deutlich gehört, dass du dich langweilig findest.« Katrin war etwas irritiert.

»Ich auch«, bestätigte Lena.

»Oh Schreck, dann ist es wahr! Ihr könnt meine Gedanken hören.« Verzweifelt warf sie sich aufs Bett und versteckte ihr Gesicht unter dem Kopfkissen.

Lena sah Katrin an.»Es funktioniert also doch.«

»Tatsache«, stellte Katrin fest,»was machen wir jetzt? Kannst du unsere Gedanken auch hören?« Sie berührte Annabell leicht an der Schulter.»Warte mal, ich denke jetzt etwas und du sagst, ob du mich verstanden hast.« Sie setzte sich zu Annabell aufs Bett und schloss die Augen.

Plötzlich musste Annabell herzhaft lachen.»Du meinst, wir sollen die Jungen belauschen?«

»Ja, ja, du kannst es auch. Das wäre doch ein Spaß.« Katrin klatschte vor Freude in die Hände.

»Das dürfen wir nicht.« Lena hatte Bedenken.

»Wir versuchen einfach, ob die uns auch hören. Los, wir denken jetzt alle zusammen, dass sie das Frühstück bereiten sollen.« Katrin sah gleich ihren Vorteil in der Sache.

Sie setzten sich nebeneinander auf die Bettkante, schlossen die Augen und dachten dieselben Wörter. Da flog die Tür von ihrem Zimmer auf.

»Ist schon fertig. Die Damen können sich galant an den Tisch begeben.« Sebastian machte eine Verbeugung, als wäre er ein Diener des Hauses.

Wie in einem Comic, rissen die Mädchen Augen und Mund auf und drehten ihre Köpfe gleichzeitig ihm zu.

»Oh, Tick, Trick und Track sind hier. Schaut mal her!« Damit rief er Oliver und Julian, die sofort angesprungen kamen.

»Das kann ja noch lustig werden«, sagte Katrin.»Ab jetzt ist der Mund nur noch zum Essen und Trinken da. Wir unterhalten uns ausschließlich gedanklich.«

»Was?« Oliver war entsetzt, denn er verstand kein Wort.

Julian begriff auf Anhieb. »Du kannst nicht hören, was wir denken?«

Oliver schüttelte den Kopf und schaute dabei etwas verlegen aus.

»Also stimmt das, die Wirkung kommt durch die Mückenstiche. Jetzt wird es tatsächlich interessant.« Sebastian ging langsam zum Tisch. »Ich habe Hunger!«, rief er dabei.

*

Nach dem Frühstück machten sie sich auf den Weg zum See. Etwas Bewegung sollte allen guttun. Sie fühlten sich so energiegeladen wie schon lange nicht mehr. Trotzdem wollte keine unbeschwerte Fröhlichkeit aufkommen. Oliver fühlte sich plötzlich als Außenseiter. Als die anderen im Wasser schwammen, ging er zu der Stelle, wo er das Pulver über die Mückeneier gestreut hatte. Die Larven waren nicht zu sehen. *Es ist zu früh. Sie können sich noch nicht zu ausgewachsenen Mücken entwickelt haben,* dachte er. Darum suchte er auch ein Stück weiter. *Vielleicht sind sie vom Wind weitergetrieben worden.* Doch sie waren einfach nicht auffindbar.

Er wusste nicht, ob er sich darüber freuen sollte oder nicht. *Hoffentlich wurden sie alle aufgefressen.* Die Lösung erschien ihm am effektivsten. Allerdings hätte es auch sein können, dass nun die anderen Tiere im Rausch waren. Für so kleine Körper genügte die Menge möglicherweise schon. Aber die würden niemals die Menschen kontaminieren und der Rausch würde bei den Tieren sicher auch schnell vergehen. Zufrieden schlenderte er zurück zum Badestrand.

Als die anderen ihn entdeckten, kamen sie auch aus dem Wasser und setzten sich zu ihm.

»Wie sollen wir uns nun entscheiden?«, fragte Sebastian. »Ich hätte Lust, an dem Experiment teilzunehmen. Das Gedankenhören hat mich neugierig gemacht. Außerdem hatte er doch gesagt, dass wir jederzeit aussteigen können, wenn es uns zu viel wird.«

168

Julian nickte. »Aber wie kann sich Oliver einbringen? Wenn er nicht gestochen wird, hat er ja nicht die besonderen Fähigkeiten?«

»Stimmt ...«, überlegte Julian, »der Professor hatte doch gesagt, dass sie auf unseren Geruch trainiert sind. Wir müssen also eine Möglichkeit finden, ihm unseren Geruch zu übertragen. Wenn wir am späten Nachmittag alle kurz mit ihm knubbeln, können wir die Mücken vielleicht täuschen. Ein Geruch wird schon an ihm haften bleiben. – Möchtest du das überhaupt?«
Sie schauten zu Oliver. Der legte seinen Kopf schief und kräuselte die Stirn. So saß er gefühlte fünf Minuten da und bewegte sich nicht. Allerdings waren nur ein paar Sekunden vergangen, bis er sich wieder entspannte. »Ich glaube, ich mache mit.«
Sofort kam Leben in die Gruppe. Sie sprachen alle durcheinander und schmiedeten sogar schon Pläne, was als Nächstes passieren sollte. Die Zeit verging wie im Flug. Sie packten schnell ihre Sachen zusammen, um zur Hütte zu fahren.

169

Nach dem Mittagessen setzten sie sich nacheinander für ein paar Minuten zu Oliver. Die Mädchen kuschelten sich an ihn und Julian legte den Arm über seine Schulter. Sebastian zog für kurze Zeit Olivers Shirt an. So glaubten sie, ihm ausreichend Geruchsstoffe anzuheften, damit die Mücken ihn endlich stechen würden, sollten sie auf dem Rückweg vom Cottage erneut auftauchen.

Das folgende Treffen mit dem Professor verlief überraschend harmonisch. Sie saßen gebannt am Tisch und lauschten seinen Ausführungen, aßen Scones und tranken Tee dazu. Es bereitete ihnen keine Angst mehr, an dem Experiment teilzunehmen. Natürlich hatten sie sich beschwert, dass er erneut die Mücken ohne ihre Zustimmung geschickt hatte. Da sie aber nun wussten, dass sie Gedanken lesen konnten, siegte die Neugierde auf das bevorstehende Sehen.

Hoffentlich schaffen es alle, ihre Gedanken unter Kontrolle zu halten. Oliver befürchtete, dass der Professor ihren Plan verhindern würde. Kaum war dieser Gedanke gedacht, schaute ihn der Professor sonderbar an, sagte aber nichts. Lena und Katrin hatten die plötzliche Aufmerksamkeit des Professors für Oliver bemerkt. Mühsam kämpften sie nun darum, nicht aufzufallen.

»Entschuldigung, ich muss eben mal austreten«, sagte Oliver und lief eilig ins Bad. Er ließ sich kaltes Wasser über die Hände laufen und schaute dabei aus dem kleinen Fenster. Konzentriert darauf, etwas Belangloses zu denken, ließ er seine Augen den fremden Ausblick erkunden. An einem erstaunlich großen Efeugebilde blieben sie hängen. Man musste schon genau hinsehen, um die Tür und das Fenster zu erkennen. Bäume und Sträucher bildeten ein natürliches Versteck. Krampfhaft bemühte er sich, ein Lied zu singen, um sich auf den Text zu konzentrieren. Aber die Neugierde ließ ihn nicht los. Gedanken rasten unkontrolliert durch seinen Kopf. *Wo hat der Professor sein Labor und wo sind seine dressierten Mücken? Ist dieser zugewachsenen Schuppen das Versteck?* Er rannte die Treppen runter und zur Vordertür hinaus, weil er wusste, dass er keine Kontrolle über seine Gedanken hatte. Jetzt musste er schneller sein als der Professor. Als Oliver ums Cottage rannte, hörte er bereits die Unruhe, die von der Terrasse herkam. *Ich muss schneller sein. Ich muss schneller sein ...,* dachte er und erreichte den ominösen Schuppen vor dem Professor. Mit einem Ruck riss er die Tür auf und wurde sofort von dem Mückenschwarm umhüllt. Nichts war mehr von ihm zu sehen. Er verlor das Gleichgewicht und fiel auf den Boden. Um sein Leben kämpfend, schlug er mit den Armen um sich und wälzte sich hin und her. Doch die graue Masse war wie eine Decke, die sich um ihn schlang. Die Mücken krochen ihm in Mund, Nase und Ohren. Er drohte zu ersticken.

Die anderen schauten sich verwundert an, als der Professor aufgesprungen und losgerannt war. Es musste etwas passiert sein. Eilig liefen sie hinterher und erblickten das zappelnde Gebilde auf dem Boden. Professor Hilpert stand mit geschlossenen Augen wie paralysiert daneben und summte in sonderbaren Tönen immer wieder und wieder dieselbe Melodie.

Es dauerte einen Moment, bis sie erkannten, dass es tausende Mücken waren, die sich nach und nach erhoben und in den versteckten Schuppen flogen. Mit offenen Mündern beobachteten sie die Szene. Plötzlich bemerkten sie, dass Oliver regungslos auf dem Boden lag. Annabell reagierte als Erste. Sie warf sich neben ihn auf die Knie, legte den Zeigefingen an seinen Hals und fühlte den Puls.»Ich kann ihn kaum fühlen!«, schrie sie den Professor an.»Was ist mit ihm geschehen?« Vorwurfsvoll sah sie zu ihm auf.»Rufen Sie einen Krankenwagen! Er muss sofort ins Krankenhaus!«

Doch der Professor ließ noch immer seinen Singsang erklingen und reagierte nicht. Julian rannte zurück zur Terrasse und griff sein Handy. Aber der Akku war leer. *Hatte ich ihn nicht vorhin aufgeladen,* dachte er und griff nach Sebastians Handy. *Auch leer!* Egal, welches Handy er in die Hand nahm, der Akku war leer. »Scheiße, wie kann das sein?« Er rannte zurück zu den anderen. »Alle Akkus sind leer!« Angewidert schaute er den Professor an. »Welche Spielchen spielen Sie mit uns? Wieso sind auf einmal alle Akkus leer?«

Entsetzt sprangen die Freunde auf ihn zu und rissen Julian die Handys aus der Hand. Dann starrten sie den Professor an.

»Was haben Sie vor?«

»Wollen Sie uns umbringen?«

Ihre Stimmen überschlugen sich dabei.

»Er kommt zu sich«, flüsterte Annabell. Sie schob einen Arm unter seinen Kopf und hob ihn sachte an. »Oliver, wieso bist du hier? Wie konnte das passieren?« Sorgenvoll blickte sie in seine Augen. »Wir tragen dich auf die Couch und befreien dich von den Mücken. Dann rufen wir einen Krankenwagen.« Schließlich gab es noch ein Festnetztelefon im Cottage.

Oliver begann erneut, wie wild um sich zu schlagen und verdrehte die Augen. In seiner Not riss er den Mund auf, um besser Luft zu bekommen. Annabell konnte ihn kaum festhalten, so viel Kraft lag in seinen Bewegungen.

»Oliver, wir sind es«, versuchte sie, ihn zu beruhigen, aber er wälzte sich wie ein Besessener auf dem Boden hin und her. »Oliver!« Sie stützte sich mit flachen Händen auf seine Schultern, bis er sie endlich wahrnahm. »Oliver, wir sind bei dir.«

Vollkommen erschöpft sah er in ihre Augen. »Was ...?« Mehr brachte er nicht hervor. Er tastete nach ihrem Arm und hielt ihn fest. »Bleib bei mir!«, flehte er. Dann fielen seine Augen zu.

»Ist *das* Ihr Experiment?« Annabell sah wütend zum Professor auf.

Der schien sie nicht zu hören. Als keine lebende Mücke mehr zu sehen war, schloss er die Tür des Schuppens und ging ohne ein Wort in Richtung Terrasse. Lena und Katrin sahen ihm verwundert hinterher. War das noch der Professor, mit dem sie gerade Tee getrunken hatten?

Julian sah seine Freunde an. »Helft mal, wir bringen ihn ins Cottage.«

»Was für ein Arsch, verpisst sich einfach.« Sebastian war so aufgewühlt, dass ihm keine passenderen Worte einfielen. »Ich bin gespannt, wie er uns das erklären will.«

Sie hoben Oliver hoch und trugen ihn ums Haus herum. Doch statt ihn aufs Sofa zu legen, standen sie vor der verschlossenen Terrassentür.

»Spinnt der jetzt völlig?« Katrin trommelte mit beiden Fäusten gegen die Scheibe.

»Wir legen ihn erst einmal auf den Rasen«, sagte Julian, dem Olivers Schulter aus den Händen zu rutschen drohte.

Lena rannte zur Haustür und klopfte immer wieder mit dem Türklopfer, doch der Professor öffnete nicht. Auf dem Weg zurück in den Garten ging sie von einem Fenster zum anderen, konnte ihn aber nirgends erblicken.

»Was machen wir jetzt? Braucht Oliver einen Arzt?« Katrin sah besorgt zu Annabell.

»Nein, sein Kreislauf hat sich beruhigt. Ich denke, er muss nur ganz viel schlafen. Wir werden seine Nase und die Ohren von den toten Mücken befreien. Dann sehen wir weiter.«

Zum Glück war es warm und der Boden drohte nicht, Oliver auszukühlen. Sie setzten sich zu ihm.

»Was denkt ihr? Sollen wir die Polizei rufen?« Sebastian strich ein paar tote Mücken aus Olivers Haaren.

»Mit leeren Akkus?«, fragte Julian.

»Ich hatte meinen doch heute Morgen aufgeladen. Das weiß ich genau. Vielleicht hat er hier irgendwo eine Störung eingebaut.«

»Keine Ahnung. Wie soll das gehen?« Sebastian zuckt hilflos mit den Schultern.

»Ob das unsere Schuld war?«, fragte Lena. »Vielleicht hätten wir ihm nicht alle unseren Geruch anheften sollen. Es waren bestimmt zu viele Duftstoffe.«

»Wer kann denn ahnen, dass ihn gleich das gesamte Mückenvolk anfällt.« Sebastian zuckte mit den Schultern.

Sie sahen sich an. Damit konnte keiner rechnen – oder doch? Vor allem nicht, dass es schon so früh am Nachmittag passierte. Normalerweise kamen die Mückenschwärme erst in der Dämmerung. Bis dahin wären die Düfte schon zum Teil verflogen. Und dann verschwand der Professor auch noch und verriegelte sein Cottage. Ob er sie jetzt von irgendwo beobachtete? »Jetzt reicht es mir! Ich habe keine Lust mehr auf dieses Experiment. Am besten, wir reisen ab, sobald es Oliver wieder gut geht.« Annabell stand auf und klopfte noch einmal an der Terrassentür. Aber es kam keine Reaktion von dem Professor. »Was denkt der sich nur dabei, uns hier allein zu lassen ohne Hilfe für Oliver?« Sie konnte es nicht verstehen. War ihm das Experiment wichtiger als die Gesundheit seiner Probanden?

*

Professor Hilpert saß in seinem Büro und verhielt sich still. Er wollte nicht mit ihnen sprechen. Ihm fehlte auch eine wirkungsvolle Erklärung, womit er sie trotzdem noch halten konnte. War nun das eingetreten, was Trisha befürchtet hatte? Sie hatte ihn mehr als einmal gewarnt. Er hoffte nur, dass Oliver keinen dauerhaften Schaden erlitten hatte. Mit zitternden Händen griff er zum Telefon. »Trisha, wann kommst du endlich wieder heim?«, fragte er mit zitternder Stimme, als sie sich meldete.

»Das weißt du genau: Wenn du mit diesem schrecklichen Experiment aufgehört hast. – Hast du?«

Was sollte er darauf antworten? Warum verstand sie nicht, wie wichtig es ihm war? Es ging doch um die Rettung der Erde. Wortlos legte er den Hörer auf.

Nicolas und Professor Jäger saßen auf einer Bank im Park und schauten auf den See. Die Enten schwammen hin und her, steckten die Köpfe ins Wasser und hoben sie mit schmackhaften Algen im Schnabel wieder in die Höhe. Nirgendwo sah man Kinder oder Erwachsene Brotkrumen verteilen wie noch im letzten Jahr. Es waren genug Schilder aufgestellt, die das Füttern der Enten und Vögel verboten. Wenigsten daran hielten sich die Spaziergänger, was man von einigen Hundebesitzern nicht behaupten konnte. Trotz angebrachter Behälter mit Kotbeuteln, ließen sie ihre Lieblinge nämlich einfach auf der Wiese ihr Geschäft verrichten und liefen dann weiter, ohne sich darum zu kümmern.

»Haben Sie schon etwas vom Professor Hilpert und den anderen gehört?«, fragte Nicolas. Ein leichtes Stöhnen entglitt ihm dabei.

»Nein, leider noch nicht. Aber das ist nichts Besonderes. Mein Kollege zieht sich so manche Tage oder sogar Wochen zurück. Vielleicht ist er auch mit Ihren Freunden sehr beschäftigt. Hat sich denn Oliver bei Ihnen gemeldet?«

Traurig schüttelte er den Kopf. Was mag dort vor sich gehen? Er konnte Oliver nicht erreichen. Sein Telefon ließ sofort den AB anspringen. Ob er nichts von ihm hören wollte? Zwar ging es ihm schon viel besser, aber insgeheim hoffte er doch, dass Oliver anrufen würde, um sich nach seinem Zustand zu erkundigen.

Plötzlich setzte sich ein weißer Schmetterling auf sein Knie und schien sich zu sonnen. Nicolas musste schmunzeln und vergaß für den Moment seine Sorgen. *Welchen Frieden solch ein kleines Tier ausströmt,* dachte er. Der Schmetterling legte seine Flügel zusammen und drehte sich zu ihm. Nicolas hatte das

Gefühl, er würde ihm in die Augen schauen. Vorsichtig streckte er seinen Zeigefinger und führte ihn langsam auf den Schmetterling zu. Doch bevor er ihn erreichte, breitete dieser die Flügel aus und flog davon.

Der Professor hatte die Szene nicht bemerkt. Auch er hing seinen Gedanken nach. Allerdings drehten die sich um den armen Jens. *Was ist nur mit den Menschen los?* fragte er sich. *Können die sich nicht mehr mit sich selbst zufriedengeben? Müssen Sie immer schneller, immer stärker und immer besser werden? Wozu braucht man Drogen? Die verzerren doch nur das Bild von der Realität.*

Nicolas Handy klingelte und riss beide aus ihren Gedanken. »Es ist die Polizei«, stellte Nicolas fest.

»Dann gehen Sie dran. Es wird sicher wichtig sein.«

Nur zögernd hob Niclas das Gerät an sein Ohr. »Bachmann«, meldete er sich leise, dann Schweigen. Nach einer Weile nickte er, als könnte sein Gesprächspartner ihn sehen und beendete das Telefonat. »Der Fall ist abgeschlossen, haben sie gesagt. Eine gebrochene Rippe hat die vordere Interkostal-Arterie verletzt. Daran ist er verblutet. Sie brauchen mich nicht mehr.«

»Haben Sie Lust, mit mir essen zu gehen? Ich möchte noch eine Weile bei Ihnen bleiben. Außerdem würde ich gerne wissen, was Sie in der nächsten Zeit machen wollen.«

Verwundert sah Nicolas ihn an. Wieso interessierte ihn das? Er war doch nur sein Professor von der Uni. Bisher war er ihm etwas weltfremd vorgekommen, ausschließlich in seine Vorlesungen vertieft. Zu den Studenten hatte er keinen besonders guten Draht – wieso also plötzlich zu ihm? Trotzdem sagte er zu. Erst später bemerkte er, dass sich seine Anspannung löste. Er begann sogar, die Gesellschaft mit ihm zu genießen. Irgendwie gab sie ihm Sicherheit.

Als Oliver sich von dem Angriff der Mücken einigermaßen erholt hatte, fuhren sie langsam zurück zur Hütte. Sie ließen ihn dabei nicht aus den Augen. Gleichzeitig schauten sie immer wieder zurück, um zu sehen, ob sie von den Mücken verfolgt würden. Den Professor hatten sie nicht mehr gesehen. Aber die Angst hatte sich in ihnen dermaßen gefestigt, dass sie alle Ritzen in der Hütte schlossen, die sich ihnen zeigten. Das Vertrauen zu Professor Hilpert war völlig weg. Sie holten ihre Handys und ließen sie aufladen. Dazu sollte der Professor auf jeden Fall noch eine Erklärung abgeben. Seine Manipulationen übertrafen deutlich ihre Akzeptanz. Sie setzten sich an den Tisch und wollten eigentlich besprechen, wie es weitergehen sollte, aber Olivers Reaktion verwunderte sie. Hatte er doch vor Kurzem noch in Todesangst um sich geschlagen, saß er jetzt vollkommen relaxed auf dem Sessel und schlürfte seinen Tee. Sie schauten sich an und kamen zu dem Schluss, dass sie ihm die Ruhe gönnen und besser bis morgen warten sollten. Auf jeden Fall wollten sie eine Erklärung vom Professor Hilpert zu dem Vorgang. Das war klar.

»Macht euch keine Sorgen um mich. Mir geht es gut. Ich habe noch nicht einmal Kopfschmerzen. Wie viele Mückenstiche habe ich. Hat die schon einer gezählt?« Oliver schob sein T-Shirt hoch und stellte sich vor Julian.

Julian stand auf und begann zu zählen. »Zwölf, es sind zwölf«, sagte er nach einer Weile. »Jucken die nicht? Du sitzt hier so ruhig. Ich würde an die Decke gehen, wenn ich so viele neue hätte.«

»Nein, ich spüre nichts. Kneif mich mal, ob da überhaupt noch Gefühle vorhanden sind.« Oliver hielt ihm den Arm hin.

Doch bevor Julian reagierte, hatte Katrin ihn schon in die Seite gekniffen. Mit einem leichten Aufschrei sah Oliver sie entsetzt an, musste dann aber lachen. »Alles noch da«, grinste er. »Jetzt gehöre ich dazu.« Erleichtert trank er seinen Tee. »Ich habe Hunger. Wie ist es mit euch?«, fragend schaute er von einem zum anderen.

»Da sagst du was.« Sebastian legte die Hände auf den Bauch. »Der knurrt schon eine ganze Weile. Haben wir noch Reste von gestern?« Er stand auf und öffnete die Kühlschranktür. »Sieht nicht so aus. Alles leer gegessen. Wir müssen uns etwas bestellen.«

»Ich denke, wir gehen heute mal schick essen. Im Ort ist doch ein gutes Restaurant. – Oliver, traust du dir schon zu, dort hinzufahren?« Annabell schaute besorgt, hoffte aber, dass er ja sagen würde. »Sonst müssen zwei hinfahren und was besorgen. Hoffentlich geben sie auch Essen raus.«

Oliver stand als Erster auf und verschwand nickend in seinem Zimmer. »Ich dusche nur eben und ziehe mir was Ordentliches an. Dann kann es losgehen.«

*

Ihre Stimmung hatte sich deutlich verbessert, als sie das Restaurant erreichten. In der Gaststube fanden sie einen geeigneten Tisch und plauderten munter durcheinander. Auf der Terrasse wollten sie nicht sitzen, weil diese sich direkt am See befand. Mit Mücken wollten sie an diesem Abend nichts mehr zu tun haben.

Nach so einer Aktion hatte wohl jeder einen besonders großen Appetit. Sie bestellten sich nicht nur ein Hauptgericht, sondern wollten anschließend ordentlich bei den süßen Nachspeisen zulangen. Das Essen schmeckte vorzüglich. Lena bemerkte als Erste, dass Oliver immer wieder von seinem Teller aufschaute, wenn die Bedienung an ihm vorbeiging. Es sah aus, als würde er leicht den Kopf schütteln, bevor er sich wieder dem Essen zuwandte. Dabei kräuselte er die Stirn, als wunderte er sich über irgendwas. Sie sagte aber nichts, denn es war gerade so harmonisch zwischen ihnen, dass sie auf keinen Fall eine Störung einfließen lassen wollte. Fragen konnte sie auch noch später.

Doch nach einer Weile lehnte sich Oliver zurück.»Kann die nicht einfach die Klappe halten? Ich bin schon satt vom Zuhören.«

»Was meinst du?« Sebastian blickte ihn fragend an.»Hier ist doch gerade die gefräßige Stille. Kein Mensch sagt was. Hörst du schon die Engel singen?«

Jetzt war es Oliver, der irritiert zu ihm sah.»Na, hast du Bohnen in den Ohren? Sie murmelt doch ständig die Bestellungen vor sich hin. Erst hatte ich gedacht, dass ich das auch noch essen könnte, weil sich das so lecker anhörte. Aber mittlerweile ist es so viel, dass mir schon bei dem Gedanken daran übel wird. Es ist einfach zu viel.«

»He …? Ich habe nichts gehört, bin mit meinem Essen beschäftigt.« Sebastian widmete sich wieder seinem Teller.

Julian legte das Besteck zur Seite und beobachtete die Kellnerin, die mit eiligen Schritten an ihnen vorbeieilte.»Jetzt hat sie auf jeden Fall nichts gesagt.«

»Ich spinn doch nicht. Sie hatte gerade Getränke aufgezählt, als sie an unserem Tisch vorbeiging: zwei Kaffee, zwei Bier, eine Weißweinschorle und einen Apfelsaft.«

Erstaunt hoben alle den Kopf. Katrin begann plötzlich zu lachen.»Willkommen im Club!«, sagte sie und grinste breit.»Ich glaube, unser Oliver hat endlich gelernt, Gedanken zu lesen.« Sie klopfte ihm leicht auf die Schulter und griff dann nach ihrem Löffel, um das köstliche Eis zu genießen.»Hast du ein Glück. Du hast auf das Augenflimmern verzichtet.«

»Du meinst, das geht jetzt immer so weiter? Alles, was die Leute denken, werde ich hören? Das wäre grausam. – Und warum höre ich nicht, was ihr denkt?« Oliver sah von einem zum anderen.

»Wir haben gelernt, uns zu schützen. Geht wie beim Telefonieren. Einfach nur den Hörer auflegen.« Lena lächelte ihn an.

»Willst du mich veräppeln? Ich sehe keinen Hörer in meinem Kopf.« Oliver schaute griesgrämig und hielt sich dann mit beiden Händen die Ohren zu.

»Ach, komm!« Annabell zog vorsichtig an Olivers Arm. »Den wirst du schon bald finden. Hat bei uns auch funktioniert. Iss dein Eis und konzentrier dich darauf. Dann wird es bestimmt besser.«

Oliver griff zum Löffel und schob sich lustlos das Eis in den Mund. Es dauerte nicht lange, dann hatte er anscheinend doch den imaginären Hörer gefunden, ohne zu wissen, wie das passiert war. Endlich konnte er sich wieder entspannen.

Nach dem Essen machten sie einen kleinen Spaziergang. Bei den Nilgänsen, die sich auf dem Spielplatz vergnügten, verweilten sie kurz, bis sie genug von dem lauten Geschnatter hatten. Die Bedienung hatte ihnen den Namen dieser besonderen Art gesagt.

»Lasst uns endlich zurückfahren. Ich bin so müde, dass ich umfallen könnte.« Oliver sah wirklich erschöpft aus.

»Also, rauf auf die Räder und ab zur Hütte!« Julian war auch froh, sich endlich in den Garten zurückziehen zu können. Er brauchte Zeit für sich. Es war so viel passiert, dass er einfach eine Weile seine Ruhe genießen wollte, sogar ohne Annabell.

25

Währenddessen lief Professor Hilpert aufgeregt durch den Wald. Was sollte er nur tun? Er konnte doch nicht seine ganze Arbeit zerstören! Damit hatte er nicht gerechnet. Warum sollte auch jemand den Schuppen öffnen? Musste man damit rechnen? Er hatte ihn doch so gut getarnt. Wie mochte es Oliver gehen? Hätte er sich besser um ihn kümmern sollen? Aber er war ja nicht allein. Die anderen hatten ihm geholfen. Er musste schnellstmöglich eine Entscheidung treffen. Sollte er die gesamte Population vernichten und damit das Experiment beenden? Trisha käme zurück. Seine Gedanken flogen hin und her. Hatte er seine Idee zur Rettung der Natur nicht bis ins kleinste Detail geplant und alle Risiken bedacht? Musste er sich die Schuld an dem Unfall geben? Dann gäbe es nur eine Lösung: das Experiment sofort zu beenden. Er war sich sicher, dass das auf keinen Fall hätte passieren dürfen. Aber kann man wirklich alle Eventualitäten bedenken? Es war ein Unfall, und Unfälle passieren! Nein, er wollte nicht aufgeben.

Mittlerweile wurde es dunkel. Es schmerzte ihn, dass er die Zusammenarbeit mit den jungen Leuten nun wohl vergessen musste. Er hatte sie tatsächlich ein wenig ins Herz geschlossen. Immer wieder tauchte das Bild von Oliver vor seinen Augen auf. Mit einer Hand versuchte er, es wegzuwischen, natürlich ohne Erfolg. *Soll ich mal nach ihm sehen?* Doch er fühlte sich zu müde und völlig ausgelaugt. Sein Magen zog sich zusammen. Wut stieg in ihm auf. *Ich hätte es eher merken müssen*, dachte er, *dann wäre nichts passiert. Olivers Alleingang war nicht in Ordnung. Was hatte der überhaupt am Schuppen zu suchen?* Er wollte sich zu gerne erkundigen, wie es ihm ging. Aber sicher würden sie ihn fortjagen wie einen Verbrecher oder sie hatten sogar bereits die Polizei informiert und die würden ihn gleich an der Tür in Empfang nehmen. Das durfte nicht geschehen, nicht bevor er sich um die Mücken gekümmert hatte. Es wurde Zeit, sie zu füttern. Wie ein Dieb schlich er ums Cottage herum. Erleichtert stellte er fest, dass niemand zu sehen war. Als Erstes musste er die toten Mücken beseitigen. Es waren so viele ums Leben gekommen. Er begann sofort, sie zusammenzukehren und auf den Kompost zu bringen. Danach öffnete er mit seinem Singsang die Tür des Schuppens und ging hinein. Es dauerte eine Weile, bis er sichtlich erleichtert wieder herauskam. Es waren noch genügend Insekten übrig. Er hatte sie beruhigt und gefüttert. Das Experiment konnte weitergehen.

*

In der Nacht plagten den Professor Albträume. Er wachte schreiend auf. Sein ganzer Körper war mit kaltem Schweiß überzogen. Sein Herz raste und das Atmen bereitete ihm Qualen. Mühsam kletterte er aus dem Bett und ging in die Küche. Er musste etwas trinken. Im selben Moment, als er das Licht einschaltete, sah er einen Schatten vorbeihuschen. Schnell löschte er es wieder und schlich zum Fenster. Es war niemand zu sehen. Im fahlen Mondlicht lag sein Garten friedlich vor ihm. Er liebte diesen Anblick und entspannte sich sofort. Wer sollte dort auch um diese Zeit sein? Es war vier Uhr morgens. Da schliefen alle. *Sicher ist nur ein früher Vogel vorbeigeflogen*, dachte er. *Die Sonne wird bald aufgehen.* Ohne sich weitere Gedanken zu machen, ging er zur Küchenzeile und nahm ein Glas aus dem Schrank. Doch als er zur Flasche griff, huschte ein zweiter Schatten über die Arbeitsfläche. Erschrocken drehte er sich zum Fenster, konnte aber wieder nichts entdecken. *Ich spinne schon*, dachte er und füllte das Glas mit dem erfrischenden Wasser. Ohne abzusetzen, trank er es leer.

Erneut ging er zum Fenster und blieb dort noch eine Weile stehen, entdeckte aber nichts Ungewöhnliches. Der Garten lag friedlich im Zwielicht der langsam aufgehenden Sonne. Als er zu frieren begann, ging er zurück ins Bett. Es dauerte nicht lange, bis er in einen tiefen Schlaf fiel. Dieses Mal träumte er von der gesunden Natur, dem Einklang in allen Bereichen. Er sah Pflanzen in den herrlichsten Farben blühen und zahlreiche Insekten, die einst auszusterben drohten. Vögel, Schmetterlingen und Bienen flogen durch seinen Garten. Ganz hoch oben am tiefblauen Himmel kreisten drei Schwalbenpärchen. Seine geliebte Frau Trisha stand an einem Rosenbusch und roch daran. Sie drehte sich zu ihm und warf ihm mit einem Lächeln einen Handkuss zu. Das Leben fühlte sich so herrlich an, dass er am liebsten nicht mehr aufgewacht wäre.

*

Am Morgen war ihm klar, was er zu tun hatte. Nein, er durfte nicht aufgeben. Er würde gleich nach dem Frühstück zu den jungen Leuten gehen und sehen, wie es Oliver ging. *Warum musste der auch die Tür öffnen? Wurde ihm nicht beigebracht, dass man an fremdem Eigentum nichts zu suchen hat?* Plötzlich spürte er wieder die Wut. Was bildete sich dieser Mensch nur ein? Wollte er sein Werk vernichten? Er hatte geahnt, dass Oliver etwas vorhatte. Sogar die anderen blockierten ihre Gedanken. *Sie sind einfach zu gut*, dachte er. *Sie haben sich unter Kontrolle. Nur Oliver noch nicht. Mit ihm ging die Neugierde durch.*

Professor Hilpert hob seine Kaffeetasse und setzte sie an die Lippen. Aber ohne auch nur einen Schluck zu trinken, stellte er sie wieder ab. Warum spürte er diese Wut so intensiv? Richtete sie sich wirklich gegen Oliver? Sein Blick schweifte durch die offene Terrassentür hinaus in den Garten. Er sah so leer aus. Sogar die Schmetterlinge waren nicht zu sehen. Da merkte er, wie sehr ihm Trisha fehlte. Sein Magen schien sich zu verknoten. »Wann kommst du zurück?«, schrie es aus ihm heraus. »Ich brauche dich!« Mühsam stand er auf und ging ins Bad. Er musste unbedingt duschen, um vernünftig denken zu können.

Als er wieder am Frühstückstisch saß, ging es ihm besser. Allerdings war der Kaffee mittlerweile kalt. »Ja, Trisha, ich werde mir einen Tee machen, so wie du ihn gerne trinkst«, murmelte er liebevoll. Er stand auf und stellte den Wasserkocher an. In Gedanken an sie versunken, nahm er die Teedose und bereitete das duftende Getränk zu. Die Wut über ihre Abwesenheit spürte er nicht mehr. Dafür merkte er bereits beim ersten Schluck, dass er sich endlich entspannen konnte. Einige Schmetterlinge flatterten gerade herbei. Diesen Moment wollte er noch ein wenig genießen. Aber die Sorge um Oliver schlich sich wieder ein und ließ ihm keine Ruhe. »Ich habe mich um den Jungen zu kümmern. Hoffentlich geht es ihm heute gut.« Er stand auf und machte sich auf den Weg zum Blockhaus.

26

Schon früh am Morgen war Oliver auf den Beinen. Er schlich sich aus dem Haus, um niemanden zu stören. Der Rasen war feucht vom Tau und die Luft roch herrlich frisch. Er atmete tief ein und aus, bis er sich so munter fühlte, dass er zu laufen begann. *Eine Runde durch den Wald wird mir guttun*, dachte er, *bevor die anderen aufwachen.* Die Natur sah so unberührt aus. Hier und da huschten Hasen über den Weg. Zwei Eichhörnchen spielten Fangen und jagten einen Baum hoch. Vögel sangen oder flogen erschrocken weg, wenn er ihnen zu nah kam. In kleinen Tautropfen blitzte die Sonne. Er fühlte sich wie im Paradies. Dieses Gefühl war vollkommen neu für ihn.

Plötzlich vernahm er ein Rascheln. Schnell versteckte er sich hinter dem nächsten Baum. Vielleicht war es ein Tier, das er beobachten könnte. Er lauschte und entdeckte einen Fuchs, der mit wachen Augen vorbeihuschte. Olivers Stimmung war auf dem Höhepunkt, als der Fuchs ihn kurz ansah. *Sollte der nicht schon längst in seinem Bau sein? Wie schön muss es sein, wenn man Tiere in der Natur erleben kann*, dachte er. In diesem Moment fasste er den Entschluss, eines Tages die Großstadt zu verlassen und aufs Land zu ziehen. Er wartete noch einen Augenblick, bis der Fuchs in den Sträuchern verschwunden war. Dann trat er aus seinem Versteck heraus. Vergnügt machte er sich auf den Weg zurück zur Hütte. Sollten die anderen noch schlafen, konnte er ja schon den Frühstückstisch decken. Er fühlte sich so glücklich, dass er ein paar Blumen am Wegrand pflückte, die er auch auf den Tisch stellen wollte. Dabei schmunzelte er über sich selbst. *Wenn doch Nicolas noch hier wäre*, kam ihm plötzlich der Gedanke. Ein fröhliches Liedchen pfeifend, erreichte er die Hütte, stellte die Blumen in ein Glas mit Wasser, kochte Kaffee und deckte so leise, wie es ihm möglich war, den Tisch auf der Terrasse. Nachdem er ein Backblech mit Brötchen in den Ofen geschoben hatte, setzte er sich auf einen Liegestuhl in den Garten. Er wollte einfach die Zeit genießen, bis die anderen wach wurden, und beobachtete dabei die Schwalben, die am Himmel ihre Kreise zogen.

»Hej, das sieht ja lecker aus! Und die herrlichen Blumen, hast du die etwa gepflückt?« Annabell stand im Schlafanzug in der Tür und strich sich mit den Fingern die Haare aus dem Gesicht. Sie schaute Oliver prüfend an. *Ihm geht es wieder gut, vielleicht etwas zu gut. Muss ich mir jetzt andere Sorgen um ihn machen? Er scheint in einer Stimmung zu sein, die ich auch als high bezeichnen könnte.*

»Ja«, schmunzelte er, »ich konnte nicht mehr schlafen. Da habe ich mich mal nützlich gemacht.«

Annabell lief schnell und tauschte den Schlafanzug gegen Shirt und Shorts aus. Dann setzte sie sich an den Tisch, nahm eine Tasse Kaffee und beobachtete Oliver. Sie sprach kein einziges Wort, fühlte sich aber sonderbar eng mit ihm verbunden.

»Hmm, das duftet.« Lena hatte die Brötchen aus dem Ofen geholt und stellte sie nun auf den Tisch. »Die anderen kommen auch gleich. Sie sind alle wach. Ich glaube, der Duft hat uns geweckt«, scherzte sie und setzte sich auch an den Tisch.

»Na, dann lasst uns frühstücken. Mein Magen singt schon Arien.« Oliver reichte Annabell eine Hand. »Madam, es ist angerichtet.«

Die anderen kamen schnell dazu und plapperten gut gelaunt durcheinander. So ein fröhliches Frühstück hatten sie lange nicht mehr. Keiner hatte Lust, aufzustehen. Allen tat es gut, derart unbelastet den Tag zu beginnen, nachdem sie gestern genug Ängste ausgestanden hatten.

Julian schaute immer wieder zu Annabell. Aber die schien ihn nicht zu bemerken. *Wenn ich doch auch ihre Gedanken hören oder ihr etwas Nettes senden könnte*, dachte er, *dann hätte die ganze Sache wenigstens einen Sinn.* Er nahm sich ein weiteres Brötchen und bestrich es gedankenverloren mit Butter.

»Meinst du, wenn du das Brötchen noch weiter streichelst, wird es dir besser schmecken?« Katrin hatte seinen schmachtenden Blick bemerkt. »Oder streichelst du in Gedanken gerade jemand anderes?«

Erschrocken legte Julian sein Messer zur Seite und biss herzhaft in das Brötchen. »Ja, es schmeckt jetzt besonders gut«, sagte er kauend, »solltest du auch mal probieren.«

Katrin nahm ihm das Brötchen aus der Hand und biss hinein. »Du hast recht, es schmeckt so richtig verliebt.«

»Gib her!« Mit einem Ruck riss er es ihr aus der Hand. Dann senkte er verlegen den Blick in seine leere Kaffeetasse. »Oje, ist noch Kaffee da?«, fragte er. Er wusste genau, dass ihm die Röte ins Gesicht gestiegen war.

»Wer ist hier verliebt?« Oliver blickte erstaunt auf, denn er hatte gerade an Nicolas gedacht und fühlte sich ertappt. Erleichtert stellt er fest, dass er nicht gemeint war. »Wer ist es? Komm, sag es schon!« Er schaute von einem zum anderen. »Annabell, es muss Annabell sein«, frohlockte er und klatschte begeistert in die Hände.

»Was ist mit dir los, Mann?« Sebastian schaute ihn erstaunt an. »Du drehst ja vollkommen auf. Hast du was im Kaffee gehabt?«

Annabell blickte überrascht auf.

»Darf man nicht einfach gute Laune haben? Soll ich etwa Trübsal blasen?«, schimpfte Oliver. »Ich habe euch schon gesagt: Mir geht es gut! – Seht euch doch bitte einfach mal um. Habt ihr solch ein Umfeld bei euch zu Hause? Ich nicht. Mir gefällt es hier und ich habe vor, in Zukunft ein anderes Leben zu führen als bisher. Warum habe ich hier nur so lange keinen Urlaub mehr verbracht? Das werde ich ändern.« Oliver lehnte sich zurück und verschränkte die Arme vor der Brust.

»Mann, beruhige dich!« Sebastian atmete geräuschvoll aus. »Wie kommst du denn jetzt auf dieses Thema?«

»Einfach so. Oder wolltest du lieber Annabell fragen, wie sie zu Julians Liebeserklärung steht? – Das geht dich gar nichts an!« Oliver verstand die Welt nicht mehr. Er war doch nur froh, dass er noch lebte. Warum verstand Sebastian nicht, dass sich für ihn plötzlich alles anders anfühlte?

»Was war das denn?«, flüsterte Lena. »Kommt das noch von den Mücken?« Sie war so froh gewesen, dass sie zusammen das Frühstück genießen konnten, und nun ...?

Annabell stand auf und stellte sich hinter Oliver. Eine Hand legte sie auf seine Schulter, mit der anderen fühlte sie dessen Stirn. Dann beugte sie sich etwas vor und schmiegte ihre Wange an seine. Die plötzliche Wärme an seinem Kopf ließ die Reste seiner Euphorie schwinden. Dafür spürte er, wie neue Energie zurück in seinen Bauch floss und dort als Wärme wieder aufstieg. Entspannt schloss er die Augen und genoss ihre Berührung. Die anderen sahen sich fragend an.

*

Professor Hilpert stand bereits eine Weile unbemerkt in der Nähe der Hütte und beobachtete die sechs. Was zunächst so entspannt ausgesehen hatte, nahm eine bedrohliche Wende. Sie würden ihn sicher verbal angreifen, wenn er sich jetzt zu erkennen gäbe. Das konnte er nicht riskieren. Dann würde keiner mehr bereit sein, sein Projekt weiterzuführen.

Er drehte sich um und schlich in den Wald. Er musste auf einen besseren Zeitpunkt warten. Aber waren die Mücken wirklich daran schuld, dass Oliver so aufgedreht war? Dann hatte er etwas in der letzten Dosierung der Fütterung übersehen. Er musste schnell nach Hause zurückkehren und seine Unterlagen überprüfen.

»Haben Sie etwas von Oliver gehört?«, fragte Professor Jäger. Er saß wieder einmal mit Nicolas im Park auf der Bank und beobachtete die Enten auf dem Teich. Das warme Wetter hatte sie dort hingelockt und möglicherweise auch die Einsamkeit.
»Nein, er hat sich nicht gemeldet. – Und Sie? Haben Sie eine Nachricht von Professor Hilpert bekommen?« Nicolas knetete nervös seine Hände, während er aufs Wasser sah.
»Leider auch nicht. Vielleicht sollten wir einfach anrufen und uns erkundigen, wie es ihnen geht. Ich könnte Professor Hilpert von den Kommentaren zu meinem Vortrag berichten. Es wäre sehr interessant zu hören, was er zu den Mitteilungen der Kollegen sagt, die mir geschrieben haben.«
Nicolas nickte, bearbeitete aber weiter intensiv seine Hände. Er sehnte sich so sehr nach Oliver. Irgendwie hatte er das Gefühl, dass es ihm nicht gut ging. Begründen konnte er das allerdings nicht. Es war einfach so ein ungutes Gefühl in seinem Magen. Ein Schauer lief ihm über den Rücken.
»Frieren Sie?«, fragte Professor Jäger erstaunt. »Es kommt wohl ein leichter Wind auf. Aber kalt finde ich es nicht.« Prüfend ließ er die Augen über den Himmel streifen. Kleine Wölkchen zogen langsam gen Norden.
Nicolas schüttelte den Kopf und hielt den Blick starr auf den Teich gerichtet. Er versuchte, sich zu entspannen, und legte die Hände auf die Bank. Das Holz war rau und warm. Es fühlte sich fest, aber irgendwie auch weich an. *Welch ein Widerspruch in sich*, dachte er.
»Haben Sie Ihr Handy dabei?«
»Ja, möchten Sie es haben?« Nicolas zog es aus der Hosentasche und wollte es ihm reichen.

»Nein danke, ich dachte, dass Sie vielleicht …?« Unsicher sah der Professor ihn an.

Nicolas blickte auf sein Handy. Sollte er Oliver anrufen? Zu gerne hätte er ihm gesagt, wie sehr er ihn vermisst. Aber der hatte ganz klar gesagt, dass er vor den anderen nicht über ihre Beziehung sprechen wollte. Musste er das denn? Schließlich könnte er einfach fragen, wie es ihnen allen dort ging. Er schaute zum Professor, der ihm mit einem auffordernden Blick zunickte. »Na gut, dann rufe ich Oliver an. Er kann uns ja erzählen, was sie so machen.« In seiner Kontaktliste scrollte er nach der Nummer und wählte sie. Es klingelte. Nicolas spürte die aufkommende Aufregung, wollte sie aber vor dem Professor nicht zeigen. Darum versuchte er, so entspannt wie nur möglich zu wirken.

»Hi Nicolas, wie geht es dir?« Oliver klang richtig erfreut.

»Gut …«, krächzte Nicolas und musste sich erst einmal räuspern. Hunderte Schmetterling schienen plötzlich in seinem Magen zu flattern. »Ich sitze gerade mit Professor Jäger am Ententeich im Stadtgarten. Wir wollten mal hören, wie es dir und den anderen geht. Warte mal, ich stelle auf Lautsprecher.«

»Alles palletti!«, kam die Antwort. »Könnte nicht besser sein.«

Erstaunt sah Nicolas den Professor an. »Das klingt sonderbar, oder täusche ich mich?«, flüsterte er. Der Professor nickte. In Olivers Tonfall steckte ein unbekannter Klang, als wäre er sehr euphorisch. »Hej, hast du was genommen? Entschuldige, ich weiß, dass du das nie tun würdest. Aber du klingst so aufgedreht.«

»Mir geht es einfach super. Weißt du, ich kann plötzlich die Auszeit hier so richtig genießen. Der Wald und die Luft tun wirklich gut. Heute Morgen hatte ich sogar einen Fuchs beobachtet. Du glaubst nicht, wie schön der aussah mit seinen kleinen runden Augen. Der ist ganz nah an mir vorbeigeschlichen. Stell dir vor, ich habe sogar überlegt, nach dem Studium aufs Land zu ziehen.«

Professor Jäger überlegte, ob er sich ins Gespräch einbringen sollte. Zu gerne wüsste er, ob sein Kollege oder die Freunde gerade bei ihm waren. Es kam ihm vor, als könnte Olivers Stimmung jeden Moment kippen, so unnatürlich klang sie, und dann sollte er nicht allein sein. Stimmen waren im Hintergrund jedenfalls nicht zu hören.

»Na, du hast ja Pläne, spiele ich dabei auch eine Rolle?« Erschrocken über seine Worte zuckte er zusammen. Darüber wollte er doch gar nicht sprechen. »Äh, ich meine, ...«

»Keine Ahnung«, unterbrach ihn die Stimme aus dem Telefon, »darüber habe ich nicht nachgedacht. Ist nur eine Idee, die mir gute Laune macht.«

Nicolas war erleichtert. Er hat noch nicht darüber nachgedacht, also auch nicht ausgeschlossen! Gedanken in seinem Kopf malten wunderschöne Bilder: ein Cottage, wie es Professor Hilpert hat, mit einem herrlichen Garten, vom Wald umgeben, ein großer Hund, abends auf der Terrasse sitzen bei entspannter Unterhaltung, vielleicht leise Musik im Hintergrund, das würde ihm gefallen. Ein Seufzer entwich ihm unbemerkt.

»Das hört sich gut an, Oliver. Hier spricht Professor Jäger. Sagen Sie, ist mein Kollege eventuell bei Ihnen, Professor Hilpert?«

»Nein, der ist noch nicht aufgetaucht, sollte er auch besser nicht.« Olivers Tonfall veränderte sich stark.

»Hat er sie etwa verärgert? – Das müssen Sie nicht so ernst nehmen. Er ist manchmal dermaßen in seinen Gedanken versunken, dass er nicht merkt, wenn er jemandem auf den Schlips tritt. Das sagt man doch so, oder?«

Oliver überlegte kurz, ob er etwas von dem Vorfall mit den Mücken erzählen sollte. Aber warum? Es ging ihm wieder gut oder sogar noch besser als zuvor. »Ja, Sie haben wohl recht. Ich werde später mit ihm reden. Aber jetzt genieße ich erst einmal den schönen Tag. Vielleicht taucht er am Abend bei uns auf. Wir wollen ihn heute nicht besuchen. Das Wetter ist so schön, dass wir lieber im See baden gehen.«

»Ihr habt es gut. Das würde ich auch gerne machen«, sagte Nicolas traurig. So klar hatte er das noch gar nicht bedacht, aber nun war es gesagt und bekam dadurch eine enorme Kraft. Sofort wünschte er sich von ganzem Herzen, Oliver hätte ihn auch eingeladen, die Auszeit mit ihm zu genießen.

»Ich will jetzt zu den anderen. Die scheinen sich fertig zu machen, damit wir endlich loskönnen.« Oliver hatte geschwindelt, aber das Gespräch hatte ihn auf eine Idee gebracht, die er allerdings nicht vor dem Professor Jäger ausplaudern wollte.

»Melde dich bald wieder!« Nicolas steckte das Handy zurück in die Hosentasche und schaute zum Professor. »Oh, hätten Sie noch etwas sagen wollen?«

»Nein,« schüttelte der den Kopf, »es war alles geklärt.« In Wirklichkeit war er aber doch enttäuscht, dass sein Gespräch über das Ergebnis seines Vortrags mit dem Kollegen nicht zustande gekommen war. So müsste er am Abend selbst Professor Hilpert anrufen. *Hoffentlich wird er sich nicht gestört fühlen.* Er verspürte ein leichtes Unbehagen. Warum nur? Sie hatten doch ein gutes Verhältnis? Vielleicht war doch mehr zwischen den jungen Leuten und seinem Kollegen passiert. Es ließ ihm keine Ruhe. »Ich würde jetzt gerne nach Hause gehen. Haben Sie noch etwas vor?«

Nicolas war überrascht. Bis eben saßen sie doch gemütlich zusammen. Jetzt, wo er sich richtig wohlfühlte, sollte er wieder allein sein? »Nein, ich habe mir noch keine Gedanken über den Tag gemacht. Ich glaube, ich gehe auch nach Hause«, murmelte er verlegen. Sie verabschiedeten sich und gingen davon, jeder seinen Gedanken nachsinnend.

*

Professor Jäger suchte die Unterlagen seines Vortrags zusammen. Er wollte vorbereitet sein, wenn er mit Professor Hilpert telefonierte. Vor allem die vielen positiven Kommentare aus dem Internet, die er ausgedruckt hatte, breitete er vor sich aus. Stolz blickte er auf die Sammlung. Jetzt könnte er eigentlich den Kollegen anrufen, aber irgendetwas hielt ihn noch davon ab. Hatten seine Eltern nicht immer gesagt, dass Eigenlob stinkt? Schnell legte er die Blätter wieder auf einen Haufen und wollte sie gerade im Schreibtisch verschwinden lassen, als er im Geiste seine geliebte Claudia vor sich stehen sah. Sie sah ihm in die Augen und legte zärtlich eine Hand auf die Unterlagen. »Tu es einfach! Ruf ihn an. Das ist nichts Unrechtes. Du hast es verdient, gelobt zu werden.« Dann verschwand sie wieder.

»Wie machst du das?«, fragte er zärtlich und ließ sich auf den Schreibtischstuhl fallen. Er griff sich an die Brust, genau dort, wo das Herz saß. »Komm doch wieder, bitte!« Aber sie war nicht mehr da. Genauso hatte er es damals gespürt, als wäre sie einfach weg, unauffindbar. Seine Sehnsucht nach ihr war ungeschmälert. Trotzdem fühlte er gerade keine Traurigkeit, sondern eher Dankbarkeit, dass sie wenigstens ab und zu bei ihm war. Er würde sie so gerne noch einmal in den Arm nehmen, ihre seidenen Haare streicheln und ihren ganz besonderen Duft riechen.

Plötzlich durchzuckte ihn ein Schreck, sodass sein Herz ein paar Sprünge machte. Es dauerte einen Moment, bis er registrierte, dass sein Telefon klingelte. Beinahe verärgert griff er zum Hörer. Noch bevor er sich gemeldet hatte, hörte er die Stimme seines Kollegen.

»Guten Abend Jäger, störe ich gerade?«

»Nein, nein, nicht im Geringsten«, antwortete er erstaunt.

»Das ist ja wunderbar. Ich würde mich nämlich gerne mit Ihnen unterhalten.«

Ohne auf eine Antwort zu warten, redete Professor Hilpert weiter. So kannte er ihn gar nicht. Bisher war er am Telefon meistens besonnen oder ziemlich gedankenverloren, sodass er sich das Gesagte zusammenreimen musste. Aber heute schien er ebenso aufgedreht zu sein, wie vorhin Oliver. Also hatte ihn sein Gefühl nicht getäuscht. Es musste etwas vorgefallen sein. Aber was? Er gab ihm keine Anhaltspunkte.

»Ach, wissen Sie was, Herr Kollege, kommen Sie doch einfach noch ein paar Tage her. Sie haben doch Zeit? Dann können wir uns in Ruhe unterhalten und vielleicht bringen Sie diesen Jungen auch wieder mit, diesen Nicolas. Seine Freunde würden sich bestimmt darüber freuen.« Ob das wirklich so war, wusste er nicht.

Aber einen Versuch war es wert. Vielleicht könnte er die Verbindung zu den Studenten dadurch wiederaufleben lassen. Professor Jäger war sich nun sicher: Es war etwas passiert! Seine Neugierde wuchs. Deshalb musste er nicht lange überlegen. Er wollte sich die Zeit nehmen. Ob allerdings Nicolas mitkommen würde, wagte er nicht vorherzusagen. »Ich komme gerne, Professor Hilpert. Nicolas werde ich fragen. Wann sollen wir denn gegebenenfalls bei Ihnen ankommen und was meinen Sie, für wie viele Tage?«

»Am besten gleich morgen oder – wenn das zu früh ist – übermorgen. Ich richte schon alles her. Und bleiben Sie ruhig eine Weile.«

*

Nicolas war überrascht, als er auf sein Handy schaute. Der Anrufer war Professor Jäger. Sie hatten sich doch vorhin erst gesehen. Gab es etwa neue Nachrichten? Neugierig drückte er auf das grüne Hörersymbol. »Hier Nicolas Bachmann ...«, meldete er sich verwundert.

»Ja, Nicolas, hier Jäger. Ich habe da mal eine Frage. Es könnte eine Überraschung für Sie sein.« Er machte eine kleine Pause und versuchte, sich vorzustellen, dass er die Neugierde bei Nicolas geweckt hat. Bei seinen Vorlesungen gelang es ihm nicht immer sofort, die Aufmerksamkeit der Studenten zu gewinnen. Doch dieses Mal war er wohl erfolgreich.

»Oh, da bin ich aber gespannt«, antwortete Nicolas.

»Ich hatte gerade ein Gespräch mit meinem Kollegen. Und stellen Sie sich vor, er lädt uns erneut zu sich ins Cottage ein.« Seine Freude wuchs mit jedem Wort.

Nicolas musste sich setzen. So schnell konnten Wünsche in Erfüllung gehen?

»Hallo, Nicolas? Sind Sie noch dran? – Hallo?«

»Ja, ja, ... ich bin noch dran. Ist das wahr?« Am liebsten hätte er einen Jubelschrei ausgestoßen. »Wann sollen wir anreisen?«

194

»Dem Professor wäre es am liebsten sofort, glaube ich.« Wenn das jetzt nicht sein eigener Wunsch war. Hatte er nicht von morgen oder übermorgen gesprochen? »Aber das geht mir zu schnell. Was halten Sie von morgen. Ich hole Sie um zwölf Uhr ab. Dann sind wir am späten Nachmittag dort.« »Das ist gut. Wie lange werden wir bleiben?« Er konnte sich kaum noch beherrschen. Er durfte zurück und bei Oliver sein. »Packen Sie mal für eine Woche. Wir haben keinen Zeitraum festgelegt. Ich glaube, mein Kollege will mit mir etwas besprechen, das eventuell auch mehrere Tage beanspruchen wird. Es könnte genauso sein, dass Ihre Freunde Sie bei sich haben wollen. Dann bleiben Sie vielleicht sogar noch länger als ich.«

Das wäre das Größte! Nicolas stürzte ins Schlafzimmer, riss den Rucksack aus dem Schrank und begann, ihn vollzustopfen. Er konnte gar nicht klar denken und griff einfach, was ihm gerade in die Finger kam. Sollte er etwas vergessen einzupacken, gab es sicher im nächsten Ort eine Möglichkeit, das einzukaufen. Am wichtigsten war ohnehin die Badehose.

Er war so aufgeregt, dass er nicht einschlafen konnte. Irgendwann stand er auf, ging zum Fenster und schaute in die Nacht. Die Stadt sah so friedlich aus. Immer mehr Lichter erloschen in den Fenstern der Häuser. Nur vereinzelt fuhren Autos vorbei. Ein Pärchen lief Arm in Arm die Straße entlang. Endlich übermannte ihn doch die Müdigkeit und er ging zurück in sein Bett. Am nächsten Morgen sprang er munter auf und sang ein Lied unter der Dusche. Der Rucksack stand fertiggepackt an der Garderobe. Er frühstückte und fühlte sich so frei wie nie zuvor. Was sollte nun noch schiefgehen? Oliver wollte ihn bei sich haben.

Bereits um Viertel vor zwölf stand er am Fenster. Er öffnete es weit und ließ die Sommerluft ins Zimmer. Tief durchatmend suchte er die Straße nach dem Auto des Professors ab. Die Menschen gingen ihrer Wege. Sie waren bunt bekleidet. Es kam ihm vor, als hätte er sie noch nie so sommerlich gesehen. Leise musste er über sich lachen. Wie die Welt sich doch mit der eigenen Stimmung verändern konnte. Wenn das alle wüssten …! In dem Moment fuhr der Professor vors Haus. Das Handy klingelte.

»Hallo, Nicolas, ich stehe vor Ihrer Tür. Sind Sie bereit?«
»Ja, Herr Professor Jäger, ich komme sofort. Einen kleinen Moment, bitte!« Er nahm den Rucksack und lief zur Haustür.
»Kommen Sie, wir wollen los.« Etwas Ungeduld schwang in seiner Stimme.

Nicolas ließ sich eilig in den Sitz fallen und begrüßte den Professor.

»Ist alles in Ordnung?«, wollte dieser wissen.

»Ja, ich freue mich auf die Fahrt.« Nicolas spürte sofort die Entspannung und lehnte sich zufrieden zurück.

Julian wunderte sich, dass er an diesem Morgen als Erster erwachte. Alle anderen schliefen noch. Leise öffnete er die Tür zum Garten und trat hinaus. Die Vögel begrüßten ihn lauthals zwitschernd und ließen sich die Morgensonne aufs Gefieder scheinen. Es duftete nach feuchter Erde. Nebel stieg auf wie ein Hauch der Erde. Weil die Luft bereits angenehm warm war, machte er einen Spaziergang durch den Wald. So konnte er ungestört an seinen sonderbaren Traum denken, aus dem er vorhin aufgewacht war. Er erinnerte sich so deutlich an alles, als hätte er nicht geträumt, sondern ihn tatsächlich erlebt. Annabell war bei ihm und ihre beiden kleinen Mädchen. Sie lebten in einem Haus mit großem Garten, der auf den ersten Blick ein wenig wild und verwachsen wirkte. Aber bei genauerem Hinsehen erkannte man seine besondere Struktur. Im hinteren Bereich befand sich ein kleines Biotop. Dort quakten Frösche und allerlei Insekten summten um die Pflanzen. Schmetterlinge flogen hin und her. Sogar ein kleiner Ameisenhaufen war zu sehen. Seitlich waren Kräuterbeete angelegt und mit Schildern versehen. Rund um den Garten standen Sträucher, an denen Früchte hingen. Auch die Obstbäume trugen bereits Äpfel, Birnen und Kirschen. Direkt am Haus war eine Terrasse, die zu schwimmen schien. Ein Naturschwimmbecken mit Schilf und Seerosen waren der Grund dafür und rundeten das harmonische Bild ab. Die Sonne spiegelte sich im Wasser. Er war so glücklich mit seiner kleinen Familie. – Als er zur Hütte zurückkam, wurde er von leisem Gemurmel empfangen. Schade, dass er nun seinen Traum ziehen lassen musste. Doch was er nun hörte, weckte seine Aufmerksamkeit.

»… du glaubst nicht, wie das aussah. Alle Häuser in der Stadt hatten Blumenkästen auf den Fensterbänken und wo genug Platz vor dem Haus war, standen kleine Kübel mit Ministräucher. Bäume waren in jedem Straßenzug gepflanzt und in den Vorgärten hatten Wiesen mit den schönsten Wildblumen die tristen Kiesbeete vertrieben.« Lena saß mit angezogenen Beinen auf der Gartenbank und schaute beim Erzählen in eine andere Welt. Dabei strahlte ihr Gesicht.

Katrin deckte gerade den Frühstückstisch auf der Terrasse und hörte ihr nickend zu. »Das muss wunderschön gewesen sein. Aber ich habe auch ganz intensiv geträumt. Bei mir fuhren auf den Straßen nur Elektroroller und Fahrräder. Kein einziges Auto war zu sehen, noch nicht einmal am Straßenrand. Ich weiß nicht, wie die Leute zur Arbeit gekommen sind.«

»Vielleicht wohnten sie nicht so weit davon entfernt«, überlegte Lena, »oder gab es vielleicht abseits besondere Straßen für Autos, oder unterirdisch?«

»Weiß ich nicht, aber die Luft war klar und duftete richtig.« Katrin atmete tief ein. »Genauso wie hier.«

Julian stand mittlerweile bei ihnen. »Wovon redet ihr?«

Katrin schaute ihn lächelnd an. »Von unseren Träumen. Sie waren so wirklichkeitsgetreu, dass man meinen könnte, wir hätten sie erlebt.«

Er wusste genau, was sie meinte. Ohne von seinem Traum zu erzählen, setzte er sich an den Tisch. Wie hätte er auch erzählen können, dass er mit Annabell verheiratet war und zwei kleine Mädchen hatte, ohne dass sie ihn auslachten?

Lena goss Kaffee ein und erzählte weiter von ihrem Traum. Nach einer Weile gesellten sich Sebastian und Oliver zu ihnen. Hungrig griffen sie nach den duftenden Brötchen.

»Hier kann ich es noch eine Weile aushalten«, sagte Sebastian. »Sogar eure Gesellschaft gefällt mir.«

Alle hoben gleichzeitig den Kopf und schauten ihn fragend an.

»Naja, es gefällt mir, dass ich mich morgens an einen gedeckten Tisch setzen kann und nicht allein frühstücken muss.« Dabei verzog er sein Gesicht zu einem breiten Grinsen.»Dazu singen die Vögel und die Sonne wärmt mich. Was will man mehr?« »Schon allein dieser Spruch verpflichtet dich, morgen für uns den Tisch zu decken.« Annabell stand plötzlich hinter ihm und tippte mit dem Finger auf seinen Kopf.»Kinder, ihr glaubt nicht, was ich heute Nacht geträumt habe.« Sie schaute in die Runde und ließ den Blick auf Julian ruhen.»Sogar du kamst darin vor.« »War sicher ein Albtraum«, sagte der schnell, als er merkte, dass ihm heiß wurde.

»Ach ne, war ganz entspannt. – Hm, das duftet gut.« Sie setzte sich und griff auch gleich zu.

Alle schienen heute einen besonderen Appetit zu haben, denn im Nu waren die Brötchen verzehrt. Zum Glück stand noch eine Schale mit Obst auf dem Tisch. So saßen sie eine Weile und unterhielten sich über ihre Träume. Dabei kam Lena ein Gedanke: Sollte das das Sehen sein, das der Professor angekündigt hatte? Warum sonst haben alle Zukunftsträume gehabt? Aber sie wagte nicht, darüber zu reden. Plötzlich klingelte Olivers Handy. Er stand auf, um es zu holen, weil es noch in der Küche am Ladekabel hing.

Als er nach ein paar Minuten zurückkam, hielt er es in der Hand und schaute ungläubig darauf.»Ihr glaubt nicht, wer mich da angerufen hat.« Er machte eine künstliche Pause, um die volle Aufmerksamkeit zu haben.»Das war Nicolas, er ist auf dem Weg zu Professor Hilpert. Der hat ihn und Jäger schon wieder eingeladen. Diese Mal für länger.«

»Warum, was sollen die hier?« Sebastian schaute ihn fragend an.

»Das hat er selbst nicht gewusst. Jäger hatte ihn gestern Abend angerufen und gefragt, ob er mitkommen möchte. Da hat er einfach zugesagt. Sie wollten gleich losfahren. Er hat gefragt, ob er uns besuchen kann.«

Lena meinte, einen sonderbaren Unterton zu hören.»Willst du das denn? Habt ihr euch wieder vertragen?«

»Das schon, aber ihr seid auch gefragt, nicht nur ich. Schließlich wollten wir doch für uns sein. Und wie es mit dem Professor

Hilpert weitergeht, haben wir auch noch nicht entschieden.« Oliver war sich nicht sicher, ob beim Anblick von Nicolas nicht alles wieder hochkam. Einerseits freute er sich, ihn zu sehen, anderseits fiel es ihm schwer, seine Gefühle für ihn zu verbergen. Wenn er nur für einen Tag da wäre, kein Problem – aber für länger?

»Lass ihn doch erst einmal ankommen! Schließlich hat ihn der Professor eingeladen. Wer weiß, was der vorhat. Vielleicht soll er bei ihm wohnen und jetzt sein Versuchskaninchen werden.« Doch kaum hatte Sebastian das ausgesprochen, tat es ihm leid. »Sorry, das habe ich nicht so gemeint.«

»Du hast recht«, meinte Katrin. »Daran können wir eh nichts mehr ändern. Eigentlich fand ich ihn auch nett.«

»Wo soll er denn schlafen, wenn er wirklich bei uns bleiben will? Die beiden Schlafzimmer haben wir belegt. Auf der Couch im Wohnzimmer finde ich nicht so prickelnd.« Sebastian überlegte. »Oder wir bauen ihm Julians Zelt auf. Da kann er sich zurückziehen, wann immer er will.«

»Das kann doch nicht dein Ernst sein. Was meinst du, wie er sich dann fühlen wird?« Annabell schüttelte energisch den Kopf. »Auf welche Ideen du kommst ...?«

»War nur ein Scherz. Jetzt schau mich nicht so böse an.« In Wahrheit hatte er kurz an diese Lösung gedacht. Aber sie hatte natürlich recht.

Wie es letztendlich gehen sollte, wussten sie noch nicht. Weil die gute Stimmung von vorhin verloren war, standen sie auf und machten sich ans Aufräumen. Es war schließlich möglich, dass die beiden einfach hier auftauchten. Dann sollte wenigstens alles ordentlich sein. Dabei hing jeder seinen eigenen Gedanken nach. Nur Oliver spürte echte Freude, die er aber gut zu verbergen wusste.

Am Abend meldete sich Nicolas telefonisch bei Oliver und erklärte, dass er beim Professor Hilpert bleiben würde, weil dieser noch einiges mit ihm und dem Professor Jäger zu besprechen hätte. Außerdem hatte er dort ein Gästezimmer. In der Hütte würde es sicher zu eng werden. Er wollte sich melden, wenn er sie besuchen kommen würde. Oliver konnte nicht sagen, ob er sich darüber freute oder eher enttäuscht war. Seine Gefühle schwankten. Zwar wollte er ihn bei sich haben, aber er musste auch einsehen, dass diese Lösung zunächst die beste war. Nicolas blieb mindestens eine Woche, hatte er gesagt. Da würde sich auch ein Weg finden, bei ihm zu sein. Oliver schaute die anderen an. »Was, meint ihr, wird der Professor ihnen erzählen? Ob er bei der Wahrheit bleibt?«

»Das sollte er auf jeden Fall, sonst werden wir alles klarstellen.« Sebastian spürte einen Hauch von Wut in sich aufkommen. »Ich bin mir immer noch nicht sicher, wie unsere Zusammenarbeit aussehen soll. Mein Vertrauen ist vollkommen hinüber.«

Katrin sah Lena an und versuchte, ihre Gedanken zu lesen, aber die hatte gänzlich zugemacht. Auch Annabell schien abgeschaltet zu haben. Enttäuscht setzte sie sich an den Küchentisch. Was sollte nun aus dem Experiment werden? Sie hätte gerne weitergemacht. Die Tiere zu verstehen, war einfach so aufregend, dass sie diese Fähigkeit unbedingt weiterentwickeln wollte. *Hatte der Professor nicht gesagt, dass man auch mit den Pflanzen reden könnte?* Nein, das wollte sie nicht aufgeben. »Ich denke, wir bekommen das wieder hin. Vielleicht auf einer anderen Basis, aber es wird gehen.«

»Lasst uns doch den Rest des Tages nutzen, Tiere im Wald zu beobachten, und öffnet eure Lauscher, um ihnen zuzuhören. Wenn wir das wirklich können, wäre es schade, mit dem Experiment aufzuhören. Wenn nicht, werde ich gegen das Weitermachen stimmen. Wir haben doch die Möglichkeit, selbst über Lösungen nachzudenken, wie wir der Natur helfen könnten. Zur Not erinnern wir uns einfach an unsere Träume von heute Nacht.« Julian war überzeugt, dass dies ein guter Plan war. Darauf einigten sie sich ohne Einwände und machten sich in Zweiergruppen auf den Weg.

*

Julian und Annabell gingen zusammen los. Sie wollten sich wissenschaftlich über die möglichen Folgen von dem massiven Angriff der Mücken unterhalten. Annabell wunderte sich immer noch, dass Oliver keinerlei Reaktion gezeigte hatte, denn eigentlich müsste er mit seinem Trauma zu kämpfen haben. Doch er schien vollkommen entspannt zu sein.

»Vielleicht kommt das erst in ein paar Tagen. Er ist jetzt ständig in unserer Gesellschaft, da hat er keine Ruhe und fühlt sich bei uns auch sicher. Ich bin gespannt, wie es in ein oder zwei Wochen sein wird, wenn er wieder zu Hause ist.« Julian schoss ein Steinchen mit der Fußspitze weg. Für ihn war klar, dass er noch länger bleiben wollte.

»Das denke ich auch. Vielleicht können ihm dann Nicolas und Professor Jäger beistehen. Wir wohnen viel zu weit entfernt. – Mir graut es sowieso schon davor, wenn wir abreisen und uns vielleicht wieder aus den Augen verlieren. Ich würde gerne noch länger bleiben als nur die vorgesehenen zwei Wochen.« Annabell schaute kurz in Julians Gesicht, aber dieser zeigte keine Reaktion. »Ich habe mich so sehr an unsere Clique gewöhnt, dass ich mir nicht vorstellen kann, in ein paar Tagen Abschied nehmen zu müssen.«

Überrascht sah Julian Annabell an. In ihren Augen erkannte er für einen Moment die Traurigkeit. Ob die auch ihm galt? Er wünschte es sich so sehr, denn er fühlte jetzt schon die Sehnsucht nach ihr. Warum nutzte er nicht die Zeit, die sie gerade hatten? Sie müssten nur Abstand von dem Experiment nehmen und die Auszeit wie geplant genießen. Dann hätten sie die Möglichkeit, den Tag nach ihren Vorstellungen zu verbringen. So war ständig etwas anderes zu tun. Er atmete geräuschvoll ein und aus. »Du hast recht, die Erinnerungen an früher sind so intensiv, dass ich mir nichts Schöneres vorstellen kann, als mit allen zusammen wieder neue Abenteuer zu erleben.« Er sah sie von der Seite an und freute sich, dass sie nickte. Damit war für ihn die Entscheidung gefallen: Keine weitere Teilnahme an dem Experiment! Plötzlich spürte er ihre Hand, die nach seiner suchte. Mit einem leichten Schauer auf der Haut ergriff er sie. Wie selbstverständlich liefen sie nun Hand in Hand miteinander. *Nur nichts sagen, einfach genießen,* dachte er und konnte sich ein Lächeln nicht verkneifen.

Sie fanden ein schönes Plätzchen und setzten sich ins weiche Gras. »Ich will ein Weilchen hierbleiben und an nichts denken.« Annabell legte sich zurück und schloss die Augen. Die Sonne wärmte sie und das Zwitschern der Vögel sorgte schnell für Entspannung. Mit tiefen Atemzügen sog sie den Duft des Waldes ein. Julian freute sich ebenfalls über die Pause, vermisste aber sofort ihre Hand. Er legte sich auf die Seite und stützte den Kopf mit der Hand, sodass er Annabell beobachten konnte. Sie atmete intensiver als gewöhnlich. Ihr schönes Gesicht leuchtete in der Sonne. Es hatte sich bereits eine kupferne Bräune über ihre Haut gelegt. Am liebsten hätte er ihr über die Haare gestrichen, so seidig glänzten sie. Der Duft ihres Parfüms vereinigte sich wunderbar mit dem Sommergeruch der Natur. Um sie nicht in einem plötzlichen Anfall hemmungslos zu küssen, drehte er sich auf den Rücken und schloss die Augen. Sein Puls raste. *Du musst dich beherrschen,* schrie es in ihm. Doch er konnte nicht verhindern, dass seine Hand, die von Annabell ertastete. Da sie nicht abweisend reagierte, fasste er sie und spürte sofort den Wärmefluss, als wären sie ein Körper.

Wie lange sie in der Sonne lagen, wussten beide nicht. Sie genossen es einfach und wollten auf keinen Fall gestört werden. Doch plötzlich hörten sie ein leises Stimmchen. Es war so zart, dass es keinem Menschen gehören konnte. Annabell öffnete ihre Augen und drückte leicht Julians Hand. »Sieh dir das an«, flüsterte sie, »da tanzt ein Zitronenfalter vor uns herum. Erschreck ihn nicht!«, warnte sie noch.

Julian öffnete die Augen, ohne sich weiter zu bewegen. Er entdeckte ihn sofort, denn der Schmetterling tanzte genau über ihren Köpfen. »Wir brauchen eure Hilfe!«, schien er zu sagen. »Bitte gebt nicht auf. Er wird euch lehren, was zu tun ist, damit wir alle überleben können.«

»Hörst du das auch«, flüsterte Annabell, »oder träume ich?«

»Nein, du träumst nicht. Ich höre es.«

Annabell spürte ihr Herz schneller schlagen. Es ist also da, sie konnten die Tiere sprechen hören. »Was sollen wir tun?«, fragte sie den Schmetterling leise.

»Das wird euch der Professor erklären. Vertraut ihm und euch. Ihr seid die Richtigen.« Ehe die beiden darauf reagieren konnten, flog der Schmetterling fort.

Annabell setzte sich auf. »Was meint er wohl mit: Ihr seid die Richtigen? Er kennt uns doch gar nicht.«

»Wer weiß, was die Tiere alles verstehen? Wir denken immer, dass wir die intelligenteste Spezies auf der Erde sind. Vielleicht hat er die Gedanken des Professors gehört und der meint, dass wir die Richtigen sind.«

»Oder er hat es ihnen gesagt, denn das meint er ja auf jeden Fall. Sonst hätte er uns nicht ausgesucht. Aber jetzt will ich nicht mehr daran denken. Wir haben unsere Aufgabe erledigt. Wir können sie hören und uns sogar mit ihnen unterhalten. Lass uns die Zeit in der Sonne genießen!« Annabell legte sich wieder ins Gras. Dieses Mal schloss sie aber nicht ihre Augen, sondern schaute ihn an. Ihre Hand nahm seine und ein Lächeln zeigte sich in beiden Gesichtern.

Julian wurde es heiß. Meinte sie es so, wie er es gerade verstand? Etwas verlegen drehte er sich auf die Seite und beobachtete sie verträumt. Wie gerne würde er sie jetzt küssen. *Warum mache ich das nicht einfach? – Wir sind keine Teenager mehr, wo man sich einfach nimmt, was man möchte,* antwortete er sich selbst. Seine Gedanken bremsten ihn. Er schloss die Augen. Annabell hörte sie jedoch glasklar.

Plötzlich spürte er ihre Hand in seinem Gesicht. Zärtlich streichelte sie seine Wange. Da vergaß er alle Bedenken und senkte seine Lippen langsam auf ihre. Ein lieblicher Schmerz durchfuhr ihn, als er sie berührte, als würde sein Herz aus der Brust springen wollen. Vorsichtig hob er wieder den Kopf und schaute in ihre Augen. Sie hatten einen wunderbaren Glanz, den er bisher noch nie bei ihr gesehen hatte. Es war, als würde sie in ihn hineinschauen. Das verursachte einen Schauer in ihm, der vom

Kopf bis in die Zehenspitzen reichte. Erneut legte er seine Lippen auf ihre, dieses Mal fordernder. Als er ihre Zustimmung wahrnahm, verlor er alle Scheu. Ihre Lippen waren zärtlich und ihre Zunge schmeckte wunderbar süß. Ohne weiter nachzudenken, nahm er sie in den Arm und zog sie zu sich. Es war für ihn der Himmel auf Erden, als Annabell begann, in seinen Haaren zu kraulen. Er spürte sie mit allen Sinnen.

Vergessen war die Angst, dass sie ihn vielleicht nicht so mochte, wie er sie. Vergessen waren der Schmetterling und das Experiment. Er hielt das wunderbarste Wesen in seinen Armen. Ihre Augen waren geschlossen, sodass er die langen Wimpern deutlich sah. Es zählte nur noch das Hier und Jetzt. Erneut küsste er sie und spielte zwischendurch mit seinen Zähnen an ihren Lippen. Ihr Körper schmiegte sich an seinen. Er löste seinen Mund von ihrem und sah sie prüfend an. Alle Muskeln ihres Gesichts waren entspannt.

Annabell öffnete langsam die Augen. Sie sah ihn durch einen Schleier, der alles andere ausblendete. Nur seine dunklen Augen nahm sie wahr.»Mach das bitte noch einmal!«, flüsterte sie.

Wie lange sie dort gelegen hatten, wussten sie nicht. Doch irgendwann knurrte Julians Magen so laut, dass beide lachen mussten.

»Hast du etwa Hunger?«, fragte sie vergnügt und setzte sich auf.»Kannst du nicht von Luft und Liebe leben?« Sie legte eine Hand auf seinen Bauch und konnte so das Rumoren fühlen. »Meine Güte, lass uns zurückgehen, bevor du nachher noch zusammenbrichst.« Mit einem Schwung stand sie auf, griff seine Hand und zog ihn hoch.

Julian war erstaunt, wie viel Kraft sie hatte. Durch den Ruck stand er zwar, fiel aber beinahe in ihre Arme.»Habe ich's doch gewusst, du kannst dich kaum noch auf den Beinen halten. Komm mein Lieber, ich stütze dich!« Sie griff seinen Arm und legte ihn über ihre Schulter. Ihrer schmiegte sich um seine Taille. Nicht, dass er es aus Schwäche gebraucht hätte, aber er genoss die Nähe auf dem Weg zurück zur Hütte.

*

»Was sehen meine trüben Augen?« Sebastian kam gerade aus der Küche mit einem Stapel Teller in der Hand, als die beiden die Terrasse erreichten. »Habt ihr es endlich kapiert?« Lächelnd stellte er seine Last auf den Tisch.

»Was? Wieso?«, fragten beide unisono.

»Man, wir haben schon lange gemerkt, dass es bei euch funken muss, so wie ihr euch immer angesehen habt.« Er sagte es, als wäre es das normalste von der Welt und lief zurück in die Küche. »Oliver,« rief er, »es ist vollbracht!«

»Ich glaube es nicht«, kam die Antwort. Gleich darauf hörte man schnelle Schritte und Oliver stand in der Terrassentür. »Tatsache! – Ein Hoch der Liebe!«, jubelte er und lief auf Annabell zu. Die schaute perplex und verstand die Szene nicht im Geringsten. Oliver schloss Annabell in seine Arme und flüsterte ihr ins Ohr: »Wir haben schon Wetten abgeschlossen, wann ihr es endlich hinbekommt. Ich habe gewonnen!« Jubelnd gab er Annabell einen Kuss auf die Wange.

»Was …?« Entsetzt befreite sie sich aus der Umarmung. »Du hast die Wette gewonnen?« Zornige Röte schoss ihr ins Gesicht.

Auch Julian verstand das vollkommen falsch. Er sah Annabell an. Konnte es sein, dass *sie* sich mit ihm nur einen Scherz erlaubt hatte? Verzweifelt ließ er sich auf einen Stuhl fallen. Wie stand er jetzt da? War er nur eine Marionette in einer schlechten Inszenierung? Er wurde kreidebleich, fand aber nicht die Kraft, aufzustehen und ins Haus zu gehen. Verzweifelt musste er feststellen, dass seine Ängste jetzt Wirklichkeit wurden.

Annabell sprang zur Seite und gab Oliver dabei so einen heftigen Schubs, dass er zu straucheln begann.

»Hej, was ist los mit dir? Bist du etwa beleidigt? Es war doch sonnenklar, dass ihr zusammenkommt, wenn nicht hier, dann spätestens wenn wir abgereist sind und ihr euch vermisst. So spielt das Leben.« Er verstand die ganze Aufregung nicht, drehte sich um und ging murmelnd in die Küche.

»Hast du ihr etwa von unserer Wette erzählt?« Sebastian stand mit einer Schüssel voll frischem Salat vor ihm. Oliver nickte, war sich aber keiner Schuld bewusst. »Das kannst du doch nicht machen. Wie steht Julian jetzt da? Sicher glaubt sie, dass er da mitgespielt hat, du Idiot.« Sebastian schüttelte den Kopf und lief dann auf die Terrasse. »Annabell, sei nicht böse! Wir haben uns nichts dabei gedacht«, versuchte er, die Situation zu retten. Doch er hatte keine Chance. Sie strafte ihn mit bösen Blicken und lief in ihr Zimmer. Dort schloss die die Tür ab. Sie wollte niemanden sehen. Tränen schossen ihr in die Augen. Sie hatte Julians Reaktion genau gesehen. Er hatte kein Wort der Verteidigung gesagt. War sie ihm so gleichgültig?

»Spinnt ihr? Hat euch einer ins Gehirn geschissen?«, fauchte Julian die Freunde an. »Was glaubt ihr, wie sie sich jetzt fühlt und wie es mir damit geht? Was soll sie von mir denken? Dass ich davon wusste, vielleicht? Ihr habt sie doch nicht mehr alle!« Wütend stand er auf und ging zum Zimmer der Mädchen. »Annabell«, sagte er leise, als er vor ihrer Tür stand. »Annabell, darf ich reinkommen?« Keine Reaktion. »Annabell, bitte lass uns reden!« Leise klopfte er an. Dann lauschte er. Hörte er sie weinen? »Annabell, ich schwöre dir, ich habe nichts davon gewusst.« Er legte sein Ohr an die Tür.

»Hej, was machst du da?« Katrin stand plötzlich hinter ihm. »Hier wird nicht gelauscht.«

Sein Herzschlag schien einen Moment auszusetzen, so sehr hatte er sich erschrocken. »Mann, musst du dich so anschleichen?«

»Allerdings, was hättest du gemacht, wenn ich an eurer Tür lauschen würde?« Sie zog beide Augenbrauen hoch und stach ihn mit dem Finger in den Rücken.

»Ja, entschuldige, das kann jetzt tatsächlich sonderbar aussehen. Aber ich muss unbedingt mit Annabell sprechen. Ich glaube, sie ist in dem Zimmer und weint.«

»Dann klopft man an oder fragt einfach, ob sie da ist.«

»Habe ich gemacht, aber sie antwortet nicht.«

Als sie in sein Gesicht sah, merkte sie, dass etwas vorgefallen sein musste. Er sah so verzweifelt aus, dass sie schon wieder Mitleid mit ihm bekam. »Geh zur Seite, ich gehe rein und sehe nach!« Damit schob sie ihn einfach von der Tür weg. Doch als sie die Klinke runtergedrückt hatte und einen Schritt machen wollte, stieß sie mit dem Kopf vor die Tür. »Autsch«, jaulte sie auf, »was soll das? Annabell, bist du da drin? Dann schließ gefälligst die Tür auf! Ich will rein.«

Nichts rührte sich. Jetzt legte sie das Ohr an die Tür und lauschte. Richtig, es war ein leises Schluchzen zu hören. »Was ist hier passiert?« Erbost drehte sie sich zu Julian und sah ihn wütend an. »Hast du ihr wehgetan?«

Julian wusste nicht, was er antworten sollte.

»Verschwinde, aber ganz schnell!« Katrin sah ihn so bestimmend an, dass er sich auf der Stelle umdrehte und in seinem Zimmer verschwand. »Annabell, ich bin jetzt allein. Mach bitte die Tür auf.«

Es dauerte einen Moment, bis sie das Klicken des Schlosses vernahm. Langsam öffnete sich die Tür. Vor ihr stand Annabell, vollkommen verstört, mit roten Augenrändern. Ihre Wangen waren nass von den vielen Tränen. Katrin schloss gleich hinter sich die Tür und nahm ihre Freundin in die Arme. »Was ist passiert? Komm, wir setzen uns auf dein Bett. Erzähl mir, was los ist. Hat er dich verletzt?«

Annabell setzte sich. Doch bevor sie sprechen konnte, rannen wieder Tränen aus ihren Augen. Katrin reichte ihr ein Taschentuch und legte einen Arm um ihre Schultern. »Beruhige dich erst mal und dann erzähle!«

»Die bescheuerten Männer«, brach es aus ihr heraus, »nie weiß man, woran man bei ihnen ist.« Schluchzend legte sie den Kopf an Katrins Schulter.

»Kannst du ein wenig genauer werden? Ich verstehe kein Wort.« Dabei reichte sie ihr erneut ein Taschentuch.

Annabell schnäuzte sich die Nase und wischte die Tränen beiseite. Dann begann sie, zaghaft von dem schönen Tag mit Julian zu erzählen, sodass sich Katrin fragte, warum sie nun so traurig reagierte. War sie etwa nicht frei für ihn? So genau kannte sie Annabells private Situation gar nicht. Plötzlich richtete sich Annabell auf und sagte mit klaren Worten:»Und dann war alles nur eine Wette.« Wütend schmiss sie das zerknüllte Taschentuch auf die Erde. Der Kummer war gewichen und Wut breitete sich aus. Sie musste aufstehen, um nicht zu zerplatzen. Stampfend schritt sie durch das Zimmer.»Ich glaube es nicht! Ich dumme Kuh denke noch, dass er mich liebt, genauso wie ich ihn. Aber jetzt ist Schluss damit.« Wutentbrannt ließ sie sich neben Katrin aufs Bett fallen.»Ich habe langsam genug. Am besten, ich reise noch heute ab.«

»Was? Nein, tu das nicht. Lass mich erst einmal klären, was da wirklich passiert ist. Ich glaube nicht, dass Julian nur einer Wette gefolgt ist. Vielleicht hast du da etwas missverstanden.« Entsetzt schaute sie ihre Freundin an.»Ich habe ihn gerade gesehen. Der war am Boden zerstört.«

»Na klar, weil alles rausgekommen ist.«

»Nein, warte bitte! Ich rede mit ihm.«

»Das tust du nicht!« Annabell sah ihre Freundin wütend an.»Ich brauche keine Vermittlerin. Er soll es mir das ins Gesicht sagen, wenn er nichts damit zu tun hat. Aber das kann er ja anscheinend nicht.«

Katrin stellte sich vor sie.»Dann solltest du ihm auch die Gelegenheit dazu geben. Schließlich hatte er vor unserer Tür gestanden und versucht, mit dir zu sprechen.«

»Sicher, nimm du ihn jetzt auch noch in Schutz. Was meinst du, wollte er mir erzählen? Natürlich hätte er geschworen, nichts von der Wette gewusst zu haben. Machen sie doch alle. Und dann soll ich den Fehler eingestehen, ihn verdächtigt zu haben. – Nein, das hatte ich schon einmal und brauche es nicht wieder.« Atemlos schaute sie Katrin an.

Katrins Gehirn begann zu rattern. Was hatte ihre Freundin wohl erlebt, in der Zeit, als sie keinen Kontakt hatten. Warum war der überhaut abgebrochen? Plötzlich stutzte sie. War da nicht Annabells Stimme, ohne dass sie sprach?

Ich will nicht, dass es sich wiederholt. Mein Leben begann endlich wieder, in guten Bahnen zu laufen. Hat das denn nie ein Ende? Mir können die Männer gestohlen bleiben. Da lebe ich doch zufriedener allein. –»Was grinst du denn so? Findest du das etwa alles so lustig? Dir mag es vielleicht anders gehen, aber ich habe genug von dem männlichen Geschlecht.«

Katrin nahm Annabell an die Hand und zog sie zurück aufs Bett.»Nein, ich habe nur gerade festgestellt, dass ich deine Gedanken gehört habe.«

Erschrocken riss Annabell die Augen auf.»Du hast meine Gedanken gehört? Auch das noch. Jetzt packe ich auf jeden Fall meine Sachen. Ihr müsst ohne mich weitermachen.«

»Beruhige dich erst einmal! Es ist doch gut, dass ich dich verstehe und nicht denke, du würdest überreagieren. Willst du mir erzählen, was du in den letzten Jahren durchleben musstest? Mir tut es schon jetzt so leid, dass unsere Kontakte alle abgebrochen waren. Dabei weiß ich gar nicht mehr, warum.«

Annabell war sich nicht sicher, was sie tun sollte. Konnte die Freundin immer noch ihre Gedanken hören oder hatte sie ihren Schutz wiedergefunden? Sie wusste es nicht.»Es muss reichen, wenn ich dir sage, dass meine Beziehungen immer wieder an dem kindischen Verhalten der Männer gescheitert sind. Sie benahmen sich nach kurzer Zeit, als wären sie im Kindergarten, wenn sie mit ihren Kollegen zusammen waren und tauschten intimste Details aus. Das war so gnadenlos vernichtend, dass ich davon genug habe. Nun geht das Gleiche bei Julian los, kaum dass es begonnen hat. Darauf habe ich keinen Bock mehr.«

Mitleid stieg in Katrin auf, aber das wollte sie nicht zeigen. Also stand sie auf und stellte sich ans Fenster. Im Moment wusste sie nicht, was sie dazu sagen sollte. Genau diesen Gedanken hatte sie vorhin auch, als sie von der Wette erfuhr. *Wann werden Männer eigentlich erwachsen?* »Annabell, ich glaube trotzdem, dass du mit Julian sprechen solltest.«

Annabell schüttelte nur ihren Kopf, aber das sah Katrin nicht. Sie schaute hinaus, über die Sträucher und Bäume hinweg bis zum Himmel hinauf. Die Vögel kreisten dort, als würden sie

210

Fangen spielen. Wer bei ihnen wohl das Sagen hatte? Da oben sah die Welt so friedlich aus, als gäbe es keinen Kummer und keine Notwendigkeit, auch nur eine Kleinigkeit zu verändern. Wie trügerisch doch alles sein konnte. Hatte Annabell recht? Warum hatte sie selbst noch keinen Mann fürs Leben gefunden? Waren es die gleichen Gründe wie bei Annabell? Na klar, auch sie hatte ein paar kurzzeitige Beziehungen, aber in keine davon wollte sie zurück. Gab es in der heutigen Zeit noch die Chance auf eine glückliche Ehe? Die ersten Paare aus ihrem Bekanntenkreis ließen sich bereits wieder scheiden. Ein leises Stöhnen entglitt ihrem Mund. Dann drehte sie sich um und sagte:»Lass uns essen gehen! Wir müssen nicht auch noch verhungern. Heb den Kopf und lass dich nicht unterkriegen!« In ihren Augen lag etwas Flehendes, denn sie hatte Angst, dass Annabell heimlich verschwinden würde, wenn sie jetzt hinausging.

Tatsächlich überlegte Annabell kurz, ob sie nicht besser sofort packen und sich auf den Weg nach Hause machen sollte. Doch Katrins Anblick ließ sie zögern.»Na gut, aber wenn nur einer eine blöde Bemerkung macht, bin ich weg. Das sage ich dir.« Sie ging ins Bad und wusch sich das Gesicht. Keiner sollte verdächtige Spuren darin erkennen können. Dann legte sie ein wenig Schminke auf und sagte:»Fertig!«

Die Freundinnen hakten sich ein und gingen hinaus auf die Terrasse. Beide versuchten, ein gleichgültiges Gesicht zu machen, was ihnen nur mühsam gelang. Die anderen saßen bereits an dem gedeckten Tisch und unterhielten sich.

»Dann lasst uns endlich beginnen! Mein Magen knurrt wie ein Bär.« Sebastian versuchte, eine lockere Stimmung aufkommen zu lassen, und griff nach dem Brotkorb.

29

Professor Hilpert öffnete die Tür als seine Gäste ankamen und bemühte sich, dabei zu lächeln. Doch Professor Jäger bemerkte sofort, dass etwas nicht stimmte. So grau hatte er das Gesicht seines Kollegen nicht in Erinnerung. Auch schien er nicht so aufrecht zu stehen, wie es seine Eigenart war. Die Schultern kippten leicht nach vorne und der Kopf war etwas geneigt. Er konnte doch nicht in den wenigen Tagen so gealtert sein? Natürlich versuchte er, es sich nicht anmerken zu lassen, und schob Nicolas ins Cottage. Nicolas strahlte, wieder hier zu sein. Er konnte es kaum erwarten, Oliver zu treffen. Aber die Höflichkeit gebot ihm, zunächst dem Gastgeber die Aufmerksamkeit zu schenken. »Hatten Sie eine gute Reise?«, fragte der Professor und reichte beiden seine Hand zur Begrüßung. »Wo haben Sie ihr Gepäck? Sie bleiben doch für eine Weile, wie besprochen?« Fragend schaute er seinen Kollegen an.

»Oh ja, vielen Dank für die Einladung! Die Fahrt war sehr entspannt. Wir hatten keinen Stau. Die Reisetaschen sind noch im Auto. Sollen wir sie jetzt gleich holen?« Professor Jäger hatte sich schon halb zum Gehen umgedreht, als er plötzlich Nicolas den Schlüssel reichte. »Junger Freund, machen Sie das bitte. Unsere Taschen sind nicht so schwer.«

Nicolas nahm erfreut den Schlüssel und lief zum Auto. So konnte er die Gelegenheit nutzen und Oliver eine Nachricht schicken. Vielleicht wollte der ihn heute noch sehen.

»Ich will Sie ja nicht bedrängen«, begann Professor Jäger, »aber Sie sehen ziemlich mitgenommen aus. Ist etwas passiert?«

»Kommen Sie, ich werde Ihnen alles genau berichten. Aber lassen wir uns erst einmal den Kaffee schmecken. Danach beziehen Sie in aller Ruhe Ihre Zimmer und richten sich gemütlich ein! Ich denke, Nicolas sollte die ersten Tage bei uns bleiben. Wir haben genug zu bereden.« »Da Nicolas gerade mit den Taschen zurückkam, lud er auch ihn ein, sich bei Kaffee und Kuchen zu entspannen.

*

Nicolas freute sich auf die Tage im Cottage. Es war so gemütlich eingerichtet und strahlte eine Herzlichkeit aus, die, so glaubte er, sicher von Trisha stammen musste. Er konnte sich kaum vorstellen, dass ein Mann solch eine Atmosphäre zu schaffen in der Lage war, zumal der Professor früher zudem sicher viel Zeit mit den Vorlesungen an der Uni verbracht hatte. Um sie zu schaffen, gehörten Sinnlichkeit und eine Menge Zuneigung oder sogar Liebe dazu. Dann war da auch noch der Garten. Er wurde mit Sicherheit nach einem System bepflanzt. Ob es Feng-Shui war, wusste er nicht. Damit kannte er sich nicht aus. Aber alles schien in absoluter Harmonie zueinander zu passen. Dessen Planung traute er dem Professor schon eher zu, denn er hatte seine Studenten gelehrt, das Umfeld lebenswert zu gestalten. Seine immensen Kenntnisse über die Natur waren weithin bekannt. Um nicht zu sagen, er war eine Koryphäe auf dem Gebiet. Das hatte Nicolas im Internet recherchiert. Vielleicht haben die beiden sich so ergänzt.

In Gedanken versunken stand er am Fenster seines Zimmers und schaute hinaus. Der Blick richtete sich in die Ferne, weit über das Sichtbare hinaus. Eines Tages würde er in ähnlichen Verhältnissen leben, zusammen mit Oliver. Sie mussten nur noch ihr Studium abschließen und dann einen Ort finden, der diesem ähnlich war. Niemals würde er in Stuttgart bleiben, wo ihn alles an die Vergangenheit erinnerte. Er wollte keine Angst mehr spüren, wenn er aus dem Haus trat. Die Natur sollte ihm Schutz bieten und ein angenehmes Leben schenken. Seine Gedanken flogen wie die Schmetterlinge in Professor Hilperts Garten hin und her. Er würde sich auch eine Aufgabe suchen, die hilfreich für viele Menschen wäre. Da kam ihm der Gedanke, dass in den Supermärkten viele Lebensmittel potenzielle Krankmacher waren. Deshalb würde er seine Kenntnisse später nutzen und deren Systeme verändern. Er musste nur das Bewusstsein der Betreiber für die veränderte Welt schaffen, damit sie ihren Beitrag dazu leisten könnten. Seinen Garten wollte er nutzen, um eine grundlegende Selbstversorgung zu gewährleisten. Natürlich sollten auch Rosen in ihm wachsen und Schmetterlingsflieder. Er würde sich noch überlegen, welche Pflanzen für die Insekten wichtig waren. Ein Biotop vielleicht? Das sollte sein Beitrag zur Umweltgesundung werden.

Er wurde aus seinen Gedanken gerissen, als auf der Terrasse die Professoren mit ihren Tassen zu klappern begannen. Sie unterhielten sich, aber er konnte sie nicht verstehen. Einen Augenblick verspürte er den Drang, das Fenster zu öffnen und ihnen zu lauschen. Verwundert und empört über sich selbst, drehte er sich abrupt um und lief etwas geräuschvoller als gewöhnlich die Treppe hinunter. Die beiden sollten ihn unbedingt kommen hören.

»Da sind Sie ja.« Professor Hilpert griff gleich zur Kaffeekanne und schenkte ihm ein. »Mögen Sie Himbeertorte? Habe ich selbst gemacht nach einem Rezept meiner lieben Frau. Mittlerweile gelingt sie mir auch, aber bei Weitem nicht so gut wie ihr.« Er lächelte und wartete gar nicht die Antwort ab, sondern legte ihm geschickt ein Stück der Torte auf den Teller. »Lassen Sie es sich schmecken!«

Niklas konnte sich noch nicht von den Gedanken losreißen, die er eben in seinem Zimmer hatte. Er trank einen Schluck Kaffee, griff nach der Kuchengabel und merkte plötzlich, dass er nicht geantwortet hatte. »Oh ja, ich mag Torten sehr gerne«, sprudelte es aus ihm heraus. Dabei schoss die Röte in sein Gesicht, als wäre er beim Abschreiben während einer Klausur erwischt worden. »Meine Mutter serviert jeden Sonntag Kuchen oder Torten, wenn sie zu Hause ist. Man muss tatsächlich aufpassen, dass sich kein Speck ansammelte.«

214

»Na das scheint Ihnen ja gut gelungen zu sein. Sie sehen mir nicht aus, als hätten Sie irgendwo Pölsterchen angesetzt.« Der Professor lachte leise und sah ihn mit blitzenden Augen an. *Ein feiner Junge, dieser Nicolas,* dachte er und nickte dabei. »Sicher machen Sie genug Sport zum Ausgleich.« Professor Jäger schenkte Kaffee ein und beobachtete die beiden. Sie schienen sich zu mögen. Er lehnte sich in dem hölzernen Gartenstuhl zurück, stützte die Ellenbogen auf die Armlehnen und faltete die Hände, um sein Kinn darauf zu legen. Nicolas hatte sich verändert in den letzten Tagen. Ihm hatte sicher eine Bezugsperson gefehlt, da seine Eltern ständig beruflich auf den unterschiedlichsten Kontinenten unterwegs waren. Er genoss es, sich um den Jungen zu kümmern. Aber nun schien es, als würde zwischen Hilpert und Nicolas etwas Ähnliches entstanden sein. Fühlte er etwa Neid? Es hatte ihm selbst gutgetan, Nicolas so häufig zu sehen. Der Junge nahm auch ihm die Einsamkeit. Doch das durfte er nicht zulassen. Nicolas war sein Student und nicht sein Zeitvertreib. Es war gut, dass sie nun hier waren und ihm das bewusst geworden war. In welche Situation hätte er sich da beinahe gebracht? Es hätte seinen Lehrstuhl kosten können. Eine Beziehung zu einem einzelnen Studenten, sei sie auch noch so harmlos, würde ihm negativ ausgelegt werden. Etwas ruckartig setzte er sich wieder aufrecht hin und griff nach der Kaffeetasse. Verfehlte sie aber, sodass sie klirrend umkippte. Zum Glück war sie schon leer gewesen. »Oh, Entschuldigung!« Nervös versuchte er, sie wieder hinzustellen.

»Lassen Sie, Herr Kollege, es ist ja nichts passiert.« Mit einem Griff stellte Professor Hilpert die Tasse zurück auf die Untertasse. »Ist ja alles heile geblieben.« Fragend schaute er ihn dabei an. *Habe ich etwas verpasst? Warum ist er plötzlich so aufgeregt?*

Nicolas schmunzelte. *Endlich bin ich mal nicht der Trottel,* dachte er. Sein Blick schwenkte zwischen den Professoren hin und her. Um der Situation noch etwas Witz zu geben, fragte er: »Noch einen Kaffee gefälligst?«

Verlegen räusperte sich Professor Jäger, nickte aber dabei und schob ein heiseres »Ja, bitte!« hinterher. Plötzlich flatterte ein bunter Schmetterling über den Tisch, umkreiste die Torte und setzte sich letztendlich Nicolas auf die Schulter. Der versuchte, die Augen so zu verdrehen, dass er ihn sehen konnte, ohne ihn zu verscheuchen, was ihm natürlich nicht gelang. Dabei erzeugte sein Anblick eine ungeahnte Heiterkeit. Alle drei begannen zu lachen, als hätten sie einen wunderbaren Witz gehört. Die Spannung, die sich zwischen ihnen zu bilden gedroht hatte, war verschwunden, als sie dem Schmetterling nachschauten, der eilig davonflog.

»Nette Gesellen haben Sie in Ihrem Garten«, lachte Professor Jäger und griff nach seiner Tasse, dieses Mal wieder treffsicher.

»Oh ja, mein guter Freund, davon habe ich hier einige.« Er schmunzelte und senkte seine Augen, *mehr als euch bewusst ist.* Für einen Augenblick dachte er an sein Experiment und das Drama mit Oliver. Aber jetzt war noch nicht der richtige Zeitpunkt, darüber zu sprechen. *Morgen, morgen nach dem Frühstück werde ich es ihnen sagen.*

Es wurde für alle noch ein entspannter Abend, bis sie müde genug waren und schlafen gingen.

*

»Haben Sie schon mit ihren Freunden Kontakt aufgenommen?«, fragte Professor Hilpert nach dem Frühstück.

»Ich habe Oliver eine SMS geschrieben.« Nicolas schaute fragend den Professor an. Er wollte nicht sagen, dass Oliver ihm einfach nur ein Emoji Daumenhoch geschickt hatte.

»Hat er Ihnen von seinem Unglück erzählt?«

Erschrocken sprang Nicolas auf. »Welches Unglück? Geht es ihm gut?«

»Setzen Sie sich wieder. Ja, es geht ihm gut. Anscheinend hat er Sie nicht informiert.« Das machte die ganze Sache nicht leichter – oder doch? Wie und womit sollte er beginnen? Wäre es

216

gut, von den sich anbahnenden Katastrophen für die Umwelt, die Menschen oder sogar den ganzen Planeten zu berichten? Dann wäre es ein Vortrag wie in der Uni, also für ihn ein Kinderspiel. Aber aufgrund Nicolas´ heftiger Reaktion eben wusste er, dass er seinen Ausführungen jetzt nicht folgen konnte. Also musste er kurz von dem Vorfall am Schuppen berichten. Er ärgerte sich, dass er Nicolas die Frage gestellt hatte.

»Hatte er einen Unfall mit dem Rad?« Nicolas war ziemlich aufgeregt.

»Nein, nein, beruhigen Sie sich doch bitte wieder. Ich werde es Ihnen gleich erzählen. Doch zunächst benötigen Sie unbedingt einige Informationen, damit Sie überhaupt verstehen können, was geschehen ist.«

»Welche Informationen?« Nicolas stand immer noch und überlegte, ob er Oliver anrufen sollte. Dieser würde ihm schon erzählen, was passiert war. Reflexartig griff er in seine Gesäßtasche, musste aber feststellen, dass sein Handy nicht darin war.

»Setzen Sie sich doch endlich.« Professor Hilpert wurde langsam ungeduldig. *Diese Jugend, kann nicht abwarten, muss immer alles gleich und jetzt durchsetzen.* Im Grunde verstand er ihn, wollte sich das aber nicht eingestehen. In ihm baute sich eine Spannung auf, die er auch körperlich spürte. Sein Magen zog sich zusammen und die Lippen schlossen sich zu einem schmalen Streifen. Mit geblähten Nasenlöchern atmete er tief ein. Sein ganzer Brustkorb dehnte sich dabei.

Von diesem Anblick eingeschüchtert, setzte sich Nicolas langsam auf seinen Platz und schaute ihn an, als warte er auf einen Startschuss. *Wenn er nicht endlich loslegt, explodiere ich.* Seine Muskeln spannten sich, als müsste er wieder bereit sein, aufzuspringen. Die Hände formten sich zu Fäusten, die er unter der Tischplatte verborgen hielt. Schließlich wollte er den Professor nicht angreifen. Aber ebenso würde er sich nicht mehr lange beherrschen können. Dann wäre es egal, was man von ihm erwartete. Er würde sich auf den Weg zu Oliver machen. Professor Jäger fühlte auch ein Unbehagen in sich aufsteigen. Was war das plötzlich für eine explosive Situation? Sein Kollege hatte doch angedeutet, dass etwas passiert war, aber warum bereitete es ihm solche Schwierigkeiten, darüber zu reden? War es tatsächlich so schlimm?

»Wann haben Sie zuletzt mit Oliver gesprochen?«, begann Professor Hilpert endlich.

»Vor ein paar Tagen, warum?«

»Er hat Ihnen nichts von dem Experiment erzählt?«

Sofort wurde es Nicolas heiß. Er wischte sich mit der Hand über die Stirn und musste sich auf seine Atmung konzentrieren. Er hatte das Gefühl, zu wenig Luft zu bekommen. Hatte Oliver etwa Probleme bekommen, weil er das Pulver ausgestreut hatte? Was wusste der Professor davon? Und noch wichtiger war: Warum hatte Oliver ihn nicht darüber informiert?

Weil er keine Antwort erhielt, fragte Professor Hilpert erneut: »Hat er Ihnen von dem Experiment mit den Mücken erzählt?«

Er weiß es, aber vielleicht nicht, dass ich dahinterstecke. Gibt er etwa Oliver die Schuld daran? In Nicolas Mund schien plötzlich Dürre zu herrschen. Er brauchte dringend einen Schluck Wasser, denn seine Zunge mutierte zu einem Wattebausch, der ihm das Sprechen unmöglich machte. Gleichzeitig drohte sein Gehirn auszutrocknen. Verzweifelt schüttelte er den Kopf, aber nicht um zu antworten, sondern um wieder klar denken zu können. Seine Schultern fielen nach vorne und die Hände verloren alle Kraft. Er saß da, wie ein Angeklagter.

Es wird Zeit, dass ich ihm eine Erklärung gebe, bevor er mir hier zusammenbricht. Die Ungewissheit quält ihn enorm. Der Junge hat genug mitgemacht, dachte Professor Hilpert. Aber ihm fehlten die Worte, die eine einfache Erklärung geben könnten. »Ich hole eben etwas Wasser. Die Sonne scheint schon heiß. Wir sollten etwas anderes trinken als immer nur Kaffee.« Er stand auf und lief eilig in die Küche. *Was ist nur mit mir los? Stehe ich etwa nicht mehr hinter meiner Arbeit? Soll jetzt alles umsonst gewesen sein? Hat Trisha etwa recht mit ihren Anschuldigungen, dass ich Menschen missbrauche für meinen Stolz?* Verzweifelt stützte er sich auf die Arbeitsplatte.

Warum sorgst du dich, wenn du nur die Welt retten willst? Es hat niemand gesagt, dass das einfach ist. Willst du etwa aufgeben? In seine Gedanken vertieft glaubte er plötzlich, Trishas Stimme gehört zu haben.

»Nein, Trisha, aber mir schwindet die Kraft. Vielleicht bin ich schon zu alt und sollte es den Jüngeren überlassen.« Verwundert drehte er sich um, als er ihr glasklares Lachen vernahm. »Wann kommst du zurück?«

Vielleicht bald, es liegt an dir. Aber in Gedanken bin ich bei dir, jeden Tag.

Erstaunt hob er die Augenbrauen. »Jeden Tag?«, fragte er verwundert.

Ja, jeden Tag.

Er schloss die Augen und suchte nach ihrem Bild. »Trotzdem hätte ich dich gerne hier.«

Mein lieber Alfred, du musst auch mal eine Zeit ohne mich auskommen. Überdenke, was du tust! Finde einen anderen Weg!

»Es ist viel zu schwer«, murmelte er. Vielleicht würde ihm helfen, wenn er das Projekt seinem Kollegen anbieten würde ...?

Nein, es muss seins bleiben, dachte er.

»Professor Jäger, wissen Sie, wovon er gesprochen hat?« Nicolas konnte die Spannung kaum noch ertragen.

»Leider nein, wir müssen warten, bis er wieder da ist. Das kann nicht lange dauern. Aber ich gehe mal rein und frage, ob er Hilfe benötigt.« Damit stand er auf und verschwand ebenfalls im Cottage.

Nicolas wurde immer unruhiger. Warum hatte er nur das Handy im Zimmer gelassen? Seine Hände begannen bereits zu zittern, so verkrampfte er sich. *Wenn die nicht gleich wieder rauskommen, gehe ich mir selbst Wasser holen.* Kaum hatte er das gedacht, standen sie auf der Terrasse. *Das wurde aber auch Zeit,* hätte er sie am liebsten angeschrien.

»Entschuldigung, es hat etwas länger gedauert. Aber nun haben wir frisches, kühles Wasser.« Er reichte Nicolas ein Glas. Der griff gierig nach der Karaffe, schütte sich das Glas voll und trank es in einem Zug leer. Ihm war im Moment gar nicht bewusst, wie unhöflich das war.

Professor Jäger schmunzelte, denn er kannte Nicolas mittlerweile recht gut, um zu wissen, dass es ihm nach dem Trinken sicher peinlich sein würde. Schnell griff er ebenfalls nach dem Wasser und schenkte zunächst seinem Kollegen und dann sich ein. Auch er leerte sein Glas in einem Zug. »Jetzt geht es mir besser«, sagte er und hielt den Blick auf Professor Hilpert gerichtet.

»Ja, wo fange ich am besten an?« Professor Hilpert stotterte noch immer herum. »Ich denke, ich beginne mit einer Kurzinfo über das Experiment. Also, ...« Und plötzlich flossen ihm die Worte aus dem Mund, so wie es immer in der Uni war. Er erzählte von dem aktuellen Zustand der Natur, den fehlenden Wäldern, dem drohenden Artensterben und den Folgen für die Menschheit, dem vernichtenden Verhalten der Konsumgesellschaft, sowie dem mangelhaften Umweltbewusstsein bei einem Großteil der weltweiten Bevölkerung. »Ja, es gibt bereits Aktivisten, die die Ignoranz der Industrie und der Politiker nicht nur anprangern, sondern auch aktiv für eine Verbesserung sorgen. Denken sie an ‚fridays for future'.« Seine Augen leuchteten bei dem Vortrag und sein Körper reagierte in der Form, dass er mit jedem Satz jünger zu werden schien. Er war in seinem Element. Seine Wangen hatten die Blässe verloren und zeigten eine leicht rötliche Färbung. Doch plötzlich musterte er Nicolas, als würde er in ihn hineinschauen.

Nicolas zuckte zusammen. *Jetzt kommt die Strafpredigt,* dachte er.

»Verstehen Sie, worum es hier geht? Einzig ums Überleben.« Nicolas wusste diese Bemerkung nicht einzuordnen. Die kleine Menge an Drogen, die Oliver über die Mückeneier gestreut hatte, konnte doch nicht die ganze Welt vernichten, und dass Mühlenberg Kontakt zu großen Konzernen oder Politikern hatte, konnte er sich erst recht nicht vorstellen. Der wollte doch nur seine Kunden damit versorgen und vielleicht ein paar neue gewinnen. Aber das funktioniert sowieso nicht. Der hatte sich da was vorgestellt, was unmöglich gelingen konnte. – Plötzlich bemerkte er, dass es um etwas anderes gehen musste. Der Professor hatte mit keinem Wort erwähnt, dass er etwas damit zu tun hätte. Aber was war mit Oliver? Diese Frage hatte er noch immer nicht beantwortet.

Professor Hilpert schob seinen Stuhl zurück und ging ins Cottage. Hatte er Nicolas Gedanken richtig verstanden? Er sorgte sich um ein anderes Experiment?

»Verstehen Sie, was er uns damit sagen will? Was hat das alles mit Oliver zu tun?« Nicolas schaute Professor Jäger an und runzelte die Stirn.

»Warten wir es ab. Er wird sicher bald auf den Punkt kommen. Ich weiß auch nicht mehr als Sie.«

Beide bedienten sich mit Kaffee und Wasser und lehnten sich zurück. »Er wird ja sicher gleich zurückkommen.« Nicolas behielt sein ungutes Gefühl.

Sie warteten beinahe fünfzehn Minuten. Aber dann hatte Professor Hilpert nicht nur einen Aktenordner unter dem Arm, sondern auch ein Körbchen mit frischen Scones, Butter und Marmelade auf einem Tablett. Es duftete herrlich und erzeugte tatsächlich Appetit.

»Entschuldigung, die hatte ich vorbereitet und beinahe vergessen. Aber nun lassen wir es uns noch einmal schmecken. Ich hoffe, Sie sind nicht schon vom Kuchen satt. Bitte greifen Sie zu!« Er atmete kraftvoll aus, als wäre ihm eine Last abgenommen worden. Tatsächlich konnte er sich mit dem Gebäck eine Pause verschaffen und noch einmal überlegen, ob und wie er von dem Vorfall mit Oliver berichten sollte. Er war sich nicht sicher, ob das wirklich sinnvoll war. Vielleicht würde Nicolas Angst bekommen und dafür sorgen, dass die jungen Leute sich gegen die Zusammenarbeit mit ihm entscheiden würden. Er musste ihn also zuerst auf seine Seite ziehen, bevor am Nachmittag die anderen auftauchten. Er schaute auf seine Uhr. Ihm blieben noch knapp zwei Stunden. Dann wollten sie sich treffen.

*

»Habt ihr euch schon entschieden?« Sebastian hatte seinen Teller leer gegessen und die köstliche Senfsoße mit einem Stück Weißbrot aufgenommen. Er lehnte sich zurück, trommelte leicht mit den Fingern auf seinen Bauch und streckte entspannt die Beine aus. »Oh, war das köstlich. – Wer von euch kann denn noch die Natur hören? Ich habe da so meine Probleme.«

»Du hattest ja auch was ganz anderes im Kopf. Ich sage nur *Wette*.« Katrin warf ihm einen bösen Blick zu und schaute zu Annabell. Weil die aber nicht reagierte, sagte sie schnell: »Ich kann es noch.«

»Prima, mir hat vorhin auch ein Schmetterling was zugeflüstert.« Lena schaute auf, um die Reaktion der anderen zu sehen. »Was hat er dir denn geflüstert? Komm her, meine Schöne, ich zeige dir unsere Welt.« Oliver schien die ganze Sache nicht ernst zu nehmen, bekam aber dafür auch sofort ein *Mann Oliver* zu hören. »Tut mir leid, war nicht so gemeint.«

»Dann halte nächstes Mal lieber deine Klappe!« Katrin war jetzt richtig wütend. Annabell hatte recht, die Kerle waren alle noch unreif. »Bleibt jetzt bitte bei der Sache. Spielen könnt ihr später wieder.«

Es begann ein allgemeines Gemurmel. Jeder versuchte, sich auf irgendeine Weise zu erklären. Erst als Lena aufstand, ein Glas in die Hand nahm und mit ihrem Löffel dagegen klopfte, wurden sie still. »Also, wer ist noch bereit, an dem Experiment des Professors teilzunehmen?« Erwartungsvoll ließ sie den Blick in die Runde schweifen. »Am besten fangen wir mit Oliver an. Der könnte die größten Bedenken haben.« Mit ihren Augen schien sie ihn zu fixieren.

»Schau mich nicht so an! Du lässt mir keine Wahl«, murmelte er.

»Sag schon, willst du mitmachen?«

Oliver sah sich hilfesuchend um, aber alle starrten ihn nur an. Er konnte nicht erkennen, was die anderen vorhatten. Doch plötzlich blieb sein Blick an Julian hängen. Es war, als würde er zu ihm sprechen, ohne die Lippen zu bewegen. *Sag bitte ja, ich will auch bleiben,* schien er zu sagen. Konnte er ihn tatsächlich hören, so wie die Serviererin in dem Lokal? Dann sollte es noch spannend werden. Vielleicht würde er später auch hören, was andere Leute über ihn denken? Das wäre sicherlich hilfreich angesichts seiner bevorstehenden Karriere. Er schaute zu Sebastian, aber der reagierte nicht. Noch einmal atmete er tief ein und aus.»Ja, ich bin dafür.«

Julian war erleichtert.»Ich bin ebenfalls dafür«, sagte er schnell, bevor noch irgendwelche Fragen gestellt werden konnten.»Wie ist es mit dir, Lena? Du kannst nicht warten, bis alle ihre Meinung gesagt haben.«

»Ja, ich möchte auch weitermachen.« Sie drehte sich zu Katrin und hoffte, dass die ebenfalls zustimmte.

»Was passiert eigentlich, wenn nur einer nicht mehr möchte. Muss der abreisen oder verweigern wir uns dann ebenfalls?«

»Mann, Katrin, du bringst jetzt unmögliche Fragen auf. Wir sollen doch schon gleich zum Cottage kommen. Da können wir keine Grundsatzfragen mehr diskutieren. Ich denke, wir warten erst das Ergebnis ab.« Lena war außer Atem vor Aufregung.

»Beruhige dich, ich mache auch mit. Ist doch spannend. Der Professor wird sich bestimmt jetzt mehr Mühe geben, uns zu schützen.« Katrin blickte nun zu Sebastian.

»Wenn ihr alle dabeibleibt, werde ich nicht kneifen. Dann fehlt nur noch Annabell.«

Annabell war sich nicht sicher, ob sie weiter mit Julian Zeit verbringen wollte. Sie schaute auf ihre Hände und wusste nicht, was sie sagen sollte. Da erinnerte sie sich plötzlich an die Stimme des Schmetterlings, der sie so dringend gebeten hatte, weiterzumachen. Er hatte gesagt, dass es sehr wichtig für alle sein würde. Wenn da nur nicht diese Wut auf Julian wäre.

»Bitte, Annabell, lass uns einen Moment allein reden. Komm mit auf die Wiese!« Julian sah sie flehend an. Er wollte sie auf keinen Fall verlieren. Irgendwie musste er doch die Gelegenheit bekommen, ihr erklären zu können, dass er wirklich nichts von der Wette gewusst hatte.

»Nein, ist nicht nötig«, sagte sie mit monotoner Stimme,»ich bleibe auch dabei.«

»Na also, wir machen weiter. Lasst uns schnell die Küche aufräumen und dann schwingen wir uns auf die Räder! Jetzt bin ich so was von gespannt, was der Professor uns erzählen wird.« Katrin drückte leicht Annabells Hand. *Schön, dass du es geschafft hast.* Annabell sah sie erstaunt an, nickte dann aber.

Oliver war froh, dass es doch weitergehen sollte. Aber besonders freute er sich jetzt darauf, Nicolas zu sehen. Wenn sie nur mehr Platz in der Hütte hätten, sodass er auch bei ihnen bleiben könnte. Vielleicht lernt er auch das Gedankenhören. Dann würden sie sich heimlich unterhalten, ohne dass die anderen etwas davon mitbekämen. Und welch ein Gaudi es werden könnte, in der Uni …, aber da merkte er plötzlich, dass er nur den Spaß an der ganzen Sache sah. Dabei sollte es doch ein wissenschaftliches Experiment werden.

Das Geräusch von Fahrradklingeln riss ihn aus seinen Gedanken. Sie standen schon alle bereit und sahen ihn fragend an.
»Ich komme ja schon. Keine Hektik, bitte!« Er lief zu seinem Rad, setzte sich den Helm auf und strampelte los.

*

»Herr Professor, ich höre sie kommen.« Nicolas war erleichtert. Er hatte zwar immer noch nicht erfahren, was mit Oliver geschehen war, aber nun konnte er ihn selbst fragen. Aufgeregt stand er auf, um Oliver in die Arme zu schließen.

Einer nach dem anderen fuhr auf die Terrasse. Allerdings war es kein fröhliches ‚Hallo', wie der Professor gehofft hatte. Sollten sie sich tatsächlich gegen das Experiment entschieden haben? Die Gedanken kurvten durch seinen Kopf, als führen sie ein Formel-1-Rennen. Was sollte er dann tun, alles abbrechen? Die Mücken freilassen und sich zur Ruhe setzen? Die Augen verschließen vor den zukünftigen Katastrophen? Er hatte sein Paradies. Warum sollte er seine ganze Kraft in die Zukunft legen, wo doch sein Leben bald beendet sein würde? Schließlich war er ein alter Mann. Trisha käme zurück. Aber musste er nicht auch an die jüngeren Generationen denken? Sie brauchten unbedingt Anregungen, was sie schon im Kleinen tun könnten, um nicht unterzugehen. Auf die Regierung mit ihren schwerfälligen Entscheidungen, die vielleicht in zwanzig oder dreißig Jahren erst Ergebnisse bringen werden, durften sie nicht warten.

Jetzt und heute musste etwas passieren, bevor es zum ökologischen Kollaps kommen würde. Studenten sind gute Multiplikatoren. Vor allem, wenn sie im Bereich der Naturwissenschaften Kenntnisse erwerben. Die wissen, worauf es wirklich ankommt. Nicolas wartete ungeduldig, bis Oliver sein Mountainbike abgestellt hatte. Dann lief er zu ihm und schaute in seine Augen. Würde er erkennen können, ob es ihm gut geht? Die Freude über das Wiedersehen gewann die Oberhand. Er machte einen letzten Schritt auf ihn zu und umarmte ihn. Oliver begrüßte ihn lächelnd und klopfte kurz mit der Hand auf Nicolas' Schulter, dann machte er einen Schritt zurück und begrüßte die beiden Professoren.

Es wurde doch noch eine freudige Begrüßungsrunde, bis alle ihren Platz gefunden hatten. Getränke und Knabbereien wurden hingestellt und kurze Gespräche mit Professor Jäger geführt. Aber dann wollte Professor Hilpert endlich wissen, wie sich die jungen Leute entschieden hatten. Sofort kehrte Stille ein. Alle richteten die Augen auf ihn. Keiner ergriff das Wort. Sie hatten nicht vereinbart, wer die Entscheidung mitteilen sollte.

»Bitte, spannen Sie mich doch nicht auf die Folter!« Es hörte sich beinahe flehentlich an. »Machen sie weiter? Können wir das Experiment fortsetzen?« Er wollte sie mit den positiven Fragen suggestiv beeinflussen. Vielleicht konnte er damit die letzten Zweifler zum Mitmachen überreden.

Auch Professor Jäger wurde hellhörig. Es musste tatsächlich Komplikationen gegeben haben? Offensichtlich vermied sein Kollege, Oliver anzusehen. Das würde erklären, warum er den Vortrag gehalten hatte, ohne auf Nicolas' Frage einzugehen. Was war mit Oliver geschehen? Sein Interesse an dem Experiment war nun ebenfalls geweckt. Doch bevor sie ihre Entscheidung mitteilen konnten, zog er plötzlich die ganze Aufmerksamkeit durch ein erstauntes: »Oh« auf sich. Er glaubte, seinen

Augen nicht zu trauen. Was im hinteren Teil des Gartens geschah, hatte er niemals zuvor gesehen. Schnell folgten die anderen seinen Blicken und staunten mit offenen Mündern über das Ballett der Schmetterlinge. Als hätten sie eine Choreografie einstudiert, formten sie eine liegende Acht. Es mussten Hunderte gewesen sein, denn es sah aus wie ein schwingendes Schleifenband. Dann änderte sich das das Bild. Wie ein großes Rad drehten sie nun einige Kreise und flogen plötzlich auf die Terrasse zu. Blitzartig schwenkten sie um und stoben auseinander, als würde Konfetti aus einer Karneval-Kanone in den Himmel katapultiert. Keiner wagte es, ein Wort zu sagen. Was hätten sie auch sagen können, ohne sich zu blamieren? Es war sicher eine Fata Morgana oder eine Sinnestäuschung, die der Professor künstlich erzeugt hatte. So etwas gab es nicht in der Natur. Von Staren kannte man das, aber nicht von Schmetterlingen. Hatten die Mücken sie eben vielleicht unbemerkt gestochen und das Serum löste nun Halluzinationen aus? Jeder folgte verwirrt seinen Gedanken. Nur Lena blickte verzück zu den Sträuchern, zu denen die Schmetterlinge zurückgekehrt waren. Sie hatte das Lied gehört, das sie gesungen hatten. Es war so zart und klar, dass es übernatürlich zu sein schien. Die Worte, die von Liebe und Leben, von Zusammenhalt und Hilfestellung, von Verbundenheit und Nachhaltigkeit erzählten, brannten sich unauslöschlich in ihr Unterbewusstsein ein.

»Wie haben Sie das hinbekommen?« Lena blickte aufgeregt zum Professor Hilpert. Doch sofort merkte sie, dass er ebenfalls überrascht war. »Sagen Sie jetzt nicht, dass Sie das nicht inszeniert haben. Sie trainieren doch die Tiere, das haben Sie selbst gesagt.«

Alle schauten ihn fragend an. »Nein, das müssen Sie mir glauben. Ich habe nichts damit zu tun.« Er lehnte sich zurück, ließ die Arme hängen und schüttelte langsam den Kopf. Sein Gesicht zeigte sehr deutlich, dass er die Wahrheit sagte. Er war genauso überrascht wie die anderen.

»Na gut, dann ist das hier wohl ein magischer Ort«, sagte sie etwas ironisch. »Ich glaube nicht, dass jemals ein Mensch so etwas gesehen hat.« In ihr aufkommendes Unbehagen mischte sich Trotz.

Doch da meldete sich Professor Jäger. »Warum glauben Sie das?«, fragte er mit tadelnder Stimme. »Meinen Sie denn wirklich, wir wären etwas Besonderes? Warum sollen andere Menschen nicht auch solche Wunder erleben? Vielleicht ist das ein Weg der Natur, auf sich aufmerksam zu machen. Es passiert in der heutigen Zeit so vieles, was wir mit unserem kleinen Verstand nicht erklären können. Ich denke, diese Bilder werden wir nicht mehr vergessen.«

»Das glaube ich gerne und erst recht nicht den Gesang der Schmetterlinge.« Lena hatte keine Ahnung, dass nur sie das Lied gehört hatte.

»Welchen Gesang? Hörst du schon die Spatzen singen?« Sebastian sah sie belustigt an.

»Machst du Witze?«, fragte Lena. »Das fragst du mich jetzt nicht wirklich? Wasch dir mal die Ohren, dann kannst du vielleicht das nächste Mal auch hören, wenn sie wieder singen.« Lena sagte das mit so einer Inbrunst, dass alle sie verwundert ansahen.

Einer nach dem anderen erklärte ihr, nichts gehört zu hatte. Aber Lena blieb dabei, die Schmetterlinge haben gesungen! Sie hätte es gerne vorgesungen, aber ihre Stimme eignete sich nicht für so einen Gesang. Der Klang einer menschlichen Stimme wäre viel zu hart.

»Kannst du uns denn wenigstens sagen, wovon das Lied gehandelt hat?« Katrin war neugierig geworden. Sie wollte der Freundin glauben und spürte beinahe schon Neid, weil sie selbst nichts gehört hatte.

»Es hat mit dem Experiment zu tun und wie wichtig es wäre, die Menschheit auf die Missstände in der Natur aufmerksam zu machen. Wenn nicht bald etwas Massives passiert, werden wir unsere Lebensgrundlagen verlieren und damit unsere Existenz gefährden.«

Mit einem Mal waren alle so schockiert, dass sie wie fremdgesteuert stärkere Spannung in ihre Muskulatur brachten. Die

Wirbelsäulen richteten sich selbstständig auf und die Köpfe schoben ganz leicht das Kinn vor. Die Schultern strafften sich und die Füße stellten sich einfach nebeneinander. Es hatte den Eindruck, ihre Körper nahmen Habachtstellung an. Professor Hilpert brauchte einen Moment, bis er die Gelegenheit erkannte. »Nun, wer von Ihnen möchte weiterhin an dem Experiment teilnehmen?«
Wie kleine Erdmännchen drehten ihm alle gleichzeitig ihre Gesichter zu. »Ich«, klang es unisono.
Mit ihren Zusagen löste sich die Spannung und verwandelte sich in Neugierde. Man hörte geräuschvolles Ein- und Ausatmen und ständiges Stühlerücken. Es war wie in der Kindheit, wenn eine spannende Geschichte auf ihren Höhepunkt zulief. Keiner konnte ruhig sitzen. In den Bäuchen kitzelte es und die Mägen zogen sich zusammen. Kaffee musste nachgereicht werden, aber essen wollte keiner mehr. Die Kaugeräusche hätten zu viel von den Wörtern des Professors übertönt. Nun mussten sie konzentriert zuhören, was ihnen nicht so einfach gelang. Denn in ihren Köpfen spukten die Bilder von den Schmetterlingen, die immer wieder die Aufmerksamkeit auf sich zogen. Stimmte der Vortrag des Professors nicht mit dem Lied der Schmetterlinge überein? Wollten sie dasselbe erreichen? Was Oliver passiert war, stand im Moment nicht mehr zur Debatte.

30

Oliver und Sebastian saßen allein auf der Terrasse. Sie wollten sich in Ruhe unterhalten, solange die anderen noch schliefen. »Was meinst du? Ist das alles so, wie der Professor versucht, uns zu erklären? Ich habe ein seltsames Gefühl, wenn ich seine Körpersprache beobachte. Irgendwie passt sie nicht zu dem Gesagten. Auch sein Blick scheint ständig auf der Suche zu sein, wenn er in unsere Gesichter sieht.« Oliver konnte sich kein rechtes Bild von dem Gesagten machen. Zweifel taten sich bei ihm auf, ob die Entscheidung, mitzumachen, richtig gewesen war.

»Ja, genau, das ist mir auch aufgefallen, aber ich traute mich nicht zu fragen, wie es euch damit geht.« Sebastian wunderte sich über seine eigenen Worte. Wieso hatte er sich nicht getraut? Das war doch nie ein Problem für ihn. Plötzlich hatte er eine Idee. »Kann es sein, dass der Professor uns etwas vorgespielt und mit der Inszenierung der Schmetterlinge alle hypnotisiert hat? – Warum sonst haben wir im selben Moment ,Ja!' und nicht ,Ich habe es mir überlegt!' oder ,Ich mache mit!' gesagt, oder so ähnlich?«

Beide fielen in tiefes Grübeln. Fühlte sich das Ganze tatsächlich noch echt an? Welche Tricks hatte der Professor auf Lager? Zwang er sie etwa doch zum Mitmachen?

»Was glaubst du, steckt wirklich dahinter? Ich meine, geht es ihm wahrhaftig um die Natur und unsere Umwelt oder versucht er einfach, Menschen zu manipulieren?« Sebastian begann zu zweifeln. Er hätte doch von Anfang an mit ihnen besprechen können, was jeder Einzelne tun könnte, um auf Dauer einen globalen Erfolg zu erzielen. Wozu die Mücken? Wozu das Hören? Anscheinend hatte er genügend Informationen gesammelt, um ein wirkungsvolles Programm zu entwickeln.

229

»Ich finde auch, dass er uns überrumpelt hat. Wir merken doch selbst, dass jeden von uns sein wunderschönes Umfeld magisch in den Bann zieht. Er präsentiert auf seinem Grundstück ein gesundes Miteinander von Natur und Mensch. Es hätte bereits Wirkung, wenn wir uns in Zukunft Stück für Stück solche Oasen schaffen würden, wie er sie mit seinem Cottage hat. Warum versteckt er sich damit? Wenn er es der Welt zeigen würde, bräuchte es nur noch Nachahmer.« Oliver könnte laufend weiter argumentieren. Plötzlich fühlte er sich unbehaglich, als spüre er eine Gefahr auf sich zukommen. Sein Blick suchte die Hütte und den Garten ab. »Lass uns reingehen! Mir gefällt das hier draußen nicht mehr.«

Sie räumten den Tisch ab und stellten die Stühle an. Erst als sie alle Fenster verschlossen hatten, kam wieder Gemütlichkeit auf. »Kann es sein, dass hier eine andere Atmosphäre herrscht als draußen? Ich fühle mich viel freier, seit wir hier am Kamin sitzen.« Oliver konnte es kaum fassen, aber genauso kam es ihm vor, wie in einem faradayschen Käfig.

»Das wäre der Hammer. Aber du hast recht, wir sind wieder wir selbst, sobald wir die Hütte betreten. Ist sie unser Schutz? Kann er uns hier nicht erreichen?« Sebastian kamen die tollsten Ideen. »Wir werden ab sofort nur noch hier drin besprechen, was er nicht wissen soll. Dann warten wir ab, wie er darauf reagiert.«

»Gute Idee. Hoffentlich geht es den anderen genauso wie uns. Dann können wir klarer sehen.«

Es dauerte ihnen viel zu lange, bis die Freunde wach wurden. Ungeduldig warteten sie und malten sich zum Zeitvertreib die gruseligsten Horrorgeschichten aus. Es fühlte sich beinahe an, wie damals in der neunten Klasse im Schullandheim, als sie zum Schluss alle zusammen in einem Bett kauerten und darauf warteten, dass endlich der Morgen käme.

»Wer hat Lust, mit mir in den Ort zu fahren? Wir möchten einen Bummel durch die Geschäfte machen.« Katrin stand unverhofft im Schlafanzug vor ihnen.

»Geschäfte werdet ihr dort kaum finden. Aber warum nicht, wir können uns endlich mal den Ort ansehen!« Oliver erinnerte sich an seine Kindheit, als er mit seinen Eltern dort auf Entdeckungsreise war.

*

Auf dem Heimweg tauchten plötzlich wieder die Mücken vor ihnen auf. Dieses Mal hatten sie allerdings keine Angst. Stattdessen schauten sie ihnen neugierig entgegen. *Vielleicht kann ich nachher noch deutlicher die Tiere hören? – Warum bleiben die auf Abstand? – Haben sie keine Anweisung zum Stechen erhalten?* Annabell bemerkte als Erste das Gedankengemurmel der anderen. Niemand bewegte seine Lippen. Es wurde eine lebhafte Unterhaltung, als alle begriffen, dass sie nicht sprechen mussten. *Was wollen die von uns? – Trauen sie sich nicht? – Vielleicht dürfen sie jetzt nicht mehr, wo wir zugesagt haben. – Das gefällt ihnen sicher nicht. – Warum sind sie dann hier? – Keine Ahnung, um uns zu testen? – Wie testen? – Na, ob wir noch Angst haben oder mit ihnen gemeinsame Sache machen. Warum hören wir nicht deren Gedanken? – Vielleicht denken sie gar nicht.* Sie stiegen von den Rädern und standen den Mücken gegenüber, wie vor einem Kampf.

»Was wollt ihr?«, fragte Lena laut. Nichts passierte. »Könnt ihr nicht sprechen? Seid ihr nur aufs Stechen aus?« Sie machte einen Schritt vor. Die Mücken flogen einen Schritt weit zurück. Das Summen der Flügelschläge wurde lauter.

»Pass auf Lena, gleich greifen sie an!« Annabell zog sie vorsichtig am T-Shirt zurück und siehe da, die Mücken nahmen ihre alte Position wieder ein. »Das ist doch verrückt. Was machen wir jetzt?«

Sie konnten hier nicht ewig stehen bleiben. Der Himmel zog sich zu. Bald würde die Sonne hinter den Wolken verschwunden sein. Feuchtigkeit kroch von der Erde an ihren Beinen hoch. Ein leichtes Frösteln stellte sich ein, aber keiner konnte sicher sein, woher das kam. Sie mussten handeln, bevor die Mücken angriffen.

»Habt ihr Gürtel in euren Hosen?«, fragte Julian. »Dann zieht sie raus und wir schlagen uns damit den Weg frei. Vielleicht verziehen sie sich dann.«

Ohne zu antworten, folgten Katrin und Lena sofort. Sie schleuderten die Gürtel vor sich im Kreis, als wären es Propeller. Annabell, Oliver und Sebastian blieben dicht hinter ihnen, weil sie nur leichte Shorts anhatten. Schritt für Schritt gingen sie vorwärts. Die Mücken wichen im gleichen Tempo zurück. Eine sonderbare Prozession tat sich auf. Nach einer Weile lachten sie über das Bild, das sie abgeben mussten. Sie fühlten sich wie die Musketiere nebst Gefolge und merkten dabei nicht, was sich hinter ihnen aufbaute. Ein riesiger zweiter Mückenschwarm stürzte plötzlich auf sie. In Panik schmissen sie ihre Räder zur Seite und schlugen um sich. Keuchend und hustend versuchten sie, gleichzeitig Nase und Ohren zu schützen und trotzdem die Mücken abzuwehren. Ihre Augen waren zu Schlitzen zusammengekniffen, sodass sie die Freunde kaum erkennen konnten, als genauso plötzlich, wie sie gekommen waren, die Mücken von ihnen abließen und wieder verschwanden.

»Mann, das kann doch nicht wahr sein«, schimpfte Katrin, als sie begriffen hatte, dass es vorbei war. »Der Professor kann mich mal. Mir reichen seine perversen Tricks!« Ihr Puls raste und die Knie zitterten. Erschöpft ließ sie sich ins Gras fallen.

Alle versuchten atemlos, die toten Mücken abzustreifen. Sie schimpften über den Professor und ließen ihrem Frust freien Lauf. Annabell schaute zu Oliver. Wie hat er den Angriff überstanden? Schließlich war es noch nicht lange her, dass sie ihn beinahe verloren glaubten. Aber er saß ganz ruhig im Moos und strich mit seinen Händen über Arme und Beine.

»Haben sie euch gestochen?«, wollte Julian wissen. »Lasst uns gleich Spitzwegerich sammeln, den können wir sofort über die Stiche legen und damit den Juckreiz unter Kontrolle bekommen.«

Erstaunt schaute Annabell auf. *Er hat es sich gemerkt*, durchfuhr es sie. Sofort fühlte sie Wärme durch ihren Körper strömen. *Vielleicht wurde die Wette doch ohne ihn beschlossen.* Aber ihr Kopf sagte etwas anderes als ihr Herz. Was hatte der Gedanke mit der Wette zu tun? Woher kam die Verbindung? »Lass uns auf dem Weg zur Hütte alles mitnehmen, was wir finden. Ich glaube zwar nicht, dass die Mücken heute noch einmal auftauchen, aber besser ist es, hier zu verschwinden.« Damit setzte sie sich auf ihr Rad und stürmte los. Die anderen folgten ihr.

Lena fuhr schweigend hinterher. War sie wieder die Einzige, die den Gesang gehört hatte. Dieses Mal klang er genau wie der Mantra-Gesang des Professors. Was hatte das zu bedeuten? Wollte er sie besonders fördern, damit sie ihn auf jeden Fall weiterhin unterstützen würde? Glaubte er vielleicht, dass sie die Gabe nutzen würde, alle Zweifel auszuräumen? Sie erinnerte sich: Damals, als sie den Zauber der Lichtung so stark gespürt hatte, wurde sie von den anderen nur angestarrt. Keiner hatte die besondere Faszination der Lichtung so wahrgenommen wie sie. *Bin ich vielleicht sensibler als die anderen und daher nützlicher für ihn?* Heimlich suchte sie nach dem blauen Schmetterling. Wenn sie ihn finden würde, hätte sie Gewissheit.

Sie erreichte als Letzte die Hütte und stellte ihr Mountainbike zu den anderen. Da war er. Er setzte sich auf ihren Lenker. Lena bückte sich nah mit dem Gesicht an ihn heran. Er schien ihr direkt in die Augen zu sehen. *Bleibe dabei und hilf uns zu überleben!* Er klappte zweimal seine Flügel auf und zu und flog dann über die Wiese in den Wald. Was sollte sie tun? Konnte sie die Freunde noch einmal zum Weitermachen animieren oder sollten sie ohne den Professor ihren eigenen Plan entwickeln? Wie viele Mückenstiche brauchten sie noch, um weitere Fähigkeiten zu erlangen? Baute sich vielleicht dadurch ein besonderes Wissen auf, das sie sonst nicht haben würden? Sie stand allein dort und wusste nicht, was sie machen sollte.

In der Hütte war ordentlich was los. Die Freunde zählten die Mückenstiche, die nun qualvoll juckten. Gegenseitig versorgten sie sich mit Spitzwegerich, Zwiebeln und dem Rest der Salbe. Als

Lena endlich eintrat, fühlte sie sich plötzlich wie eine Ausgestoßene. Gehörte sie noch dazu?

*

Professor Hilpert war gerade im Bad und sah daher den Schatten vorbeifliegen. Entsetzt öffnete er das Fenster und begann sofort mit seinem Gesang. Aber dieses Mal reagierten die Mücken nicht. Immer mehr schienen einen Weg durch die Wände des Schuppens zu finden. Voller Panik setzte er sich auf den Wannenrand, unfähig, einen klaren Gedanken zu fassen. Waren es zu viele geworden, die jetzt einfach ausbrachen? Hatten die Wände kleine Risse bekommen? Er musste unbedingt nachsehen.

Er legte seine Hand auf die Stirn. Was sollte er nur tun? Nicolas und Professor Jäger saßen auf der Terrasse und plauderten. Sie hatten eine Menge von ihm erfahren. Zwar wussten sie vieles über die Umweltprobleme, aber über die besonderen Fähigkeiten hatte er sie nicht informiert. Zum Glück verstanden sie, dass man nichts anderes tun konnte, als seinem Rat zu folgen. Die Zukunft der Menschheit schien erheblich gefährdet zu sein und nicht nur derer. Das Leben auf der Erde war mit allen Arten untrennbar verbunden. Je mehr von ihnen ausstarben, desto schwieriger gestaltete sich die Situation für die anderen. Ein Artensterben zog ein weiteres nach. Dabei war es vollkommen egal, ob es Pflanzen oder Tiere waren. Letztendlich gefährdete es auch die Menschheit. Die beiden hatten wohl nichts von dem Ausbruch der Mücken bemerkt.

»Ich mache einen kleinen Spaziergang«, erklärte er, als er plötzlich bei ihnen stand, und verschwand auch schon hinter dem Cottage, ohne auf eine Reaktion von ihnen zu warten. Zuerst wagte er einen Blick in den Schuppen. Wie er bereits angenommen hatte, waren alle Mücken fort. Was würden sie anstellen? Verlor er etwa die Kontrolle über sie? Das könnte eine Katastrophe auslösen. Er musste nicht überlegen, wohin er gehen sollte. Der wahrscheinlichste Weg war der zum Blockhaus der Studenten. Hoffentlich waren die jungen Leute dort bereits angekommen, sodass sie sich schützend darin verbarrikadieren konnten. Er begann zu rennen. Die Angst um die Studenten gab ihm den Antrieb. Aber schon nach kurzer Zeit brannten seine Lungen. Stiche in der Seite zwangen ihn schließlich, stehen zu bleiben. Er stützte sich mit seinen Händen auf den Knien ab. Leichter Schwindel ließ ihn schwanken. Sein Gehirn fühlte sich an, als tanzten kleine Kreisel darin. Er war ein alter Mann, der schon lange Zeit nur noch gemächlich dahinschritt. Aber er durfte nicht aufgeben. Von Weitem glaubte er, Stimmen zu hören. Plötzlich sah er, wie die Mücken die jungen Menschen vollkommen umhüllten. Sein Atem stockte vor Schreck. Seine Beine versagten und er fiel auf die Knie. Es blieb ihm nichts anderes übrig, als seinen Gesang anzustimmen. Sollten sie ihn ruhig sehen. Sie würden ihm ohnehin die Schuld an dem Überfall geben. Alles schien endgültig verloren zu sein. Leise begann er zu summen, ohne dass etwas passierte. Er musste lauter werden. Dafür sammelte er alle Energiereserven, die er noch in sich hatte, und summte lauter und lauter. Endlich ließen die Mücken von ihren Opfern ab und flogen fort. Er fiel einfach um, so erschöpft war er. Seine Augen schlossen sich und Dunkelheit kehrte ein.

Wie lange er dort gelegen hatte, wusste er nicht. Die jungen Leute waren verschwunden und von den Mücken war auch nichts mehr zu sehen. Lediglich ein paar Schmetterlinge tanzten in seiner Nähe. Langsam hob er den Kopf und streckte eine Hand nach ihnen aus. Wie üblich setzten sich zwei darauf und drehten sich langsam im Kreis, als würden sie für ihn tanzen. *Ein gutes Zeichen*, dachte er. Er setzte sich ins weiche Moos und wartete, bis sein Gehirn wieder funktionierte. *Ich kann nicht aufhören. Meine Lebensaufgabe wäre verpfuscht.*

Nachdem er wieder zu Kräften gekommen war, stand er auf und ging langsam zurück zum Cottage. *Ob sie nach Hause geflogen sind?* Er musste sich überlegen, wie er so etwas in Zukunft verhindern konnte. Vielleicht sollte er sie tatsächlich aufgeben. Es würde einen neuen Weg finden, das Ziel zu erreichen.

31

Nicolas und Professor Jäger hatten in der Zwischenzeit das Geschirr in die Küche getragen und dort Ordnung gemacht. Als der Professor abschließend mit dem Tuch über die Arbeitsfläche wischte, stieß er an eine kleine Schale, aus der sich ein weißes Pulver über einige Kekse verteilte, die für den Nachmittag bereitstanden. Er schaute sich um, aber Nicolas befand sich bereits auf der Terrasse. Schnell versuchte er, das Pulver von dem Gebäck abzuschütteln. *Wird Puderzucker gewesen sein*, dachte er und stellte das Schälchen zur Seite.

Als Professor Hilpert am Cottage ankam, standen die beiden hinten im Garten bei den Schmetterlingen und erfreuten sich an deren Zahmheit. Ein paar von ihnen hatten sich auf ihre Arme und Schultern gesetzt und klappten nun die Flügel auf und zu, als wollten sie ihnen Luft zufächeln.

»Das habe ich noch nie erlebt«, freute sich Nicolas. »Bei uns fliegen sie sofort weg, sobald man ihnen zu nahekommt.«

»Vielleicht wissen sie, dass ihnen hier kein Leid angetan wird«, sinnierte Professor Jäger, »oder sie mögen unseren Geruch.«

»Meinen Sie? Wir duften doch nicht wie Blumen. Können Schmetterlinge überhaupt riechen?«

»Oh ja, das können sie. Sie haben kleine Härchen an den Fühlern, mit denen sie riechen können.« Professor Jäger schmunzelte, weil er wieder einmal sein Wissen preisgeben konnte. Besonders freute er sich über Nicolas' Reaktion.

Der riss die Augen auf und stand mit offenem Mund neben ihm, so wie es kleine Kinder machten, wenn sie erstaunt waren. »Ich bewundere Professor Hilpert. Wie hat er es geschafft, so eine Oase aufzubauen?«

»Dazu hat er Jahre gebraucht. Seine Frau Trisha ist in Irland aufgewachsen, direkt an der Küste vom Ring of Kerry in Portmagee. Dort hatte sie schon als Kind alle Tiere und Pflanzen in ihr Herz geschlossen. Um mit ihm nach Deutschland zu ziehen, musste er versprechen, ein kleines Paradies zu finden, damit sie kein Heimweh bekam.«

»Oh, aber fehlte ihr dann nicht der Atlantische Ozean?«, fragte Nicolas und hob seine Hand zum Himmel, woraufhin ein Schmetterling sofort seine Flügel ausbreitete und losflog.

»Ja, das hatte sie, sehr großes Heimweh«, antwortete plötzlich Professor Hilpert. Sein Kommen hatten sie nicht bemerkt. »Aber das konnte ich ihr nicht bieten. Darum sind wir auch sehr häufig nach Irland geflogen.«

Erschrocken drehten sich Nicolas und Professor Jäger um. »Entschuldigen Sie bitte, dass wir so persönlich werden.« Professor Jäger hatte rote Ohren bekommen.

»Aber lieber Kollege, dafür brauchen Sie sich doch nicht entschuldigen.« Professor Hilpert war froh, dass sie ihm keine Fragen zu seinem Spaziergang stellten. Anscheinend hatten die beiden nichts von dem Ausbruch der Mücken bemerkt. Darum erzählte er gerne von seiner Frau und ihrem Leben in Irland. »Ich hatte damals tatsächlich überlegt, ob ich zurückgehe und mich in Dublin niederlasse. Ich hatte sogar schon mit dem Trinity College Kontakt aufgenommen. Aber Trisha wollte nicht nach Dublin ziehen. Das Stadtleben wäre nichts für sie, hatte sie gesagt. Da gibt es zu wenig Natur, und außerdem wäre das Meer dort nicht dasselbe. Ihr Zuhause war eben Portmagee und der Atlantische Ozean – ein paradiesisches Stückchen Erde. Da könnte sie eher zu mir in die Vulkaneifel ziehen, wo ich schon seit meinem Studium wohnte.« Er versank für einen Moment in seinen Erinnerungen.

Professor Jäger und Nicolas sahen ihn andächtig an. Sie wollten ihn nicht stören und wagten kaum zu atmen. Plötzlich holte Professor Hilpert geräuschvoll Luft, als müsste er einen leeren Raum damit füllen und schaute sie wieder an. »Oh, lassen Sie uns doch zum Cottage gehen! Dann hole ich unsere Alben und zeige Ihnen Fotos von diesem herrlichen Land. Damit würden Sie mir eine große Freude machen. Ich hatte Trisha immer bewundert, dass sie das für mich aufgeben konnte.«

Nicolas glaubte, eine Träne im Auge des Professor Hilpert glitzern zu sehen.

Endlich konnte der Professor sicher sein, dass das Thema Mücken keinen Platz mehr in ihrer Unterhaltung finden würde. Erleichtert griff er sich einen Keks und kaute verwundert darauf herum. Irgendwie schmeckte er anders als sonst, aber nicht schlecht.

*

Am Morgen beobachtete Julian Annabel aus sicherer Entfernung. Sie sah wunderschön aus, tief In ihre Gedanken versunken, die Augen halb geschlossen und die Lippen leicht geöffnet. Sie saß auf einem Gartenstuhl und ihre Arme umschlangen die angewinkelten Beine, während der Wind zärtlich mit ihren Haaren spielte. *Wie kann ich sie davon überzeugen, dass ich nichts von der Wette gewusst habe?* Er war noch immer wütend auf Oliver und Sebastian. Solange Annabell glaubte, dass er sie nur für seinen Sieg benutzt hatte, war er verloren.

»Ein Maler würde sie jetzt skizzieren. Und was machst du? Du starrst sie nur an. Geh hin und rede mit ihr, wenn du ihr Herz zurückgewinnen willst!«Sebastian stand neben ihm, eine Hand in der Hosentasche, in der anderen hielt er eine Wasserflasche.

Am liebsten hätte Julian ihm einen Tritt versetzt. Sebastian selber hätte die Situation aufklären müssen. Aber wer wusste, was der zu seinem Schutz erzählen würde? Trotzdem hatte er recht, nur ein persönliches Gespräch konnte helfen. Doch wie macht man jemandem klar, dass man vollkommen unschuldig ist, wenn der andere sich schon für seine Schuld entschieden hat?

»Macht Platz ihr zwei, oder gibt es hier etwas Besonderes zu sehen?«Oliver schob seinen Kopf zwischen die Freunde und gab einen leisen Pfiff von sich.»Okay, ich verstehe euch«, meinte er daraufhin.

Irgendetwas hatte Annabell aus ihren Gedanken gerissen. Sie sog die würzige Luft tief ein und streckte die Beine. Erst dann bemerkte sie die drei in der Tür.»Was macht ihr da, habt ihr euch etwa verkeilt und hängt jetzt fest? Das geschieht euch recht. Hoffentlich klebt ihr auf immer und ewig zusammen.« Sie wollte keinen Gedanken daran verschwenden, dass die drei sie vielleicht schon eine Weile beobachtet hatten. Sollten sie sich doch freuen über ihre bescheuerte Wette. Sie würde sich nicht mehr darüber ärgern und Julian einfach vergessen. Das war ihr schon einmal gelungen.

Julian ahnte ihre Gedanken oder hörte er sie etwa? Verzweifelt ging er zurück in die Küche. Dort traf er auf Lena, die soeben aus ihrem Zimmer kam und sich einen Kaffee holen wollte. »Habt ihr noch kein Frühstück gemacht? Mein Magen knurrt so laut, dass ich davon wach geworden bin.« Sie schaute durch die Tür.»Gibt es hier etwas Besonderes zu sehen?« Als sie Annabell entdeckte, sah sie sofort, dass diese ziemlich verstimmt war. »Immer noch wegen der bekloppten Wette?«, fragte sie leise.

»Allerdings, ich glaube, das wird sie mir nie verzeihen, obwohl ich damit nichts zu tun habe. Ich schwöre.« Er hob drei Finger in die Höhe.

»Mach doch nicht so ein Theater um den kleinen Scherz! Die soll sich nicht so anstellen.« Oliver blickte sie verständnislos an. »Was ist denn schon passiert?«

»Das kann jetzt nicht dein Ernst sein!«, empörte sich Lena. »Ihr müsst das klären, sonst wird die Zeit hier für sie zur Hölle. Wollt ihr Deppen das?«

»Mann, die wird sich schon wieder beruhigen.« Auch Sebastian zuckte nur kurz mit den Schultern und holte die Speisen fürs Frühstück aus dem Kühlschrank.

»Ihr kapiert es nicht, oder? Wie kann man nur so gleichgültig sein? Die beruhigt sich schon wieder? Ist euch egal, was aus ihr und Julian wird?« Lena könnte explodieren, so wütend war sie auf die beiden.

»Was drehst du hier so auf?« Sebastian verstand anscheinend wirklich nicht, was sie mit der Wette zerstört hatten. »Das
war doch nur ein Spaß.«

»Ein kleiner Jungenstreich, ja?« Lena gab ihm einen Schubs
und lief an ihm vorbei zu Annabell, die mittlerweile am anderen
Ende des Gartens stand. Sie stellte sich schweigend neben die
Freundin und legte ihr eine Hand auf die Schulter.

»Was haben wir denn schon getan? War doch klar, dass die
zusammenkommen, so wie die sich angeschmachtet haben.«
Sebastian begriff den ganzen Aufstand nicht. »Lehr mich einer,
die Frau zu verstehen. Komm, wir decken den Tisch!«

Das Frühstück verlief schweigend. Keiner wusste sich aus der
Situation zu befreien. Zu gerne hätte Katrin die Gedanken der
anderen gehört, aber alle hatten sich geschützt. So grübelte sie,
wie sie Annabell und Julian helfen könnte. Aber sie hatte keine
sinnvolle Idee. Darum warf sie einfach die Frage in die Runde,
ob sie heute überhaupt zu Professor Hilpert fahren sollten.
Schließlich konnte keinem daran gelegen sein, außer, sie wollten
den Mückenangriff von gestern erklärt haben.

Endlich erwachten sie aus ihrer Lethargie. War es gerade
noch zu still, baute sich in Windeseile eine Hektik auf, die ebenso
anstrengend war. Sie sprachen durcheinander, als müssten die
eben noch geschwiegenen Worte nun hinausgeschrieen werden. Keiner hörte auf den anderen. Jeder redete planlos drauf
los. Erst als Katrin lauthals anfing zu lachen, schwiegen alle wie
auf Kommando und sahen sie ungläubig an. Aber ihr Lachen war
so ansteckend und befreiend, dass sie ebenfalls zu lachen begannen. Sie lachten, bis jegliche Anspannung gelöst war. Zwar
waren sie zunächst ziemlich erschöpft, konnten dafür aber wieder klar denken.

»Okay«, übernahm Katrin die Führung. »Was wollen wir tun?
Ich bin dafür, am Nachmittag zum Professor zu fahren. Vorher
will ich im See schwimmen. Ich habe gehört, dass Wasser eine
reinigende Wirkung hat und vielleicht auch eine beruhigende.«

*

240

Sie staunten nicht schlecht, als sie das Ufer erreichten. Der See war so klar und ruhig, als läge eine Glasscheibe darauf. Man konnte mühelos den Grund erkennen. Kein Fisch hatte die Chance, sich vor ihnen zu verstecken. Jede Pflanze war so deutlich zu erkennen, als würde sie nicht im Wasser leben, sondern am Land. Sollte das etwas mit den neuen Fähigkeiten zu tun haben? Wie immer waren sie nicht an dem Badestrand der Touristen, sondern an ihrem besonderen Fleckchen, das hinter Sträuchern im Verborgenen lag. Die Ausbuchtung mit dem kleinen Sandstrand und der weichen Wiese dahinter wurden von Fremden deshalb nicht wahrgenommen. Es war ein Paradies für Eingeweihte. Sie breiteten ihre Sachen aus und sprangen ins Wasser. Es war wunderbar erfrischend, aber keinesfalls zu kalt. Sie tauchten und schwammen, bis sie ihren Gedanken wieder freien Lauf lassen konnten.

Annabell und Lena waren als Erste zurück auf ihrer Decke. Sie ließen sich einfach von der Sonne trocknen. Ihre Haut hatte trotz Sonnenschutzcreme eine wunderbare Bräune angenommen.

»Hast du dich mit Julian ausgesprochen?«, wollte Lena wissen.

»Bisher noch nicht. Glaubst du, dass er wirklich nichts von der Wette gewusst hatte?«

»Allerdings, du hättest mal sein Gesicht sehen sollen. Ich glaube, er war genauso entsetzt wie du. – Du liebst ihn doch schon ewig. Willst du ihn gleich wieder verlieren?«

Annabell legte sich auf und Rücken und sah verträumt in den Himmel. »Nein, eigentlich nicht. Aber ich weiß nicht, wie er über uns denkt. – Und was, wenn er doch der Wette zugestimmt hatte?« Sie drehte sich auf die Seite, stützte den Kopf mit der Hand und sah Lena fragend an.

»Kläre das mit ihm, bevor es zu spät ist. Du wolltest ihn bereits als Teenie. Jetzt ist er frei und scheint auch gerne in deiner Gesellschaft zu sein. Hat dir der Kuss nicht gezeigt, wie ernst er es meint? Das spürt man doch, oder?«

»Es war so ein strömendes Gefühl in mir, dass ich dachte, mein Blut fließt auch durch ihn. Unsere Körper verschmolzen beinahe miteinander. Seine Hände berührten mich so zärtlich, ohne zu fordern. Niemals wäre mir der Gedanke gekommen, dass er nur mit mir spielt. Aber vielleicht hat das alles auch mit den Mückenstichen zu tun oder es tat mir einfach nur gut, nicht allein zu sein.«

Lena lächelte ihre Freundin an. »Du hättest jetzt mal deine Augen sehen sollen. So ein Glanz entsteht nur, wenn man über beide Ohren verliebt ist.«

»Bin ich ja auch. Aber was hilft es?«

»Tu dir selbst den Gefallen und rede mit ihm. Gib ihm die Chance, alles aufzuklären. Er ist so ein toller Mann. Ich glaube, ihr passt gut zusammen. Versuche es einfach!«

Annabell gab keine Antwort, sondern ließ ihren Gedanken freien Lauf. Wieder sah sie die Bilder aus dem Traum von damals. Ein Lächeln breitete sich auf ihrem Gesicht aus. Sie rollte sich zurück auf den Rücken und schloss die Augen. »Stimmt«, flüsterte sie, »es könnte wunderschön werden mit ihm.«

»Hej, ihr zwei, habt ihr schon genug vom Wasser, oder warum kommt ihr nicht rein?« Julian schlenderte auf sie zu. Ohne sie nass zu spritzen, legte er sich neben Annabell ins Gras. Er hätte sie noch stundenlang beobachten können, wie sie da lag mit geschlossenen Augen und einem Lächeln im Gesicht.

»Ich noch nicht.« Lena stand auf und lief eilig ins Wasser. Vielleicht nutzten die beiden die Zeit für sich.

Am liebsten hätte Julian zärtlich über Annabells Haut gestreichelt. Ein wohliges Ziehen wanderte durch seinen Körper hin zu den Lenden und Wärme strahlte vom Sonnengeflecht in alle Richtungen. Was sollte er nur tun? Warum glaubte sie ihm nicht? Zaghaft begann er zu sprechen: »Annabell, schläfst du?« Er wartete einen Moment, bis sie die Augen öffnete, aber sie sah ihn nicht an. »Was kann ich tun, damit du mir glaubst? Ich habe nichts von der Wette gewusst. Wir hatten auch nicht über uns als Paar gesprochen, auch nicht die Tage davor.« Er schluckte, weil sie keine Regung zeigte. »Mir ist so viel an dir gelegen,

Annabell. Du kannst es dir vielleicht nicht vorstellen, aber ich habe mich hauptsächlich auf dich gefreut, als ich die Einladung von Oliver bekam. Und als du am ersten Tag nicht da warst, war ich richtig enttäuscht.« Er schaute sie die ganze Zeit an, aber ihre Augen bewegten sich nicht. Er sah den Glanz des Himmels darin und die kleinen Wolken, die auf der Reise nach irgendwo waren.

»Aha, davon hast du sicher Sebastian und Oliver erzählt und ihr hattet nichts Besseres zu tun, als Wetten abzuschließen. *Wie lange braucht der liebe Julian, um sie rumzukriegen?* Gib es doch endlich zu.« Blitze schossen aus ihren Augen. Dann drehte sich zur Seite, weil sie nicht wusste, was sie jetzt machen sollte. Sie fühlte sich wie ein vierzehnjähriger Teenager, der keine Ahnung vom Leben und der Liebe hatte. Mache ich jetzt alles kaputt, fragte sie sich. Doch sie war so blockiert, dass sie nicht anders konnte.

»Das glaubst du?« Julian sah sie entsetzt an. Er konnte nichts weiter dazu sagen. Abrupt stand er auf und lief in den Wald, um seine Enttäuschung zu verbergen.

Annabell hatte nicht bemerkt, dass er gegangen war. »Ich würde dir ja gerne glauben«, flüsterte sie. In ihr baute sich eine Sehnsucht auf, als wollte sie bis zum Himmel wachsen. Langsam reichte sie mit dem Arm hinter sich, um ihn zu berühren. Weil sie ihn nicht ertasten konnte, drehte sie sich um. Entsetzt sah sie, dass er nicht mehr da war. Tränen schossen in ihre Augen. Sie setzte sich auf und suchte nach ihm. Doch sie sah alles nur verschwommen, sodass sie nichts richtig erkannte.

Lena hatte sie vom Wasser aus beobachtet. Deshalb kam sie jetzt gelaufen und fragte sofort, was passiert war. Annabell schüttelte nur den Kopf, unfähig, ein Wort zu sagen. Lena setzte sich neben sie und legte liebevoll einen Arm um ihre Schulter. »Ist was mit deiner Oma?« Sebastian kam tropfnass auf sie zu und griff nach seinem Handtuch. »Hast du schlechte Nachrichten bekommen?«, fragte er sichtlich bestürzt.

Annabell schüttelte ihren Kopf und Lena gab ihm mit der Hand ein Zeichen, nicht weiter zu fragen. Er setzte sich etwas verwirrt auf die Wiese und schaute sich suchend nach Julian um.

Doch er konnte ihn nicht entdecken. »Weißt du, wo Ju...«, wollte er fragen, doch Lena zog blitzschnell mit der gestreckten Hand unter ihrem Kinn her. Zum Glück verstand er, dass er schweigen sollte. »Ich glaube, ich gehe noch mal ins Wasser. Es ist so angenehm erfrischend.« Mit schnellen Schritten lief er zum See, machte einen Satz und landete spritzend neben Katrin und Oliver im Wasser.

*

Julian lief immer weiter den Berg hinauf, bis er auf einem Wanderweg landete. Er wollte Annabell nicht verlieren, wo er sie doch gerade erst gefunden hatte. Die beste Lösung sah er darin, dass Oliver und Sebastian mit ihr sprachen. Ihnen musste sie einfach glauben. Sonst blieb ihm nichts anderes übrig, als abzureisen, bevor die Sehnsucht ihn noch krank machte.

Er wurde aus seinen Gedanken gerissen, als er sah, wie sich fünf Wanderer heftig gegen einen Mückenschwarm zur Wehr setzten. Sie schlugen um sich und fluchten lautstark. »Jetzt habe ich aber genug. Wir hatten doch abgemacht: keine überfallartigen Angriffe mehr. Der kann mich mal. Ich steige endgültig aus. Damit kommt er nicht durch. Wir werden heute noch mit ihm reden.«

Julian schlich sich in die Büsche und schaute ihnen zu. Helfen konnte er nicht, das wusste er. Einer nach dem anderen zog sein T-Shirt aus und wirbelte damit herum. Sie tobten und schrien. »Schimpft nicht, lass uns den Kreis bilden!«, rief einer von ihnen. Sofort formierten sich die Männer zu einem Kreis, in dem sie mit den Rücken nach innen standen. Ihre Schultern berührten sich und sie schienen zu einer Einheit zu verschmelzen. Genau in dem Moment ließen die Mücken von ihnen ab und flogen in einer grauen Wolke fort. Julian traute seinen Augen nicht. Fassungslos stand er da und beobachtete, wie die Männer sich fluchend wieder auf den Weg machten und hinter der nächsten Wegbiegung verschwanden. Er schüttelte den Kopf, als wollte er sich sagen, dass alles nur Einbildung gewesen war. Oder sollte das eine Möglichkeit sein, die Mücken zu vertreiben? *Reagieren sie etwa auf die Einheit, zu der sie geworden sind? Kann man ihnen so entkommen?* Julian drehte sich um und rannte zum See zurück. Er musste es den anderen unbedingt erzählen, noch bevor sie zum Professor fuhren. Atemlos kam er bei den Freunden an, die auf der Wiese saßen und ihn neugierig ansahen.

»Ist ein Wolf hinter dir her oder warum rennst du durch den Wald?« Oliver fand seine Frage witzig und lachte darüber. Julian versuchte keuchend zu erzählen, aber keiner konnte ihn verstehen. Sein Herz raste und das Atmen fiel ihm sichtlich schwer.

»Setz dich erst mal und erhole dich!« Katrin klopfte mit der flachen Hand neben sich aufs Gras. Sie lächelte dabei. »Oder war es ein Schmetterling? Den hättest du leicht abwehren können. Schmetterlinge beißen nicht.«

Julian hatte kein Interesse an den Scherzen der anderen. Er wollte endlich erzählen, was er beobachtet hatte. Deshalb hob er die Hand und brachte sie damit zum Schweigen. »Stellt euch vor, so könnten wir auch die Mücken vertreiben. Ich weiß nicht, ob es wirklich der Kreis war, aber ich hatte so ein seltsames Gefühl in dem Moment, als hätte ich die Magie gespürt, die von ihm ausging.«

»Da würde der Professor aber staunen«, sagte Sebastian. »Wir sollten ihn fragen, ob das auch zum Trainingsprogramm der Mücken gehört. Obwohl der ja zu singen beginnt.«

»Zu singen?«, fragte Oliver. »Du meinst, dieses komische Gejaule, dass er letztens von sich gegeben hat?«

»Nicht nur dann, auch bei deinem Mückenangriff. Wir kamen erst dazu, als du auf der Erde lagst und dich nicht mehr bewegt hattest. Wir dachten schon, du wärst tot.« Sebastian schaute zu Oliver. »Damals hatte er sich neben dich gestellt und mit dem Singsang so lange weitergemacht, bis alle Mücken im Stall waren. Danach ist er verschwunden.«

Keiner sagte ein Wort. Sie folgten nur ihren Kopfkinos. Nach einer Weile machten sie sich auf den Weg zur Hütte, um eine Kleinigkeit zu essen, bevor sie zum Cottage fuhren. Sie nahmen sich vor, nicht über das Thema zu reden. Es würden dabei zu viele Fragen aufkommen. Nur Oliver wollte sich erkundigen, ob es sein konnte, dass der Professor mehrere Gruppen von Probanden hier vor Ort hatte.

»Der Gedanke ist mir auch schon gekommen. Aber warum sollte er mehrere Gruppen haben? Der Professor sprach doch immer davon, dass wir die Richtigen sind.« Julian schob sich eine Gabel von dem köstlichen Kartoffelsalat in den Mund.

Sofort kam Leben in die Freunde. Sie redeten einmal wieder durcheinander, ohne auf die anderen zu hören, bis aus Olivers Handy ein schriller Ton erschallte. Sofort kehrte Stille ein.

»Nicolas fragt, wo wir bleiben. Wir werden schon seit fünfzehn Minuten erwartet. – Sollen wir absagen?«

»Auf keinen Fall. Ich will eine Erklärung vom Professor.« Katrin zeigte sich fest entschlossen und ging zielstrebig auf ihr Mountainbike zu. »Wer kommt mit?«

»Wir kommen sofort«, gab Oliver schnell zur Antwort und beendete das Telefonat.

*

»Ja, ich arbeite mit mehreren Gruppen.« Professor Hilpert versuchte es, so normal wie möglich klingen zu lassen. »Was ist daran verwunderlich? Um meine Studie zu verifizieren, brauche ich eine bestimmte Anzahl von Probanden. Das funktioniert nicht mit nur sechs Personen.«

Auch Nicolas und Professor Jäger schauten fragend in die Runde. Sie wunderten sich, dass die jungen Leute nichts davon wussten, denn es ist doch vorgegeben, dass viele Probanden benötigt werden, um die Empirie der Forschungsergebnisse zu gewährleisten. Nicolas hoffte insgeheim, dass er auch in den Kreis der Probanden aufgenommen würde. Die Tatsache, die Gedanken anderer Menschen lesen zu können und sich sogar mit den Tieren zu unterhalten, ließ seine Fantasie grenzenlos wachsen. Vielleicht würde er Oliver dann besser verstehen. Natürlich war ihm klar, dass es ihm damit um seinen Vorteil ging. Die Natur war zweitrangig, denn darum kümmerte er sich auch ohne diese ganze Aktion. Schließlich studierte er Naturwissenschaft und Technik.

»Warum haben Sie uns nicht darüber informiert?« Katrin wollte seine Antwort nicht so einfach hinnehmen. »Glauben Sie etwa, wir hätten dann abgesagt?«

»Ja, vielleicht. Außerdem ist diese Gruppe für den Westerwald eingeteilt. Sie sollte also gar nicht hier sein. Aber was ist an der Begegnung so beunruhigend für Sie?« Professor Hilpert versuchte, entspannt zu wirken. Doch seine Augen flatterten hin und her. *Er verheimlicht uns noch mehr*, dachte sie, *wir kommen schon noch dahinter.* »Na, ich denke, dass Sie kein Vertrauen zu uns haben. Wie sollen wir dann welches zu Ihnen bekommen? Im Moment sieht es für Sie nicht gut aus, denn Ihre Aktionen gehen uns allmählich auf die Nerven.«

Es entstand eine Pause. Niemand sprach ein Wort. Alle starrten den Professor an. Es war so leise, dass sie ihre eigene Atmung hörten. Oliver wurde immer unruhiger. War der Professor etwa eine Gefahr für sie? Die plötzliche Erinnerung an seine überfallartige Begegnung mit den Mücken ließ sein Herz rasend schnell schlagen und seine Lunge begann, sich zu verkrampfen, sodass er nur noch oberflächlich atmen konnte. Seine Finger kribbelten, als wanderten Hunderte Ameisen darin. *Wenn der nicht gleich was sagt, explodiere ich.* Die Luft schien zu knistern, so viel negative Energie baute sich auf. Sogar die Vögel verstummten. Aber der Professor saß einfach da und beobachtete sie.

»Geht es Ihnen gut?«, fragte Professor Jäger nach einer Weile seinen Kollegen, dem das Unbehagen im Nacken saß.

Als würde er aus einer anderen Welt zurückkehren, schüttelte sich Professor Hilpert leicht und schloss dann die Augen. Im nächsten Moment räusperte er sich und sprang auf. »Entschuldigen Sie, bitte! Ich muss dringend weg. Bleiben Sie gerne noch eine Weile und bedienen Sie sich in meiner Küche. Ich werde so schnell wie möglich zurück sein.« Damit lief er ins Cottage.

»Weglaufen ist keine Lösung, Herr Kollege!«, rief ihm Professor Jäger hinterher. Doch da hörte er schon die Haustür ins Schloss fallen.

»Spinnt der jetzt vollkommen?« Nicolas sah seinen Freund an. »Oliver, geht es dir gut? Du siehst so blass aus.« Oliver konnte nicht antworten. Ihm ging es tatsächlich richtig schlecht. Zu gerne würde er sich hinlegen, konnte sich aber nicht bewegen. Sein Körper befand sich wie damals in einer Schockstarre. Die Bilder tanzten vor seinem Gesicht und plötzlich begann er, um sich zu schlagen. In Panik riss er die Augen auf und rang nach Luft. Wieder hatte er das Gefühl, zu ersticken. Kalter Schweiß überzog seinen Körper.

Entsetzt und hilflos blickten alle zu ihm, bis Annabell die Situation erkannte. »Er hat eine Panikattacke«, rief sie. »Schnell, helft mir, ihn hinzulegen! Sebastian, gib mir ein Glas Wasser!«

Als Oliver auf der Wiese lag, begann sie, ruhig auf ihn einzureden. Mit dem Daumen presste sie pulsierend den Panikpunk zwischen Nase und Oberlippe. »Lena, hole mir ein feuchtes Tuch und wische ihm damit vorsichtig über die Stirn!«

Langsam beruhigte sich Oliver. Seine Atmung regulierte sich und sein Brustkorb hob und senkte sich wieder im gesunden Rhythmus. Erschöpft sah er Annabell an. »Danke«, flüsterte er, »ich habe geglaubt, die Mücken greifen mich wieder an.«

Nicolas kniete sich neben Oliver ins Gras. »Wir sind bei dir«, sagte er mit leiser Stimme und strich ihm dabei die nassen Haare aus dem Gesicht. »Komm in mein Zimmer, dort kannst du dich ausruhen. Ich werde bei dir bleiben.« Er half ihm auf die Beine und stütze ihn, als sie ins Cottage gingen.

Katrin brachte ihnen eine Flasche Wasser und zwei Gläser hinterher. »Hier, ihr müsst jetzt viel trinken.«

Als sie wieder auf der Terrasse war, richteten sich alle Blicke auf sie. »Wie geht es ihm?«, fragte Sebastian. »Braucht er noch was?«

»Ich denke, Nicolas kümmert sich gut um ihn. Lassen wir ihn einfach in Ruhe!«

»So geht es nicht weiter.« Katrin ergriff das Wort. »Wir sind an einem Punkt angekommen, wo wir uns von Professor Hilpert verabschieden sollten, bevor einer von uns noch richtig Schaden erleidet. Was er angeblich erreichen wollte, wissen wir ja: uns zu Helfern für die Natur zu machen und damit das Klima zu verbessern. Wir beginnen einfach in unserem Umfeld. Ich zum Beispiel werde meinen Vorgarten umgestalten. Die Steinlandschaft kommt weg und eine Sommerblumenwiese wird dort ausgesät. Außerdem frage ich einen Architekten, ob mein Garagendach stabil genug ist, damit ich darauf eine Wiese anbringen kann. Hinten im Garten werde ich eine Eiche pflanzen. Auf die Fensterbänke kommen Blumenkästen.« Zufrieden mit sich lehnte sie sich zurück und griff nach ihrem Wasserglas.

»Ja, ich denke, da fällt uns noch einiges ein. Ich werde mit meinen Nachbarn überlegen, ob wir unsere Gärten auch umgestalten können. Einer von ihnen hat nämlich einen englischen Rasen. Da wächst kein Grashalm zu lang und vor allem haben andere Pflanzen kein Recht, darauf zu leben. Der könnte sich also über den Flugsamen ärgern.« Sebastian zog die Mundwinkel nach unten.

»Ihr studiert doch genau die richtigen Fächer, du Natur und Umwelt, Oliver Naturwissenschaft und Technik und Julian Biologie. Damit schafft ihr die optimalen Voraussetzungen für die Zukunft. Ihr könnt im großen Stil gesunde Veränderungen für Mensch, Tier und Pflanzen lehren und auch praktisch umsetzen. Lena und Katrin werden im Schuldienst sicher auch einiges bewirken können. Wozu brauchen wir also noch den Professor?« Annabell schaute ihn an, als wäre alles gesagt. Eine Antwort erwartete sie nicht.

Im Prinzip haben sie recht, dachte Professor Jäger, der bisher schweigend zugesehen hatte. *Wenn jeder von uns sein Wissen anwenden und es im seinem Umfeld weitergeben würde, könnte es sich immer weiter ausbreiten. Denkt man an die Sage von der Verdoppelung der Anzahl eines Reiskorns auf dem Schachbrett, ist die Wirkung sicherlich enorm.* Er trank einen Schluck Wasser und räusperte sich. »Dann kann man vielleicht noch dafür sorgen, dass nicht so viel Teakholz verarbeitet, der Plastikkonsum drastisch eingeschränkt und für die Aufforstung der Wälder gesorgt wird. – Sie sehen also, wir können unseren Teil wirksam beisteuern. Da gibt es sicher noch andere Möglichkeiten, die endlich von den Politikern angegangen werden müssen. Ich denke da an die Energiewende.« *Das Experiment wäre damit nicht mehr notwendig,* dachte er mit einem Gefühl der Erleichterung.

Die entsetzliche Spannung, die gerade noch zu spüren war, hatte sich verflüchtigt. Dafür verbreitete sich ein befreiendes Gefühl. War die Aktion des Professor Hilpert doch hilfreich?

*

»Wie konnte das passieren?« Professor Hilpert lief verzweifelt durch den Wald. Das war der einzige Ort, abgesehen von seinem Cottage, an dem er klar denken konnte. Er hatte doch sorgfältig darauf geachtet, dass sich die einzelnen Gruppen nicht begegnen würden. Irgendetwas musste schiefgelaufen sein. Was wollten die fünf hier? Sie müssten doch zurzeit im Westerwald sein und dort ihre Kulturen anlegen. Und wieso hatten sie sich nicht bei ihm gemeldet, wenn sie schon zurückgekommen waren? Er nahm sein Handy, um die Kontaktperson anzurufen. Aber noch bevor das Klingelzeichen ertönte, legte er wieder auf. *Nein, es ist jetzt wichtiger, zurückzugehen, bevor mir die Studenten weglaufen. Ohne sie kann ich die Studie abbrechen. Die andere Gruppe ist bereits für mich verloren.* Er steckte das Handy in seine Hemdtasche und lief so schnell er konnte zurück zum Cottage.

Schwer atmend erreichte er seine Terrasse. »Gut, dass Sie noch da sind. Ich muss mich bei Ihnen entschuldigen, für meinen schnellen Aufbruch. Aber eine wichtige Angelegenheit hatte meine Anwesenheit erfordert.« *Oder auch nicht mehr,* dachte er. Er ließ sich auf seine Gartenbank fallen und schloss für einen Moment die Augen. Annabell schaute ihm aufmerksam ins

Gesicht und erkannte gleich, dass es ihm gut ging. Er war nur außer Atem.

»Da bin ich aber gespannt, was das alles zu bedeuten hat.« Sebastian hoffte, dass der Professor eine Erklärung abgeben würde. »Sie laufen in brenzligen Situationen einfach weg, ohne sich um uns zu kümmern. Können Sie es nicht ertragen, wenn es einem von uns schlecht geht? Haben Sie Angst, dass durch die Mücken ein Schaden entstanden ist, den Sie nicht eingeplant haben? Wir sind auf jeden Fall an dem Punkt angekommen, wo wir eine umfassende Erklärung von Ihnen erwarten. Andernfalls werden wir den Kontakt sofort abbrechen.« Er holte tief Luft und griff nach seinem Wasserglas.

Professor Hilpert öffnete langsam seine Augen und presste die Fingerspitzen gegeneinander.

»Wird das jetzt ein Stoßgebet?« Sebastian ließ seinem Ärger freien Lauf.

»Sie haben recht«, begann der Professor, »für Sie muss es aussehen, als würde ich weglaufen. Doch so ist das nicht. Ihre Gesundheit liegt mir sogar sehr am Herzen. Ich habe Sie alle als liebenswerte Personen kennengelernt und ich weiß, wann Sie sich selbst helfen können.«

»Aha, jetzt wollen Sie uns Honig ums Maul schmieren? Hören Sie endlich damit auf und erklären uns, was das Ganze soll.«

Professor Hilpert sah erschrocken zu Sebastian rüber. So aufgebracht sah er ihn zum ersten Mal. Die ganze Situation bereitete ihm mittlerweile Unbehagen. Drohte sie, aus dem Ufer zu laufen? Er verstand die ganze Aufregung nicht. Was war so schlimm daran, dass es noch andere Probanden gab? Erst jetzt bemerkte er, dass Oliver und Nicolas nicht da waren. »Wo sind Ihre beiden Freunde? Haben sie bereits aufgegeben?«

»Anscheinend begreifen Sie überhaupt nichts. Oliver geht es so schlecht, dass er sich hinlegen musste. Nicolas kümmert sich um ihn.« Katrin war zutiefst enttäuscht von ihm.

Sicher, dachte Professor Jäger, *Oliver geht es wieder schlecht, das war nicht gut, aber er kann sich doch jetzt erholen. Vielleicht schau ich kurz nach ihm und ziehe mich für einen Moment zurück.* »Entschuldigen Sie bitte, Herr Kollege, ich werde mal nach Oliver sehen. Vielleicht braucht er etwas.« Damit stand er auf und wollte gehen, aber Professor Hilpert bat ihn, sich wieder zu setzen.

»Ich werde Ihnen ein paar Informationen geben. Also, es sind insgesamt fünf Gruppen an meiner Studie beteiligt. Jede Gruppe besteht aus vier bis acht Personen. Die Gruppen sind in unterschiedlichen Altersstrukturen angelegt, damit eine weite Streuung möglich ist. Alle haben den Kontakt mit den Mücken erlebt, zunächst überraschend, später angekündigt. Dadurch erlangten sie die erforderlichen Kenntnisse und setzen sie jetzt entsprechend ein. Außerdem gibt es im Ausland viele weitere Probanden, die von Kollegen betreut werden. Sie sind meine jüngste Gruppe und auch die schwierigste, muss ich sagen.« Er schmunzelte, als würde ihn die Tatsache erfreuen. »Ich hatte Sie nicht eingeplant, aber als ich Sie auf der Lichtung entdeckt, konnte ich nicht anders. Es war, als hätte ich auf Sie gewartet.« Er machte eine Pause und sah jedem Einzelnen in die Augen. Diese Aufmerksamkeit liebte er. Sie folgten wissbegierig seinen Ausführungen. »Mir ist klar, dass Sie sich überrumpelt fühlen müssen, aber ich verspreche Ihnen, dass es ab jetzt keine Überfälle mehr gibt.«

»Ach!« Verwunderung und Ironie schwangen aus Sebastians Ausruf. »Heißt das etwa, wir sind draußen?« Fühlte er tatsächlich einen Hauch von Enttäuschung aufkommen?

»Nein, Sebastian, das wollte ich damit nicht sagen. Ich würde mich freuen, wenn Sie die Studie nicht abbrechen würden. Ich verstehe ja, dass Sie sich Sorgen um Oliver machen. Dazu haben Sie alles Recht der Welt, doch ich bin mir sicher, dass er den Schock des Überfalls schon bald überwunden hat. Ich werde ihm den Vorschlag machen, bei mir zu bleiben. Dann kümmere ich mich um ihn, solange er Hilfe braucht.« Er lehnte sich zurück und sprach weiter. »Die Studie behandelt doch ein wichtiges Thema, wenn Sie an die Klimasorgen denken, mit denen wir zurzeit leben müssen. Wir können nicht warten, bis ganze Länder durch

Naturkatastrophen vernichtet werden. Meine Kollegen aus den teilnehmenden Ländern vertrauen auf unsere Teilnahme.«»Was meinen Sie mit den teilnehmenden Ländern?« Katrin hatte aufmerksam zugehört.

»Nun ja, die zu erwartenden Umweltkatastrophen betreffen die gesamte Weltbevölkerung, daher findet das Experiment in verschiedenen Ländern statt.« Professor Hilpert überlegte einen Moment. »Ich habe eine Aufzeichnung der Grundidee auf meinem Computer. Sie können gerne Einblick nehmen. Bitte entschuldigen Sie, dass ich Ihnen davon keine Kopien aushändigen werde. Nicht, weil ich keinen Drucker habe, sondern weil das Experiment der Forschungsarbeit noch nicht abgeschlossen ist und deshalb auch noch nicht veröffentlicht werden darf.«

»Steht darin, was Sie den Mücken verabreichen, damit sie so gezielt angreifen und damit diese übernatürlichen Fähigkeiten übermitteln? Schließlich hatte mich bisher noch kein Mückenstich dazu gebracht, Gedanken zu lesen oder mit Tieren zu sprechen.« Annabell würde gerne seine Aufzeichnungen lesen, denn die Informationen über die Substanzen der Mikro-Injektionen wollte sie unbedingt erfahren.

Professor Hilpert schüttelte den Kopf. »Natürlich nicht. Was denken Sie, würde passieren, wenn diese Informationen in die falschen Hände gelangen? Nein, das bleibt unter Verschluss. Aber der Aufbau der Studie, das Setting und die Ziele dürften doch auch interessant sein.«

Keiner gab darauf eine Antwort. Alle schienen ihren Gedanken nachzugehen. Es wären tatsächlich Szenarien möglich, die niemand riskieren wollte. Doch Professor Jäger ärgerte sich im Stillen. Er hätte zu gerne gewusst, mit welchen Substanzen sein Kollege arbeitete. Schließlich gehörte es in sein Forschungsgebiet. Allerdings würde er gerne ein Mittel finden, das die entsetzlichen gesundheitlichen Folgen für die Menschen verhindern würde, wie sie zurzeit durch Mückenstiche vermehrt auftraten. Vor seinen Augen tauchten die Bilder mit den dicken Eiterbeulen und den blutigen Flächen auf den kontaminierten Körperstellen einiger Betroffener auf.

»Können Sie uns wirklich versprechen, dass die plötzlichen Überfälle durch die Mücken aufhören?«, fragte Lena.

Julian horchte auf. Hatte er das der Gruppe aus dem Wald nicht auch versprochen?

»Ja, wenn Sie mir regelmäßig mitteilen, welche Wahrnehmungen Sie haben, kann ich in Absprache mit Ihnen die erforderlichen Mücken gezielt schicken.«

Sebastian ließ ein höhnisches Lachen erklingen. »Sie werden uns also weiterhin mit Ihren Mückenschwärmen belästigen!«

»So würde ich das nicht nennen, aber Sie verlieren die besonderen Fähigkeiten wieder, wenn Sie ab sofort auf Mückenstiche verzichten. Das ist so gewollt. Natürlich haben Sie noch nicht ausreichende Kenntnisse sammeln können, damit Sie in Zukunft effektiv als Multiplikator oder zumindest als Vorbild arbeiten können. Es gibt noch massenhaft Informationen, die Ihnen direkt von der Natur gegeben werden sollen.«

»Warum verabreichen Sie uns das Serum nicht, ohne dass uns die Mücken stechen?«, fragte Julian.

»Das ist unmöglich. Erst durch die Verbindung mit den mückeneigenen Sekreten bekommt es seine Wirkung. Außerdem darf die Menge nur sehr gering sein. Diese zu injizieren, ist nicht möglich.«

Wieder folgten sie ihren Gedanken. Es würde also so lange dauern, bis sie die Natur wirklich verstanden hätten. Das konnte sogar hilfreich fürs Studium sein. Was würden sie an Wissen erlangen, um die eigene Zukunft zu retten?

»Und wie viel Zeit benötigen Sie noch, damit wir einwandfrei funktionieren? Sie wissen, wir haben nur Semesterferien.« Julian erhoffte sich eine Möglichkeit, länger mit Annabell zusammen sein zu können. Die geplante Auszeit näherte sich schon dem Ende.

»Das liegt ganz bei Ihnen. Am besten wäre es allerdings, wenn Sie die gesamten Ferien über hierbleiben würden.« Professor Hilpert lehnte sich zufrieden zurück. In ihren Gedanken hatte er lesen können, dass sie nun wieder auf dem richtigen Weg waren und nicht aufgeben würden. Darum griff er nach der

Kaffeekanne und lief damit in die Küche. Es war Zeit, eine kleine Mahlzeit vorzubereiten. Die Kekse würden eine hilfreiche Pause ermöglichen, denn er war sich beinahe sicher, dass niemand jetzt gehen würde.

32

Nicolas hatte sich den Sessel nahe ans Bett gestellt und schaute Oliver beim Schlafen zu. Der zuckte und stöhnte. Seine Augen bewegten sich unter den Lidern hin und her. Immer noch schimmerten Schweißperlen auf seiner Stirn. Es war gut, dass er seinen Kampf im Schlaf verarbeiten konnte. Was musste er erlebt haben, dass er diese Panikattacke bekam? Zu gerne hätte er ihn tröstend in die Arme genommen, doch er fürchtete, ihn damit aufzuwecken. Die Vorstellung, immer mit ihm zusammen sein zu können, ließ ihn von ihrer gemeinsamen Zukunft träumen. Sie würden sich nach dem Studium ein schönes Haus kaufen und vielleicht auch einen Hund. Der Garten sollte eine Oase werden, in der sie ihren Frieden finden würden. Außerdem könnten sie einen Segelschein machen und um die Welt schippern. Keiner sollte sie schief ansehen, wegen ihrer Liebe.

Oliver wurde ruhiger und drehte sich zur Wand. Seine Atmung ging gleichmäßiger und seine Muskeln schienen sich zu entspannen. Ganz sachte streichelte Nicolas ihm übers Haar. Dabei durchfuhr ihn eine so warme Welle, dass er sich schnell wieder zurücklehnte. Nein, das durfte er nicht, nicht heimlich. Vielleicht war es Oliver nicht recht. Sie hatten bisher nur wenige körperliche Berührungen gehabt. Er wusste, dass Oliver noch dagegen ankämpfte.

Um sich selbst zu schützen, stand er auf und ging zum Fenster. Der Blick auf den Garten mit seinen herrlichen Pflanzen und den tanzenden Schmetterlingen im hinteren Teil, gab ihm seine innere Ruhe zurück. Im tiefen Blau des wolkenlosen Himmels flogen Schwalben große Schleifen. Leise öffnete er das Fenster und atmete mit geschlossenen Augen die würzige Luft ein. Er fühlte sich vollkommen leicht und erlangte eine grenzenlose Zufriedenheit, wie er sie bislang nicht gekannt hatte.

»Hej, du bist ja noch da!«, stellte Oliver fest. Er rieb sich verschlafen die Augen.

Langsam drehte sich Nicolas um und ging auf Oliver zu. »Hast du gut geschlafen?«

»Ja, ich fühle mich gut.« Er versuchte, sich aufzurichten, fiel aber wieder zurück in die Kissen. »Oh Mann, bin ich schwach. Und meine Klamotten kleben an mir, als hätte ich mit ihnen geduscht.«

»Ruh dich noch ein Weilchen aus! Ich hole frische Sachen für dich. Du passt doch in meine Hosen.« Damit ging er zum Schrank und zog ganz gezielt seine Lieblingsstücke raus. »Wenn du wieder bei Kräften bist, kannst du nebenan ins Bad gehen. Ich warte hier auf dich. Aber vorher solltest du noch etwas trinken.« Damit reichte er ihm ein volles Glas Wasser.

Oliver setzte sich vorsichtig auf die Bettkannte und trank mit großen Zügen. »Mann, hatte ich einen Durst«, stellte er verwundert fest. Dann stand er auf und griff sich Nicolas Kleidung. »Ich mach mich mal frisch.«

Nicolas nahm Olivers Glas und hielt es kurz an seine Wange. Dann stellte er es schnell wieder ab. *Reiß dich zusammen*, tadelte er sich in Gedanken, *du wirst schon noch deine Zeit bekommen.* Er ging zurück ans Fenster und wartete dort auf Olivers Rückkehr.

Von der Terrasse her vernahm er die Stimmen der anderen. Sie hörten sich ziemlich aufgebracht an. Wieso hatten sie nur so eine schlechte Meinung von Professor Hilpert? Er wollte doch der Natur helfen, indem er vor der Haustür gegen den Klimawandel arbeitete. Es könnte wirklich gelingen, wenn jeder seinen Teil dazu beitragen würde. Die Wirtschaft und die Politiker müssen zwangsläufig darauf reagieren. Eine friedliche Demonstration würde schneller ihr Ziel erreichen, als zu schimpfen und zu debattieren. Er schüttelte seinen Kopf und beugte sich vor, damit er besser verstehen konnte.

Als Oliver wieder ins Zimmer kam, schloss Nicolas das Fenster. »Hej, du siehst ja wieder frisch aus«, empfing er ihn lächelnd und ging auf ihn zu. Dicht vor ihm blieb er stehen. »Was war vorhin mit dir los? Ich habe mir große Sorgen gemacht.« Oliver schüttelte den Kopf. »Das brauchst du nicht. Es war einfach zu viel in den letzten Tagen. Ich verstehe den Professor nicht. Der scheint etwas seltsam zu sein.«

»Meinst du seine Aktionen mit den Mücken? Er hat mir erzählt, dass du wohl aus Versehen die Hütte geöffnet hast und sich deshalb alle Mücken auf dich gestürzt haben. Das musste entsetzlich für dich gewesen sein.«

Oliver nickte, sagte aber nichts dazu. Schließlich wollte er nicht gestehen, dass es nicht aus Versehen passiert war und er vorher auch noch die Gerüche der anderen angenommen hatte. »Außerdem ging mir die Aktion mit deinem Experiment auf den Senkel.«

Nicolas senkte den Kopf. Also trug er zum Teil Schuld an Olivers schlechtem Zustand. »Es tut mir leid, bitte entschuldige! Ich würde es gerne rückgängig machen. Vielleicht wäre Jens dann auch nicht gestorben.« Er drehte sich um und wollte Oliver aus dem Weg gehen. Doch der fasste seine Schultern und hielt ihn fest. Lange sah er ihm in die Augen. Nach einer Weile zog er ihn näher und umarmte ihn. Sie wussten beide nicht, wie lange sie zusammengestanden hatte, als es plötzlich an der Tür klopfte. Schnell machten sie einen Schritt auseinander und riefen im selben Moment: »Ja!«

Professor Jäger öffnete die Tür und steckte den Kopf durch einen Spalt ins Zimmer. »Darf ich reinkommen?« Es hatte ihm keine Ruhe gelassen. Er wollte wissen, wie es Oliver ging.

Nicolas ging auf ihn zu, öffnete die Tür weit und deutete mit dem Arm in den Raum. Der Professor machte ein erfreutes Gesicht, als er Oliver dort stehen sah. »Es geht Ihnen sichtlich besser, denke ich. Wollen Sie wieder runterkommen? Ich glaube, Ihre Anwesenheit wäre dort von Nutzen.« Mit ein paar Schritten durchquerte er den Raum und öffnete das Fenster. »Es geht ihm besser,« rief er den anderen zu. Sofort verstummten sie und

schauten zu ihm hoch. Danach begann ein leises Gemurmel.
»Werden Sie jetzt wieder zu uns stoßen?«, fragte Professor Jäger die beiden.

»Ja, wir kommen. Es hat gutgetan, ein wenig zu schlafen«, antwortete Oliver und lief zur Tür.»Kommen Sie?« Ein Blick zurück zeigte ihm, dass der Professor und Nicolas sich zulächelten. *Die verstehen sich aber recht gut,* dachte er. *Ich bin gespannt, wie das nächste Semester an der Uni wird. Ob sie dann weiterhin befreundet bleiben?*

*

Oliver wurde mit großem»Hallo« begrüßt. Sebastian lief auf ihn zu, umarmte ihn und klopfte kurz auf seine Schultern. Dann schob er ihm einen Stuhl hin. Auch die anderen beiden setzten sich an den Tisch. Zum Glück waren noch Kaffee, Wasser und auch etwas Gebäck da, sodass sie sich gleich davon bedienten.

»Wo ist eigentlich Professor Hilpert?«, fragte Nicolas nach einer Weile.

»Das wüssten wir auch gerne«, antwortete Sebastian und bracht die Stimmung wieder zum Kippen.»Der hat mal wieder das Weite gesucht, als es brenzlig wurde. Was in seinem Kopf vor sich geht, würde ich gerne wissen.«

»Wie, kannst du nicht seine Gedanken lesen?«, fragte Oliver.

»Ich dachte, die Mückenstiche sollen das bewirken.«

»Ja, aber er kann sich natürlich optimal schützen. Von ihm werden wir nichts erfahren.« Katrin fand das Thema immer noch spannend.»Vielleicht hockt er in der Nähe und belauscht unsere Gedanken. Wir vergessen leider noch zu oft, dass wir die Klappe schließen können.« Sie schmunzelte und machte eine Handbewegung, als würde sie einen Deckel auf ihren Kopf fallen lassen.

Jetzt staunte Professor Jäger. Wovon sprachen sie eigentlich? Er dachte, dass sein Kollege ihn umfangreich informiert hätte, aber dem war wohl nicht so. Doch bevor er die jungen Leute fragen konnte, trat plötzlich Professor Hilpert aus der

Terrassentür. »Entschuldigung, dass es so lange gedauert hatte. Aber ich musste unbedingt etwas klären, bevor ich mit Ihnen sprechen konnte. – Ach, ich sehe, Oliver geht es auch gut. Ich hatte mir schon Sorgen gemacht.« Sebastian entschlüpfte ein hämischer Lacher. *Wer's glaubt.* Nun blickten alle zum Professor. »Lassen Sie mich bitte zuerst eine Tasse Kaffee trinken. Ist noch welcher da?« Er griff zur Kanne und schüttelte sie leicht. »Wunderbar.« Damit füllte er sich die Tasse und schlürfte vorsichtig einen Schluck des heißen Getränks. »Hm, tut das gut!« Dann lehnte er sich zurück und holte auffallend tief Luft.

»Ich werde Ihnen jetzt einen genauen Bericht von der Studie geben, damit Sie verstehen, warum ich gerade so schnell handeln musste, ohne mich um Sie zu kümmern. Wie Sie wissen, war eine Probandengruppe ohne mein Wissen in der Gegend. Sie sollten tatsächlich im Westerwald ihre Aufgaben erledigen. Aber da gab es eine Panne und sie wollten von hier aus Abhilfe schaffen. Ich habe ihnen schnell dabei geholfen, da ich in dem Moment ihre Gedanken hören konnte. Sie hatten sie freigegeben.« Er trank einen weiteren Schluck Kaffee und sprach sofort weiter. »Hätten Sie Lust, in Zukunft mit ihnen zusammenzuarbeiten?« Fragend blickte er in die Runde. Damit hoffte er, die andere Gruppe wieder zurückgewinnen zu können, auch wenn das eine Notlüge war.

Da niemand darauf reagierte, erzählte er einfach weiter. »Sie werden ab sofort spezielle Aufgaben von mir erhalten. Darum wird auch kein *Überfall* der Mücken mehr notwendig sein. Und wenn es doch passieren sollte, Sie haben ja gehört, wie sie das Ganze beenden können.« Ein prüfender Blick zeigte ihm, dass die Studenten ihm nicht ganz folgen konnten. »Ich meine, den Schulterschluss«, erklärte er. Doch keiner reagierte so, dass er ihr Verstehen voraussetzen konnte. »Nun gut, ich erkläre das nachher noch einmal.« Dann redete er ohne Unterbrechung und informierte sie über das Nötigste. Als er glaubte, dass er sie wieder motiviert hatte, lächelte er und bot jedem von dem Gebäck an.

Sie griffen gedankenversunken zu und kauten vor sich hin, als müssten sie gleichzeitig mit den Keksen das Gehörte verdauen. Jeder folgte ausschließlich seinen eigenen Gedanken. Weil Professor Hilpert ihre Gedanken vernahm, lehnte er sich zufrieden zurück und wartete einfach ab. Sie hatten genug erfahren, um sich zum Bleiben entscheiden zu können. Er hatte gelernt, seine Ideen gehaltvoll zu vermitteln, ohne zu viel preiszugeben. Irgendwann sollten sie auch noch den Rest erfahren. Aber jetzt war es dafür zu früh. Sie mussten sich mehr mit dem Experiment beschäftigt haben, damit es für sie selbst wichtig wurde, weiterzumachen. Sogar sein Kollege, Professor Jäger, entdeckte sein Interesse daran. An die anderen Probanden schien niemand mehr zu denken.

33

Am nächsten Morgen fuhr Nicolas schon früh zum Blockhaus. Er wollte einen ganzen Tag mit den Freunden verbringen. Sie hatten geplant, zum See zu fahren.

»Komm ins Wasser! Es ist herrlich warm.« Lena stand vor Annabell und rieb sich mit einem Handtuch die Haare. »Du verpasst dein Leben, wenn du hier Trübsal bläst.« Sie sah die Freundin an und spritzte ein paar Tropfen Wasser auf ihren Bauch. Aber statt des erschrockenen Kreischens erntete sie nur ein trauriges *lass das*. »Kann ich was für dich tun?«, fragte Lena und setzte sich zu ihr auf die Decke.

»Ja, lass mich einfach hier liegen. Geh wieder zu den anderen!«

Lena schüttelte den Kopf und strich sich mit den Fingern die Haare zurück. Annabell hatte die Augen zu einem schmalen Schlitz zusammengekniffen, weil sie gegen die Sonne schaute und schmunzelte.

»Was ...?«, fragte Lena.

»Du hast einen Heiligenschein. Die Sonnenstrahlen auf deinen blonden Haaren lassen sie leuchten. Ich glaube, du bist nicht von dieser Welt.« Annabell begann zu kichern. »Komm, setz dich zu mir und erzähl, wie ist es dort, wo du herkommst? Gibt es da auch Männer, die einem das Herz brechen?« Sie nahm sich einen Keks aus der Tüte, die ihnen der Professor gestern mitgegeben hatte. *Oh, der schmeckt anders als die von gestern. Ist wohl eine besondere Sorte,* dachte sie. Ganz in Gedanken versunken, reichte sie auch Lena einen Keks.

Lena stopfte ihn sich gleich in den Mund und schaute über den See, als würde sie tatsächlich in eine andere Welt blicken. »Nein, es gibt keinen Kummer. Die Menschen gehen respektvoll miteinander um. Liebe ist dort ein anderer Zustand. Niemand versucht, den anderen zu besitzen. Sie geben sich gegenseitig Wärme und Geborgenheit. Natürlich gibt es auch Paare, die miteinander verbunden sind. Sie sorgen für den Fortbestand der Menschheit. Kleine Kinder zeigen bereits Empathie und lernen den richtigen Umgang mit der Natur. Die Häuser dort sind nicht nur kalte Steinklumpen, sondern überall wachsen Pflanzen, auf den Dächern, in den Fensternischen und an den Wänden. Die schönsten Schmetterlinge und viele andere Insekten fliegen herum und Vögel zwitschern ihre Lieder.« Lena ließ einen kleinen Seufzer hören und legte sich zurück. Sie schaute hinauf zum Himmel und versuchte, in die blaue Weite vorzudringen.

Annabell drehte den Kopf zu ihr.»Hej, sprich weiter. Nimm mich mit in deine Welt! Wie komme ich dorthin?« Doch dann merkte sie, dass Lenas Blick mittlerweile recht sonderbar wirkte. *Irgendetwas stimmt nicht mit ihr*, dachte sie und rüttelte sanft an ihrer Schulter.»Komm zurück, noch ist es nicht so weit.«

Lena schloss kurz die Augen und zog die Stirn kraus.»Was ...? Hast du was gesagt?«, nuschelte sie, als wäre sie gerade aus einem tiefen Schlaf aufgewacht.

»Allerdings.« Annabell verlieh ihrer Stimme einen intensiven Klang.»Du hast fantasiert. Es hörte sich wunderbar an, war aber auch irgendwie gruselig. Hast du was genommen?«

»Was soll ich genommen haben? – Ach du meinst doch nicht etwa, dass ich gekifft habe? – Spinnst du? Das habe ich noch nie gemacht und ich werde auch heute nicht damit anfangen!« Sie setzte sich auf und sah Annabell überrascht an.

»Beruhige dich, das war nur eine rhetorische Frage. Hast du dir die Geschichte gerade ausgedacht?«

»Nein, ich habe sie wirklich gesehen. Es war ein eigenartiges Gefühl. Du kannst dir nicht vorstellen, wie intensiv ich mich selbst gespürt habe. Manchmal träume ich nachts Ähnliches und weiß hinterher nicht mehr, ob es wirklich nur geträumt war.« Sie nickte leicht mit dem Kopf und seufzte.»Sind wir geboren, um unsere Welt dahinzubringen? Dort zu leben, muss das Paradies sein.«

263

Annabell stand auf und zog Lena an der Hand mit.»Komm, jetzt brauchen wir eine Abkühlung!« Damit liefen beide zum Ufer und sprangen mit fröhlichem Gelächter ins Wasser. Es spritzte in alle Richtungen. In den Tröpfchen leuchteten die Sonnenstrahlen in Regenbogenfarben. Erschrocken flogen zwei Enten auf, die sich im Schilf versteckt hatten. Durch das Getöse angelockt, kam Julian geschwommen. Er wollte wenigstens in Annabells Nähe sein, auch wenn sie ihn noch immer auf Abstand hielt. Er vermisste die liebevollen Blicke und die zärtlichen Berührungen, die er einmal spüren durfte. Warum glaubte sie ihm nicht? Er hatte nichts mit der Wette zu tun. Egal, was er sich auch überlegte, würde es Annabell jemals von seiner Unschuld überzeugen? Er musste sie erneut erobern, aber wie?

In seine Überlegungen vertieft, hatte er nicht bemerkt, dass Annabell von hinten an ihn herangeschwommen war. Im nächsten Moment stützte sie sich auf seine Schultern und tauchte ihn unter. Große Luftblasen blubberten an der Wasseroberfläche, aber sie ließ ihn nicht auftauchen. Wie besessen drückte sie ihn in die Tiefe. Ein befreiendes Gefühl durchströmte ihren Körper. Ein hämisches Grinsen zeigte sich auf ihrem Gesicht.

»Annabell, du bringst ihn noch um! Hör auf!«, schrie Lena. »Was ist mit dir los?« Lena schob Annabells Hände von Julians Schulter und gab ihr einen Stoß zur Seite.»Spinnst du?«, fragte sie leise und zog Julian über Wasser. Hustend und nach Luft schnappend stolperte dieser an Land. Dort fiel er erschöpft ins Gras.»Was sollte das?«, fragte Lena erbost.»Kannst du mir das mal erklären?«

Annabell schüttelte den Kopf und tauchte ab, um nach ein paar Metern wieder aufzutauchen. Mit starken Zügen schwamm sie auf den See hinaus, erschrocken über sich selbst. Was hatte sie da getan? Wollte sie ihn wirklich umbringen? Wieder tauchte sie und blieb so lange unter Wasser, bis ihr die Luft ausging. Erst dann hob sie den Kopf und atmete hastig ein. *Was für ein Monster bin ich geworden? Nur weil ich ihm nicht glaube?* Niemals hätte sie gedacht, dass sie einem anderen Menschen Leid antun könnte. Aber jetzt ...? Was sollte sie tun?

Mittlerweile waren die anderen aus dem Wasser gekommen und hatten sich zu Julian und Lena gesetzt. Sie hatten von dem Vorgang nichts bemerkt, plauderten vergnügt und breiteten das Picknick aus. Nicolas nahm sich einen Keks aus der Tüte. »Sind die von Professor Hilpert? Die sind so was von lecker.«

»Wo bleibt denn Annabel?«, fragte Katrin.

»Die schwimmt noch im See. Ich glaube, sie wollte sich mal so richtig austoben.« Lena sah mit einem schnellen Blick zu Julian, doch der ließ sich nichts anmerken.

»Wo ...? Ich sehe sie gar nicht.« Katrin legte die Hand über ihre Augen, um sie vor der Sonne zu schützen. Dann suchte sie den See ab. »Oh, da hinten ist sie. Das wird noch eine Weile dauern, bis sie wieder hier ist.« Sie stellte sich hin, legte die Hände wie ein Megafon an den Mund und rief nach ihr. Doch Annabell reagierte nicht.

»Die kann dich nicht hören«, sagte Sebastian. »Lass sie, die kommt schon zurück. Jeder braucht mal Zeit für sich.«

Nicolas war unsicher. Er hatte zwar noch nicht viel Kontakt mit Annabell gehabt, aber ein ungutes Gefühl ließ ihm keine Ruhe. Er beobachtete sie weiter. Irgendetwas schien nicht zu stimmen. Plötzlich war sie verschwunden. Mit einem Schrei sprang er auf. »Sie ertrinkt!«, rief er und rannte den Weg am See entlang. Als er ungefähr in der Höhe sein musste, wo sie untergetaucht war, sprang er ins Wasser. Beinahe hätte er sie dabei getroffen, denn sie tauchte hustend genau vor ihm auf. Ihre Augen waren rot und die Haare klebten ihr im Gesicht.

»Was machst du? Ich dachte, du würdest ertrinken«, japste er, gleichzeitig nach Luft ringend.

»Wieso, ich bin nur ein wenig getaucht. Keiner hat dich gerufen. Was machst du also hier?« Annabell konnte den negativen Ton nicht unterdrücken. Was war nur mit ihr los? Statt sich über Nicolas' Einsatz zu freuen, machte sie ihn an.

»Entschuldige, dass ich dich retten wollte.« Er blickte direkt in ihre Augen und war erschrocken. Sie wirkten doch bisher so sanft, aber nun schienen sie brutal und voller Wut zu sein. Schnell machte er ein paar Schwimmzüge von ihr weg und wartete ab. »Annabell, Annabell, was ist mit dir? Das bist doch nicht du!«, schrie er sie an. Doch erst, als er ihre Schultern ergriff und sie schüttelte, schien sie aus dieser Haltung herauszukommen. Sie krabbelte aus dem Wasser und ließ sich erschöpft ins Gras fallen. Ihr Blick veränderte sich und sie fragte sich, was hier mit ihnen geschah. Zuerst die sonderbare Geschichte mit Lena und nun sie selbst. Zeigen sich hier ihre verborgenen Seiten? Sie schaute Nicolas flehend an. »Kannst du mich bitte in den Arm nehmen?«

Er setzte sich neben sie und legte verlegen seinen Arm um ihre Schulter. Er fühlte unendliches Mitleid mit ihr und einen Schmerz, der ihn verwirrte. Menschen, die mit ihrem Leben spielen, konnte er nicht verstehen. Annabell schmiegte sich sofort an seine Brust und versteckte ihr Gesicht an seinem Hals. Nicolas legte seinen anderen Arm auch um sie und wusste nicht, was er jetzt machen sollte, außer ihr die Gewissheit zu geben, dass sie nicht allein war. Er versuchte, Oliver zu sehen. Was würde der von ihm denken? Nach einer Weile schob er Annabell langsam von sich, schaute ihr in die Augen und fragte, ob sie wieder laufen könnte. Er wollte so schnell wie möglich zurück zu den anderen. Sie nickte zaghaft, stand aber sofort auf und ging los. Er lief mit einem kleinen Abstand hinter ihr her.

Anscheinend hatte keiner den Vorfall wirklich beachtet. Es kam ihm vor, als wäre das Ganze unbemerkt gewesen. Auf jeden Fall plauderten und aßen sie, als wäre nichts geschehen. Nur Oliver ließ ein leises: »Da seid ihr ja. Hat's Spaß gemacht?« hören, blickte dabei aber noch nicht einmal auf. Sollten sie tatsächlich nicht begriffen haben, in welcher schlimmen Lage Annabell gewesen war? Und was hatte Oliver gesehen? Sie setzten sich schweigend dazu und begannen ebenfalls zu essen. Erst kurz vor der Dämmerung fuhren sie mit den Rädern zurück zur Hütte.

*

Gut gelaunt saßen Professor Hilpert und sein Kollege auf der Terrasse. Sie unterhielten sich angeregt beim Abendessen. Endlich hatten sie einmal Zeit für sich. Besonders Professor Jäger hatte den Tag genossen. Die jungen Leute waren ihm zwar ans Herz gewachsen, aber wie alle Eltern, brauchte er natürlich zwischendurch seine Ruhe. Sie hatten sich über alte Zeiten und Professor Jägers verstorbenen Frau unterhalten. Dabei waren beide erfreut, dass er die Möglichkeit hatte, mit ihr zu sprechen und sie dabei sogar manchmal zu sehen. »Es ist eine wunderbare Einrichtung der Natur«, sagte Professor Hilpert und nickte seinem Kollegen aufmunternd zu.

»Ja, so ist sie doch nicht ganz weg. Allerdings habe ich schon Sorgen, dass sie eines Tages nicht mehr zu mir kommt.«

»Das glaube ich nicht«, antwortete Professor Hilpert kurz.

»Was macht Sie da so sicher?«

»Sicher kann man nie sein. Aber warum sollte sie fernbleiben?«

Professor Jäger staunte über das Vertrauen, das sein Kollege zu haben schien. Er war gerne bereit, auch so zu denken. Als die Dunkelheit sich über sie legte, zündeten sie einige Kerzen an. Sie tranken fruchtigen Weißwein und verzehrten die letzten Kekse, wobei Professor Hilpert sich bei einem wieder kurz über den etwas anderen Geschmack wunderte. Sie begannen, über das Experiment zu reden. Professor Jäger musste vollkommen eingeweiht werden, wenn er weitere Tage im Cottage verbringen sollte. Die Stimmung wurde lockerer und Professor Hilpert immer redseliger. So erhielt sein Kollege Informationen, die ihn zum Staunen brachten. Sie lachten über die kleinen Pannen und ihre Auswirkungen auf die Probanden. Zu gerne hätte er selbst einmal gesehen, wie die Mücken ihre Angriffe flogen und wie verzweifelt die jungen Leute um sich schlugen. Im Weinrausch kam ihm das alles wie ein lustiges Spiel vor.

Irgendwann veränderte sich die Körperhaltung des Professor Hilpert. Er richtete sich kerzengrade in dem Gartensessel auf und breitete seine Arme aus.»Mein Reich und meine Probanden«, sagte er mit einer machtvollen Stimme. Sein Blick hatte etwas Hochherrschaftliches angenommen. Wie ein König blickte er in alle Richtungen und winkte dabei, als wäre er die Queen von England.

»Oh, Majestät«, lachte Professor Jäger,»welch erhabener Besuch an unserem Tisch.«

»Ja, Herr Kollege, heute beginnt meine Herrschaft über die Zukunft.« Seine Augen strahlten im fiebrigen Glanz.»Nun wird kein Proband mehr ohne mich zurechtkommen. Alle Schicksale liegen in meiner Hand.«

Mit einem Schlag war Professor Jäger nüchtern. Hatte er sich gerade verhört? *Ist Hilpert so betrunken, dass er nicht mehr weiß, was er sagt?* Er räusperte sich, um die Aufmerksamkeit seines Gegenübers zu gewinnen.

»Doch, doch, Herr Kollege, Sie haben richtig gehört.«

Ein ungutes Gefühl ergriff Professor Jäger. Die Dunkelheit der Nacht umhüllte ihn, als hätte sich eine Decke über ihn gelegt. Der Ruf eines Käuzchens ließ ihn aufschrecken. Gerade in dem Moment erloschen die Kerzen durch einen Windzug. *Was geht hier vor sich,* dachte er und spannte alle Muskeln an. Ein Fluchtverhalten, das den Menschen angeboren ist.»Herr Kollege.«, sprach er leise. Schließlich wollte er seine Angst nicht zu deutlich zeigen.»Ich denke, der Wein hat meinen Verstand vernebelt. Ich würde jetzt gerne schlafen gehen. Lassen Sie uns morgen weiterreden. Gute Nacht!« Ohne auf eine Antwort zu warten, lief er ins Cottage und verschloss die Zimmertür hinter sich.

*

Annabell, Lena und Katrin saßen bereits früh morgens mit ihrem Kaffee auf der Terrasse. Sie unterhielten sich über den vergangenen Tag. Er erschien ihnen so unwirklich, weil sie einfach nicht glauben konnten, was am See passiert war. Sie hatten doch bisher gut harmoniert. Natürlich waren sie nicht immer einer

Meinung, aber solche Ausartungen wären ihnen niemals in den Sinn gekommen.

»Was war gestern eigentlich los mit dir, dass du Julian ersäufen wolltest. Hatte er versucht, dich zu bedrängen? Als ich ins Wasser ging, schien doch noch alles in bester Ordnung zu sein.«

Lena kräuselte ihre Stirn.

»Ehrlich gesagt, weiß ich das selbst nicht. Ich mache mir schon die ganze Zeit Vorwürfe.« Ihre Stimme klang immer noch etwas schroff. »Natürlich war ich sauer auf ihn, aber nicht nur auf ihn, sondern auch auf mich. Ich wollte ihm ja glauben, dass er nichts von der Wette gewusst hatte, aber plötzlich war es, als würden sich meine Emotionen verzehnfachen. Ich spürte eine Wut in mir, die ich niemals wieder fühlen will. Wie konnte ich so grausam sein? Aber als er mich von hinten angeschwommen hatte, sah ich rot. Und damit meine ich wirklich rot, als hätte sich ein Schleier vor meine Augen gelegt. In mir sprudelte so viel negative Energie hoch, wie ich sie niemanden wünsche. Ohne einen einzigen Gedanken an die Folgen, habe ich ihn runtergedrückt. Ich weiß nicht, was passiert wäre, wenn du nicht gekommen wärst.« Ihre Augen weiteten sich, als würde ihr erst jetzt das gesamte Ausmaß bewusst.

»Ich kann mir nicht vorstellen, dass du ihn nicht rechtzeitig hochgezogen hättest.« Katrin schüttelte den Kopf. »Bei deinem Beruf und deiner Menschenliebe halte ich es nicht für möglich, dass du ihn hättest sterben lassen.« Sie versuchte, einen tröstenden Gesichtsausdruck anzunehmen, was ihr aber kläglich misslang.

Annabell zog die Füße auf den Stuhl und den Kopf zwischen die Schultern. »Ich würde ja gerne sagen, dass ich unter Drogen stand, auch wenn das eine schlechte Erklärung wäre. Aber dazu müsste ich welche genommen haben.« Tränen traten ihr in die Augen. »Wie kann ich das nur wiedergutmachen?« In Gedanken sah sie das Bild, wie Julian verzweifelt um sein Leben kämpfte. Nie würde sie es vergessen können.

»Zum Glück hat er sich schnell erholt. Ich bin gespannt, wie er gleich hier *auftauchen* wird. – Oh, entschuldige bitte! Ich meinte natürlich, hier ...« Kathrin fiel keine Alternative für die Metapher ein.

»Schon gut, ich weiß ja, was du meinst.« Annabell streckte ihren Arm aus und streichelte einmal kurz über Katrins Hand.

»Ich bin selbst gespannt. Vielleicht kommt er sofort mit seinem Gepäck und verschwindet nach dem Frühstück.« Jetzt gab es plötzlich kein Halten mehr für Annabell. Die Schleuse hatte sich geöffnet und ein Tränenfluss ergoss sich über ihr Gesicht. Ihr ganzer Körper zuckte und ein leises Schluchzen fügte sich dazu. Lena und Katrin sahen sich an. Sollten sie ihre Freundin trösten oder war es gerade richtig, dass sie ihren Schmerz rausfließen ließ? Sebastian tauchte in der Terrassentür auf, machte aber sofort kehrt, als er die Szene sah. »Warte mal einen Moment«, sagte er zu Julian, der ebenfalls aus seinem Zimmer kam. »Ich glaube, die Mädels brauchen noch fünf Minuten. Lass uns eine Runde joggen! Oliver nehmen wir auch mit.« Sie zogen ihre Laufschuhe an und rannten los.

»Was haben sie vor? Bereiten sie ein besonderes Frühstück für uns? Mann, ich habe richtig Hunger. Hoffentlich ist Rührei mit Speck dabei.« Julian legte seine Hand auf den Magen. »Der knurrt schon gewaltig.«

»Da musst du noch eine Weile warten, bis es was Gutes zu essen gibt. Nein, Lena und Katrin sagen Annabell wohl gerade ordentlich ihre Meinung.«

»Wieso? Etwa wegen der Aktion von gestern, als sie mich getaucht hatte? – Da will ich aber auch ein Wörtchen mitzureden haben. Komm, lass uns umkehren!« Julian blieb abrupt stehen und verlor dadurch beinahe sein Gleichgewicht. »Warum lässt du mich hier durch den Wald rennen?«

Sebastian überlegte kurz. Wie sollte er es ihm nur erklären. Annabell schien vollkommen verzweifelt zu sein. Da reichte es zunächst, wenn ihre Freundinnen ihr die Meinung geigten. »Deine Zeit kommt noch«, sagte er und zog ihn am Arm weiter. Er konnte sich zwar auch nicht erklären, was sie gestern geritten hatte, aber er meinte, sie zu kennen. Vielleicht hatte sie einfach ihre Kraft unterschätzt. Sie war in der Clique neben Lena immer das sanfteste Menschenkind gewesen, das er kannte. Er traute ihr einfach keine böse Absicht zu.

Sie liefen bereits eine Viertelstunde, als Julian die Puste ausging. »Ich kann nicht mehr. Der Tauchgang hat mir doch wohl mehr zugesetzt, als ich dachte.« Er beugte sich vor, stützte die Hände auf die Oberschenkel und atmete schwer. »Lass uns zurückgehen und du sagst mir endlich, was du gesehen hast.« Auch Oliver zeigte Neugierde.

»Naja, Annabell hat fürchterlich geweint und die beiden haben keine Anstalten gemacht, sie zu trösten.« Er fasste Julian an die Schulter. »Ich denke, du willst auch noch eine Erklärung von ihr verlangen. Dafür sollte sie aber in der Lage sein, zu antworten.«

»Verstehe ...«, sagte Julian und marschierte los. Es war ihm noch nicht klar, wie er sich ihr gegenüber verhalten sollte. Er wollte gerne glauben, dass sie sich erschreckt und ihn daraufhin einfach etwas zu lange hinuntergedrückt hatte. Natürlich bekam er unter Wasser Panik, aber letztendlich war ihm doch nichts passiert.

Sie schlichen um die Hütte herum, um zu sehen, ob sich die Situation verändert hatte. Am liebsten hätten sie es, dass der Tisch gedeckt wäre und alle friedlich mit einer Tasse Kaffee in der Hand auf sie warten würden. Tatsächlich war es auch so, aber niemand sprach ein Wort. Es knisterte förmlich in der Luft.

34

Nicolas lehnte sich aus dem Fenster. Niemand war zu sehen. Nur das Geschirr vom Abend stand noch auf dem Tisch. Nachdem er spätabends von den Freunden zurückgekommen war, hatte er sich sofort in sein Zimmer begeben und schlafen gelegt. Ob die beiden Herren Professoren gestern zu tief ins Glas geschaut hatten, dass sie nicht mehr Ordnung machen konnten? Er schmunzelte bei der Vorstellung. *Dann werden sie sicher beide heute einen dicken Kopf haben.* Es machte ihm Spaß, das Geschirr abzuräumen und den Frühstückstisch neu zu decken. Hier war er nicht einsam, so wie zu Hause. Er stellte sich einfach vor, dass er es für sich und Oliver tun würde. Darum erschrak er, als plötzlich Professor Jäger hinter ihm zu sprechen begann. »Haben Sie etwa unsere Gläser weggeräumt? Entschuldigen Sie, aber wir waren plötzlich zu müde und sind einfach schlafen gegangen.«

»Kein Problem, ich mache das im Moment ganz gerne. So habe ich etwas zu tun, statt hier herumzusitzen. Zwar hätte ich auch Joggen gehen können, aber dazu hatte ich keine Lust.« Er stellte das Körbchen mit den aufgebackenen Brötchen auf den Tisch. »Außerdem macht es mir tatsächlich Spaß, für jemanden zu sorgen. Sonst bin ich doch die meiste Zeit allein.«

Professor Jäger schaute sich suchend um. »Ist mein Kollege noch nicht da?«

»Nein, ich habe ihn nicht gesehen. Vielleicht schläft er noch«, fügte Nicolas mit einem Schmunzeln hinzu und dachte dabei an die Gläser und Weinflaschen, die er gerade abgeräumt hatte.

»Hm, ist vielleicht auch ganz gut so. Wie geht es Ihnen? Haben Sie vor, noch länger zu bleiben?«

Nicolas schaute den Professor an.»Ja, eigentlich würde ich gerne noch etwas bleiben. Mir geht es hier wirklich gut. – Wollen Sie schon wieder zurückfahren?«

»Ich hatte es kurz in Erwägung gezogen. Doch ich warte erst einmal ab, was mir der Tag heute noch so beschert.« Er drehte sich um und lief in den Garten.

Er hat wohl doch einen dicken Kopf, dachte Nicolas, *da bin ich aber auf den Professor Hilpert gespannt. Auch nicht schlecht, so große Vorbilder mal abgewrackt zu sehen.* Er ging zurück in die Küche, um den Kaffee zu holen. Dann setzte er sich gemütlich auf einen Gartensessel und trank den ersten Kaffee. Hin und wieder schaute er zur Terrassentür oder zum Garten. Wollten die beiden heute etwa nicht frühstücken? Sein Magen knurrte bereits sehr energisch. Ob er einfach beginnen sollte? Die Brötchen waren schon längst wieder abgekühlt. Das Klingeln seines Handys riss ihn aus den Gedanken.

»Hallo Nicolas, wie geht es dir? Hast du gestern gut den Weg zum Cottage gefunden?«

»Oliver«, sagte er erfreut,»ja, ich kenne mich schon ganz gut aus. Ich bin dann auch sofort ins Bett und habe herrlich geschlafen. Es war doch ziemlich anstrengend am See.«

»Stimmt. Hier ist die Stimmung noch immer bedrückt. Ich glaube, ich komme nach dem Frühstück rüber. Vielleicht habt ihr dort bessere Laune.«

»Kann ich nicht gerade behaupten. Ich glaube, die Professoren haben einen Hangover. Jedenfalls ist bisher nur einer aufgetaucht und der läuft auch noch mit hängendem Kopf im Garten herum«, flüsterte er in den Hörer.»Vielleicht kommst du einfach rüber und frühstückst mit mir. Ich denke, die beiden werden keinen Hunger haben.«

»Nicht schlecht. Ich sag eben Bescheid und komme dann.«

Nun wurde Nicolas' Wunsch wahr. Er hatte den Tisch abgeräumt und für sich und Oliver neu gedeckt. Sein Herz machte einen Sprung. Jetzt wollte er sich richtig Mühe geben und den Tisch mit den besten Leckereien herrichten, die der Vorrat hergab.

»Hmm, das duftet hier aber gut.«

Erschrocken drehte sich Nicolas um. »Oh, guten Morgen, Professor Hilpert. Haben Sie gut geschlafen?«

»Nein, mein Freund, habe ich nicht. Aber das ändert nichts daran, dass es hier köstlich riecht.« Er schaute Nicolas über die Schulter. »Rührei mit Speck und frischen Kräutern. Wo haben Sie kochen gelernt?«

»Meine Mutter kann sehr gut kochen. Ich durfte ihr schon früh dabei helfen.« Nicolas schmunzelte bei dem Gedanken, wie er auf einer Fußbank neben ihr am Tisch stand und die Zutaten in den Topf warf. »Pass gut auf, mein Sohn, damit du einmal deine Frau so richtig verwöhnen kannst. Frauen lieben es, wenn die Männer kochen können. – Ich werde nie vergessen, wie sie dabei gelächelt hatte«, erklärte er. Sein Gesicht verklärte sich für einen Moment. Dann dachte er: *Wenn sie wüsste.*

»Sie vermissen Ihre Eltern sicher.«

»Ja«, sagte er mit ernstem Blick, »aber es geht nun mal nicht anders. Schließlich bin ich kein Kind mehr. Ich hoffe, dass sie wenigstens zu Weihnachten nach Hause kommen.« Um nicht weiter an sie denken zu müssen, nahm er die Pfanne vom Herd und brachte sie nach draußen auf die Terrasse. »Ach, entschuldigen Sie bitte, ich habe Oliver zum Frühstück eingeladen. Ich hoffe, Sie haben nichts dagegen.«

»Natürlich nicht. Ist er schon auf dem Weg? Ich habe bereits fürchterlichen Hunger.«

In dem Moment bog Oliver mit seinem Mountainbike um die Ecke. »Guten Morgen, bin ich zu früh?«

»Nein, setzen Sie sich. Sie kommen genau im rechten Augenblick. Ich werde nur eben meinen Kollegen bei den Schmetterlingen abholen. Ich glaube, er hat sich in die zarten Tiere verliebt.«

»Der sieht doch ganz frisch aus. Hi Nicolas!« Mit einer schnellen Umarmung begrüßte Oliver seinen Freund.

»Der ja, aber Professor Jäger scheint ziemlich deprimiert zu sein. Er hat mich sogar schon gefragt, ob ich noch weiter hierbleiben will. Dabei hatte er wohl ein ‚Nein‘ erwartet.«

»Und, willst du?«

»Na klar, mir gefällt es hier. Auf jeden Fall ist die ganze Zeit was los. In Stuttgart würde ich doch nur allein abhängen.« Er atmete tief ein, als wäre ihm bei dem Gedanken die Luft weggeblieben. »Komm, setz dich. Ich habe mein Spezialrührei gemacht, extra für dich.«

Es wurde doch noch gemütlich. Nur Professor Jäger sah von Zeit zu Zeit seinen Kollegen etwas sonderbar an. Aber nach einer Weile war auch das vorbei.

»Was haben Sie gestern gemacht, mit Ihren Freunden? Waren Sie wieder am See? Eigentlich hatte ich gehofft, Sie alle hier zu sehen.« Professor Hilpert griff zur Marmelade.

»Wir wollten etwas Zeit nur für uns, Herr Professor. Es ist schließlich unsere Auszeit. In zwei Monaten beginnt das nächste Semester. Dann wollen wir auch etwas erlebt haben. Ich hatte so einiges für uns geplant.« Oliver biss herzhaft in sein Brötchen. »Aber ich denke, Sie haben auch die Zeit ohne uns genossen.« Dabei schickte er einen heimlichen Blick zu Nicolas.

Professor Hilpert nickte. »Ja, es war vielleicht auch ganz gut, einen Tag zu pausieren.« Prüfend schaute er zu seinem Kollegen rüber. Der hatte die ganze Zeit noch kein Wort gesprochen. *War das nur ein Traum, oder habe ich mich gestern wirklich so aufgeführt?* Eigentlich wusste er es, wollte es aber nicht wahrhaben. Sollte er etwa zu viel Kontakt mit dem Skopolamin gehabt haben? *Das wäre schrecklich, wenn es in der geringen Dosis bereits solche Wesensveränderungen hervorrufen würde.* Dabei hatte er es doch nur mit Puderzucker vermengt und in das Schüsselchen gegeben. Er wollte es unbedingt nachlesen. *Ich muss es gleich unter Verschluss stellen. Manchmal vergesse ich, dass ich im Moment nicht allein bin.* »Wissen Sie, wann Ihre Freunde kommen werden?«

»Nein, das weiß ich nicht. Ich glaube, die haben noch einiges zu besprechen.«

»Worum geht es?«

»Ach, da sind besondere Ereignisse von gestern aufzuarbeiten.« Er senkte seinen Blick. Hoffentlich fragte der Professor jetzt nicht weiter. Oliver musste sich schnell ein neues Thema überlegen, allerdings war es dafür schon zu spät. »So, was ist denn passiert? Gab es Streit?« Neugierig schaute der Professor ihn und dann auch Nicolas an. »Nun ja, was alles so passieren kann, wenn sieben Menschen einen Tag zusammen verbringen. Ich denke, da gibt es immer etwas, was einem davon nicht gefällt. Aber die werden das schon wieder hinbiegen.« Oliver wollte auf keinen Fall Genaueres erzählen. »Ach so, wenn sich alles ohne Problem wieder einrenkt ...« Professor Hilpert behielt ein mulmiges Gefühl. Was, wenn sie ebenfalls außergewöhnlich reagiert hatten, so wie er gestern Abend? *Vielleicht war noch etwas von dem Gemisch an meinen Händen, als ich die Kekse in die Tüte gelegt hatte, sodass sie zu viel davon eingenommen haben?* Er hatte doch gerade erst eine Gruppe Probanden verloren, weil sie die Mückenangriffe nicht mehr akzeptieren wollten und deshalb die Aktion im Westerwald abgebrochen hatten. Schade eigentlich, denn sie waren ziemlich offen mit ihren Informationen. Hoffentlich bekam er die jetzt von der hiesigen Gruppe. Bisher hielten sie allerdings hinterm Berg mit ihren Informationen. Möglicherweise war es doch nicht gut, Studenten dafür zu rekrutieren. Die hinterfragten zu viel. Tatsächlich brauchte er Personen, die einfach taten, was er ihnen sagte.

*

Annabell schaute Julian an. »Bist du noch sauer wegen gestern? Es tut mir leid. Eigentlich weiß ich gar nicht, was da genau passiert ist.« Ihre Augen hatten einen dunklen Glanz, so als hätten sie einen Trauerschleier. »Ich möchte mich bei dir entschuldigen.«

Julian fiel ein Stein vom Herzen. »Ist schon gut«, sagte er schnell. Mehr fiel ihm im Moment nicht ein, aus Angst, mit seinen Worten für neuen Stress zu sorgen. Er nahm seinen Frühstücksteller in die Hand und füllte sich etwas Brotbelag auf.

Dabei vermied er es, in ihre Augen zu sehen.»Habt ihr schon etwas für heute geplant?«, wechselte er das Thema. Alle schüttelten den Kopf. So verlief das Frühstück schweigend. Nur Lena fiel ein blauer Schmetterling auf, der sich immer wieder bei einem von ihnen auf die Schulter setzte. Sie wunderte sich, dass das anscheinend keiner sonst bemerkte.»Ich denke, wir müssen heute wieder zum Cottage fahren. Oliver ist schon dort. Bestimmt hat der Professor uns gestern vermisst.« Lena wollte wissen, wie es mit dem Experiment weitergehen würde. Auch bei den anderen besserte sich die Stimmung. Sie redeten durcheinander und genossen endlich das Frühstück miteinander. Sollten sie den gestrigen Tag doch einfach abhaken. Irgendwann würden sie vielleicht sogar darüber lachen.

Als Annabell in der Küche das Geschirr abwusch, stellte Julian sich mit einem Handtuch neben sie. Er wollte die Gelegenheit nutzen, mit ihr allein zu reden.»Annabell«, begann er zaghaft, »ich weiß nicht, wie ich dir versichern kann, nichts von der Wette gewusst zu haben. Ich verstehe auch, dass du sehr wütend bist. Aber können wir bitte noch einmal von vorne anfangen?« Er stellte den trockenen Teller zur Seite und griff nach der Tasse.»Du fehlst mir schon jetzt ungemein. Wie soll es denn werden, wenn wir abreisen, ohne uns ausgesöhnt zu haben?«

Annabell ließ die Hände ins Wasser sinken. Doch viel lieber hätte sie sein Gesicht damit umschlossen und ihm einen zärtlichen Kuss gegeben. Ihr Herz schien wieder für ihn zu schlagen. Vielleicht hatte die Aktion gestern den ganzen Ärger vertrieben.»Sebastian und Oliver haben mir bereits versichert, dass du nicht involviert warst.« Sie schüttelte das Wasser ab, trocknete ihre Hände an Julians Geschirrtuch und schaute ihm dabei in die Augen. Sie hatten wieder ihren sanften Glanz.

Julian warf das Tuch auf die Spüle und legte seine Hände auf ihre Taille.»Heißt das, du glaubst mir?« Er konnte es kaum fassen, sie war wieder die Annabell, die er so sehr liebte.

»Ja, Julian«, sagte sie zärtlich, »ich glaube dir.«

Langsam senkte er seine Lippen auf ihre und beide hatten das Gefühl, endlich angekommen zu sein.

Katrin und Sebastian wollten gerade die Küche betreten, als Lena sie zurückhielt.»Lasst ihnen noch ein paar Minuten. Wir können doch einen kleinen Spaziergang machen.« Leise schlichen sie um die Hütte.

»Woher wusstest du das?«, fragte Katrin aufgereckt.»Hast du ihre Gedanken gelesen?«

»Nein, ich hatte den blauen Schmetterling gesehen, wie er um uns herumgeflogen ist. Er hatte mir gesagt, dass wir draußen bleiben sollen.«

»Dein blauer Schmetterling«, lachte Katrin,»ich wünschte, ich hätte auch so einen Verbündeten.«

Sebastian spitzte die Ohren.»Welchen Verbündeten und welcher Schmetterling?«

»Oh Mann, mach doch mal die Augen auf! Verstehst du eigentlich nicht die Zeichen der Natur? Ich denke, du studierst Natur und Umwelt. Hast du etwa keinen inneren Bezug dazu?«

Lena schüttelte den Kopf.

»Erzähl mir doch bitte, was du siehst. Vielleicht werde ich dann auch sensibler dafür und baue meine neu erworbenen Fähigkeiten aus. Ich frage später Professor Jäger, ob es dafür Vorlesungen an der Uni gibt.«

»Ich beobachte, was um mich herum geschieht, und nehme es nicht einfach als gegeben hin. Ich hinterfrage den Sinn schon seit meiner Kindheit. Früher hat mir mein Opa sehr viel erklären können. Und seitdem wir hier sind, höre ich, was der Schmetterling mir sagt.«

»Wow, das ist ja hammermäßig. Du hörst also nicht nur die Gedanken der Menschen, wie wir es bereits alle können, sondern du hörst auch noch die Schmetterlinge sprechen?« Verwundert schüttelte er seinen Kopf.

»Glaubst du es etwa nicht?« Lena sah ihn mit bösen Blicken an.

»Doch, doch, Ich glaube dir. Hier passieren ja die sonderbarsten Dinge. Ich will auch die Tiere hören können.« Er drehte sich um und suchte den Wald mit seinen Augen nach einem Tier ab, mit dem er sich verbünden könnte. Allerdings huschte in dem Moment keines vorbei. »Glaubst du, dass es immer derselbe Schmetterling ist?«

»Ja, ist er.« Lena wusste es genau. »Kommt, lasst uns jetzt zurückgehen! Die beiden hatten für den Anfang genug Zeit«, schmunzelte sie.

»Hast du etwa gerade ihre Gedanken belauscht?«, fragte Sebastian.

*

»Warum sind Sie auf leisen Sohlen unterwegs?«, fragte Professor Hilpert, als er seinen Kollegen in der Küche beobachtete. Erschrocken drehte sich Professor Jäger um. »Oh, entschuldigen Sie. Ich dachte, nach dem gestrigen Abend ..., vielleicht wollten Sie Ihre Ruhe?«

»Auf gar keinen Fall, lieber Kollege. Mir geht es bestens. Aber Sie scheinen noch nicht ganz wach zu sein, so wie Sie herumschleichen.«

Professor Jäger blickte verlegen aus dem Fenster. Was sollte er darauf erwidern? Was, wenn er ohnehin seine Gedanken bereits gelesen hat? Er zwang sich, nicht an den Abend zu denken, sondern richtete intensiv die Gedanken auf das Frühstück. »Möchten Sie frischen Kaffee? Sonst würde ich mich gerne verabschieden, denn ich wollte gerade zum Bäcker laufen und ein paar Leckereien für heute Nachmittag besorgen.«

Erstaunt hob Professor Hilpert seinen Kopf. Hatte sein Kollege gerade verhindert, dass er in seinen Gedanken stöbern konnte? *Warum verschließt er sich plötzlich? Hat er etwa doch mehr mitbekommen, als mir recht ist?* Er spürte Zorn in sich aufsteigen. »Ja, gehen Sie!«, sagte er etwas abrupt. »Wo ist eigentlich Oliver?«

»Der ist schon zurück zum Blockhaus gefahren.«

»Ohne Nicolas?«

279

Professor Jäger nickte, lief schnell die Treppe hinauf, um seine Geldbörse zu holen, und machte sich ohne weitere Worte auf den Weg. »Ich werde heute abreisen, ich werde heute abreisen. ...« Immer wieder sagte er es leise vor sich hin. Schon der Gedanke, gleich zum Cottage zurückkehren zu müssen, war ihm unheimlich. Irgendetwas stimmte nicht mehr. Wie konnte sein Kollege so plötzlich ein anderer Mensch sein? Wenn er recht überlegte, war er doch zu den Studenten bis auf ein- oder zweimal sehr nett gewesen, Nicolas und ihm selbst gegenüber auch die ganze Zeit sehr mitfühlend. Er überlegte, ob er Nicolas mit einer Ausrede bitten konnte, ihn zu begleiten. Er würde ihn nur ungern beim Professor zurücklassen. Schließlich trug er Verantwortung für ihn.

Als er zurückkam, saßen Nicolas und Professor Hilpert am Tisch auf der Terrasse. Sie plauderten entspannt über das Wetter und den blühenden Garten mit seiner Artenvielfalt der Insekten, die darin ein Zuhause gefunden hatten.

»Ich kann mir sehr gut vorstellen, dass ich mir eines Tages einen ähnlichen Garten anlegen werde. Zunächst muss ich aber mein Studium abschließen. Vorher kann ich mir kein eigenes Haus leisten.«

»Aber Sie haben doch sicher eine Fensterbank, auf der Sie jetzt schon Blumen in einen Kasten pflanzen können? Leben Sie mitten in der Stadt?«

»Nicht direkt im Zentrum, aber auch nicht am Stadtrand, bei meinen Eltern, meine ich. Weil sie die meiste Zeit unterwegs sind, haben wir keinen Garten. Wenn ich in die Natur will, brauche ich aber nur etwa fünf Minuten. Das mache ich am liebsten an warmen Tagen, wenn ich meine Bücher zum Lernen mitnehmen kann. Dann setze ich mich im Schlossgarten unter meine Lieblingsbuche und genieße die frische Luft. Ich kann sogar aufs Wasser sehen, wenn ich mich zum See begebe. Im Winter laufe ich gerne durch die Weinberge und schaue in die Ferne.« Vor seinen Augen tauchte die schöne Landschaft rund um Stuttgart auf. Er liebte sie. Vielleicht sollte er später doch dort wohnen bleiben.

»Ah, da sind Sie ja«, sagte Professor Hilpert zu seinem Kollegen und unterbrach damit Nicolas' Gedanken. Er nahm die Kaffeekanne und verteilte den Kaffee in ihren Tassen. Dabei versuchte er unbemerkt, Professor Jägers Gesicht zu studieren. Irgendetwas stimmte nicht mit ihm. *Ich werde noch dahinterkommen.* »Wie ich sehe, haben Sie auch frische Brötchen mitgebracht. Dann können wir mit dem zweiten Frühstück beginnen.« Verwundert über seinen Appetit, griff er gleich zu.

»Nicolas, bedienen Sie sich!« Professor Jäger wusste noch nicht, wann er ihn wegen der Heimreise fragen sollte. Er fand es besser, wenn sie später allein waren.

Als hätte Professor Hilpert seinen Wunsch verstanden, verabschiedete er sich plötzlich für ein paar Minuten und ging ins Cottage. Ein wichtiges Telefonat sei ihm gerade in den Sinn gekommen, das er unbedingt sofort erledigen musste.

Erfreut nahm sich Professor Jäger ein Brötchen. »Ich wollte Ihnen sagen«, begann er zögerlich und blickte dabei immer wieder zur Terrassentür, »dass ich heute abreisen möchte. Könnten Sie sich vorstellen, mich zu begleiten?«

Nicolas hob erstaunt den Kopf. »Ist etwas passiert? Sie sehen sehr mitgenommen aus.«

»Ach, ich fühle mich nicht wohl, und bevor ich später vielleicht hier krank niederliegen muss, würde ich lieber nach Hause fahren.« Wieder ging sein Blick zur Terrassentür.

Nicolas sah ihn sorgenvoll an. »Wenn Sie es gerne möchten, werde ich Sie natürlich begleiten ...« Doch eine gewisse Enttäuschung stand ihm ins Gesicht geschrieben.

»Aber am liebsten würden Sie gerne noch eine Weile bei Ihren Freunden bleiben«, unterbrach ihn der Professor. »Das verstehe ich natürlich. – Doch wie kommen Sie später nach Hause?« Er wusste genau, dass diese Frage überflüssig war.

»Ich denke, dann könnte ich mit Oliver fahren.« Er nickte zur Bekräftigung seiner Antwort. »Aber wenn es Ihnen nicht gut geht, werde ich Sie nicht allein fahren lassen.«

»Wer will nicht allein fahren und wohin?«, fragte in dem Moment Professor Hilpert. Ohne dass sie es bemerkt hatten, war er zurückgekommen und setzte sich nun an den Tisch.

»Ähm«, räusperte sich Professor Jäger, »ich hatte überlegt, vielleicht heute schon zurückzufahren. Ich habe das Gefühl, eine Erkältung macht sich in mir breit.«

»Oh, das wäre aber schade. Ich hatte gehofft, Sie bleiben so lange, wie auch die Studenten hier sind.«

»Das hatte ich nie vorgehabt, Herr Kollege. Sie hatten mich doch nur auf ein paar Tage eingeladen.«

»Ach, das ist doch nun wirklich dehnbar. Wollen Sie es nicht doch noch versuchen? Wir päppeln Sie mit unseren gesunden Kräutern und der herrlichen Luft wieder auf. Ich denke, der Sonnenschein wird Ihnen auch guttun. Was wollen Sie denn allein zu Hause tun?«

Nicolas sah von einem zum anderen. Irgendetwas stimmte nicht. Sie verhielten sich anders als sonst. Verlegen rutschte er auf seinem Stuhl hin und her. Auch der Griff zum Brötchen ließ ihn nicht entspannen.

Laut und klar vernahm Professor Hilpert seine Gedanken, ließ sich aber nichts anmerken. Ihn wollte er auf jeden Fall bei sich halten. Sollte sein Kollege unbedingt abreisen wollen, dann ohne Nicolas. Wenn er es sich recht überlegte, war es vielleicht sogar besser. Er war ihm bisher ohnehin keine große Hilfe. Und seit dem gestrigen Abend hatte er vielleicht sogar einen Gegner an seinem Tisch. Aber trotzdem …

»Ich mache Ihnen einen Vorschlag: Genießen Sie den Vormittag in meinem Garten! Wir werden Sie vollkommen in Ruhe lassen. Ich gehe mit Nicolas zu den Studenten. Wenn wir am späten Nachmittag zurückkommen und es Ihnen noch nicht besser geht, dann lassen wir Sie in Gottes Namen fahren.« Er lächelte ihn aufmunternd an.

Professor Jäger blickte hilfesuchend zu Nicolas, doch dieser hielt angestrengt den Blick auf seinen Teller. »Na gut«, lenkte er ein, »so schlimm ist es noch nicht.« Wohl war ihm nicht bei dem

Gedanken, aber wenn er den Vormittag für sich hatte, würde er sich genau überlegen, was zu tun wäre.

Nicolas bekam einen Schreck. Er musste die anderen vorwarnen. Sie konnten doch nicht so einfach dort auftauchen. Unter dem Tisch schrieb er Oliver eine Nachricht auf dem Handy.

Als die beiden losgegangen waren, nahm Professor Jäger den bequemsten Gartensessel und stellte ihn mitten auf die Wiese. Von dort aus hatte er einen guten Blick auf die vielen Schmetterlinge, die am Schmetterlingsflieder zu tanzen schienen. Sein Blick zog sich immer tiefer dort hinein, bis er das gesamte Umfeld nicht mehr wahrnahm. Es erschien ihm wie ein Traum. Plötzlich stand Claudia vor dem Strauch und lächelte ihn an.

»Weißt du wirklich nicht, was du tun sollst?«, fragte sie leise.

»Nein«, antwortete er, ohne sich über ihre Anwesenheit zu wundern. »Ich weiß nicht, was das gestern zu bedeuten hatte. War er nur betrunken oder sprach er mit vollem Bewusstsein?«

»Was wäre dir denn lieber?«

»Ich hoffe, dass er nur betrunken war. Und trotzdem bereitet es mir Sorgen.«

»Warum?«

»Hatten wir nicht schon genug Weltherrscher, die behaupteten, ein Retter der Menschheit zu sein? – Und was ist daraus entstanden? – Zum Glück haben wir beide nicht miterleben müssen, was damals aus Hitler geworden war.«

»Das stimmt, mein lieber Markus, aber so weit solltest du nicht denken.«

Erst als sie seinen Namen aussprach, wurde ihm die Situation bewusst. Sein Herz machte einen Hüpfer und ihn durchlief ein warmer Schauer, als er seine Frau in dieser Deutlichkeit sah.

»Meine liebe Claudia, wenn ich doch nur bei dir bleiben dürfte. Manchmal glaube ich, ich schaffe das alles nicht mehr. Warum bist du schon so früh gegangen?« Am liebsten wäre er aufgestanden und hätte sie in den Arm genommen. Aber er wusste, dann würde sie verschwinden.

»Deine Zeit wird kommen, mein Lieber, aber jetzt hast du noch einiges zu tun. Genieße dein Leben! Wir werden uns bald wiedersehen.«

»Nein,« schrie er und sprang auf, »geh nicht!« Doch sie war schon fort. Traurig schaute er zu den Schmetterlingen, konnte aber seinen Blick nicht mehr so vertiefen wie vorhin. »Was mache ich nur?«, murmelte er. Er verstand nicht, was sie ihm sagen wollte. Ob er mit seinen Überlegungen etwa übertrieben hatte? Was war das aber, was Professor Hilpert an dem Abend andeuten wollte? Womit hatte er die Probanden fest im Griff? Vielleicht war es doch besser, wenn er bliebe. So konnte er herausfinden, was hier vor sich ging. »Meine liebe Claudia«, murmelte er, formte seine Lippen zu einem Kuss und schlief dabei auf dem Sessel ein.

*

Als Nicolas und Professor Hilpert bei der Hütte ankamen, wollten die anderen gerade starten, um zum Cottage zu fahren. Sie brauchten eine Ablenkung, um nicht an die Geschehnisse vom Vortag zu denken. Die Nachricht von Nicolas hatte Oliver nicht gelesen.

»Oh, guten Morgen«, lachte der Professor, »wollten Sie etwa zum See fahren?« Er blickte sie spitzbübisch an. »Ach, ich verstehe, Sie waren auf dem Weg zu mir.«

»Woher …«, setzte Julian an. Doch dann war ihm klar, dass er mal wieder ihre Gedanken gelesen hatte. »Können Sie das bitte lassen?« *Meine Gedanken gehören mir,* dachte er wütend.

»Was meinen Sie? Sollte ich hier nicht unangemeldet auftauchen?«, antwortete er scheinheilig. »Meinem Kollegen geht es nicht so gut und deshalb wollten wir ihm eine ruhige Zeit gönnen, damit er sich erholen kann.«

Natürlich war den anderen klar, was Julian gemeint hatte, aber niemand sagte etwas dazu. Allerdings sorgten sie schnellstens dafür, dass der Zugang zu ihren Gedanken verschlossen war.

»Dann kommen Sie in den Garten!« Oliver ging an dem Professor vorbei und begrüßte Nicolas. »Ist das wahr?«, fragte er leise, als er ihn kurz umarmte.

Nicolas nickte leicht und stellte sein Fahrrad an die Wand. »Irgendetwas muss gestern Abend vorgefallen sein. Jäger erschien mir vorhin beim Frühstück ziemlich verwirrt oder besser gesagt irritiert. – Hast du meine Nachricht nicht bekommen?«

»Was meinst du, sollten wir uns um ihn kümmern?« Oliver schaute auf sein Handy. »Ach, habe ich nicht gelesen.«

»Ich denke, zumindest herausfinden, was los ist. Jäger überlegt nämlich, ob er heute noch abreist und will mich am liebsten mitnehmen.«

»Hm, das klingt wirklich sonderbar. – Komm, lass uns zu den anderen gehen! Ich werde mir was einfallen lassen.« Oliver legte seine Hand auf Nicolas Schulter und gab ihm einen kleinen Anschub. Dann hielt er ihn plötzlich wieder zurück. »Kann Hilpert deine Gedanken lesen?«

Nicolas nickte.

»Okay, wir müssen dich schützen. Sonst weiß er, dass wir etwas vorhaben.« Er erklärte ihm, wie er den imaginären Vorhang in seinem Gehirn fallen lassen konnte. Dann gingen sie in den Garten.

»Hi, Nicolas«, klang es ihm entgegen. »hast du gut geschlafen?« Lena stellte sich an seine Seite und schob ihren Arm unter seinen. Dann lief sie einfach los und zog ihn so mit. »Lass uns mal zu den Schmetterlingen gehen! Die sind heute besonders aktiv. «

Etwas überrascht schaute er sich zu Oliver um. Doch der gab ihm mit den Augen ein Zeichen, ihr einfach zu folgen. Oliver wusste, dass Lena das Gespräch am Fahrrad mitbekommen hatte. Er hatte Vertrauen zu ihr. Sie würde ihn nicht unter Druck setzen. Zu gerne wäre er mitgegangen.

»Nicolas, ich habe gerade euer Gespräch mitbekommen. Kannst du mir Näheres zu Professor Jäger verraten?«

»Du hast es mitbekommen?«, fragte er und machte einen Schritt zur Seite. »Ich habe dich nicht bemerkt. – Ach, du hast unsere Gedanken auch gelesen? Das darf doch nicht wahr sein. Wo bin ich denn hier gelandet?«

Bevor er weitersprechen konnte, kniff sie ihn in den Arm, sodass er für einen winzigen Moment abgelenkt war. »Pst, bleibe ruhig! Wir müssen uns normal verhalten.« Sie schaute kurz zu Professor Hilpert hinüber. Doch dieser wurde von den anderen förmlich belagert und war in ein Gespräch vertieft.

Nicolas fühlte sich zunehmend unwohler. In Gedanken beschäftigte er sich bereits mit der schnellstmöglichen Abreise. »Kannst du mir sagen, was hier los ist? Gestern war doch noch alles in Ordnung? Aber jetzt glaube ich, dass alle irgendwie verrücktspielen.«

»Genau deshalb will ich ja mit dir sprechen. Bist du sicher, dass du das mit dem Vorhang richtig gemacht hast?«

Nicolas begann von einem Fuß auf den anderen zu tänzeln. »Ja, Oliver hat es ausprobiert. Er sagte, dass er nichts mehr mitbekommt von meinen Gedanken.«

»Gut, also versuche, dich daran zu erinnern, ob du gestern Abend etwas Ungewöhnliches bemerkt hattest, als du beim Cottage ankamst.«

»Nein, die beiden saßen auf der Terrasse und hatten wohl ziemlich viel Wein getrunken. Sie hörten sich lustig an. Ich erinnere mich nur, dass der Professor Hilpert eine Rede schwang. Darum habe ich mich auch gleich verkrümelt. Ich wollte nur noch in mein Bett.«

»Wovon handelte die?«

»Keine Ahnung, ich bin doch durch die Haustür reingegangen und dann sofort in meinem Zimmer verschwunden. Da habe ich auch gleich das Fenster geschlossen, weil Hilperts Stimme immer mehr anschwoll, als würde er aus einem Theaterstück rezitieren.«

»Was hast du davon hören können? Es ist wichtig. Versuche, dich zu erinnern!«

Nicolas kräuselte die Stirn und schaute Lena fragend an. Was sollte das? Er hatte doch schon gesagt, dass er nichts mitbekommen hat. Doch dann fiel ihm tatsächlich etwas ein. »Ich glaube, er hat irgendwas vom Beginn seiner Herrschaft und seinem Reich gesagt, oder war es sogar die Weltherrschaft? Du merkst also, es war vielleicht ein Gespräch über Politik oder eine Theateraufführung.«

Lena grübelte. Irgendwie konnte sie sich noch keinen Reim daraus machen. Doch die Worte *seine Herrschaft und sein Reich* ließen ihr keine Ruhe.»Meinst du, es könnte nicht auch etwas mit dem Experiment zu tun haben?«

»Keine Ahnung.« Nicolas begann, mit der Fußspitze in den Rasen zu treten. Er blickte kurz zu Oliver und merkte, dass dieser ihn beobachtete.»Kannst du mir vielleicht sagen, was hier los ist?«

»Leider nein, aber ich glaube, das hat mit dem gestrigen Tag zu tun. Wir waren alle etwas seltsam drauf. Annabell hatte mir gesagt, dass sie noch nie so eine Wut gespürt hatte wie gestern, als sie Julian unter Wasser gedrückt hatte. Sie glaubt, dass sie ihn tatsächlich getötet hätte, wenn ich nicht dazwischengegangen wäre. Julian dagegen wunderte sich über seine eigenen Gefühle, denn statt auf Annabell wütend zu sein, kam bei ihm ein grenzenloses Gefühl der Liebe zu ihr auf. Es war so intensiv, dass er in den Wald laufen musste, um sie nicht mit seiner Liebe zu erdrücken.«

»Ja, stimmt. Meine Gefühle, als sie abgetaucht war und so lange nicht wieder hochkam, hatten mich auch vollkommen übermannt. Ich glaubte, nur ich würde ihre Not bemerken, und musste deshalb meine ganze Energie einsetzen, um sie zu finden. Ich glaube, so schnell wie da bin ich noch nie in meinem Leben gerannt. Als hätte ich Kräfte wie ein Tiger oder sind Geparden schneller?«

Lena überlegte kurz.»Sag mal, bist du eigentlich auch schon häufiger von den Mücken gestochen worden, seit du hier bist?«

»Ein paar Stiche habe ich, aber häufig würde ich dazu nicht sagen.«

»Oh, dann muss es etwas anderes sein ...« Lena drehte sich zu den Schmetterlingen.»Könnt ihr mir vielleicht weiterhelfen?«

Tatsächlich glaubte sie, sie zu hören:»Passt auf, was er euch zu essen gibt!« Sie riss die Augen auf. Konnte es sein, dass der Professor ihnen etwas ins Essen getan hatte, vielleicht in die selbstgemachten Kekse? Aber dann hätten alle reagieren müssen. Es muss also etwas anderes dahinterstecken. Oder hatten einige mehr davon gegessen und sich darum entsprechend verhalten?

*

Professor Jäger wachte erstaunt auf. Der kurze Schlaf an der frischen Luft hatte ihm etwas Entspannung gebracht. War seine Reaktion auf Hilperts Aufführung übertrieben? Kam es vielleicht doch vom übermäßigen Weingenuss? Er lief ein paar Schritte durch den Garten, aber sein Bauchgefühl wollte sich nicht verändern. *Was, wenn Hilperts Aussage von gestern der Wahrheit seiner Vorstellung entspricht?* Er schüttelte vehement den Kopf, als wollte der den Gedanken damit verscheuchen.

Weil ihm sein Rücken mittlerweile schmerzte, ging er zur Terrasse zurück. Er setzte sich in einen anderen Gartensessel, den er mit Kissen ausgepolstert hatte, und legte die Beine auf den benachbarten Stuhl. *Wirklich bequem, das Teil.* Mit einem tiefen Atemzug schloss er die Augen und schlief erneut ein.

Nur ein paar Minuten waren vergangen, als er von seinem eigenen Schrei geweckt wurde. Schweißperlen standen ihm auf der Stirn und sein Herz raste, als hätte er gerade an einem Marathon teilgenommen. Er setzte sich abrupt auf und griff gierig nach seinem Wasserglas, um es in einem Zug zu leeren. Ängstlich schaute er sich um. Zum Glück schien niemand da zu sein. Was war nur mit ihm los? Sollte er doch krank werden? Vielleicht hatte er sogar schon Fieber! *Ich denke, ich lege mich ins Bett und warte dort, bis Nicolas zurück ist.* Mit schlurfenden Schritten schlich er die Stufen zu seinem Zimmer hoch.

Aber auch im Bett fand er keine Ruhe. Er stand wieder auf und begann, seine Sachen in die Reisetasche zu packen. *Es ist das Beste, wenn ich heute noch abreise. Irgendwas stimmt mit mir nicht.* Als er den Reißverschluss zuzog, hörte er von unten eine Stimme.

»Professor Jäger! Professor Jäger, sind Sie da? «

Er musste einen Moment überlegen, wer das sein konnte. Dann erkannte er Olivers Stimme.»Ja, ich bin oben. Warten Sie, ich komme runter!« Froh darüber, nicht mehr allein zu sein, lief er mit schnellen Schritten die Stufen hinab.»Oliver, schön Sie zu sehen. Sind Nicolas und mein Kollege auch da?«

»Nein, ich bin allein gekommen. Ich muss Sie unbedingt sprechen, bevor Professor Hilpert zurückkommt.«

»Was gibt es denn so Geheimes?«, fragte er und legte dabei einen Arm um Olivers Schulter. Endlich ging es ihm besser.

»Entschuldigen Sie, aber uns geht da etwas nicht aus dem Kopf, das mit dem Experiment zu tun zu haben scheint.«

»Oh, ich glaube, das sollten Sie lieber mit meinem Kollegen besprechen. Ich weiß doch nur, was er mir so ganz nebenbei erzählt hat.«

»Nein, das meine ich nicht. Ich spreche von gestern. Einige von uns hatten sonderbare Gefühle, die gar nicht ihrem Naturell entsprachen. Es war so, als würden sich bei ihnen ihre Emotionen vervielfachen, zum Teil auch fremde Empfindungen meine ich. Und dann hat Nicolas erzählt, dass Sie am Abend ein Gespräch mit dem Professor geführt hatten, welches vom Beginn seiner Herrschaft und seinem Reich gehandelt hat. «

Professor Jäger zuckte zusammen. Hatte Nicolas sie etwa belauscht?

»Keine Sorge, er hat es beim Reinkommen aufgeschnappt. Aber er hat gesagt, dass der Professor dabei eine sonderbare, fast fremde Stimme hatte und wahrscheinlich aus einem Theaterstück rezitierte.«

Professor Jäger sagte nichts dazu. Er wusste nicht, ob er mit Oliver darüber reden sollte.

»Nicolas meinte, dass die beiden heute fast fluchtartig das Cottage verlassen hatten. Wollte Professor Hilpert vielleicht verhindern, dass Sie miteinander reden? Nicolas hat mir auch gesagt, dass Sie ihn gefragt haben, ob er mit Ihnen abreisen will.«

»Ja, das stimmt. Ich habe gerade schon gepackt. Wird er mitfahren?«

»Das weiß er noch nicht. Das hängt davon ab, was Sie mir jetzt erzählen werden.« Professor Jäger räusperte sich mehrmals und ging dabei zurück in sein Zimmer. »Bitte kommen Sie mit. Ich möchte nicht plötzlich überrascht werden. Er schloss die Tür hinter ihnen und bat Oliver, sich zu setzen. »Ja, es war schon etwas sonderbar, wie er plötzlich von seinem Reich sprach und dass er jetzt alle in seiner Gewalt hätte. Dabei nahm er eine mir fremde Körperhaltung ein, als wäre er ein großer Herrscher. Er war so überzeugend, dass ich vor Schreck plötzlich wieder nüchtern war. Ich kann Ihnen vergewissern, dass er dabei nicht von einem Theaterstück sprach.« Mit einem verlegenen Lächelt fügte er hinzu: »Nicht, dass ich wirklich betrunken war, aber einen kleinen Schwips hatte ich schon. Zuerst wollte ich glauben, dass er im Rausch des Weines so sprach. Aber seine Augen sagten etwas anderes.« Schweigend senkte er den Kopf.

»Glauben Sie, dass er mit dem Experiment mehr bewirken will, als die Natur zu retten?«

»Das will ich nicht glauben, lieber Oliver. Aber ...«

»Bitte sagen Sie mir, was Sie denken!« Eigentlich wollte er anschließen, dass er es sowieso schon in seinen Gedanken gelesen hatte. Aber damit hielt er sich zurück.

»Naja, ich bin verunsichert. Deshalb will ich auch abreisen. Und am liebsten würde ich Sie und Nicolas auch gleich mitnehmen.«

Oliver stand auf und ging zum Fenster. Der Blick in diesen wunderschönen Garten ließ ihn aufatmen. »Ich denke, wir müssen erst der Sache auf den Grund gehen, falls er tatsächlich etwas Schlimmeres erreichen will.« Er drehte sich wieder zum Professor Jäger. »Bitte bleiben Sie noch wenigstens eine Nacht. Wir sollten versuchen, herauszufinden, was er vorhat. Sie sind hier an der Quelle. Ich werde Nicolas bitten, sich vom Professor am Computer zeigen zu lassen, welche Aufzeichnungen er gemacht hat. Dabei können Sie ihn unterstützen. Sie führen doch selbst eine Studie zum Verhalten der Mücken durch. Können Sie ihn darum bitten, Sie einmal in seine Berichte sehen zu lassen, bevor Sie morgen abreisen?«

»Wonach soll ich suchen?«

»Zum Beispiel, wie er die Mücken dazu bekommt, so massive Angriffe zu fliegen, und warum sie zu ihm zurückkommen. Dann natürlich, welche Substanzen verabreicht er ihnen, damit wir Gestochenen diese übernatürlichen Fähigkeiten entwickeln? Wieso können wir plötzlich Gedanken lesen und einige sogar mit Tieren sprechen?«

»Mit Tieren sprechen? Sie erstaunen mich, Oliver. Wer kann denn mit den Tieren sprechen?«

»Lena zum Beispiel. Die redet mit den Schmetterlingen. Und Katrin hört sie zumindest.«

Professor Jäger blickt erstaunt auf. »Sie veräppeln mich doch jetzt.«

»Nein, das kann Lena schon, seit wir hier angekommen sind. Und sie hört sie auch singen.«

Kopfschüttelnd begann Jäger im Zimmer hin- und herzulaufen. Er brauchte eine Weile, bis er seine Gedanken sortiert hatte. »Vielleicht ist das gar nichts Besonderes. Sie wissen doch sicher, dass einige Urvölker diese Gaben haben. Von manchen sagt man sogar, dass sie die Zukunft voraussagen können. Und in Indien ...«

Oliver unterbrach ihn. »Das mag ja alles stimmen. Aber wir konnten es vorher nicht. Professor Hilpert hatte uns angekündigt, dass wir in Zukunft die Natur besser verstehen werden. Damit meinte er sicher nicht, dass wir nur ein umfangreicheres Verständnis für die Natur bekommen, sondern dass wir zum Beispiel auch mit den Pflanzen sprechen werden.«

Professor Jäger wusste, wovon Oliver sprach, denn genau das hatte ihm sein Kollege am Abend ausführlich berichtet, jetzt fiel es ihm wieder ein. Er dachte einen Moment nach, bevor er seine Entscheidung fällte. »Gut, ich werde bleiben, solange es nötig ist, aber keine Sekunde länger. Und dann bitte ich Sie und die anderen, ebenfalls zu gehen. Nur unter dieser Bedingung werde ich Ihnen helfen.«

35

In was waren sie da nur hineingeraten? Julian saß auf der Terrasse vor der Hütte und nippte an seinem Tee. So sehr hatte er sich auf diese Auszeit gefreut, doch nun war alles so kompliziert. Professor Hilpert hatte sich zu einem echten Störfaktor entwickelt. Wie sehr wünschte er sich jetzt Annabell herbei. Ob sie den Kontakt zu ihm halten wird, wenn sie abgereist sind, nach allem, was passiert war? Bevor er noch depressiv würde, wollte er sie lieber suchen. Weit konnte sie nicht sein. Er ging in die Küche und stolperte beinahe in ihre Arme.

»Entschuldige!«, murmelte er, völlig überrumpelt von ihrer Nähe. Sein ganzer Körper begann zu vibrieren. Noch schlimmer ging es in seinem Kopf her: Die Gedanken fuhren Karussell, sodass er keinen vernünftigen Satz bilden konnte.

Annabell war ebenso erschrocken, fasste aber die Gelegenheit beim Schopf, ihm zu zeigen, dass sie ihm endgültig glaubte. Sie legte ihre Arme um seine Taille und zog ihn näher heran. Dann stellte sie sich auf die Zehenspitzen, sodass ihr Mund zärtlich seine Lippen berührte. Bevor er reagieren konnte, hatte sie sich schon wieder von ihm gelöst. Ihr Lächeln brachte ihn vollkommen ins Taumeln.

»Halt, stehen geblieben! Hat dich dieser kleine Kuss etwa umgehauen?« Sie fasste seine Arme und hielt ihn so lange fest, bis seine Augen ganz ruhig in ihre sahen. Langsam legte sie ihren Kopf in den Nacken. »Küss mich!«, flüsterte sie.

Julian war überwältigt von ihrer Anmut. Den Duft ihres Parfüms würde er niemals vergessen. Er schaute ihr in die halb geschlossenen Augen. Langsam begriff er, was sie von ihm erwartete, und senkte seine Lippen auf ihre. Vorsichtig drang er mit der Zunge in ihren Mund und glitt damit über ihre Zähne. Sie schmeckten herrlich. Er schloss die Augen. Seine Arme umfingen sie und seine Hände streichelten ihren Rücken. Er fühlte sich wie im Paradies.

»Wow, ich glaube, hier stören wir«, flüsterte Lena, hielt Oliver am Arm fest, der mittlerweile wieder in der Hütte angekommen war und zog ihn von der Küchentür zurück. »Lass uns raus und ums Haus gehen. Ich denke, die beiden wollen nicht gestört werden. Hat lange genug gedauert, bis die sich wieder vertragen haben.«

Sie schlichen aus der Hütte und setzten sich gemütlich auf der Terrasse in die Korbsessel. »Bin ich froh, dass Annabell endlich nachgegeben hat. Die hätte sich beinahe alles verdorben.«

Lena sah Oliver von der Seite an. »Wie sieht es eigentlich mit dir und Nicolas aus?«

Sofort schoss ihm die Röte ins Gesicht. »Wie meinst du das?«, fragte er verlegen.

»Ach komm, Oliver, das hast du schon verstanden. Du und Nicolas ...?«

Oliver rutschte auf seinem Sessel hin und her und scharrte mit dem Fuß auf dem Boden. Er hatte so gehofft, dass niemand etwas bemerkt hatte. Wann hat er sich denn verraten? Plötzlich wurde ihm heiß. »Du hast meine Gedanken gelesen!« Wütend sprang er auf und wollte wegrennen.

»Bleib hier, das ist doch nichts Schlimmes. Außerdem ist mir das einfach so passiert.«

»Was soll das denn heißen *einfach so passiert*? Ich finde es schlimm, wenn du dich heimlich in meinen Kopf schleichst.«

»Tut mir ja auch leid, aber anfangs konnte ich das noch nicht steuern. Erinnere dich mal daran, wie es dir im Restaurant am See gegangen ist.«

Er setzte sich wieder und nickte. »Ich weiß, damals dachte ich, die Kellnerin würde die Bestellungen vor sich hinmurmeln, damit sie nichts vergisst.« Er überlegte, ob er ihr wirklich erzählen sollte, was ihn mit Nicolas verband. Doch vielleicht meinte sie etwas völlig anderes.

»Was war das mit den Mückeneiern? Hast du etwa schon damals mit Professor Hilpert zusammengearbeitet? Wolltest du uns mit deiner Einladung nur hierherlocken, damit wir als unfreiwillige Probanden zur Verfügung stehen?« Oliver zog die Augenbrauen hoch und schaute sie mit großen Augen an. Dabei hielt er den Atem an.

»Ich kann dir nur sagen, wenn das stimmt, brauchst du mich das nächste Mal nicht mehr einladen. Ich habe keine Lust, als Versuchskaninchen zu dienen.« Lena wollte endlich klare Fakten schaffen.

Erleichtert atmete er aus. »Ach das …, nein, natürlich nicht. Den Professor habe ich erst hier kennengelernt, genau wie ihr auch.«

»Und was war das am See? Es ging doch um Mückeneier.«

»Ja, du hast recht«, antwortete er beinahe erleichtert. »Das war eine wirklich blöde Sache. Nicolas hatte mich gebeten, ihm bei einem persönlichen Experiment behilflich zu sein.«

»Ist Nicolas ein Vermittler von Professor Hilpert? Das erklärt einiges. Hat er deshalb das Zimmer bei ihm?«, fragte sie entsetzt.

Oliver überlegte kurz, was er darauf antworten sollte. Einerseits konnte er so von seiner Zuneigung zu Nicolas ablenken, anderseits würde er eine Lüge verbreiten, um sich dahinter zu verstecken. *Was ist nur mit mir los? Bedeutet mir Nicolas so wenig?* Vehement schüttelte er seinen Kopf. »Natürlich nicht!«, schoss es aus ihm heraus. Sein ganzer Körper begann zu zittern. In seinem Kopf summte es wie von einem Schwarm Bienen.

Als Lena sah, dass seine Augen keinen Halt fanden, hockte sie sich vor ihm hin, hielt seine Arme fest und sah ihm in die Augen. »Schhh …«, versuchte sie, ihn zu beruhigen. Mit so einer heftigen Reaktion hatte sie nicht gerechnet. »Also Nicolas auch nicht. Was wollte er denn mit diesem Experiment erforschen?«

Oliver fand langsam wieder zu sich selbst. »Ach, das hatte was mit Jens zu tun. Eigentlich sollte das Experiment im Auftrag von Mühlenberg ausgeführt werden. Das hatte Nicolas aber nicht gewusst.«

»Also seid ihr beide oder sogar alle drei von dem Chef des Fitnessstudios missbraucht worden?«

Oliver nickte. »So kann man es nennen.« Er hoffte, dass sie sich damit zufriedengeben würde.

»Was für eine verrückte Geschichte«, meinte sie gedankenverloren.

In der Küche wurde es lebhaft. Katrin und Sebastian waren lachend eingetreten und hatten dabei Annabell und Julian überrascht.

»Hallöchen, das ist ja mal eine Freude! Habt ihr es endlich geschafft?« Katrin stürmte auf Annabell zu und umarmte sie herzlich. »Ich freu mich so für euch.«

»Ja«, stimmte Sebastian ein, »Gratulation, Kumpel, das hat ja Ewigkeiten gedauert mit euch.«

Etwas verlegen sahen sich Annabell und Julian an. Dann aber drehten sie sich zur Tür und rannten Hand in Hand hinaus in den Garten. Dort führten sie vor Erleichterung einen Tanz auf, der alle zum Lachen brachte. Die Anspannung der letzten Zeit schien sich von ihnen zu lösen.

»Kommt her, ihr Turteltäubchen, wir wollen endlich essen!«, rief Lena.

Sie plauderten alle durcheinander. Es schien, als hätten sie ihre Probleme für eine Weile beiseitegelegt. Sie genossen den schönen Morgen, der ihnen einmal wieder Freude beschert hatte.

*

Kurz nach dem Mittagessen tauchten Nicolas und Professor Jäger bei der Hütte auf. Sie hatten sich vorgenommen, im See baden zu gehen. Über ihre Abreisepläne wollten sie erst am Abend mit den Freunden sprechen. Alte Schlager singend, fuhren sie zum See und packten dort ihre leckeren Vorräte aus. Es wurde für alle ein schöner Nachmittag. Sie tobten im Wasser herum, lagen in der Sonne und lachten über Anekdoten aus der Schulzeit. Professor Jäger vergaß darüber sogar für eine Weile die

Sorgen um seinen Kollegen. Viel zu lange war es her, dass er so ausgelassen die Zeit genossen hatte.

»Hast du das auch gehört?« Lena stand tropfnass neben Sebastian, der sich auf der Wiese ausgestreckt hatte und die kleinen Wölkchen am Himmel beobachtete.

»Was meinst du? Das Kreischen von Julian und Annabell oder das Schnattern der Nil-Enten?«

»Nein, das meine ich nicht. Hörst du denn nicht das Rauschen der Luft? Es hört sich so anders an. Als ob der Wind säuselt.«

Sebastian setzte sich auf und lauschte in Richtung Wald. Zu oft waren sie schon von den Mücken angegriffen worden. Aber er konnte nichts hören. Er schüttelte den Kopf und legte sich wieder ins Gras. »Mach dir keine Sorgen, sie kommen nicht!«

»Ich weiß. Es hört sich auch anders an.« Sie schloss die Augen zu einem kleinen Schlitz und versuchte, sich auf ihre Ohren zu konzentrieren. »Da ist etwas. Ich höre es deutlich. Allerdings kommt es nicht näher, sondern wird nur intensiver.« Sie drehte um und ging langsam zu den Bäumen. »Hier wird es lauter. Komm doch mal!«, flüsterte sie ihm zu, gerade so laut, dass er sie noch verstehen konnte.

Als er neben ihr stand, schüttelte er wieder den Kopf. »Ich höre nur die normalen Waldgeräusche, hier und da ein leises Knacken und das Singen der Vögel. Na klar, und das Rascheln der Blätter im Wind.«

»Das meine ich nicht. Es hört sich an wie ein Ruf, den viele gleichzeitig abgeben.« Sie machte noch ein paar Schritte und blieb plötzlich stehen. »Da, ich höre es ganz genau. Vielleicht sind es Wörter, die ich aber nicht verstehe.« Sie schaute hinauf zu den Baumwipfeln und wunderte sich über die seltsamen Bewegungen der Blätter. Als würden sie ihr zuwinken, wackelten sie alle im selben Rhythmus. Das konnte nicht vom Wind ausgelöst worden sein. Die Bäume versuchten, sie zu erreichen, da war sie sich sicher. Lena legte die Hände wie Muscheln hinter ihre Ohren, um die Töne besser zu empfangen.

»Wir verdursten langsam.«

»Da, hast du das gehört? Sie verdursten, haben sie gesagt.«

»Wer hat das gesagt?« Sebastian sah sich um, ob einer seiner Freunde nach der Wasserflasche griff. Aber sie planschten alle im See herum. Er musste lachen, weil Professor Jäger gerade versuchte, Nicolas zu fangen, und dabei kläglich scheiterte. Oliver hatte ihn von hinten überrascht und kurz unter Wasser gedrückt.

»Ich glaube, es sind die Bäume.«

Erstaunt drehte sich Sebastian wieder zum Wald und schaute nach oben. »Die Bäume?«, fragte er ungläubig. »Die haben hier doch genug Wasser.«

»Siehst du denn nicht, wie sonderbar sie mit den Blättern winken?« Sie ging noch ein paar Schritte weiter, legte eine Hand an den nächsten Baumstamm, um sie sofort wieder erschrocken zurückzuziehen.

»Es fehlt uns die Kraft, die Maden von unseren Rinden abzuhalten. Sie dringen in uns ein.«

Was erzählen sie da? Erschrocken machte sie einen Sprung rückwärts. Ihr Herz begann zu rasen und in ihrem Kopf tobte ein Orkan. Sie konnte keinen klaren Gedanken fassen.

Sebastian sprang auf sie zu. »Halt, stehen geblieben! Kipp mir jetzt bloß nicht um. Was ist passiert? Hat dich der Baum elektrisiert?« Er fühlte das Zittern ihrer Muskeln und erkannte den Schreck in ihren Augen. »Ich bin ja bei dir. – Komm, lass uns zurückgehen! Du frierst. Deine Lippen sind schon blau.« Er nahm sie einfach auf die Arme und trug sie in den Sonnenschein. Doch insgeheim schaute er über die Schulter zurück zu den Bäumen. *Was geht hier vor sich? Hat der Professor etwa auch die Bäume manipuliert?* Das wollte er nicht wirklich wissen, denn dann wären sie vor ihm nirgends mehr sicher. »Setz dich auf die Decke und erhole dich erst mal!«

»Nein, hör doch mal hin! Das kann nicht sein Werk sein. Wir haben weitere Fähigkeiten entwickelt. Hatte er nicht gesagt, dass wir später die Natur verstehen können?«

Sebastian überlegte kurz und nickte. »Ja, hatte er. Doch ich dachte, wir wissen dann einfach mehr darüber und können so hilfreich eingreifen. Aber dass du die Bäume verstehst …?« Er kratzte sich an der Stirn.»Ich gehe mal näher ran und spitze meine Ohren ein wenig mehr. Vielleicht hast du recht.« Er ließ sie los und machte langsam einen Schritt nach dem anderen. Dabei lauschte er, bis er abrupt stehen blieb.»Ja, ich höre es! Ich höre es!«, jubelte er. Er ging zum Baum, der Lena gerade so erschreckt hatte und streckte seine Hand zum Stamm.

»Halt«, rief sie,»er gibt dir einen Energiestoß, sodass dein Herz zu rasen beginnt und dir die Luft nimmt!«

Doch ihre Warnung kam zu spät. Schon machte Sebastian einen Satz zurück und setzte sich auf den Boden.»Mann, das darf doch nicht wahr sein!« Er atmete hastig ein und aus und sah den Baum an.»Hej, was fällt dir ein, mich so auszuknocken?«, rief er erbost.

»Wir verdursten.«

Sebastian schaute irritiert zu Lena, die jetzt neben ihm stand.»Ich habe ihn verstanden. Er hat gesagt, dass sie verdursten.«

»Genau, das sagt er. Ob wir mit ihm reden können?« Lena setzte sich zu ihm auf den Boden.

»Versuch es doch mal! Ich muss mich erst wieder erholen.«

»Können wir euch helfen?«, fragte sie zaghaft.

»Rettet eure Welt! Sorgt für Regen und den Ausgleich in der Natur! Es wird zu warm und deshalb auch zu trocken.«

Verdutzt schauten sich beide an.»Wirklich, er redet mit uns.« Dann mussten sie kurz auflachen, aber es war ein Verlegenheits-Lachen. Irritiert drehten beide ihre Köpfe wieder zur Krone des Baumes.

»Wie sollen wir das schaffen? Dazu braucht es Fachleute und vor allem die Regierung.« Sebastian dachte an die zahlreichen kläglich gescheiterten Versuche, die bereits gestartet wurden, um den Regenwald zu retten.

»Gebt nicht auf! Ihr dient als Multiplikatoren. Sorgt für Vielfalt und Nachhaltigkeit! Kümmert euch um euren Wohnbereich, und ihr werdet sehen, es gibt genug Menschen, die es euch gleichtun werden. Bildet Netzwerke, so wie wir!«

Wieder schauten sie sich ungläubig an.

»Das ist genau das, was Professor Hilpert versucht, uns beizubringen. Soll das schon alles sein?«, fragte Lena, wunderte sich aber, dass Bäume von Netzwerken sprachen. »Das ist schon sehr viel.« Die Blätter hörten auf zu winken. »Okay, das sollten wir schaffen«, sagte Sebastian mehr zu sich selbst als zum Baum.

Lena sprang auf. »Ich höre nichts mehr.« Sebastian schaute sie an. »Dann ist wohl alles gesagt.« »Sollen wir den anderen davon erzählen?« »Warum nicht? Hilpert hatte es uns doch angekündigt.« »Stimmt. Ob die Bäume ihm das auch gesagt haben?« Lena griff nach seiner Hand und zog ihn hoch. »Komm, lass uns zur Decke gehen! Sonst verdurste *ich* gleich.«

*

Abends saßen sie gemütlich auf der Terrasse und plauderten. Die Mägen waren gefüllt und die schöne Stimmung vom Nachmittag ließ sie die Gesellschaft miteinander endlich wieder genießen. Professor Jäger hatte sich daher entschlossen, erst am nächsten Morgen abzureisen. Aber es wurde Zeit, die Studenten zu informieren.

»Fast schon tut es mir ein wenig weh. Ihre Gesellschaft ist so wunderbar, aber ich kann nicht länger bei meinem Kollegen bleiben. Ich werde also morgen abreisen.«

Annabell sah ihn erstaunt an. »Ist was passiert?«

»Ähm, nicht direkt, aber ich will mich um meine Forschungsaufgaben kümmern und nicht mehr mit seinem Experiment beschäftigt sein. Ich habe selbst noch eine Menge zu tun, bevor das Herbstsemester beginnt.«

Sie schaute ihn von der Seite an. Irgendwie war der Klang seiner Stimme verändert. Versuchte er gerade vielleicht, etwas zu verbergen? Es ging sie aber nichts an. »Dann sollten Sie den Abend noch ausgiebig genießen. Also, darf ich Ihnen noch einmal nachschenken?« Sie griff sofort nach der Teekanne und schaute ihn fragend an.

»Ja, Sie haben recht.« Er nahm seine Tasse und ließ sie erneut füllen. »Ich wollte sowieso noch fragen, ob Nicolas mit mir zurückfahren will. Wenn er sich gleich zu uns setzt, werde ich es tun.«

»Er kann mit mir zurückfahren.« Oliver hatte gerade begonnen, die Nähe zu seinem Freund wieder zu genießen. Er wollte auf keinen Fall, dass er mitfährt. »Vielleicht sollten wir ihm anbieten, bei uns in der Blockhütte zu bleiben. Er müsste zwar auf dem Sofa schlafen, aber das ist ganz bequem.« Fragend schaute er zu seinen Freunden.

»Na klar, ich bin damit einverstanden. Er hat dann nur das Problem, dass er erst als Letzter schlafen gehen kann und schon früh wieder geweckt wird.« Sebastian dachte daran, dass sie ja morgens zu unterschiedlichen Zeiten aufstanden.

»Das ist doch kein Problem, denn meistens werden wir eh alle wach, sobald einer aufgestanden ist. Und wer geht schon früh schlafen?« Julian überlegte sich, was er da gerade gesagt hatte, denn so ganz war er mit diesem Plan nicht einverstanden. Er wollte nämlich noch so viel Zeit wie möglich mit Annabell allein genießen und hätte dafür gerne die Couch im Wohnzimmer genutzt, um mit ihr die Nächte durchzudiskutieren. Aber natürlich musste er Nicolas auch einen Platz gönnen. Der wollte sicher nicht allein beim Professor Hilpert bleiben. Es gab für Annabell und ihn immer noch die Terrasse.

»Ich fände das auch gut«, sagte Katrin, »er kann bei uns auf andere Gedanken kommen. Wenn er nach Hause fährt, kommt ihm sicher alles wieder hoch.«

Auch Lena und Annabell waren einverstanden. Als Nicolas vom Bad zurückkam, eröffneten sie ihm die Möglichkeit. Er war sofort begeistert. Mit einem heimlichen Blick zu Oliver setzte er sich neben Professor Jäger. »Wollen Sie wirklich schon abreisen? Wir fangen doch gerade erst an, die Zeit zu genießen. «

»Doch, doch, ich bin fest entschlossen. Aber natürlich verstehe ich, dass Sie bleiben wollen. Und wenn Sie hier bei Ihren Freunden sind, werde ich auch ganz beruhigt fahren können.«

Lena merkte auf. Hatte sie da etwa Erleichterung in seiner Stimme vernommen? Sie schaute zu Katrin hinüber, die auch gestutzt hatte. *Irgendetwas stimmt da nicht,* versuchte sie, ihr über ihre Gedanken mitzuteilen. Katrin nickte kurz und sah ihr in die Augen. *Wir werden das klären, und zwar so schnell wie möglich.*

Der Abend war herrlich warm, und weil es lange hell war, vergaßen sie die Zeit. Erst als es langsam zu dämmern begann, wollte sich Professor Jäger auf den Weg zum Cottage machen. Die Verabschiedung war innig. Alle umarmten ihn und wünschten ihm eine gute Heimreise. Nicolas hatten sie überredet, in der Hütte zu übernachten.

»Warten Sie, ich werde Sie ein Stück begleiten«, rief Nicolas, als Professor Jäger nach seinem Rad griff. »Sie müssen nicht den ganzen Weg allein fahren.« Schnell schwang er sich auf den Sattel seines Mountainbikes.

»Danke, das ist sehr nett von Ihnen.« Er war froh, dass er noch ein Stück Begleitung hatte und trat in die Pedale. Sie waren schon eine Weile unterwegs, als der Professor meinte: »Aber gleich müssen *Sie* allein zurückfahren.« Mit einem schelmischen Blick schmunzelte er ihn an. »Oder ich bringe Sie dann zurück ...«

»Ja, und ich werde Sie danach begleiten.« Nicolas musste so lachen, dass er vom Rad abstieg, um nicht zu stürzen. »Das war aber jetzt Grundschule«, sagte er, »sind wir dafür nicht schon zu alt?«

Auch der Professor war abgestiegen und lachte so herzhaft, dass ihm Tränen aus den Augenwinkeln kullerten. »Ich glaube, das ist der netteste Abschied, den ich je erlebt habe. Danke dafür! « Er reichte Nicolas die Hand.

Plötzlich, wie aus dem Nichts, tauchte ein Mückenschwarm auf, stürzte sich auf den Professor und bedeckte ihn vollkommen. Sein Fahrrad lag auf dem Weg und seine erstickenden Schreie hallten in Nicolas Ohren. Der zog sofort sein T-Shirt aus und wirbelte damit über den Professor, um die Insekten zu vertreiben. Dabei schrie er nach Hilfe, so laut er konnte. Schließlich waren sie noch nicht weit von der Hütte entfernt. Er hoffte, dass die Freunde ihn hören konnten. Professor Jäger schlug mit den Armen um sich und wälzte sich hin und her. Doch je mehr er sich bemühte, desto dichter setzten sich die Mücken auf seinen Körper. Er hatte zu viele Gerüche aufgenommen. Ihm blieb nur noch, seine Nase mit dem Arm zu verschließen und die Ohren mit den Händen zu schützen. Nicolas wirbelte sein T-Shirt und versuchte gleichzeitig, dem Professor mit der anderen Hand auf die Beine zu helfen. Doch seine Kraft reichte nicht. »Ich werde Hilfe holen. Halten Sie durch! Ich bin gleich zurück.« Mit einem Satz sprang er zu seinem Mountainbike und raste zurück zur Hütte.

Hilflos strampelte der Professor um sein Leben. Er rollte sich hin und her, bis ihn die Kraft verließ. Erschöpft lag er auf dem Boden. Er spürte keine Stiche, merkte nur das Krabbeln der Mücken auf seinem Körper. Das Atmen fiel ihm immer schwerer. Dann verlor er das Bewusstsein. In einem Traum sah er Claudia neben sich auf der Erde knien. Sie streichelte ihm zärtlich über die Haare. Doch nur an den Stellen, wo sie ihn berührte, ließen sich die Mücken vertreiben. So machte sie sein Gesicht frei und lächelte ihn an. »Bleibe ruhig, mein Lieber, es wird alles wieder gut!«

»Claudia, bin ich tot? Bist du da, um mich zu holen?«

Sie schüttelte leicht den Kopf. »Nein, mein lieber Schatz, noch ist die Zeit nicht gekommen. Ich bleibe nur eine Weile bei dir, bis du in Sicherheit bist.« Dabei zwinkerte sie mit den Augen. Er wollte ihre Hand greifen, aber seine Arme gehorchten ihm nicht.

Ein sonderbarer Singsang ertönte und holte ihn aus der Ohnmacht zurück. Mit den Augen suchte er nach der Quelle und fand Professor Hilpert. Dieser stand vor seinen Füßen und sang wie in Trace seine sonderbare Melodie.

»Bitte bleib bei mir, Claudia!«, flüsterte er, doch sie war weg. Sofort spürte er wieder die Mücken auf seinem Körper herumkrabbeln.

Der Gesang wurde leiser und leiser, bis er völlig verstummte. Plötzlich drehte Professor Hilpert sich um und lief in den Wald. Dafür wurden Stimmen immer lauter und das Geräusch von Fahrradklingeln kam näher.

»Wir sind da! Professor Jäger, wir helfen Ihnen!«, riefen die Freunde, sobald sie ihn sehen konnten. Sie sprangen von den Rädern und ließen sie fallen. Dann schwangen sie ihre T-Shirts durch den Mückenschwarm, der sich aber nicht vertreiben ließ. Die Mücken schlossen die Freunde mit ein. Ein heilloses Durcheinander entstand. Immer deutlicher wurde ihre Hilflosigkeit. Wie schwarze Gestalten sahen sie aus, die auf dem Waldweg tanzten.

»Herr Professor Jäger!«, rief Nicolas. »Sie müssen uns helfen!«

Doch der lag regungslos auf dem Boden, bedeckt von krabbelnden Mücken. Er sah aus wie eine Statue, die umgefallen war.

Nicolas fiel auf die Knie, warf sein T-Shirt auf Jägers Beine und versuchte, mit den bloßen Händen dessen Gesicht freizustreichen. Die Augen des Professors waren geschlossen. Überall krabbelten die Insekten. Es war ein entsetzlicher Anblick. »Was sollen wir tun? – Ich werde Hilpert verklagen. Wie kann er seinem Kollegen das antun?« Um mehr Mücken zu töten oder zu vertreiben, legte er sich mit seinem ganzen Körper auf den Professor.

»Helft mir, legt euch auch hin, damit er völlig bedeckt ist.« Oliver und Julian folgten sofort.

»Steht auf«, schrie Katrin, »das hilft nicht! Ihr werdet selbst angegriffen!«

Das Summen der Mücken wurde aggressiver. Obwohl schon viele tot auf dem Waldboden lagen, schienen es immer mehr zu werden. Bevorzugt setzten sie sich in den Haaren ab und krabbelten unter die Kleidung. Es war ein unerträgliches Gefühl.

»Es kommen noch mehr!«, rief Lena. »Wir müssen uns was einfallen lassen!« Ohne mit dem Kämpfen aufzuhören, lauschte sie auf die sich nähernden Geräusche. »Hört ihr das? Ich glaube,

Professor Hilpert kommt. Er singt wieder diese seltsame Melodie.« Es klang aber viel harmonischer als beim letzten Mal.

»Hoffentlich,« rief Sebastian, »ich kann bald nicht mehr!« Dabei spuckte er ein paar Mücken aus, die in seinen Mund geflogen waren. Seine Kräfte ließen deutlich nach.

Sie verzweifelten beinahe, als endlich alle das feine Singen vernahmen.

»Professor Hilpert,« rief Oliver, »tun Sie doch etwas! Ist Ihnen das Leben Ihres Kollegen denn gar nichts wert? Vergessen Sie Ihr erbärmliches Experiment und setzen Sie dem Ganzen endlich ein Ende, sonst werden wir es tun!«

Doch der Professor war nirgends zu sehen. Das Singen wurde lauter. Als Annabell vor Erschöpfung auf den Boden sank, sah sie Schmetterlinge auf sich zu kommen. Sie waren es, die das Lied sangen. Und plötzlich verstand sie den Text des Mantras.

»Verbindet euch in Liebe. Verbindet euch in Liebe. ...«

Annabell erhob sich und wusste nicht, ob sie träumte. »Seht mal!« schrie sie in das Kampfgetöse. »Die Schmetterlinge singen, nicht Hilpert!«

Erstaunt sahen sie sich um und vergaßen im selben Moment die Mücken. Die Schmetterlinge flogen wie ein buntes Band um sie herum. Der Bewegung folgend, drehten sich die Freunde automatisch ihnen zu. Ohne es zu merken, schlossen sie dadurch einen Kreis um den am Boden liegenden Professor. Mit großen Augen schauten sie wie paralysiert den Schmetterlingen nach, die ihren Kreis immer enger flogen. Dadurch drängten sie die Freunde näher zusammen, bis sie mit ihren Schultern einen geschlossenen Kreis bildeten. Im Moment der Berührung verstanden alle die gesungenen Worte und stimmten in den Gesang ein. »Verbindet euch in Liebe. Verbindet euch in Liebe. ...«, sangen sie leise mit. Unbemerkt von den Freunden erhoben sich die Mücken und verschwanden im Wald.

»Endlich, hier sind Sie.«, erklang die Stimme des Professor Hilpert. »Ich habe es zu spät gemerkt.« Das war eine Lüge, aber seine Kraft hatte nicht gereicht, um seinem Kollegen zu helfen. Er musste sich zurückziehen.

Erschrocken drehten sich alle zu ihm.

»Kann ich helfen?«, fragte der Professor scheinheilig – oder schwang da wirklich Sorge in seiner Stimme mit?

»Sie können sich in Luft auflösen!« Oliver war rot vor Wut. »Sehen Sie, was Sie angerichtet haben mit Ihrem bescheuerten Experiment!« Dabei zeigte er auf den Professor Jäger. Erst jetzt merkte er, dass die Mücken und die Schmetterlinge verschwunden waren. Nur der arme Professor und eine Menge toter Mücken erinnerten an das Szenario. »Was ...?« Er konnte den Satz nicht beenden, so erstaunt war er über das plötzliche Ende des Angriffs. Auch die anderen schauten sich verwundert um, bis Annabell sich neben Professor Jäger kniete.

»Er muss ins Krankenhaus. Seine Atmung ist sehr flach und der Puls geht zu langsam. Seine Atemwege müssen von den Mücken befreit werden und wer weiß, was die Viecher durch die Stiche noch alles angerichtet haben.«

»Mein Auto steht gleich am Waldrand«, sagte Professor Hilpert. »Tragen Sie ihn bitte dort hin, und dann fahre ich ihn ins Krankenhaus!«

Ob es tatsächlich Tränen waren, die über sein Gesicht liefen, fragte sich Lena.

»Ich fahre mit.« Annabell ließ ihm keine Möglichkeit des Widerspruchs. Vorsichtig hoben sie Professor Jäger auf und trugen ihn zum Auto. Nicolas sprang sofort hinein, ohne um Erlaubnis zu fragen. In eine Staubwolke gehüllt, fuhren sie los. Erschöpft ließen sich die anderen auf einem liegenden Baumstamm nieder.

»Kann mir einer mal erklären, was da gerade passiert ist?« Julian schüttelt sanft den Kopf, als wollte er dadurch seine Erinnerungen sortieren. »War das eine Fata Morgana oder habe ich geträumt?« Er schaute auf sein T-Shirt und überlegte, ob er es wieder anziehen sollte.

»Lass es ausgezogen«, antwortete Katrin auf die ungestellte Frage, »dein Body sieht fantastisch aus. Aber vielleicht sollte ich dir die vielen kleinen schwarzen Flecke mal abwischen.« Sie streckte ihren Arm aus. Doch Julian sprang auf, als hätte er Angst vor ihrer Berührung. »Was ist? Darf dich ab sofort nur noch Annabell antatschen?« Sie lachte leise.

Verwundert über seine eigene Reaktion, schaute er sie verlegen an und stülpte sich das Shirt über den Kopf. Dann setzte er sich. »Du hast mich erschreckt. Ich war in Gedanken. Wieso haben wir die Schmetterlinge singen gehört und warum sind die überhaupt gekommen?«

Nicht nur er fragte sich das. Keiner wusste eine Antwort darauf. Mit gesenkten Köpfen nahmen sie ihre Mountainbikes und liefen zurück zum Blockhaus.

*

»Es ist schon fast Mitternacht«, stellte Julian fest. »Mittlerweile sollten Annabell, Nicolas und Hilpert wieder zurück sein. Warum melden die sich nicht?« In seiner Wut brachte er den Titel Professor nicht über die Lippen.

Oliver zuckte mit den Schultern. »Ich habe auch noch keine Nachricht von Nicolas erhalten.«

Sie saßen alle zusammen im Wohnzimmer, frisch geduscht und hundemüde. Doch keiner wollte schlafen gehen, bevor sie nicht wussten, wie es dem Professor Jäger ging. Sie überlegten, was sie tun sollten. Eigentlich wäre es richtig, Hilpert anzuzeigen. Waren sie vielleicht sogar schuld daran, weil sie alle beim Verabschieden ihren Geruch dem Professor Jäger angehaftet hatten? Das war doch damals ihr Ziel bei Oliver. Warum hatten sie nicht daran gedacht?

»Wir sollten etwas essen. Es steht alles seit zwei Stunden auf dem Tisch und keiner hat zugegriffen.« Katrin malte mit dem Finger auf ihrem leeren Teller Kreise und schaute von einem zum anderen.

»Ich kriege keinen Bissen runter, bevor ich nicht weiß, was mit dem Professor ist«, antwortete Lena.

»Ich setze mal eine Kanne Tee auf. Der wärmt den Bauch.« Katrin stand auf und füllte den Wasserkocher mit frischem Wasser. »Oliver, versuch doch noch einmal Nicolas zu erreichen!«

»Habe ich gerade gemacht.« Er legte sein Handy auf den Tisch. »Aber manchmal haben wir hier ja keinen Empfang.« Er schaute aufs Display. »Ein Balken, könnte reichen.« Alle zuckten zusammen, als sein Handy plötzlich zu klingeln begann. »Nicolas!«, rief er in den Hörer. »Wie geht es ihm?« Dann war eine Weile Stille. Jeder versuchte, zu lauschen, konnte aber nichts verstehen. »Okay!« Oliver beendete das Telefonat. Er legte das Handy auf den Tisch und atmete geräuschvoll ein und aus. »Mann, rede schon. Wie geht es ihm?« Sebastian starrte Oliver an.

»Entwarnung«, war das erste Wort und alle lehnten sich mit einem befreienden Stöhnen zurück. »Sie haben ihn im Krankenhaus behalten. Es geht ihm schon wieder gut. Sie wollen nur seine Reaktion auf die vielen Mückenstiche beobachten, weil die so zahlreich sind und manchmal ja so seltsam mutieren. Morgen können wir ihn besuchen.«

»Was ist mit Nicolas und Annabell, bleiben die etwa über Nacht beim Hilpert?« Lena konnte sich das nicht vorstellen.

»Sie wollen mit ihm reden. Nicolas sagte, dass alles anders ist, als es aussieht.« Oliver verzog kurz seinen Mund, als würde er nicht verstanden haben, was er damit meinte. Sein Gesicht sah wie ein imaginäres Fragezeichen aus.

»Da bin ich aber gespannt, was der ihnen für Geschichten aufgetischt hat. Ich würde gerne dort Mäuschen spielen.« Sebastian blieb skeptisch. »Jetzt habe ich doch Hunger. Wo bleibt der Tee?«

Als gehörte es zur Entspannung dazu, griffen endlich alle zu. Sie überlegten noch eine Weile, was wohl anders sein konnte, als es aussah, fanden aber keine Lösung. Übermüdet schlichen sie schließlich in ihre Zimmer.

Gegen neun Uhr klingelte am nächsten Morgen Olivers Handy und weckte damit alle. »Was?«, fragte er verschlafen, bevor er registrierte, dass Nicolas dran war. »Gut, ich frage sie mal, muss aber erst nachsehen, ob sie schon wach sind. Bleib dran!« Er schaute zu Sebastian und Julian, die sich verschlafen die Augen rieben. »Aufstehen Jungs, Nicolas ist am Telefon. Geh mal einer gucken, ob die Mädels wach sind. Wir sollen zum Frühstück ins Cottage kommen.« Dann streckte er sich mit einem herzhaften Gähnen und wartete auf die Antwort.

»Alle sind wach, aber noch nicht aufnahmefähig.« Julian ließ ebenfalls ein lautes Gähnen hören.

»Was heißt das? Sind sie bereit, zum Cottage zu fahren oder nicht?« Oliver zeigte auf sein Handy. »Nicolas wartet auf eine Antwort.«

»Seid ihr damit einverstanden, zum Cottage zu fahren und dort zu frühstücken?«, schrie Sebastian und sprang aus dem Bett. Er wollte als Erster im Bad sein.

»Ja«, tönte es aus dem Zimmer der Mädchen, »gib uns eine halbe Stunde. Dann können wir losfahren.«

»Hast du es gehört?«, fragte Oliver ins Telefon. »Wir machen uns in einer halben Stunde auf den Weg. Besorgt schon mal frische Brötchen!« Sein Magen gab tatsächlich gierige Geräusche von sich.

*

Professor Jäger ließ alle Untersuchungen kommentarlos über sich ergehen. Er dachte nur an Claudia, die gestern bei ihm war. Zwar hatte er in dem Moment Todesangst, aber wenn er sie noch einmal sehen könnte, würde er das Ganze sofort wieder erleiden. Sollte es so sein, dass die Angehörigen da sind, wenn man stirbt? Aber er war ja gar nicht gestorben. *Reicht es etwa schon, dass man in tödlicher Gefahr ist?* Sein Gehirn ratterte. *Dann besteht die Möglichkeit, eine Sucht daraus zu erzeugen, viel besser, als sich mit Drogen umzubringen.* Dieser Gedanke faszinierte ihn. *Ist das vielleicht der Grund, warum Extremsportler ständig ihr Leben aufs Spiel setzen? Können sie dann auch ihre Liebsten sehen, die bereits verstorben sind?* Zu Hause wollte er sich damit intensiv beschäftigen. Vielleicht gab es darüber schon Studien. Andernfalls sollte das sein nächstes Projekt werden. Er würde Menschen befragen, die dem Tod sehr nahegekommen waren.

Sein Herz begann vor Aufregung stärker zu klopfen. Er brauchte mehr Sauerstoff, um sein Gehirn anzutreiben. Die Gedanken flossen ihm zu träge. Er atmete und atmete und merkte nicht, dass er zu hyperventilieren begann. Erst als die Ärztin ihm eine Maske über Mund und Nase stülpte, riss er seine Augen weit auf.

»Ganz ruhig atmen, Herr Professor! Wir sind bei Ihnen.«

Er blickte in drei Augenpaare, die ihn mitleidig ansahen. Eine Schwester und ein Pfleger unterstützen die Ärztin bei der Überprüfung seines Zustandes. Nach kurzer Zeit ging es ihm wieder besser.

»Was hat Sie denn eben so aufgeregt, Herr Professor?«, fragte die Ärztin.

Er schüttelte den Kopf und schloss die Augen. Am liebsten wäre er auf der Stelle eingeschlafen, so müde war er plötzlich.

» Ruhen Sie sich ein wenig aus! Die Schwester wird allerdings die nächsten Stunden alle fünfzehn Minuten nachsehen, wie es Ihnen geht.« Damit drehte sie sich um und schloss die Tür hinter sich.

Hat sie gerade schwebend das Zimmer verlassen, fragte er sich und fiel in tiefen Schlaf. Er merkte nichts von der Krankenschwester, die nach ihm sah und auch nichts von dem Besuch, der leise wieder das Zimmer verlassen hatte, um ihn nicht zu wecken.

36

Zwei Tage später konnte ihn Professor Hilpert aus dem Krankenhaus abholen. Die Freunde warteten im Cottage auf ihre Ankunft. Den Tisch auf der Terrasse hatten sie bereits gedeckt und mit Blumen und einer Kerze geschmückt. Kaffee stand neben verführerisch leckerem Gebäck. Die Luft war von der Sonne erwärmt und Vogelgezwitscher sorgte für eine entspannte Stimmung.

Professor Jäger war froh, wieder bei ihnen zu sein, aber er wunderte sich, dass alles bereits vergessen zu sein schien. Natürlich wollte er die Stimmung nicht zerstören. Am Abend würde man ihm schon sagen, was in den Tagen geschehen war, die er im Krankenhaus verbracht hatte. Doch nichts tat sich, kein Wort wurde darüber verloren. Es fühlte sich für ihn an, als hätte er sich alles nur eingebildet. Oder gehörte er nicht mehr dazu? Sollte er danach fragen? War es denn wichtig zu wissen? – Er grübelte, fand aber nicht den richtigen Ansatz.

»Sind Sie müde, Herr Professor?«, schreckten ihn Olivers Worte aus seinen Überlegungen. »Wollen Sie sich hinlegen?«

Er musste kurz überlegen, wer da zu ihm sprach. »Ähm, ja, vielleicht«, stammelte er. Es war ihm gar nicht aufgefallen, dass er immer mehr in sich zusammengesackt war. In seinem Kopf schwirrten alle Stimmen durcheinander und seine Arme waren schwer wie Blei. Hilflos suchte er den Blick seines Kollegen.

»Kommen Sie, ich helfe Ihnen in Ihr Zimmer. Sie sind noch sehr schwach.« Professor Hilpert fasste unter seinen Arm und begleitete ihn die Stufen hinauf zum Gästezimmer.

Also wissen sie doch, was mir geschehen ist. Warum reden sie nicht darüber? Etwas verwirrt saß er auf dem Bettrand und zog seine Jeans aus. Dann legte er sich erschöpft hin und schlief im selben Augenblick ein.

Annabell war die Erste, die nicht mehr schweigen wollte. »Wir müssen es ihm sagen. Schließlich hätten wir es wissen müssen. Die Umarmungen haben ihm zu viel Düfte übertragen. Der Ausbruch der Mücken war zwar nicht geplant, aber eigentlich vorhersehbar. Sie waren schon zu lange eingesperrt, wie der Professor uns gesagt hat. Das entschuldigt aber nicht, dass er es nicht steuern konnte.«

»Es tut mir wirklich leid«, ergänzte Professor Hilpert, »ich wollte ihnen nur frische Nahrung zukommen lassen ohne Auftrag. Sie haben mich einfach überrascht, mit ihrem plötzlichen Abflug, als hätten sie bereits darauf gewartet. Ich hatte keine Möglichkeit, die Tür schnell wieder zu schließen. Dass sie sich so vermehrt hatten ...«. Er schüttelte seinen Kopf. »Aber ich verspreche Ihnen, dass ich das Experiment nun abschließe, bevor noch mehr passiert.«

»Wo sind die Mücken jetzt?«, wollte Julian wissen.

»In dem kleinen Schuppen hinterm Cottage.«

»Und sind es nun weniger?«

»Ja, Sie haben ja ziemlich viele vernichtet, als Sie gegen sie gekämpft hatten.«

Julian nickte gedankenverloren. Vor seinen Augen sah er die Bilder, wie sie gemeinsam versuchten, Professor Jäger zu retten. »Haben Sie die Schmetterlinge eigentlich auch mit irgendetwas motiviert, uns zu helfen?«, fragte er daraufhin.

»Nein, die Natur hilft sich selbst, wenn man sie lässt.«

Da mischte sich Katrin ins Gespräch. »Wieso, die Natur hilft sich selbst? Meinen Sie etwa, dass die Schmetterlinge allein gemerkt hatten, dass wir nicht gegen die Mücken ankamen? Behaupten Sie etwa, dass sie selbst beschlossen, uns zu helfen, obwohl wir so viele Mücken getötet haben? Sollten sie da nicht auf der Seite der Insekten stehen?«

»Doch, davon bin ich überzeugt. Diese Mücken entsprachen nicht mehr ihrer natürlichen Population. Daher waren es auch für die Schmetterlinge Feinde.« Professor Hilpert sagte es mit deutlichem Nachdruck in der Stimme.»Wir wissen noch viel zu wenig über Tiere und Pflanzen. Die Forschung steht erst am Anfang. Sie haben doch mittlerweile selbst gelernt, dass man Tiere verstehen kann, wenn man die Fähigkeit dazu entwickelt hat. Genauso wird es Ihnen demnächst mit den Pflanzen gehen. Ebenso verstehen diese Wesen Sie.«

»Ich denke, die heutige Technik hilft uns bereits dabei. Schauen Sie doch mal, was die Sendungen von ‚Terra X' uns alles zeigen. Ich habe den Bericht über die sozialen Verbindungen von Bäumen und Pilzen gesehen. Sie warnen sich sogar bei Gefahr. Da kommt man schon ins Staunen.« Lena Gesicht strahlte, als sie von der Sendung erzählte.

Einen Moment schwiegen alle, weil sie ihren eigenen Gedanken folgten.

»Eigentlich dürften wir keine Pflanzen mehr essen, wenn die auch Gefühle haben und in kommunikativen Verbindungen leben.«

»Das geht mir jetzt aber zu weit. Wenn wir auf Fleisch, Fisch und auch noch auf Obst, Gemüse und Kräuter verzichten, wovon sollen wir uns dann ernähren? Ich habe zwar schon mal das Wort *Lichtnahrung* gehört, kenne aber niemanden, der davon lebt.« Sebastian griff wie zur Bestätigung zum Kuchen. »Ich jedenfalls habe Hunger so dann und wann oder auch regelmäßig.«

Als hätte er das Startzeichen gegeben, griffen plötzlich alle zu.

»Professor Hilpert, was wollen Sie denn jetzt machen?«, fragte Annabell kauend.

»Ich werde das Experiment beenden, das hatte ich doch schon gesagt. Ich habe es nicht mehr unter Kontrolle. Es wäre kriminell, wenn ich es weiterführen würde.«

»Aber es findet auch in anderen Ländern statt, hatten Sie gesagt. Läuft das alles unter Ihrer Leitung?«

»Allerdings, und darum werde ich mit den Kollegen sprechen, dass sie ebenfalls einen Abbruch vornehmen und mir ihre Berichte so schnell wie möglich zukommen lassen. Gleichzeitig werde ich sie von den Vorkommnissen hier informieren. Ich hoffe, dass unsere Berichte bereits reichen, einen wissenschaftlichen Abschluss zu formulieren.«

»Was machen Sie mit den Mücken?«, wollte Katrin wissen.

»Tja, die werde ich wohl sterben lassen müssen.«

»Finden Sie das nicht ein bisschen unfair? Erst nutzen Sie sie für das Experiment und dann vernichten Sie sie einfach?«

»Sollten Sie eine bessere Lösung finden, lassen Sie es mich wissen.«

*

Sie saßen noch bis in die Nacht hinein und diskutierten über die Zukunft, in der sie die Natur besser verstehen und unterstützen wollten. Professor Hilpert wurde mit der Zeit immer stiller, er wirkte völlig in sich gekehrt. Mit ihm war anscheinend diesen Abend nicht mehr zu rechnen. Darum verabschiedeten sich die Freunde und machten sich langsam auf den Weg. Durch die immer noch warme Luft schoben sie ihre Räder, statt zu fahren. Der Duft des Waldes stieg ihnen in die Nasen und hin und wieder hörten sie ein Rascheln im Gehölz. Jetzt begann die Zeit der nachtaktiven Tiere. Doch niemand fürchtete sich. Sie spürten ein Gefühl von ungetrübter Sicherheit in sich. Wovor sollten sie sich fürchten? Die Natur war ein Netzwerk, zu dem sie ebenfalls gehörten.

Plötzlich bekam die Dämmerung einen flackernden, rötlichen Ton. Dieses mischte sich in das Grau des Abends und ließ seltsame Schatten tanzen. In der Ferne untermalte ein leises Knacken das Ganze. Sie blieben stehen und schauten sich fragend an. Erst als der Geruch von Feuer sie erreichte, ahnten sie, was passiert war. »Es brennt!«, riefen sie unisono und blickten zurück.

»Das kommt vom Cottage«, flüsterte Lena entsetzt.

Sie brauchten kein Startzeichen. Alle schwangen sich auf ihre Mountainbikes und rasten zurück. Schon bald sahen sie Flammen zum Himmel steigen. Funken flogen herum und Rauch bildete eine dunkle Säule.

»Das darf nicht wahr sein! Ist der jetzt völlig verrückt geworden?«

»Der kann doch nicht alles abbrennen!«

»Professor Jäger schläft vielleicht noch und kann sich nicht helfen.«

Sie sprachen alle durcheinander. Von Weitem hörten sie die Sirenen der Feuerwehr. Am Cottage bot sich ihnen ein groteskes Bild. Professor Hilpert stand mit einem Gartenschlauch in der Hand und bewässerte das Rieddach. Professor Jäger, lediglich mit Boxershorts und T-Shirt bekleidet, versuchte mit einem Wassereimer, angrenzende Sträucher vor den Flammen zu schützen. Beide waren völlig eingerußt und in der Dunkelheit nur schwer zu erkennen. Die Feuerwehr hatte den Brand schnell unter Kontrolle. Der Schuppen wurde zum Einsturz gebracht. Es blieb nur noch, die aufflackernden Glutnester zu ersticken.

Die Freunde standen neben dem Feuerwehrauto und beobachteten das Geschehen. Ein Feuerwehrmann hatte sie zurückgehalten, als sie helfen wollten. Erleichtert erkannten sie, dass beide Professoren wohlauf waren.

Als die Feuerwehr abrückte, blieb nur ein Wachposten mit seinem Equipment zurück, der die ganze Nacht beobachten sollte, ob das Feuer wieder auflodert. Die Professoren waren angehalten, die Nacht nicht im Cottage zu verbringen, weil durch das Rieddach eine große Gefahr ausging, falls sich das Feuer erneut erheben sollte.

An Schlafen war nicht zu denken. Deshalb stellten alle gemeinsam die Terrassenmöbel weit hinten in den Garten und versorgten sich aus der Küche mit Getränken und kleinen Speisen. Sie holten sich Decken und Kissen, so viele sie gerade greifen konnten, bevor der Feuerwehrmann ihnen Einhalt gebot. »Glauben Sie, dass das eine gute Idee ist?«, fragte er.

»Allerdings!«, antwortete Professor Hilpert. »Ich wohne hier schließlich und wir leisten Ihnen damit auch etwas Gesellschaft. Setzen Sie sich doch zu uns.«

»Danke, aber ich bleibe in der Nähe des Brandherdes«, antwortete er und stocherte mit einem Stock in der Asche herum.

»Wenn Sie etwas brauchen, geben Sie uns einfach Bescheid!« Damit war zunächst alles gesagt und sie versammelten sich am Tisch.

»Haben Sie das Feuer etwa absichtlich angezündet?«, fragte Julian leise. Was, wenn das wahr sein würde?

»Wo denken Sie hin? Natürlich nicht. Ich wollte nur durchs Fenster leuchten.« Professor Hilpert lehnte sich in seinem Sessel zurück.

»Womit, etwa mit einer Fackel?« Julian war sich sicher, dass der Professor nicht die Wahrheit sagte.

»Ähm, so etwas Ähnliches, eine Öllampe. Aber die war ja durch ein Glas geschützt«, antwortete er verlegen.

»Sie können mir nicht erzählen, dass das Feuer einfach so ausgebrochen ist. Sie wollten die Mücken töten. Warum also nicht durch Feuer?«

»Ich konnte ja nicht ahnen, dass ich stolpern würde.« Der Professor senkte den Blick und knetete seine Hände, sprach aber nicht weiter. Das wirre Haar und die Rußflecken auf dem Gesicht, ließen ihn sehr alt aussehen.

»Aber den Schlauch haben Sie gleich gefunden, um ihr Cottage zu schützen? Haben Sie doch, oder …?«, wollte Sebastian wissen.

»Der hing neben der Terrasse. Meinen Sie wirklich, dass ich ihn suchen musste? Ich weiß, wo er hängt, und er ist immer am Wasserhahn angeschlossen.« Jetzt wurde der Professor ungeduldig. »Glauben Sie, ich würde mein Zuhause aufs Spiel setzten, zumal Professor Jäger noch oben schlief?«

Es war klar, dass der Professor keine weitere Erklärung über den Ausbruch des Feuers geben würde. Darum verteilten sie sich mit den Decken und Kissen im Garten.

Annabell und Julian machten einen Spaziergang, um sich ungestört zu unterhalten.

»Was meinst du«, fragte Annabell, »kann man ihm das wirklich zutrauen?«

»Du meinst, dass er das Feuer absichtlich gelegt hat?«

»Naja, damit sind alle Mücken vernichtet.«

»Glaubst du? Er musste doch damit rechnen, dass sein Cottage etwas abbekommen könnte? Aber er stand dort so ganz ohne Angst, als hätte er alles im Griff.«

Annabell nickte. »Er ist ja nicht senil, denke ich, und dass er die Gefahr einfach unterschätzt hat, will ich nicht glauben.«

»Kann ich mir auch nicht vorstellen. Dann hätte er nicht das Dach vom Cottage gewässert. Komm, lass uns aufhören zu grübeln. Ich wüsste etwas viel Schöneres für uns.« Er legte seine Arme um ihre Schultern und zog sie sanft zu sich. In ihren Augen funkelten die Sterne.

Annabell schmiegte sich erfreut an und legte ihre Hände auf seinen Rücken. Einen kurzen Moment genossen sie einfach die Zweisamkeit. Dann küsste er sie zart. Wieder durchzog das Kribbeln ihre Körper und die Sehnsucht nach mehr ließ sie ins weiche Moos sinken. Annabell erwiderte den Kuss mit Hingabe. Als sie ihre Lippen öffnete, ließ Julian seine Zunge in ihren Mund gleiten. Schließlich begann er, an ihren Lippen zu knabbern. Ein leises Stöhnen entwich Annabell, als er ihren Hals liebkoste. Sie schloss die Augen. Sein Atem strömte Wärme aus, der ihren ganzen Körper entspannen ließ. Langsam schob er seine Hand unter ihr T-Shirt und streichelte mit den Fingerkuppen ihre heiße Haut. Die Lust überkam sie wie ein Tornado, als seine Finger über ihren Bauchnabel hinunter zum Slip strichen. In vollkommener Harmonie genossen sie das Verschmelzen ihrer Körper. Danach kuschelten sie sich dich aneinander und schliefen erschöpft ein.

Mit dem ersten Sonnenstrahl wachten sie auf und liefen eilig zurück zum Cottage. Abgesehen von Professor Hilpert, lagen die anderen verstreut auf der Wiese und schliefen. Leise kichernd fassten sie sich an den Händen und rannten wieder in den Wald. Sie gingen spazieren, ohne sich loszulassen.

»Annabell«, fragte Julian leise, »kannst du dir vorstellen, dass wir uns nach der Auszeit wiedersehen? «

Sie hob den Kopf und schaute einem Schwalbenpärchen hinterher. Sie spürte deutlich den Drang, laut *ja* zu schreien. Aber konnte sie aus diesen wenigen Tagen, in denen sie sich auch schon einmal wieder verloren hatten, erkennen, was sie wollte? Natürlich war es schön, neben ihm aufzuwachen oder Hand in Hand mit ihm durch den Wald zu spazieren. Doch sie studierte in Münster, er in Heidelberg. Wie sollte das funktionieren? Julian stellte sich vor sie und legte seine Arme auf ihre Schultern. Er sah ihr in die Augen und erforschte ihr Gesicht. Fragend runzelte er die Stirn, immer noch auf eine Antwort wartend. Zu gerne hätte er jetzt ihre Gedanken gelesen, aber sie hatte sie verborgen.

Annabell schloss für einen Moment die Augen. Als sie sie wieder öffnete, entdeckte sie ein seltsames Schimmern in seinen Augen. Waren da etwa Tränen im Anmarsch? Sie legte schnell ihre Arme um seinen Hals und zog ihn näher heran, bis sich ihre Wangen berührten. »Ich weiß es nicht. Es ist alles so neu für mich.« *Endlich habe ich das, was ich seit der Schulzeit gesucht habe,* dachte sie. »Wir leben so weit voneinander entfernt. Keiner von uns kann sein Studium einfach abbrechen.«

Julian schluckte. Dann löste er sich aus der Umarmung und hielt sie an ihrer Taille fest. »Wovon redest du? Glaubst du, ich würde dich sofort an mich binden wollen?« *Doch, am liebsten schon,* dachte er. »Wir können uns doch besuchen und vielleicht im Internet treffen oder skypen.« Aufmunternd lächelte er sie an. Aber sie schwieg. Sollte sie nicht mit ihm zusammen sein wollen? Ein kalter Schauer durchlief seinen Körper und raubte ihm alle Hoffnung. Langsam ließ er die Hände sinken. »Wirklich, Annabell, …?«, fragte er leise, weil er ihre Reaktion als Ablehnung interpretierte und schaute sie verzweifelt an.

Ihre Gedanken liefen Amok. Ein Gefühl von Feuer stieg aus ihrer Brust hinauf zum Hals und Rauch verbreitete sich in ihrem Kopf. Natürlich wollte sie ihn. Warum konnte sie es nicht sagen? Ein heftiger Kampf tobte in ihr, der alle Kräfte schwinden ließ. Ihre Augen flackerten unkontrolliert hin und her, bis sie kraftlos in sich zusammensank.

Julian fing sie gerade noch auf, bevor sie auf die Erde fiel. Langsam ging er in die Knie und legte sie vorsichtig ins Moos.

Was habe ich gemacht? Es war doch nur eine ganz normale Frage? Ist sie so schrecklich gewesen, dass sie zusammenbricht? Er wusste keine Antwort darauf. Verzweifelt versuchte er, sie aufzuwecken.»Annabell, Annabell, wach auf!« Er tätschelte ihre Wange und stützte mit der anderen Hand ihren Kopf. Erleichtert setzte er sich hin, als sie einen tiefen Seufzer machte.

»Ja«, flüsterte sie schwach mit geschlossenen Augen. »Ja.«

»Was sagst du?« Er legte sein Ohr dicht an ihren Mund. »Was ...?«

»Ja, habe ich gesagt.« Ihre Stimme wurde etwas kräftiger. Er sah sie an. »Dann mach die Augen auf! Zum Aufwachen gehört, dass man die Augen öffnet.«

Langsam hob sie ihre Augenlider und blickte ihn durch einen Tränenschleier an.

»Was ist passiert?«, fragte er leise. »Wieso bist du umgefallen?«

Sie antwortete nicht. Mit ihren Händen umfing sie seinen Hals und zog ihn langsam näher, bis sich ihre Lippen berührten. Erfreut ließ er es geschehen. Diese weichen Lippen zu liebkosen und ihren süßen Geschmack zu genießen, ließen ihn die Frage vergessen. Sie wollte ihn.

37

Gegen Mittag kam ein Polizist zum Cottage, um mit Professor Hilpert zu sprechen. Doch der war nirgends zu finden.»Ich lege Ihnen meine Karte auf den Tisch. Sobald er auftaucht, soll er sich melden. Wir müssen unbedingt seine Aussage zum Brandgeschehen aufnehmen.« Damit verabschiedete er sich.

Mittlerweile hatten die Freunde im Garten Ordnung geschafft, nachdem die Feuerwehr das Grundstück wieder freigegeben hatte. Sie standen nun neben dem verkohlten Schuppen und diskutierten, was wohl wirklich geschehen war. Allerdings fanden sie keine Lösung. Es blieb lediglich ein bitterer Beigeschmack, wenn sie an Professor Hilperts Andeutung dachten: Ich konnte doch nicht ahnen, dass ich stolpern würde. Und da Professor Jäger zu dem Zeitpunkt geschlafen hatte, wusste dieser auch nichts zur Klärung beizutragen.

»Ich denke, wir müssen uns raushalten«, sagte Katrin.»Sonst bringen wir ihn nur in Verdacht. Vielleicht ist es tatsächlich aus Versehen passiert.«

»Aber warum ist er überhaupt mit der Öllampe dort hingegangen?« Sebastian überlegte kurz, gab sich dann aber selbst die Antwort.»Vielleicht hatte er beim Anblick der Mücken nach einer Lösung suchen wollen. Mir gelingt das auch besser, wenn ich die Frage auf dem Papier oder das Objekt selbst vor meinen Augen habe.«

»Und dann ist er in der Dunkelheit tatsächlich gestolpert, hat mit der Lampe die Scheibe zerbrochen, wobei sie ihm aus der Hand gefallen ist? Das klingt für mich plausibel«, ergänzte Oliver.»Ich denke nicht, dass er so leichtsinnig ist, das Leben seines Kollegen und sein Cottage einfach aufs Spiel zu setzen.«

»Nein, das kann ich mir auch nicht vorstellen.« Lena drehte sich um und ging zur Terrasse. Die anderen folgten ihr.

»Sollen wir das Essen vorbereiten?« Professor Jäger spürte ein leichtes Rebellieren seines Magens. »Er hat sicher nichts dagegen.«

»Gute Idee«, sagte Sebastian, »vielleicht ist er ja gleich zurück und freut sich darüber.«

Also begannen sie, in der Küche zu werkeln, und stellten schnell fest, dass sie einfach zu viele waren. Sie standen sich mehr im Weg, als dass sie etwas zubereiten konnten.

»Ich finde, heute sollten Lena und Sebastian mit mir zusammen brutscheln. Wir werden etwas Herzhaftes zubereiten, damit wir wieder zu Kräften kommen.« Katrin drehte sich zu Oliver und Nicolas um. »Vielleicht macht ihr einen schönen Spaziergang. Könnte sein, dass ihr den Professor unterwegs zufällig trefft. Dann schleift ihn bitte her!« Sie erwartete keine Antwort, sondern gab gleich den nächsten beiden eine Anweisung. »Und ihr beide könntet kurz in den Ort fahren und neue Lebensmittel kaufen! Bei so vielen Personen schwindet der Vorrat wie von Geisterhand.« Sie gab Julian und Annabell einen kleinen Schubs und drehte sich dann zu Professor Jäger. »Ich denke, Sie haben heute Nacht den größten Schreck bekommen und sollten sich besser noch eine Weile hinlegen. Wir rufen Sie, wenn das Essen fertig ist.«

Dankbar nickte er und schlich die Treppen hinauf. »Moment, warten Sie, nehmen Sie mein Auto!«, rief er von oben, holte den Schlüssel und warf ihn Julian in die Hand.

»Glaubst du, dass es gut ist, wenn er jetzt allein ist?« Sebastian schaute ihm von der Küche aus nach.

»Er ist es gewöhnt, allein zu sein. Gib ihm die nötige Zeit, damit er zur Ruhe kommt. Er hat sicher seine eigene Methode, mit dem Ganzen umzugehen.«

»Da spricht die Pädagogin,« lächelte Lena, »aber ich glaube, dass sie recht hat.«

*

Als hätten sie eine Uhrzeit vereinbart, erschienen alle zur rechten Zeit. Die herzhafte Lauchsuppe und das frische Brot dufteten verführerisch. Sie hatten gerade den Tisch gedeckt und Professor Jäger geweckt, als auch Professor Hilpert um die Ecke schlenderte. »Oh, das riecht ja herrlich. Ich habe einen Mordshunger.« Lena und Katrin schauten sich erstaunt an.

»Wo kommen Sie denn jetzt her? Ein Polizist wollte Sie sprechen. Sie sollen umgehend mit ihm Kontakt aufnehmen.« Lena lief in die Küche und holte die Karte.

»Danke, ich war bereits auf dem Präsidium. Der Beamte hat mich schon interviewt. Es ist alles geklärt.« Damit setzte er sich an den Tisch und goss sich Wasser in ein Glas. »Wer möchte auch von dem kühlen Nass?«, fragte er übertrieben fröhlich.

»Heißt das, es bleibt dabei, dass es ein Unfall war?« Oliver hob die Augenbrauen, als könnte er es nicht glauben.

»Ja, solange die Feuerwehr nicht das Gegenteil beweisen kann.«

Dazu wollte niemand etwas sagen. Sie aßen in aller Stille, bis nach einer Weile plötzlich ein Handy klingelte. Aus ihren Gedanken gerissen, schauten sie sich erschrocken an.

»Das ist meins«, sagte Annabell und sprang auf. Sie hatte es in der Küche liegen gelassen.

»Hoffentlich ist nichts mit ihrer Oma«, sagte Lena leise.

Alle lauschten auf die Geräusche aus der Küche. Anscheinend sprach der Anrufer lange, denn von Annabell hörten sie nichts. Als sie wieder herauskam, erkannten sie sofort, dass etwas nicht in Ordnung war.

»Das war die Nachbarin meiner Oma. Sie hat gesagt, dass ich mir zwar keine Sorgen machen soll, aber es wäre besser, wenn ich in Kürze nach Hause kommen würde.« Ihr Gesicht zeigte deutlich ihren Kummer.

»Komm, setz dich erst einmal!« Julian war aufgestanden und rückte ihr den Stuhl zurecht. »Weißt du, was geschehen ist?«

»Ja, sie ist gestürzt und hat nun ein dickes Knie. Sie sollte zur Behandlung ins Krankenhaus, weigert sich aber vehement. Ich denke, ich werde mich auf den Weg machen. Ich kenne ihre Sturheit.«

Erleichtert darüber, dass keine schlimmere Nachricht gekommen war, begannen sie wieder zu essen.

»Zum Glück war Oma schon wieder fast genesen, nur kleine Müdigkeitsattacken traten noch ab und zu auf. Ich sollte mich also wegen des Knies nicht verrückt machen, hat sie gesagt.«

»Sehr gute Ansage«, sagte Sebastian, »dann bleib doch noch bis morgen und fahr in aller Ruhe nach dem Frühstück los! Vielleicht kannst du bald wiederkommen.«

»Das finde ich auch. Verarbeiten Sie erst einmal den Schreck! Sonst bauen Sie vielleicht noch unterwegs einen Unfall. Damit wäre niemandem geholfen.« Professor Hilpert war froh, dass nun ein anderes Thema zur Verfügung stand. Er wollte nicht mehr über den vergangenen Abend sprechen, bevor er nicht endgültig mit dem Experiment abgeschlossen hatte.

Sie saßen bei einer Tasse Kaffee, als Professor Jäger die Idee zum Baden im See einwarf. Das Wetter war hervorragend dafür geeignet. Die Sonne schien am blauen Himmel, ohne von Wolken getrübt zu werden. Sie schauten sich nur einen kurzen Moment an, bevor sie aufsprangen und nach dem Geschirr greifen wollten.

»Lassen Sie einfach alles stehen und genießen Sie Ihre Zeit am See! Ich sorge hier für Ordnung. Vielleicht kommen Sie zum Abendessen wieder? Mir fällt da gerade eine köstliche Mahlzeit ein.« Professor Hilpert macht mit den Händen eine Bewegung, als wollte er alle wegscheuchen. Dabei lachte er herzlich und hob die Hand zum Winken.

Sie warteten noch auf Professor Jäger und Nicolas, die ihre Badesachen schnell geholt hatten. Dann fuhren sie mit lautem Geklingel mit ihren Mountainbikes los.

*

Pitschnass lagen Julian und Annabell auf der Wiese und schauten in den Himmel. Die Vögel kreisten über ihnen und vereinzelte kleine Schäfchenwolken zogen vorbei.

»Das war ein schlechter Moment, den sich deine Oma zum Fallen ausgesucht hat. Jetzt endlich könnten wir die Auszeit genießen. Keine Überfälle der Mücken und super Sommerwetter, wir könnten zusammen kuscheln und die Zeit miteinander genießen.« Julian drehte sich auf die Seite und schaute sie zärtlich an. In der Hand hielt er einen Grashalm, mit dem er ihr leicht über den Bauch streichelte.

»Das kitzelt«, sagte sie und lächelte. »Sie hat sich sicher nicht ausgesucht zu fallen und sie kann auch nicht wissen, dass wir uns gerade erst gefunden haben.«

»Wie, kann sie etwa keine Gedanken lesen?«, witzelte er.

»Oh, wir hätten uns ein paar Mücken aufheben sollen. Dann könnte sie es vielleicht lernen.« Sie lachten leise und küssten sich zärtlich. Es war schade, dass Annabell abreisen sollte. Sie rollten sich wieder auf den Rücken und jeder folgte seinen Gedanken.

»Was hältst du davon, wenn ich dich begleite?« Julian setzte sich plötzlich auf. »Ich fahre hinter dir her und wir verbringen noch ein paar Tage bei dir zu Hause. Die Semesterferien dauern ja noch eine Weile.«

Annabell sagte nichts, zeigte auch keine Regung in ihrem Gesicht. Zu viele Gedanken um ihre Oma beschäftigten sie, als dass sie ihm zugehört hätte.

»Hm ...«, machte Julian enttäuscht und legte sich wieder neben sie. *Keine Antwort ist auch eine Antwort,* dachte er. *Vielleicht reicht ihr die kurze Zeit, die wir zusammen verbracht haben. – Habe ich mich so getäuscht? Will ich zu viel?* Er sprang auf und rannte in den See. Er musste sich erst abreagieren, bevor er es noch einmal probieren wollte.

Annabell öffnete die Augen und schaute ihm hinterher. »Hast du was gesagt?«, fragte sie, wusste aber genau, dass er sie nicht mehr hören konnte. *Gute Idee. Das ganze Grübeln hilft nicht.* Sie sprang ebenfalls auf und lief ihm hinterher. Aber er schwamm so schnell, als wollte er einen neuen Rekord aufstellen. Sie hatte keine Chance, ihn einzuholen. So vergnügte sie sich mit ihren Freunden. Sogar Professor Jäger war im Wasser und genoss die herrliche Abkühlung. Als sie näher an ihn herankam, erkannte sie die zahlreichen Beulen auf seiner Haut, die von den Mückenstichen kamen. *Eigentlich müsste er jetzt auch die Gedanken lesen können. Ich versuche es einmal. – Hallo Professor, geht es Ihnen gut?* Sie bekam keine Antwort. *Vielleicht kann er die Gedanken noch nicht zuordnen. Also noch einmal. – Hallo Professor Jäger, darf ich Sie mal etwas fragen?*

Und richtig, er drehte sich zu ihr und sagte:»Sicher, was möchten Sie denn wissen?«

Vergnügt lächelte sie ihn an.»Ich wollte nur wissen, wie es Ihnen geht. Ich habe gerade Ihre vielen Mückenstiche bemerkt.« *So ein Blödsinn, fällt dir nichts Besseres ein?* Annabell überlegte fieberhaft, wie sie das Gespräch vernünftig in Gang bringen könnte.

»Ach ja, die jucken ein wenig und in meinem Kopf rauscht es andauernd. Aber sonst fühle ich mich wohl. Er schmunzelte vergnügt, denn nun merkte er, dass er auch ihre Gedanken deutlich vernommen hatte.»Haben Sie ein Mittel gegen das Jucken?«

»Ja, habe ich jetzt immer bei mir.« Annabell nickte und schwamm ein wenig um ihn herum. Sie wusste nicht, ob sie einfach wegschwimmen sollte oder aus Höflichkeit noch etwas bleiben musste.»Wollen Sie es sofort haben oder erst später, wenn Sie keine Lust mehr haben zu schwimmen?«

»Später, im Wasser ist es auszuhalten. Schauen Sie, da kommt der Meisterschwimmer zurück! Der hatte ein Tempo vorgelegt, als trainierte er für die nächste Olympiade.« Professor Jäger hatte ihre Unsicherheit deutlich bemerkt und gab ihr die Chance, sich jetzt auf Julian zu konzentrieren. Er genoss die neue Fähigkeit, über die ihn Professor Hilpert bereits aufgeklärt hatte.

Annabell zwinkerte dem Professor zu und schwamm dann Julian entgegen.»Was hattest du vorhin gesagt?«, fragte sie, als er sie erreicht hatte.

Verdutzt hielt er inne und verschwand plötzlich unter der Wasseroberfläche. Vor Überraschung hatte er tatsächlich das Strampeln vergessen. *Sollte sie vielleicht Zeit gebraucht haben, um eine Entscheidung zu treffen? Oder hatte sie ihn tatsächlich nicht verstanden?* Schnaubend kam er wieder hoch und lachte gleichzeitig, dass es sich wie ein Glucksen anhörte. »Ich hatte dich gefragt, ob ich dich begleiten darf.« Er fing sie mit beiden Händen und legte sie rücklings aufs Wasser.

Sicher in seinen Armen liegend, schaute sie ihn strahlend an und antwortete leise: »Ja, komm mit!«

*

Im Cottage lief Professor Hilpert aufgeregt hin und her. Es war Zeit, Trisha von dem Brand zu berichten. Aber wie sollte er es sagen? *Es war ein schreckliches Unglück.* Dann würde sie nicht glauben, dass er aufgrund seiner eigenen Überlegungen das Experiment beenden wollte, und deshalb nicht zurückkommen. Sagte er aber, dass es seine Entscheidung war, so aus der ganzen Sache herauszukommen, würde sie ihn für verrückt erklären, womit sie auch recht hätte. *Mir ist der Zufall zur Hilfe gekommen, als ich mich für den Abbruch des Experiments entschieden hatte.* Das könnte funktionieren. Sie würde sagen: *Es gibt keine Zufälle. Es ist der Weg, der uns vorgegeben ist.* Er nahm sich ein Glas Wasser und leerte es in einem Zug. Der Rauch des Feuers hatte ihm mehr zugesetzt, als er glauben wollte. Dann holte er sein Telefon und scrollte nach ihrer Nummer. Doch ihm fehlte der Mut, sie anzurufen. Er schlich hinaus auf die Terrasse und schaute zum Himmel hinauf. Ein tiefblaues Zelt stülpte sich über die Landschaft. Er setzte sich in seinen knorrigen Gartensessel und beobachtete die Vögel hoch oben in der Luft.

Am späten Nachmittag kehrten sie zum Cottage zurück. Sofort vernahmen sie den würzigen Duft, der aus der Küche kam, und setzten sich begeistert an den Tisch. Es schmeckte allen hervorragend. Annabells Mitteilung, dass sie am nächsten Morgen abreisen wollte und Julian sie begleiten würde, erzeugte ein munteres Gejohle.

»Eigentlich ist es schade, dass ihr fahrt, aber genauso ist es wunderbar, dass Julian dich begleitet«, sagte Lena und umarmte die Freundin. »Ich wünsche euch eine schöne Zeit, und melde dich, wenn du weißt, wie es deiner Oma geht.«

»Ich werde auch abreisen«, ergriff Professor Jäger die Gelegenheit, endlich eine Entscheidung zu fällen. »Es war eine aufregende und schöne Zeit mit Ihnen hier. Aber jetzt sollte ich mich um die Vorbereitung für das nächste Semester kümmern.«

Professor Hilpert schaute erstaunt in die Runde. »Wird das jetzt ein allgemeiner Aufbruch?«

»Darüber haben wir zwar noch nicht gesprochen«, gab Oliver gleich zur Antwort, »aber wir sollten noch eine Zeitlang das schöne Wetter nutzen und sie ohne Stress genießen. Wenn Annabell und Julian abreisen, könntest du zu uns ziehen.« Dabei schaute er Nicolas fragend an.

»Gute Idee.«, sagte Nicolas. »Ich habe nichts Besseres vor.«

Lena und Katrin schauten sich kurz an. »Wir bleiben auch.«

Als die Freunde sich verabschiedet hatten, gingen Nicolas und Professor Jäger in ihre Zimmer.

Professor Hilpert griff entschlossen das Telefon und rief seine Frau an. Nach einer Weile legte er den Hörer auf und setzte sich in die Dunkelheit auf seine Terrasse. Vergnügt trank er ein Gläschen Wein. Am nächsten Wochenende würde Trisha wieder bei ihm sein.